AUSTIN TAYLOR

DAS GEFÜHL VON UNENDLICHKEIT

AUSTIN TAYLOR

DAS GEFÜHL VON UNENDLICHKEIT

Aus dem Amerikanischen
von Babette Schröder

HEYNE

Die Originalausgabe *Notes on Infinity* erschien erstmals 2025
bei Celadon Books, New York.

MIX
Papier | Fördert
gute Waldnutzung
FSC® C014496

Penguin Random House Verlagsgruppe FSC® N001967

Deutsche Erstausgabe 06/2025

in der Penguin Random House Verlagsgruppe GmbH,
Neumarkter Str. 28, 81673 München
produktsicherheit@penguinrandomhouse.de
(Vorstehende Angaben sind zugleich Pflichtinformationen nach GPSR)

Redaktion: Friederike Arnold
Umschlaggestaltung: t. mutzenbach design, München
unter Verwendung von Shutterstock.com (Designcreate)
Satz: satz-bau Leingärtner, Nabburg
Druck und Bindung: GGP Media GmbH, Pößneck
Printed in Germany
ISBN: 978-3-453-27524-9

www.heyne.de

Für JMT und NEA. Danke.

Zoe umklammert den Rand des Frisiertischs und starrt in den Spiegel. Ihr Haar ist okay, aber das Make-up ist ruiniert – sie muss jemanden bitten, das in Ordnung zu bringen. Das konnte sie noch nie selbst.

Die Tränen sind versiegt. *Ein schöner Spiegel,* denkt sie. In den Rahmen sind Zweige, Blätter und Früchte geschnitzt. Hinter sich sieht sie die Garderobe. Altes Harvard, dunkles Holz und Buntglasfenster. Es erinnert sie an ihr Elternhaus. Auf dem niedrigen Tisch stehen kleine Flaschen San Pellegrino in einem Eiskübel, an dessen Außenseite Kondenswasser hinabrinnt. Sie hört die Stimme ihrer Mutter: *Stell was drunter, bevor es Flecken gibt.* In der geschliffenen Glasvase sind Blumen arrangiert. Lilien, ein Symbol für das Leben. Da hielt sich wohl jemand für besonders clever.

Zoe versucht sich zu erinnern, wie sie das früher hingekriegt hat. Lächelt ihr Spiegelbild an. Hebt das Kinn. Hört auf zu lächeln, schließt die Augen, zieht die Wangen ein, schüttelt den Kopf. Öffnet die Augen und versucht es erneut. Besser. Sie spricht die ersten Sätze. »Mein Name ist …« Sie hält inne, räuspert sich. »Hallo. Mein Name …« Sie schüttelt den Kopf und kneift sich in die Nasenwurzel. »Vielen Dank, dass ich hier sein darf. Es ist schön, zurück zu sein.«

Pause für Applaus.

Doch sie beginnt zu lachen, hebt die Brauen, kann nicht damit aufhören. Ist das nicht alles, was sie sich je gewünscht hat? Sie presst sich eine Hand auf den Mund. Der manische Blick in ihren Augen könnte Belustigung ausdrücken, aber auch Angst, Entsetzen – oder Hysterie, meldet sich eine vernünftigere Stimme in ihrem Hinterkopf. Sie kann nicht aufhören, sich in die Augen zu schauen, in die Augen eines in die Enge getriebenen Tiers. Einer Laborratte, die man gerade am Schwanz gepackt hat.

Es spielt keine Rolle, ob sie sich daran erinnert, wie sie das früher hingekriegt hat. Jene Zoe, die alte Zoe, gibt es nicht mehr.

Unsicher geht sie drei Schritte rückwärts und stößt gegen die Wand. Ein leises Klopfen an der Tür. »Ms Kyriakidis, ist alles in Ordnung?« Das muss jemand von Harvard sein; ihre eigenen Leute wüssten, dass sie sie in Ruhe lassen sollen.

Sie schluckt schwer, räuspert sich. »Nur eine Sekunde.« Die Stimme gehört einer Frau, aber die Augen im Spiegel sind die eines Kindes. Eines Kindes, das als Bittsteller zurückgekehrt ist, nicht als Gott.

Sie lässt sich an der Wand hinuntergleiten und zieht die Knie an die Brust. Wenn meine Eltern nicht draußen wären, denkt sie, dann vielleicht. Und Alex. Und Jack. Und Professorin Hall, die mir per Mail gratuliert hat und sich freut, meinen Vortrag zu hören.

»Zoe, fünf Minuten.« Es ist Phoebe, sie klingt leicht gestresst.

Sie steht auf und reißt die Tür auf. »Tut mir leid, mir war schlecht, ich muss ...« Aber Phoebe hat es bereits gesehen und tippt auf ihrem Handy. Binnen Sekunden kommt eine Frau mit einer kleinen Tasche angerannt. Phoebe wirft Zoe einen strengen Blick zu, dann eilt sie aus dem Raum. »Hier«, sagt die Frau, »wischen Sie es ab, ich fang einfach noch mal von vorn an. Sie haben schöne Haut, da muss man nicht viel machen.«

Zoe lacht. »Das ist sehr nett von Ihnen.« Und es stimmt. Früher war Zoes Haut wunderschön, jetzt ist sie blass und durchscheinend, unter den Augen violett. Seit Monaten schon. »Zu dumm«, sagt sie, »dass ich das nicht selbst kann. Meine Mutter wäre entsetzt.« Sie flüchtet sich in die Dunkelheit hinter ihren Augenlidern, während die Frau mit gelassenen, weichen Strichen Concealer, Eyeliner und Mascara aufträgt. Früher war es ihr unangenehm, wenn jemand ihr Gesicht berührte, doch jetzt wirkt das Ritual beruhigend auf sie.

Dann sagt sie »Danke«, und sie meint mehr als »Danke, dass Sie mein Make-up in Ordnung gebracht haben«, sie meint »Danke, dass Sie mir meine Maske wieder aufgesetzt haben«, »Danke, dass Sie nicht gezuckt haben, als Sie gesehen haben, was sich dahinter verbirgt«, und die Frau nickt. »Bereit?«, fragt sie, und Zoe sagt: »Nur noch einen Moment«, lächelt und wartet, bis die Frau gegangen ist. Dann zieht sie eine kleine Flasche aus der Tasche, lässt drei, nein, vier Pillen in ihre Handfläche gleiten, nimmt sie alle auf einmal, schluckt sie trocken herunter.

Sie verlässt die Garderobe und schließt sorgfältig die Tür. Als die Frau sie den Flur hinunterführt, hört Zoe, dass sie etwa in der Mitte der Einführung sind, ihr bleibt also noch etwas Zeit.

Jemand kommt und klemmt ihr ein Mikro an. Hebt sanft ihr Haar, um das Kabel hinter ihr Ohr zu führen.

Die Frau sagt: »Sie sehen toll aus«, und klopft ihr auf die Schulter.

Als sie die Bühne betritt, wird es still. Wie immer hört sie die Stimme ihrer Mutter: *Kopf hoch, Schultern zurück.* Das honigfarbene Holz des Sanders Theatre leuchtet im gedämpften Licht des Kronleuchters. Jeder Platz ist besetzt. Zoe blickt zur gewölbten grünen Decke hinauf, gebaut, um Worte ins Publikum zu tragen. Spürt das Mikrofon an ihrer Wange, das darauf wartet, ihre Worte zu verewigen. Einen Moment lang denkt sie, dass sie es nicht schafft. Nicht noch mal. Es fühlt sich so an, als würde sich etwas – eine Schlange, natürlich eine Schlange – um ihren Hals winden und ganz langsam zudrücken.

Doch dann räuspert sie sich, und der Druck lässt nach. Und sie schaut ins Publikum und sieht die auf sie gerichteten Gesichter, sie sind so jung. Und sie lächelt und weiß, dass es ihre Augen erreicht. Sie hebt eine Hand. »Hallo, vielen Dank, dass ich hier sein darf. Es ist schön, zurück zu sein.« Beifall. Sie verschränkt die Hände, beugt sich leicht vor und neigt den Kopf, deutet eine Verbeugung an. »Mein Name ist Zoe Kyriakidis.« Sie hebt das Kinn und blickt in den Zuschauerraum. »Und ich möchte Ihnen eine Geschichte erzählen.«

EINS
GENESIS

In der Biologie ist man jedoch bislang auf nichts gestoßen,
das die Unausweichlichkeit des Todes zwingend nahelegt.
Mir will daher scheinen, dass er keineswegs unvermeidlich
und es lediglich eine Frage der Zeit ist, bis die Biologie entdeckt,
was diese Misslichkeit verursacht.

RICHARD P. FEYNMAN,
VOM VERGNÜGEN, DINGE ZU ENTDECKEN

1

In der organischen Chemie gibt es zwei Arten von Erstsemestern. Die einen kommen zehn Minuten zu früh und sitzen in der zweiten Reihe, ein Notizbuch in der Hand, falls der Professor vor dem offiziellen Beginn der Stunde schon irgendetwas von sich gibt. Die anderen kommen vier Minuten zu spät, ungeduscht und unrasiert, ohne Tasche und ohne Notizbuch, und lassen sich auf einen Platz am Ende des Gangs fallen.

Zoe war sehr darauf bedacht, weder zur einen noch zur anderen Gruppe zu gehören. Und darum fiel ihr Jack auf, der ebenfalls keiner von beiden angehörte, nur vielleicht eher unabsichtlich.

Ob unrasiert oder nicht, konnte sie nicht erkennen, aber er war groß, hatte widerspenstiges dunkles Haar und lehnte beim Gehen leicht nach links. Für die zweite Kategorie war er eigentlich zu früh, dennoch schien er eher da hinzupassen. Doch dann setzte er sich vorne neben einen älteren Typen in einer abgewetzten Lederjacke, vermutlich der Lehrassistent. Sie beugte sich auf ihrem Stuhl nach vorn. Vielleicht war er selbst auch ein sehr junger Lehrassistent. Er hatte ein Notizbuch herausgeholt – woher, wusste sie nicht, er hatte keinen Rucksack dabei –, aber den Tisch nicht ausgeklappt. Linkshänder, erkannte sie, als er einen billigen Kugelschreiber zwischen den langen Fingern drehte. Er lehnte sich vor, schrieb etwas in das Notizbuch, das er auf sein Knie legte, und Zoe begriff, warum er einen schiefen Gang hatte.

Der Professor, der spät dran war, stellte Lederjacke als Ben, Leiter der Lehrassistenten, vor. Linkshänder war also Student.

Während der Vorlesung ruhte Zoes Aufmerksamkeit teils auf der Tafel und teils auf den Notizen von Linkshänder. Er hatte eine

Linie in der Mitte der Seite gezogen und zu Zoes Beunruhigung direkt unter den vorherigen Notizen zu schreiben begonnen, anstatt eine neue Seite anzufangen. In der linken Spalte schien er sich Stichpunkte zum Unterricht zu notieren, in der rechten skizzierte er eine Art Versuchsaufbau.

Als Professor Norton seinen Vortrag beendet hatte, hob Linkshänder zögernd die Hand.

»Jack?«

Zoe merkte auf. Der Professor kannte ihn mit Namen?

»Könnten Sie die Rolle der Chiralität bei der Organokatalyse genauer erklären?« Die Vorlesung hatte das Lewis-Säure-Base-Konzept zum Thema gehabt.

Professor Norton brummte, lehnte sich zurück und streckte die Beine aus. »Ein chiraler Katalysator ermöglicht die gezielte Wahl eines Enantiomers für Ihr Produkt.«

»Das verstehe ich, aber ich habe über superaktive chirale Transitionsmetallkatalysatoren gelesen und konnte nicht ganz folgen.« Professor Norton lachte! »Das würde den Rahmen der Vorlesung sprengen. Wenn Sie darüber sprechen möchten, kommen Sie in meine Sprechstunde.«

Jack nickte. Zoe spürte einen Anflug von Eifersucht.

»Übrigens«, sagte Professor Norton, als die Leute zusammenpackten. »Meine Sprechstunde ist immer donnerstags direkt nach der Veranstaltung. Falls Sie andere Termine haben, verschieben Sie sie.« Die Klasse lachte nervös.

Zoe hatte nicht vorgehabt, die Sprechstunde zu besuchen. Sie war zu dem Einführungskurs gezwungen worden – »etwas für Anfänger«, hatte sie ihrem Bruder am Telefon erklärt. Doch ihr Berater hatte gesagt, wenn sie nicht wie alle anderen im zweiten Studienjahr Organik belege, fehlten ihr die nötigen Punkte für den Master in Chemie. Dabei war Norton ein Experimentalphysiker, beschäftigte sich mit der Entwicklung von Medikamenten. Er hätte genauso gut in der Pharmaindustrie arbeiten können. Zoe hingegen interessierte sich für die Theorie. Es gab keinen Grund, warum sie ihn beeindrucken sollte. Seit sie sich in Harvard beworben hatte, wollte sie mit David Li zusammenarbeiten, einer Koryphäe auf dem Gebiet der theoretischen Neurowissenschaft. Sie war noch nicht an seiner Assistentin vorbeigekommen, aber sie hatte von jemandem gehört, der gehört hatte, dass ein Student aus dem Abschlusssemester in seinem Labor arbeitete, also blieb sie hartnäckig.

Und doch saß sie immer noch auf ihrem Platz, als nur noch Professor Norton, Jack und eine weitere junge Frau übrig waren.

»Also gut«, sagte Professor Norton und klopfte mit seinem Ordner auf den Tisch. »Ihr drei?«

Sie verließen den Hörsaal und stiegen ins Innere von Mallinckrodt. Das 1929 erbaute und in den Siebzigerjahren renovierte Chemiegebäude traf genau die schäbige Mitte zwischen ehemaligem Prachtbau und neuem Glanz. Sie stiegen eine schlecht beleuchtete Treppe in ein Stockwerk hinunter, von dessen Existenz Zoe nichts gewusst hatte, und durchquerten das gesamte Gebäude, bis sie zu einem weiteren Treppenhaus gelangten.

»Ich hoffe, niemand hat ein Problem mit Treppen«, bemerkte Professor Norton auf halber Höhe. Während sie, wie Zoe annahm, durch den dritten Stock gingen, kamen sie an verglasten Laboren voller maskierter Forschender mit extradicken, ellenbogenlangen blauen Handschuhen vorbei. Über ihnen schlängelten sich Rohre wie Unkraut an der Decke entlang. Kurz darauf bogen sie scharf rechts ab, dann scharf links und erreichten zwei heruntergekommene Fahrstühle. Sie runzelte die Stirn. Der Aufzug pingte, und rasselnd öffneten sich die Türen.

In Professor Nortons Büro legte Jack sein Notizbuch hin, holte denselben durchsichtigen Kugelschreiber wie vorher heraus und begann ihn wieder zwischen den Fingern zu drehen. Zeige- und Mittelfinger, Mittel- und Ringfinger, Ringfinger und Daumen und wieder zurück. Zoe fragte sich, was passieren würde, wenn er einen

Fehler machte, stellte sich vor, wie der Stift über den Tisch und direkt in Professor Nortons Auge flog, wo er wie in einem alten Zeichentrickfilm aus der Augenhöhle ragte.

Zoe blickte hoch in Jacks Gesicht und stellte fest, dass er sie ansah. Seine Augen waren verblüffend, blassblau, mit langen, geraden Wimpern. Es verwirrte sie, dass jemand, den sie auf den ersten Blick nicht für sonderlich attraktiv gehalten hatte, so schöne Augen haben konnte. Jack forderte sie mit einem Kopfnicken auf, den Anfang zu machen.

Zoe räusperte sich, merkte, dass sie keine Frage vorbereitet hatte. »Mich würde die Antwort auf die Frage zur Katalyse interessieren, die … tut mir leid, ich weiß deinen Namen nicht«, sagte sie und gab vor, sich nicht zu erinnern.

»Jack.«

»… die Jack gestellt hat.«

»Wunderbar.« Professor Norton stand auf, nahm ein Stück Kreide und ging zur Tafel hinter ihm. »Wie Sie wissen, gibt eine Lewis-Base« – er drückte so kräftig mit der Kreide auf die Tafel, dass weißer Staub herunterrieselte – »ein Elektronenpaar ab, um das Elektrophil zu aktivieren. Und eine chirale Lewis-Base …«

Der Stift in Jacks Fingern verschwamm. Eintönig erzählte Professor Norton etwas von Liganden, steuerbarer Reaktivität, Aktivierung von inaktiven Bindungen, Katalysatorstabilität.

»Kann man auch eine chirale Brønsted-Säure als Ligand verwenden? Anstelle einer Lewis-Base?«, warf Jack ein. Zoe blinzelte, versuchte zu folgen.

Professor Norton legte den Kopf schief. »Interessant. Ich … ehrlich gesagt, bin ich mir nicht sicher. Das ist nicht mein Gebiet. Aber ich glaube nicht, ich kann mir nicht vorstellen, dass man mit elektronenarmen Liganden eine stabile Komplexverbindung bilden kann.«

Jack nickte und machte sich eine Notiz.

»Ist das für Ihre Arbeit mit David relevant?«

Das soll wohl ein Witz sein, dachte Zoe. David Li?

»Nein, nein. Ich war nur neugierig.«

Professor Norton nickte und stützte sich mit beiden Händen auf dem Tisch ab. »Ladys?«

Zoe schwieg.

»Äh …« Die andere Frau beugte sich vor. »Ich bin mir nicht sicher, ob ich ganz verstanden habe, wie man bei der Resonanzstruktur, die wir heute besprochen haben, zu einer Doppelbindung kommt?«

»Sie, wie ist Ihr Name?«

»Zoe.«

»Zoe, können Sie ihr helfen? Ich muss kurz was klären, ich bin gleich wieder da.«

Basiswissen. »Zeig mal.« Zoe nahm das Papier. Jack hatte schon wieder sein Notizbuch auf dem Knie und zeichnete etwas mit langen, scharfen Strichen. Sie überlegte kurz und erklärte es ihr Schritt für Schritt.

»Ergibt das Sinn?«

»Ja, vielen Dank!« Nervös stopfte das Mädchen das Papier in ihre Tasche und stand auf. »Ich gehe jetzt«, erklärte sie überflüssigerweise. Zoe sah ihr hinterher. Jack schenkte ihr keine Beachtung.

Zoe wartete darauf, dass er etwas sagte, aber er zeichnete einfach weiter. Als die Seite voll war, blätterte er um, drehte das Notizbuch und begann eine neue Skizze. Zoe durchsuchte ihre Notizen nach einer Frage, die sie Professor Norton stellen könnte, wenn er zurückkehrte.

Schließlich knickte sie ein. »Ich dachte, der Student, der für David Li arbeitet, ist im letzten Jahr.«

»Mm?« Er sah auf.

»Bist du … im letzten Jahr?«

»Nein.«

Zoe nickte.

Er sagte nichts weiter, widmete sich wieder seinem Notizbuch.

Sie tat, als würde sie auf ihre Uhr sehen, und packte ihre Sachen zusammen.

»Bis dann«, rief er, als sie gerade durch die Tür trat.

»Bis dann.«

Punktestand: 1:0.

2

Organische Chemie wurde zu einem Spiel. Zoe bereitete die abgehobensten theoretischen Fragen vor, die sie im Seminar stellen konnte, machte sich mit höchst ungewöhnlichen Versuchsaufbauten vertraut, in dem Wissen, dass Jack eine Frage dazu stellen würde, nur um mit einer Anschlussfrage auftrumpfen zu können. Sie investierte viel zu viel Zeit in die Veranstaltung. Anfangs hatte sie noch überlegt, ob auch Jack das Ganze als Spiel betrachtete. Er wirkte unbeteiligt, doch er brachte sich immer ein, meldete sich mit zwei Fingern und stellte irgendeine langatmige, aber brillante Pseudofrage. Und sie tat dabei genauso abwesend, das gehörte dazu. Natürlich spielte er mit, das war für jeden offensichtlich. Die übrigen Kursteilnehmer verfolgten das Geschehen leicht genervt und ließen es über sich ergehen. Sogar Professor Norton war allmählich von der Nummer gelangweilt.

Aber das Duell bereitete ihr unerwartetes Vergnügen.

Und auch wenn sie es nie zugeben würde, lauerte im Hinterkopf der Gedanke, dass er sie vielleicht Li vorstellen würde, wenn sie ihn beeindruckte.

Am Tag der ersten Zwischenprüfung war Zoe nicht nervös. Aufgrund ihres Spiels war sie übervorbereitet. Sie saß auf ihrem gewohnten Prüfungsplatz, einem anderen als im Seminar, rechts am Gang, etwa in der Mitte, und behielt die Türen im Blick, gespannt darauf, wann Jack eintreffen und wo er sich hinsetzen würde.

Doch er erschien nicht. Der Lehrassistent Ben kam mit einem Stapel Prüfungsbögen herein, die er um zwei Minuten nach austeilte, und Jack war immer noch nicht da. Beinahe hätte Zoe Ben gefragt, wo er sei, konnte sich jedoch gerade noch beherrschen.

Fein säuberlich trug sie ihren Namen auf der Vorderseite des Prüfungsbogens ein und unterschrieb den Ehrenkodex.

»Okay, ihr könnt loslegen.« Papierrascheln. Die Luft schmeckte nach Angst.

Zoe blickte zur Tür und zögerte, bevor sie den Test aufschlug. Sie war für Fairplay.

Die erste Frage war schwierig, sie blätterte weiter, übersprang dann auch die zweite. Sie fühlte sich unausgeglichen und blickte immer wieder auf die Uhr. Fünfzehn nach. Achtzehn.

Gerade starrte sie wieder zur Tür, als sie aufging und Jack hereinkam. Er hatte nicht mal den Anstand, gehetzt zu wirken. Als sich ihre Blicke trafen, meinte sie um seinen linken Mundwinkel ein leichtes Lächeln zu sehen. Er nahm sich einen Prüfungsbogen vom Tisch, ging den Gang hinauf und setzte sich irgendwo hinter sie.

Zweiundzwanzig nach. *Wenn du diese Prüfung versaust, weil du dich von seinen Spielchen ablenken lässt, hast du deine Zeit verschwendet.* Sie stand auf und bedeutete dem Lehrassistenten, dass sie zur Toilette musste, legte ihr Handy mit dem Display nach unten auf den Tisch und verließ den Hörsaal. Ihr Lieblingstrick während einer Klausur, damit sie sich wieder konzentrieren konnte. Irgendwo hatte sie mal gelesen, dass Türöffnungen eine besondere Wirkung auf das Gehirn haben, sie sind wie ein Reset-Schalter. Vielleicht vergaß man deshalb manchmal, was man wollte, wenn man in ein anderes Zimmer ging. Als sie wieder den Hörsaal betrat, hatte sie Frage zwei bereits gelöst und wusste ungefähr, wo sie bei Frage eins ansetzen musste.

Sie wurde in letzter Minute fertig, überzeugt, eine glänzende Arbeit abzugeben. Wie um einen Juckreiz zu befriedigen, erlaubte sie sich, nach hinten zu sehen. Doch Jack war schon weg.

Sie hatte nicht darüber nachgedacht, wie sie einen möglichen Gleichstand ihres Spiels verhindern könnte. Jack schon. Durch die Zeit.

Widerwillig korrigierte sie die Anzeigetafel. Punkt für Jack.

In der nächsten Stunde war er nicht da.

Er war noch nie zu spät zu einer Vorlesung gekommen. Um Viertel nach wusste sie, dass er überhaupt nicht aufkreuzen würde.

»Fragen?«, erkundigte sich Professor Norton, nachdem er die ersten beiden Tafeln gefüllt hatte. Sie überlegte kurz, aber ohne ihr Zielpublikum kam es ihr dumm vor. Stattdessen spielte sie mit ihrem Stift, drehte ihn auseinander, zog die Feder heraus, setzte sie wieder ein und schraubte ihn zusammen.

»Zoe? Keine?« Professor Norton wirkte amüsiert.

Sie errötete. »Na ja, ich hab mich gefragt …«, begann sie. Nichts zu fragen, wäre noch peinlicher gewesen.

Sie sank gegen die schmuddelige Polsterung des Klappstuhls, befolgte nicht eine der wichtigsten Regeln ihrer Mutter: *Sitz gerade. Sei stolz darauf, eine große Frau zu sein.* Sie spürte eine nervöse Unruhe in ihrer Brust. Der Unterricht war unerträglich langweilig.

Am nächsten Dienstag bekamen sie ihre Tests zurück. Zoe hatte die Bestnote, aber sie freute sich nicht so wie sonst.

Als sie in den Sonnenschein hinaustrat, der sich in den Laborfenstern spiegelte und sie blendete, fragte sie sich, ob er den Kurs abgebrochen hatte. Das war dumm, schalt sie sich, es war egal, sie hatte andere Ziele, wichtige Ziele. Und auf die konnte sie sich viel besser konzentrieren, wenn sie sich nicht mehr mit einem lächerlichen Wettstreit aufhielt. Sie zog ihr Notizbuch aus der Tasche und erstellte noch im Gehen eine Liste von Professoren, die sie wegen eines Laborjobs kontaktieren wollte. Das hätte sie schon vor Wochen tun sollen. Aus Gewohnheit setzte sie David Li auf Platz eins, strich seinen Namen dann wieder durch. Wenn er sie nicht wollte, ging sie eben woandershin.

Ohne auf die Straße zu achten, überquerte sie die Oxford Street, und ein Auto kam mit quietschenden Bremsen zum Stehen.

Das ist ein Zebrastreifen, dachte sie.

»Blöde Schlampe!«, schrie ein Mann auf der anderen Straßenseite.

Sie beachtete ihn nicht. Als sie das große Backsteintor mit der Aufschrift *Enter to Grow in Wisdom* durchschritt, blickte sie an ihrer Kleidung hinunter, registrierte ihren kurzen Rock. Zuerst dachte sie, dass sie ihn nicht mehr tragen sollte, dann, dass sie ihn weiter tragen sollte, dann, dass sie vielleicht produktiv über das Problem des richtigen Erscheinungsbildes nachdenken sollte.

3

»Ich hab einfach das Gefühl, es wäre gut, es jetzt hinter sich zu bringen. Solange meine Kurse noch leicht sind«, sagte Sophia. Zoe saß mit zwei von ihren drei Mitbewohnerinnen im Gemeinschaftsraum ihrer Erstsemester-Wohnung. Gabby war freitagnachmittags immer bei ihrer Arbeitsgruppe.

»Aber du hast noch nicht Organik zwei belegt«, sagte Hanna und blickte von den Hausaufgaben auf, die sie auf ihrem Schoß balancierte.

»Ich mach das einfach im Selbststudium.«

»Das ... ist Wahnsinn«, erwiderte Hanna. »Du musst masochistisch veranlagt sein.«

Zoe trank lächelnd aus ihrer Wasserflasche.

»Wie lange dauert das noch mal?«

»Fünf Jahre.« Sophia lehnte sich zurück und brachte ihren Schreibtischstuhl in eine halb liegende Position.

»Was, wenn du dir eine Auszeit nehmen willst?«

Sophia machte ein empörtes Gesicht. »Eine Auszeit vor einem Medizinstudium von vielleicht neun Jahren? Ich meine, hoffentlich neun Jahre.«

»Oder«, bot Zoe an, »du könntest dir das ganze Medizinstudium schenken.« Sie lachte schon, bevor Sophia die Arme hochreißen konnte. »Ich mein ja nur, es ist eine Option.«

»Selbststudium Organik zwei«, murmelte Hanna wieder, »ich kann nicht mal regulär Organik eins studieren.«

»Ich bin tatsächlich gerade mit meinen Übungsaufgaben für Organik fertig.«

»Toll, machst du das dann für mich?« Sie warf Zoe ein paar

zerknitterte Papiere zu, die Heftklammer oben links war herausgerissen. Zoe nahm den Kugelschreiber, mit dem sie herumgespielt hatte, und löste die Aufgabe. Dann warf sie Hanna die Papiere wieder hin.

»Du bist so nervig.«

»Gern geschehen.«

Zoe zögerte. »Apropos Organik, kennt ihr jemanden namens Jack?«, fragte sie dann.

Hanna streckte sich auf dem kleinen Sofa aus und ließ den Kopf über die Armlehne hängen, wobei ihr hellblondes Haar fast den Boden berührte. »Nope.«

Zoe wandte sich an Sophia.

»Hm.« Sophia sah sie neugierig an. »Stehst du auf ihn?«

Wie hatte sie das nur aus zehn Worten heraushören können? »Nein«, antwortete Zoe zu schnell und ärgerte sich, weil sie unaufrichtig klang, obwohl es der Wahrheit entsprach. Jack war nicht ihr Typ. »Ganz und gar nicht. Er war nur in meinem Kurs für Organik und ist nicht mehr aufgekreuzt.«

»Vielleicht hat er den Kurs aufgegeben?«

»Ja, hattest du schon Zwischenprüfung?«, fragte Hanna.

»Gerade erst, aber die hat er auf keinen Fall vergeigt. Er konnte …« Mit mir mithalten, wollte sie sagen, aber sie wollte nicht eingebildet klingen. »Wahrscheinlich war er der Klügste im Kurs.«

»Du stehst also doch auf ihn«, stellte Sophia triumphierend fest.

»Nein, echt nicht, Leute.« Zoe schloss für einen Moment die Augen, ärgerte sich, weil sie rot wurde. »Wir hatten nur einen … freundschaftlichen Wettbewerb laufen. Nach dem Motto, wer ist der größere Nerd? Für alle anderen war es ziemlich nervig, glaube ich. Aber deshalb hab ich mich gefragt, warum er nicht mehr in die Vorlesung kommt. Das ist alles.«

»Oder er hat die Zwischenprüfung mit Bravour bestanden und

beschlossen, dass er für den Rest des Kurses nicht mehr erscheinen muss«, überlegte Sophia.

Zoe nickte und lehnte den Kopf an die Wand. Daran hatte sie nicht gedacht.

Sophia räusperte sich leise. »Ich weiß, wer er ist.«

»Ach?« Zoe versuchte, locker zu klingen. Denn, verdammt, das war sie schließlich auch.

»Jack Leahy. Er war letztes Jahr mit mir in LS50.« Das hieß, er war im zweiten Studienjahr.

»Wusstest du, dass er mit David Li zusammenarbeitet?«

»Interessant.« Sophia strich sich eine Haarsträhne hinters Ohr. Sie hatte braunes, mittellanges Haar, das sie immer fest hinter beide Ohren steckte. »Ich dachte, der legendäre Student in Lis Labor wäre einer aus dem Abschlussjahrgang.«

»Offenbar nicht.«

»Er ist klug, aber so beeindruckend fand ich ihn nun auch wieder nicht. Er wirkte, als hätte er seine eigenen Dinge im Kopf, weißt du? War nicht sonderlich interessiert.« Sophia sah Zoe mit zusammengekniffenen Augen an. »Ich hätte nicht gedacht, dass er dein Typ ist.«

Zoe lachte. »Was genau ist mein Typ?«

Sophia schüttelte mit einem schwachen Lächeln den Kopf. »Ach, keine Ahnung. Er jedenfalls nicht.«

Seit sie aufs College ging, hatte Zoe keinen Freund mehr gehabt. Und, wenn sie ehrlich war, auch davor nicht. Beides war nicht sonderlich ungewöhnlich: Viele Harvard-Studentinnen waren bei Studienbeginn noch Jungfrau, und die meisten begannen erst im zweiten oder dritten Jahr ernsthaft zu daten.

Bei Sophias Bemerkung fiel ihr allerdings Danny ein. Auch wenn sie schon länger nicht mehr an ihn gedacht hatte, erinnerte sie sich natürlich noch an seinen Nachnamen: Hess. In ihrem Kopf hatte sie immer wieder »Zoe Hess« wiederholt, als wäre es ein

Zauberspruch, mit dem sie ihn dazu bringen könnte, über die Tatsache hinwegzusehen, dass sie sechzehn und er Mitte zwanzig war. Er sollte sie über die Schulter werfen und mit ihr durchbrennen. Seltsam, wie jemand, an den man monatelang jeden wachen Moment gedacht hatte, mit einer Sehnsucht, die zum Teil der eigenen Identität geworden war, irgendwann ganz aus dem Gedächtnis verschwinden konnte.

Er war einer von vier jungen Männern gewesen, die während des Sommers mit ihrem Vater zusammengearbeitet hatten. Und da junge Männer dazu neigten, deutlich mehr Platz als nötig einzunehmen, schienen die vier plus ihr Vater plus ihr Bruder das ganze Wohnzimmer auszufüllen. Da war kein Platz für Zoe geblieben.

Abends waren sie mit Zoe und ihrer Mutter dann zu acht, so viele Stühle, wie an den Esstisch passten.

Den größten Teil ihrer Kindheit hatte Zoe beim Abendessen eingequetscht zwischen zwei fremden Männern gesessen. Ihre Mutter glaubte, dass man am Tisch unterschiedliche Menschen zusammenbringen sollte, und ihr Vater, dass man Kinder wie Erwachsene behandeln sollte. Seit seiner ersten Stelle am MIT, als Zoe noch ein Baby war, hatte er seine Studierenden abends zum Essen eingeladen. Und wenn er nur Forschungsgelder für einen hatte, lud er auch noch die seiner Kollegen ein. Im Sommer war es ruhig auf dem Campus, und die Doktoranden kümmerten sich nur um ihre Forschung. »Wie in alten Zeiten«, schwärmte Zoes Vater dann immer, »vor diesem ganzen Lehr- und Vorlesungsunsinn, als die Wissenschaftler sich noch selbst beim Denken zuhören konnten und sich Zeit zum Reden nahmen«, und die Männer lachten. Vielleicht würde sie sie jetzt auch eher als Jungen bezeichnen, dachte Zoe amüsiert.

Als sie noch klein war, sechs oder sieben Jahre alt, und sich zum Essen über den Tisch beugen musste, unterhielten sie sich buchstäblich über ihren Kopf hinweg. Manchmal antwortete sie mit hoher Kinderstimme auf eine der rhetorischen Fragen oder Vorschläge ihres Vaters. »Deine Argumentation klingt nicht schlüssig« oder »Hast du das nachgerechnet, Daddy?« Alle fanden das ganz bezaubernd. Die Männer klatschten mit ihr ab, und sie grinste über beide Ohren, bis ihre griechische Nase und die griechischen Augenbrauen das einzig Gerade in ihrem Gesicht waren, beides eigentlich zu groß für ihren kleinen Kopf.

Mit elf oder zwölf waren die Sommer von einem vagen Gefühl ständiger Verlegenheit geprägt: dem Unbehagen, nicht zu wissen, wer man eigentlich war. Doch an den Wohnzimmerseminaren ihres Vaters nahm sie immer teil und begann in der Schule Physik zu lernen. Die Ideen, die durch den Raum schwirrten, als hätten sie ein Eigenleben, faszinierten sie. Als sie alt genug war, um zu verstehen, woran er forschte, arbeitete er an der Quantenfeldtheorie. Dann folgte eine Phase der Rebellion, ein paar Sommer, in denen sie Physik blöd und ihren Vater überbewertet fand und weder mit ihm noch mit seinen Studierenden etwas zu tun haben wollte. Die meisten Abende verbrachte sie damals bei den anderen Kindern, übte »Ja, Ma'am« und »Nein, Ma'am« und »Kann ich Ihnen helfen, Sir?«, und der südländische Charme ihrer Mutter aus dem Mund eines schlaksigen Mädchens mit olivenfarbener Haut und wirrem schwarzen Haar wirkte entwaffnend. Und dann wurde sie sechzehn, und da war Danny.

In dem Jahr hatte sie ihren ersten richtigen Mathekurs belegt, lineare Algebra, weshalb sie sich sehr erwachsen fühlte. Sie war aber auch durch die Führerscheinprüfung gefallen, weshalb sie sich zugleich wie ein dummes, eingesperrtes Kind vorkam. Sie randalierte im Haus (einem restaurierten, vierstöckigen viktorianischen Haus im Zentrum von Cambridge, Eigentum des MIT, das ihnen so lange zur Verfügung gestellt wurde, wie ihr Vater beeindruckend und begehrt war. Ein Segen nach einer Reihe von Zweizimmerwohnungen, die von Postdoc-Stipendien bezahlt worden waren), knallte Türen und Schränke zu und nervte, bis ihre Mutter sagte:

»Schatz, jetzt benehmen wir uns wieder«, und ihr Vater: »Wenn du deinen Führerschein hättest machen wollen, hättest du besser fahren sollen.« Ihr Bruder Alex hatte nichts gesagt, weil er wusste, dass es dafür noch zu früh war. Später bot er ihr Fahrstunden an, weil sie eigentlich Freunde waren, auch wenn er ihr fast immer das Gefühl gab, nur Anhängsel zu sein.

Als Danny eintraf, hatte sie auf der Couch gesessen. Er kam zu früh, ihre Mutter war noch in der Küche mit dem Abendessen beschäftigt, und ihr Vater arbeitete oben in seinem Büro.

»Kannst du aufmachen, Zoe?«, rief ihre Mutter, und Zoe stieß die Luft durch die Nase aus, warf ihr Handy auf die Couch und stakste zur Tür. Sie öffnete sie schwungvoll, lehnte sich gegen den Rahmen und schob die Hüfte vor. Sie maß eins fünfundsiebzig. Danny, der auf der Stufe unter der Türschwelle stand, befand sich genau auf Augenhöhe, was bedeutete, dass er knapp eins neunzig war. (Kopfrechnen stellte für Zoe keine Herausforderung dar.)

»Kann ich dir helfen?«, fragte sie, während sie ihn musterte.

»Das hoffe ich doch. Ich bin zum Abendessen eingeladen. Bei Professor Kyriakidis?« Den Namen hatte er geübt. Sie betrachtete ihn. Blondes, etwas längeres Haar, zerzaust, die Mundwinkel leicht nach unten gezogen, als würde er ein Lachen unterdrücken. Sie blinzelte.

»Äh, ja. Das ist mein Vater.« Sie öffnete die Tür, um ihn hereinzulassen, und erblickte hinter sich ihre Mutter.

»Zoe! Was war das denn für eine Begrüßung? Hallo, ich bin Mrs Kyriakidis. Ich freue mich sehr, Sie kennenzulernen. Wie war Ihr Name?«

Dannys Lächeln kroch wie eine Überraschung über sein Gesicht, auf seinen Wangen erschienen Falten, er kniff die blauen Augen zusammen, und um Zoe war es geschehen. »Danny. Freut mich, Sie kennenzulernen, Mrs Kyriakidis. Und Ihre Schwester?«

Sie lachte, genau wie er es beabsichtigt hatte, und Zoe errötete noch mehr.

»Tochter«, korrigierte Zoes Mutter ihn, »seien Sie nicht albern. Sie hat die Haare von ihrem Vater. Und die Manieren auch.«

Am liebsten wäre Zoe im Boden versunken und nie wiederaufgetaucht. »Zoe«, brachte sie hervor, »schön, dich kennenzulernen.«

»Ebenso, Zoe.« Danny nickte und blickte ins Haus. »Es riecht großartig!«

»Oh! Sie sind reizend.« Zoes Mutter streckte den Arm aus und bat ihn herein. »Darf ich Ihnen etwas zu trinken anbieten?«

Als sie beim Abendessen zwischen zwei Männern in den Zwanzigern saß – keiner von ihnen war Danny –, fühlte sich Zoe äußerst unwohl, ihr war heiß und elend. Jedes Mal, wenn einer von ihnen auf dem Tisch nach dem Salz oder einer der Platten griff und sie dabei versehentlich mit dem Ellbogen berührte, wich sie zurück und entschuldigte sich.

Wenn sie dachte, Danny würde es nicht merken, beobachtete sie ihn. Sie sah, wie sich die Muskeln in seinem Kiefer beim Kauen bewegten, und in seinem Arm, wenn er einen Teller oder eine Gabel nahm. Er trug ein weißes, abgetragenes Hemd, gegen das seine Haut karamellfarben wirkte. Wie sie erfuhr, war er zu Besuch aus Stanford, und ihr Vater hatte ihn neben Alex gesetzt, der im nächsten Jahr selbst nach Stanford gehen würde. Sie unterhielten sich bereits angeregt über die Forschung auf dem Campus, die besten Bars und die Professoren, mit denen man sich anfreunden konnte. Zoe brannte innerlich vor Eifersucht.

Als sie ihrer Mutter beim Tischabräumen half, hob er den Blick und lächelte sie an – »Danke, Zoe« –, und am Ende hatte sich das elende Abendessen doch noch gelohnt. In der Küche musste sie sich einen Moment sammeln, und ihre Mutter tat so, als würde sie es nicht bemerken.

Am nächsten Morgen wachte sie um fünf Uhr nach einem

erschreckend realistischen Traum von Danny auf. Ihr war heiß, sie schwitzte, und die frische Junibrise wehte ihr sanft die Haare aus dem Gesicht. Wieso hatte sie sich in diesem Traum nur so gut an sein Aussehen erinnern können?

Sie streckte sich, spürte ihren Körper vibrieren wie eine überspannte Saite. Dann zog sie ihren Laptop vom Schreibtisch auf ihr Bett, setzte sich auf und suchte seinen Namen. Acht Veröffentlichungen, bei dreien wurde er als erster Autor genannt. Sie klemmte den Laptop zwischen die Knie und begann zu lesen.

In den nächsten Wochen schlich sie sich immer ins Arbeitszimmer ihres Vaters, wenn er Pause machte, wie er es nannte, beziehungsweise in einem weniger frenetischen Tempo arbeitete, wie andere es beschreiben würden. Sie bat ihn, ihr verschiedene Forschungsgebiete zu erklären, und bemühte sich halbherzig zu verschleiern, dass sie sich nur für Themen interessierte, die mit Dannys Interessengebieten zu tun hatten. Für ihren Vater, der sich nur am Rande für die Feinheiten zwischenmenschlicher Beziehungen interessierte, reichte das völlig aus.

Sie sorgte dafür, dass sie immer unten auf der Couch saß, wenn Danny kam – immer zu früh, damit er noch plaudern und in der Küche helfen konnte. Für ihre Mutter, die sich außerordentlich für die Feinheiten zwischenmenschlicher Beziehungen interessierte, war das wahrscheinlich eine willkommene Abwechslung.

Danny streifte an der Tür die Schuhe ab, Teva-Sandalen oder Turnschuhe, und lief in hochgekrempelten Kakihosen barfuß durchs Haus. Er trug nie Socken, und Zoe fand seine Knöchel (schlank, mit hellblondem Haar) und die langen Füße (mit Bräunungsstreifen, die sich beim Gehen bewegten) unerträglich anziehend.

Er und ihr Bruder schlossen schnell Freundschaft, und als Alex ihr Fahrstunden anbot, schaltete sich Danny sofort mit einem Gegenangebot ein – »Autofahren lernt man nicht in der Familie« –, woraufhin Zoe sich am liebsten in Luft aufgelöst hätte und zugleich wie auf Wolken ging.

Nach dem Essen lauschte sie im Treppenhaus, wie Gläser klirrten und Whiskey eingeschenkt wurde. Natürlich hatte sie selbst schon mal Whiskey getrunken – die meisten Eltern ihrer Freundinnen hatten einen gut gefüllten Spirituosenschrank. Sie merkten zwar, wenn etwas fehlte, regten sich aber nicht auf, besser, die Kinder probierten es zu Hause aus. Zoe konnte sich gut vorstellen, wie er auf Dannys Lippen schmecken würde.

Es dauerte Wochen, bis sie den Mut aufbrachte, sich zu ihnen zu gesellen. Als sie den Männern eines Abends nach dem Dessert ins Wohnzimmer folgen wollte, rief ihre Mutter sie zurück.

»Zoe, könntest du mir bitte helfen, den Tisch abzuräumen?«

»Alex muss nicht helfen.«

»Alex hilft beim Eindecken.«

Das stimmte, aber vor dem Essen gab es auch nichts zu verpassen. Zoe sammelte die mit leuchtend violetten Resten eines Blaubeerkuchens verschmierten Teller ein, stellte sie klappernd in die Spüle und schlich dann ins Wohnzimmer. Dort angekommen, hielt sie inne und schaute sich verstohlen nach einem Platz um, an dem sie nicht im Weg war.

»Meine Zoe! Was brauchst du?«, fragte ihr Vater, als er sie bemerkte, und sie verschluckte sich beinahe an ihren Worten.

»Ich wollte nur zuhören.«

»Die kleine Maus kommt endlich zu uns, anstatt sich im Treppenhaus zu verstecken?«, fragte Danny, und Zoe wurde knallrot. Es kostete sie all ihre Beherrschung, nicht aus dem Zimmer zu stürmen, und ihr Bruder erbarmte sich schließlich und setzte sich auf den Boden, mit dem Rücken an seinen Sessel gelehnt. Er redete einfach weiter, während sie wie eine Prinzessin über ihm hockte. Es hätte nicht schlechter laufen können, aber sie war hier. Ihr brach der Schweiß aus. Wenn sie jetzt nichts sagte, wäre alles umsonst. Als das Gespräch auf Dannys Arbeit kam, räusperte sie sich und trug vor, was sie vorbereitet hatte – eine Lücke, die sie in einem seiner Aufsätze entdeckt hatte, und ein Experiment, das sie dafür geeignet hielt. Danny lächelte sie an und nickte, und sie dachte, dass sie etwas beigetragen hätte, bis ihr Vater sich zu Wort meldete.

»Darauf haben wir ihn schon hingewiesen, und Danny hat sich ziemlich gut verteidigt.«

Niemand hielt es für nötig, sie darüber aufzuklären, worin seine Verteidigung bestanden hatte. Als sie zu Danny blickte, sprach er bereits mit jemand anderem.

Demütigung: rein, heiß, furchtbar. So stark, dass sie sie nach all diesen Jahren immer noch spürte.

Damals stellte sie sich nackt vor den Spiegel und betrachtete sich. Kleine Brüste, schmale Hüften, aber eine neuerdings schmale Taille. Die Schlüsselbeine, die gerade vom Babyspeck befreit waren, bildeten saubere Flächen unter ihrem Gesicht, das jetzt groß genug für ihre Augen, die Nase und Augenbrauen war und eher dramatisch als lächerlich wirkte.

An manchen Tagen hielt sie sich für eine Frau, an anderen hoffnungslos für ein Kind.

Danny schien sich nicht an die Episode nach dem Essen zu erinnern, Zoe wusste nicht, ob das gut oder schlecht war. In den Fahrstunden, die er ihr gab, war sie schweißgebadet, biss die Zähne zusammen und trat viel zu fest auf die Bremse, während er lachend auf dem Beifahrersitz saß. »Zoe, Kleine, du musst dich entspannen. Bleib ganz locker.«

Als er Cambridge am Ende des Sommers verließ, umarmte er sie und ihren Bruder zum Abschied, sagte zu Alex, er werde ihn bald wiedersehen, und zu Zoe mit einem Lächeln in der Stimme: »Vergiss nicht zu schreiben.« Sie war auf ihr Zimmer gegangen, hatte masturbiert, dann geweint und die letzte Woche vor Schulbeginn niedergeschlagen im Bett gelegen, während die heiße Augustsonne durchs Fenster schien. Natürlich hatte sie ihm nicht geschrieben.

Sie schüttelte den Kopf und dachte darüber nach, wie lächerlich sie sich verhalten hatte. Sie fragte sich, was Danny heute von ihr halten würde. Ob sie für ihn immer noch ein Kind wäre. Ob sie am Ende immer noch ein Kind *war*.

4

Ein paar Wochen später traf sie Jack wieder. Sie war auf dem Weg zu einer Abendveranstaltung, halb neun im Science Center, und er lief über den Yard. Es war dunkel, früher Schnee sprenkelte das bräunliche Gras.

Die Kombination aus Körpergröße und Linksneigung war unverkennbar. Als er näher kam, sah Zoe, dass er einen abgenutzten Militärparka trug, dunkelgrün mit vielen Taschen, dazu die übliche abgenutzte Jeans und abgetragene Stiefel. Er war immer blass, aber heute sah er erschöpft aus, unter seinen Augen lagen dunkle Schatten.

Zoes Interesse war geweckt. Sie steckte die Hände in die Taschen. Er sah sie nicht an. Wollte sie wirklich diejenige sein, die den ersten Schritt machte? Falls nicht, würde sie vielleicht nie wieder mit ihm sprechen. Was …

»Jack?«, sagte sie, bevor sie es sich anders überlegen konnte.

Er blieb stehen, sie standen sich gegenüber. Zoe verlagerte ihr Gewicht auf das andere Bein. »Zoe.«

»Was machst du … hast du Organik sausen lassen?«

»O nein«, antwortete er, »ich hatte nur viel zu tun.«

»Oh.« Also hatte ihm das Spiel nicht so viel Spaß gemacht wie ihr. Vielleicht hatte sie sich das Ganze nur eingebildet. Sie war froh, dass es dunkel war, denn sie spürte, wie sie rot wurde.

»Wie ist es gelaufen?«

»Gut, gut.« *Langweilig, ohne dich*, dachte sie, aber natürlich konnte sie ihm das nicht sagen.

Er strich sich eine Locke aus dem Gesicht.

»Warum hattest du denn so viel zu tun?«

»Ach, ich war im Labor. Etwas aufwendige Experimente, viel Hin und Her zu späten Uhrzeiten.« Er deutete mit dem Kopf hinter sich.

Sofort dachte sie, dass er in die falsche Richtung zeigte. »Ist David Li nicht am Wyss-Institute?«

»Äh, ja, stimmt.«

Zoe sah ihn an.

»Tja, also, ich sollte was essen«, sagte er.

»Okay.« Sie wünschte, ihr würde etwas Interessantes einfallen, etwas Lustiges oder Kluges, das seine Aufmerksamkeit weckte, um die Oberhand zu gewinnen. Aber ihr fiel nichts ein.

Er lächelte schwach, dann ging er. Anstatt die Wege zu benutzen, lief er einfach geradeaus, hinterließ eine Reihe dunkler Abdrücke auf dem gefrorenen Gras.

Sie wünschte, sie hätte den Punktestand auf Papier festgehalten, dann hätte sie es jetzt zerknüllen können.

Sie schwor sich, dass die Geschichte mit Jack vorbei war, was auch immer das gewesen sein mochte. Von nun an würde sie sich ihm gegenüber genauso abweisend verhalten wie gegenüber jedem anderen Studenten, der sich in Lis Labor eingeschlichen hatte.

Doch am nächsten Tag, als sie zu Organik kam, saß er auf dem Platz neben ihr. Er lächelte schwach und hob zum Gruß die linke Hand von seinem Notizbuch.

Er spielt mit mir, dachte sie.

Sie setzte sich und wartete, dass er etwas sagte. Er roch nach Rauch.

Doch er sagte nichts. Ein paar Minuten zu spät schlenderte Professor Norton herein und nahm die Kreide in die Hand. Jack und Zoe schwiegen, lehnten sich in entgegengesetzte Richtungen und machten Notizen.

Es war Donnerstag, nach der Vorlesung würde eine Sprechstunde stattfinden. Zoe fragte sich, ob Jack hingehen würde.

Wenn sie den ersten Schritt machte, würde er ihr dann folgen? Und würde sie es tun, wenn er den ersten Schritt machte?

Nein, das war lächerlich. Sie packte ihre Sachen und ging nach draußen. Jack klemmte sein Notizbuch unter den linken Arm und folgte ihr.

»Holst du dir was zu essen?«, fragte er.

»Ja.«

»Nach dir.« Er deutete mit dem Kopf die Straße hinunter zum Yard, auf die River Houses und Mensen dahinter.

Beim Gehen schob er die Hände in die Hosentaschen, und sie fragte sich, was er dachte, und wünschte, die Antwort würde sie nicht so sehr interessieren. Im Strom der entgegenkommenden Studierenden sprang ihr Blick zu einzelnen Gesichtern. Momentaufnahmen: Ein Lachen, ein geistesabwesender Gesichtsausdruck, ein lächelnder Blick auf ein Handy, eine angewiderte Miene, eine Hand, die sich ein Handy vors Gesicht hielt, das verwischte Bild eines Kopfes, der sich wegdrehte.

»Also.« Sie wollte ein Gespräch anfangen, doch sie dachte an die Lektionen ihrer Mutter über Small Talk, und es gelang ihr nicht, das Schweigen zu brechen. Dann blickte sie ihn an. »Welche Forschung nimmt dich so ein, dass du vergisst, wo dein Labor ist?«

Er lachte schnaubend. »Gentherapie.«

»Welche Art von Gentherapie?«

»TERT.«

»Anti-Aging?«

Er nickte. »Genau.«

Im zweiten Studienjahr an etwas arbeiten, das mit ziemlicher Sicherheit innerhalb von zwei Jahren zur Gründung eines Start-ups führen würde? »Ziemlich cool.«

Er nickte. »Wohl schon, ja.«

Sie zögerte einen Moment und räusperte sich. »Vermutlich angewandte Forschung?«

»Ja. David … na ja, du weißt, wie erfolgreich er mit Start-ups ist.«

»Es gibt also ein Start-up.«

Jack legte den Kopf schief und zuckte mit den Schultern. »Angewandte Forschung eben.«

»Wirst du dort mitarbeiten?«

Er zog die Augenbrauen hoch und zuckte erneut mit den Schultern.

»Willst du dein Studium abbrechen, um dort zu arbeiten?«

Schließlich lachte Jack. »Hartnäckig.«

»Ziemlich«, erwiderte Zoe lächelnd.

»Woran arbeitest *du*?«

»Oh.« Zoe verzog den Mund. Sie wollte nicht zugeben, dass sie keine Laborerfahrung hatte, schon gar nicht ihm gegenüber. Sie setzte eine freundliche, neutrale Miene auf. »Momentan an nichts. Ich spiele ein paar Optionen durch«, sagte sie. *Das heißt, bis vor drei Wochen war ich so versessen darauf, mit deinem Projektleiter zusammenzuarbeiten, dass ich mich geweigert habe, andere Optionen in Betracht zu ziehen. Leider hat er überhaupt kein Interesse an mir, und darum bin ich jetzt aufgeschmissen.*

»Wirklich?« Er klang ehrlich überrascht. Sie hatten das Science Center und die Foodtrucks passiert, waren an Pizza und Sandwich essenden Touristen vorbei durch eines der Tore gegangen und befanden sich nun im Yard. Es war ein düsterer Tag, und der graue Himmel ließ den roten Backstein bräunlich wirken.

»Warum?«, fragte sie forschend.

»Ach, ich wollte nur …« Er hob die Augenbrauen und zog einen Mundwinkel hoch, als wäre er erwischt worden. »Was interessiert dich?«

»Na ja«, antwortete sie, »auf der Highschool hab ich mich hauptsächlich für Quantenphysik interessiert.« Quantencomputer, um genau zu sein, denn damit hatte sich Danny in Verbindung mit der Arbeit ihres Vaters in der Quantenfeldtheorie beschäftigt.

»Jetzt interessiere ich mich mehr für Biochemie, besonders Neuro. Das Verständnis der neuronalen Aktivität.«

»Dann interessierst du dich für Davids andere Projekte.«

Jetzt war Zoe verlegen. Und er war mit David Li per Du. »Wer interessiert sich nicht mindestens für eins von Davids Projekten?«

Jack nickte nur. Sie hatten den Yard fast durchquert, waren an Wigglesworth Hall vorbei, hatten durch das Tor dahinter die Mass. Ave. erreicht. »Okay, Zoe«, sagte er. Sie sah ihn an. Er hatte noch immer die Hände in den Hosentaschen und erwiderte ihren Blick nicht, doch er verzog leicht die Mundwinkel, als würde er ein Lächeln unterdrücken. »Was ist das Bewusstsein?«

Sie lachte überrascht auf. »Keine Ahnung. Deshalb will ich ja in der Neuro arbeiten. Das ist das nächste ... das ist der Ozean der Humanbiologie.«

»Fünfundneunzig Prozent unerforscht.«

Sie gab die Frage zurück. »Was glaubst du, ist die Natur des Bewusstseins?«

Er zuckte mit den Schultern. »Ich arbeite in der Anti-Aging-Forschung. Ich hab keine Ahnung.«

»Die Gebiete sind in gewisser Weise verwandt.«

Er legte den Kopf schief und blickte die Holyoke Street hinunter. Zoe fragte sich, ob sie ihn beleidigt hatte. Von einer Feuerleiter über ihr fiel ein feuchtkalter Tropfen auf ihr Ohr. Sie zuckte zusammen und wischte ihn reflexartig fort.

Sie erreichten die Seitentür von Lowell House. »Hier wohne ich«, erklärte Zoe. Vermutlich war er im Winthrop oder Eliot untergebracht, zwei der anderen Wohnhäuser, die hinter dem Lowell lagen. Sie überlegte, was sie sagen konnte, damit das Gespräch nicht versiegte. »Sehen wir uns Dienstag?«

Er nickte, winkte verlegen und machte kehrt. Zoe sah ihm hinterher, die Hand an dem schmiedeeisernen Tor, das immer schwerer wurde. *Er muss im Adams wohnen*, dachte sie.

Er griff in seine Tasche, zog einen viereckigen Gegenstand heraus, fummelte daran herum und steckte sich etwas in den Mund. Vielleicht einen Kaugummi. Auf der leeren Straße wirkte seine Gestalt ziemlich dramatisch: Der lange Parka flatterte um seine Beine, während er sich leicht nach vorn lehnte, auf seinem Kopf der dichte Lockenschopf.

Und überhaupt, dachte sie, *hat er mich gerade nach Hause begleitet?*

5

»Ich bin froh, dass Sie sich gemeldet haben«, sagte Professorin Hall am Ende ihres Treffens. Professorin Hall war außerordentlich beeindruckend. Sie war die erste weibliche Chemieprofessorin in Harvard und arbeitete in der Quantenphysik, einer durch und durch männerdominierten Domäne. Vermutlich war sie genauso cool wie Li, aber sie hatte vor ein paar Wochen umgehend und persönlich auf Zoes Anfrage reagiert und ihr angeboten, bei einem Treffen über eine mögliche Laborarbeit zu sprechen. »Bevor ich Sie gehen lasse, sollte ich Ihnen sagen, dass ich mit Lawrence geredet habe«, einer von Zoes Professoren aus dem letzten Jahr, »und er hat in den höchsten Tönen von Ihnen geschwärmt.«

Es fühlte sich gut an. Vielleicht war sie doch begehrt. Dann schlug Professorin Hall das rechte Bein über das linke, legte die Hände um das rechte Knie. »Ich glaube, Sie würden sehr gut in mein Labor passen«, sagte sie, »ich lege großen Wert auf die Förderung vielversprechender junger Frauen.«

Es hätte sich gut anfühlen können, tat es aber nicht. Es fühlte sich wie Betrug an.

Für Zoe war Wissenschaft ein Jungensport. Wie Fußball. Alle Wissenschaftler, die ihr Vater mit nach Hause brachte, waren Männer, und so war die Arbeit untrennbar mit Männlichkeit verbunden. Mit Angeberei, mit den Besonderheiten männlicher Freundschaft und den damit einhergehenden Vorstellungen von Brüderlichkeit und Hierarchie; dass man beim Abendessen das Doppelte seines Körpergewichts verschlang, weil man so in die Arbeit vertieft gewesen war, dass man den ganzen Tag nichts gegessen hatte; dass man etwas vernachlässigt wirkte, unrasiert, erschöpft und etwas ungelenk, als würde man sich nicht für gesellschaftliche Umgangsformen interessieren; all das zeigte, dass man sehr hart arbeitete, tiefgründige Gedanken hegte und keine Zeit für zarten, glänzenden Frauenkram hatte. Natürlich empfand sie es als ungerecht, dass ihr Bruder sich in diese halb wilden Gruppen einfügen durfte – noch dazu ermutigt wurde. Ihre Mutter zwang ihn zwar, sich die Haare zu waschen, aber seine Stimme durfte rau und laut sein, seine Kleidung zerknittert und ausgebeult, sein Verhalten seltsam. Das galt nicht für Zoe.

Allerdings hatte man ihr nie gesagt, Wissenschaft sei nichts für sie. Als ihr Vater ihrem Bruder am Küchentisch schriftliche Division und Multiplikation beibrachte und die zwei Jahre jüngere Zoe neugierig dabei zusah, hob er sie auf seinen Schoß, drückte ihr einen Bleistift in die Hand und freute sich, weil sie es schneller begriff als Alex. Beide Kinder waren hochintelligent – oder zumindest so erzogen –, und es ging nie darum, welches Kind schlauer war. Es ging nur darum, dass Zoe nicht nur klug sein, sondern auch harmlos erscheinen sollte. Was, ihrer Ansicht nach, Alex mehr Raum gab, zu brillieren.

»Ich habe einen meiner Postdoktoranden gebeten, Ihnen anschließend eine Führung zu geben«, fuhr Professorin Hall fort. Sie war eine der bestgekleideten Chemieprofessorinnen, die Zoe je gesehen hatte, in einem blaugrauen Hosenanzug, dessen Blazer über der Rückenlehne ihres Schreibtischstuhls hing. »Ich glaube, Sie könnten sich besonders für das Tunneleffekt-Projekt interessieren, das ich erwähnt habe.«

»Das wäre fantastisch, vielen Dank«, sagte Zoe.

Die Sekretärin zeigte Zoe, wo sie auf den Postdoc warten sollte, und Zoe versuchte, die gemeine Stimme in ihrem Hinterkopf zum Schweigen zu bringen. *Vielleicht brauchst du ja tatsächlich ein bisschen Hilfe. Vielleicht ist das Problem nicht, dass Wissenschaft ein Jungensport ist. Sondern dass du nicht gut genug spielst.*

Der Postdoc kam heraus, und Zoe stand auf und streckte ihm

die Hand hin. Währenddessen summte das Handy in ihrer Hosentasche. Ein kleines Vibrieren, das sie dazu bringen würde, einen anderen Weg einzuschlagen.

Sie las die Benachrichtigung nach dem Rundgang, als sie mit der Tasche über der Schulter in der Garderobe stand. Es war 17:16 Uhr.

David Li. Betreff: Termin. Hätten Sie um 18 Uhr Zeit für ein kurzes Gespräch?

Auf dem hohen Glasgebäude stand nicht einmal Wyss, nur die Adresse, 3 Blackfan Circle. Sie steckte die Bluse ordentlich in die Hose, glättete ihr Haar, hoffte, dass sie nicht aussah, als wäre sie quer über den ganzen Campus gelaufen, um den Shuttle nach Longwood zu erwischen, holte tief Luft und betrat die Lobby.

Die Empfangsdame war höflich und gab sich unbeeindruckt, selbst als sie die E-Mail von Professor Li vorzeigte. Sie forderte Zoe auf, Platz zu nehmen, während sie seine Assistentin anrief.

»Er erwartet Sie in ein paar Minuten«, erklärte sie, als sie auflegte. »Jemand kommt Sie abholen.«

Zoe nickte. Sie merkte, dass ihre Hände zitterten, schalt sich für ihre Nervosität, versuchte, sich auf die Umgebung zu konzentrieren. Die Decken waren doppelt oder sogar dreifach so hoch, mit riesigen digitalen Bildschirmen, auf denen Artikel und Pressemitteilungen über die Arbeit vom Wyss eingeblendet wurden. Zoe konnte sie aus dieser Entfernung nicht lesen, sah nur die inszenierten Fotos von lächelnden, perfekt frisierten Menschen hinter kunstvoll verschwommenen Kolben und Petrischalen. Noch nie hatte sie eine Wissenschaftlerin gesehen, die bei der Arbeit so fröhlich oder so perfekt geschminkt war. Für wen waren diese Bilder?

Um 17:58 Uhr stieß eine streng aussehende blonde Frau die Tür zur Lobby auf. »Zoe?«, fragte sie, und Zoe schoss sofort hoch, lächelte breit, streckte ihre Hand aus.

»Freut mich, Sie kennenzulernen. Ich bin Professor Lis Assistentin«, stellte sich die Frau vor und berührte nur flüchtig Zoes Hand, bevor sie auf dem Absatz kehrtmachte und Zoe hinein führte.

Professor Li erwartete sie in einem gläsernen Konferenzraum. Zoe sah von außen, dass bereits jemand auf ihrer Seite des Tisches mit dem Rücken zu ihr saß. Groß, lockiges Haar, auf den linken Ellbogen gestützt, Stift in der linken Hand, der über den Mittel- zum Zeigefinger wanderte, dann unter dem Mittelfinger zum Ringfinger. Ein nicht identifizierbares, unangenehmes Gefühl ließ sie erröten.

Lis Assistentin öffnete die Tür und führte Zoe herein. »Zoe Kyriakidis«, sagte sie, und Professor Li, der auf der anderen Seite des Konferenztischs saß, stand auf und beugte sich vor. Zoe schüttelte ihm die Hand und betrachtete sein tiefschwarzes Haar und sein glattes Gesicht, das legere T-Shirt und die Jeans, sein lockeres Auftreten und die leuchtenden Augen. Für zweiundfünfzig sah er unglaublich jung aus, er konnte für Anfang dreißig durchgehen – wie sollte es auch anders sein?

Sie setzte sich, als Professor Li sich setzte, und sah zu Jack hinüber, der sich nicht gerührt hatte. Er nickte ihr zu und tippte mit dem Stift auf sein aufgeschlagenes Notizbuch.

»Zoe, schön, Sie kennenzulernen.« Professor Li sprach wie ein Radiomoderator.

»Ich freu mich auch«, antwortete sie. Wieder hatte sie die Worte ihrer Mutter im Ohr: *Kopf hoch, Schultern zurück, lächeln*. Sie richtete sich in ihrem Stuhl auf.

»Jack spricht in den höchsten Tönen von Ihnen.« Professor Li legte die Fingerspitzen aneinander und stützte die Ellbogen auf den Glastisch.

Zoe errötete. Sie wusste nicht, was sie darauf erwidern sollte, Jack saß direkt neben ihr und lachte verlegen. »Danke.«

»Könnten Sie kurz zusammenfassen, woran in meinem Labor gearbeitet wird? Es ist völlig in Ordnung, wenn Sie keine technischen Einzelheiten wissen – und natürlich auch keine geheimen –, aber bitte geben Sie mir einen allgemeinen Überblick. Als wäre ich, sagen wir, ein Doktorand in einer verwandten Wissenschaft, vielleicht Ingenieurwesen, vielleicht am MIT.«

Zoes Magen krampfte sich zusammen. Sie hätte ihn vertrösten und sich erst vorbereiten sollen. Dass Jack mitbekam, dass sie sich nicht vorbereitet hatte, machte es noch schlimmer. Dann fasste sie sich, atmete tief durch, faltete die Hände vor sich auf dem Tisch und legte los.

»Das ist nur eine grobe Darstellung. Professor Li betätigt sich auf verschiedenen Gebieten der Anti-Aging-Forschung, darunter TERT sowie Gene, die mit einer verlängerten Lebensspanne in Verbindung stehen. Die Arbeit an TERT scheint klinisch am vielversprechendsten. Sie basiert auf dem Wissen, wie verheerend die Verkürzung von Telomeren ist – sie erhöht beispielsweise das Risiko für Herzerkrankungen.« Sie zögerte, dann fuhr sie engagiert fort. »Sein Labor ist dafür bekannt, im Geheimen bahnbrechende, neue Technologien zu entwickeln und dann äußerst erfolgreiche Start-ups zu gründen.«

Zoe hielt kurz inne. Sie konnte nicht zugeben, dass sie alle seine Arbeiten über TERT gelesen hatte, denn dann wäre Jack sofort klar gewesen, dass sie wissenschaftliches Stalking betrieben hatte. Aber ein gewisses Fachwissen zu demonstrieren, war die Peinlichkeit doch allemal wert, oder?

»Seine letzte Arbeit hat beeindruckend gezeigt, dass CMV – ein besonders viraler Überträger – sich besonders gut zur Übertragung von TERT und FST eignet. Beide haben die Lebensdauer von Mäusen um … wenn ich mich richtig erinnere« – sie wusste, dass sie sich richtig erinnerte – »etwa vierzig Prozent verlängert. Sein Forschungsgebiet«, sie überlegte, wie sie es ausdrücken sollte, »das mich vielleicht am meisten interessiert, ist die angewandte künstliche Intelligenz. Er verwendet neuronale KI-Netzwerke, um biologische, neuronale Netzwerke und Denkprozesse nachvollziehen zu können.« Sie räusperte sich. »Er ist auch …«

»Das genügt«, unterbrach Li. »Woran arbeiten Sie gerade?«

»Ich arbeite gerade in keinem Labor. Ich habe mich einige Zeit mit verschiedenen Bereichen vertraut gemacht, ich komme gerade aus der Hall…«

»Ich meine, woran arbeiten *Sie* gerade?«

An nichts, dachte Zoe, *ich bin im zweiten Studienjahr, ich weiß absolut nichts, geschweige denn genug, um selbst an etwas zu arbeiten.* Aber das war nicht die Antwort, die er hören wollte. »Mich interessiert der Gedanke, dass wir neuronale Netzwerke mithilfe von KI-Proxys besser verstehen können. Ich glaube, irgendwann werden wir begreifen, dass ihre Funktionsweise die Antwort auf unser Bewusstseinsproblem ist.«

Li nickte. »Gut. Welche Kurse haben Sie belegt?«

Zoe zählte ihre Kurse auf und dankte sich selbst dafür, dass sie fünf pro Semester, darunter einige auf Masterniveau, belegt hatte. »Nicht, dass es darauf ankäme – nichts kann einen auf die kreative Arbeit vorbereiten«, sagte Zoe am Ende ihrer Aufzählung. Sie nickte lächelnd und versuchte, eifrig, aber nicht übereifrig zu wirken, ruhig und selbstbewusst, aber angemessen zurückhaltend.

»Jack hat Sie als potenzielle Verstärkung für sein Team vorgeschlagen. Er sagte, Sie seien gut in der Theorie und würden seine Fähigkeiten ergänzen.«

Zoe nickte, spürte eine kribbelnde Aufregung in sich. Hatte sie den Test bestanden?

»Es ist etwas anderes als Ihre aktuelle Arbeit. Sein Projekt ist TERT-basiert – Anti-Aging. Ist das für Sie in Ordnung?«

Sie tat so, als würde sie nachdenken, auch wenn sie ihre Antwort sofort wusste. »Ja.«

»Sehr schön.« Li stand unvermittelt auf und stützte sich mit den Fingerspitzen auf dem Tisch ab, Zoe erhob sich ebenfalls. Jack blieb sitzen, legte den linken Fuß auf das rechte Knie und lehnte sich zurück. »Jemand wird sich wegen der Einzelheiten mit Ihnen in Verbindung setzen. Und Sie sollten darüber nachdenken. Nehmen

Sie sich die Woche über Zeit. Wenn Sie nicht mit Leidenschaft bei der Sache sind, werden Sie hier nicht gut zurechtkommen.« Er machte eine Pause. »Falls Sie sich entscheiden, bei uns mitzumachen, werden wir uns auf jeden Fall wiedersehen.« Er nickte ihr knapp zu, dann verließ er den Konferenzraum.

Zoe zögerte, setzte sich wieder hin und drehte ihren Stuhl zu Jack.

»Schön, dich zu sehen«, sagte er.

»Dito.«

Sie schwiegen.

»Das hättest du nicht tun müssen«, sagte sie.

»Es war kein Gefallen«, entgegnete er. Dann lehnte er sich zurück und sah auf sie herunter – war ihr schon mal aufgefallen, dass seine Nase leicht schief war? –, klappte sein Notizbuch zu, schob den Stift in die Metallspirale, die sich am oberen Ende löste, und stand auf. Zoe tat es ihm gleich.

»Wir sehen uns in Organik«, sagte er und ging.

Zoe schaute aus dem Fenster auf eine Reihe gläserner Gebäude. Durch ihre verspiegelten Oberflächen war es so hell, dass man sogar drinnen eine Sonnenbrille gebrauchen könnte.

»Zoe?«, fragte eine Frauenstimme. »Ich kann Sie hinausbegleiten.« Es war die Assistentin. Sie führte Zoe auf anderem Weg zurück, als sie gekommen waren, diesmal durch das Stockwerk, an den Labors vorbei. Durch die Glaswände sah Zoe eine scheinbar unendliche Masse intelligenter junger Menschen, die an völlig unterschiedlichen Dingen arbeiteten – Maschinen, Kolben mit Flüssigkeiten, biologische Proben, Mäuse. In einer Kaffeeecke diskutierten drei Studenten über einen mit Papieren übersäten Tisch gebeugt so vehement, dass Zoe am liebsten stehen geblieben wäre und zugehört hätte. Einer von ihnen brüllte fast, während er mit dem Finger auf ein Papier tippte und darlegte, was nach einem komplexen Einwand gegen eine bestimmte Dateninterpretation klang. Ein anderer lehnte sich zurück, verschränkte die Arme und wartete mit einem leichten Grinsen, um dann schlicht zu sagen: »Du liegst falsch«, woraufhin alle drei in schallendes Gelächter ausbrachen. Zoe fühlte sich zu ihnen hingezogen, wollte unbedingt dazugehören, mit Jack. Sie wollte leidenschaftlich diskutieren und gemeinsam lachen. Sie wollte die Aufregung spüren, an etwas zu arbeiten, das die Welt verändern könnte.

Die Assistentin begleitete sie bis ins Erdgeschoss. Zoe bedankte sich bei ihr und trat aus dem Aufzug. Die Frau nickte, die Türen schlossen sich und beförderten sie zurück in die Zukunft, während sie Zoe mit den Füßen fest in der Gegenwart zurückließ.

6

Ein paarmal würde Zoe noch denken, dass Professorin Hall die richtige Wahl gewesen wäre. Viel später, als alles vorbei war; irgendwann in der Mitte, wenn ihr alles zu viel wurde und der traditionelle Weg so angenehm banal erschien; und jetzt, als sie über die Entscheidung nachdachte und ihr Ego schrie, sie solle sich nicht an einen anderen Studenten hängen.

Sie wollte mit ihren Mitbewohnerinnen darüber sprechen, machte aber doch immer wieder einen Rückzieher. Es war ihr peinlich. Zum einen, weil sie nicht zugeben wollte, dass sie Li allein nicht genügte, und zum anderen, weil es ihr angeberisch vorkam, von Halls Angebot zu berichten. Ersteres hatte sie von ihrem Vater, das andere von ihrer Mutter.

Die Ansicht ihres Vaters wäre hilfreich gewesen, aber sie hatte seine Hilfe bisher nicht gebraucht und wollte nicht jetzt damit anfangen. Sie wollte sicher sein, dass sie es, soweit möglich, selbst geschafft hatte. Deshalb Harvard, nicht das MIT oder Stanford; deshalb Chemie, nicht Physik. Deshalb schwieg sie, wenn er ihr einen Ratschlag gab, faltete die Hände auf dem Esstisch, den Blick auf die dunklen Maserungen im Holz gerichtet. Sie spürte die Angst ihrer Mutter vor ihrer Selbstständigkeit und die Selbstsicherheit ihres Vaters, der entweder nicht bemerkte, dass seine Tochter ihn ignorierte, oder es war ihm egal. (Ihr Bruder hatte solche Bedenken nicht, aber er brauchte auch keine Hilfe. Erst an Weihnachten hatte ihr Vater einen seiner alten Weine geöffnet, als ihr Bruder verkündete, dass er in Stanford bleiben und dort promovieren würde.)

Das Interessanteste an ihrem ersten Arbeitstag in Lis Labor war, dass Jack – der gegen elf Uhr hereinschlenderte, zweieinhalb Stunden nach ihr, zum Gruß die Hand hob und dann in den Tiefen des Raums verschwand – ein spektakulär blaues Auge hatte. Dunkles Violett, das in Grün und Gelb überging und sich an der Nase hinunterzog, als wäre das Blut abgeflossen, bevor es geronnen war. Das Veilchen war eindeutig nicht neu; das Auge war nur noch mäßig geschwollen. Im Kontrast zu seiner weißen Haut sah es lächerlich aus, wie Filmschminke. Sie musste das Bild förmlich aus ihrem Kopf schütteln, um sich wieder auf Jerry zu konzentrieren, einen Postdoc, der ihr erklärte, wie man die Mäuse fütterte.

»Den hat's ja schlimm erwischt«, sagte Jerry.

Zoe war dankbar, dass er es zur Kenntnis nahm. »Sieht wirklich schlimm aus.«

»Dabei ist das mindestens zwei Wochen her. Hättest es mal sehen sollen, als es noch frisch war.«

Erst wollte sie Jerry fragen, was passiert war, doch dann kam ihr das schräg vor, und sie schüttelte mitfühlend den Kopf. *Wenn Jerry ihn schon vor zwei Wochen so gesehen hat, muss Jack am 2. Januar ins Labor zurückgekommen sein, direkt nach Weihnachten und Neujahr. Wollte er keine Zeit mit seiner Familie verbringen? Oder hatte er einfach vor Semesterbeginn im Labor vorarbeiten wollen – und hätte ich vielleicht auch so früh zurückkommen sollen?* Und dann: *Warum wurde ich nicht gebeten, früher zurückzukommen?*

Eifersucht flackerte in ihr auf, das Gefühl, etwas verpasst zu haben, doch sie verdrängte es und konzentrierte sich auf ihre Arbeit.

Gegen drei Uhr, als Zoes Kopf zum Bersten mit neuen Informationen gefüllt war und ihr Blick im Neonlicht verschwamm (einige der Laborratten, die sie gesehen hatte, trugen orange oder rosa getönte Brillen gegen Kopfschmerzen. Jetzt verstand sie, warum), sagte Jerry: »Mach eine Pause und geh an die frische Luft. Anschließend übernimmt Jack seinen Teil der heutigen Ausbildung.«

Bei dem ersten Satz entspannte sich Zoe, der zweite ließ sie wieder erstarren. Jack sollte sie ausbilden? Er war doch selbst noch in der Ausbildung. Aber sie lächelte nur. »Danke, ein bisschen frische Luft klingt gut«, sagte sie und ging den Flur hinunter.

»Linksrum geht es schneller«, rief Jerry ihr nach. Mit brennend heißem Gesicht schaute sie sich um und lächelte verlegen, dann machte sie kehrt und eilte zu den Aufzügen.

Die eisige Luft war angenehm, kühlte ihre glühenden Wangen und ihren von der Aufregung erhitzten Körper. Sie legte den Kopf in den Nacken, schloss die Augen, spürte ihren Rotz gefrieren, als sie tief einatmete.

Du bist genau da, wo du sein willst, erinnerte sie sich.

Hinter ihr ging die Tür auf, und mit kurzer Verzögerung wehte warme Luft um ihre Knöchel. Sie lehnte am Gebäude und blickte über ihre Schulter, um demjenigen, der gerade ging, zuzulächeln. Doch dann merkte sie, dass derjenige, der gerade ging, zu ihr herüberkam, und dass derjenige, der gerade ging, ein enormes Veilchen hatte, das im winterlich weißen Licht fast fluoreszierend wirkte.

Er trat neben sie, nickte ihr kurz zu, zog eine Packung Kaugummi aus der Tasche und hielt sie ihr hin. Die Verpackung sah seltsam aus, klinisch. Zoe drehte sie um, blickte mit skeptischem Blick zu ihm hoch.

»Nikotinkaugummi?«

Er schien amüsiert. »Das Aufputschmittel meiner Wahl. Kein Druck, natürlich.«

Sie schüttelte den Kopf. »Nein, danke. Koffein reicht mir.«

»Rauchen ist befriedigender, aber man kann nicht in der Anti-Aging-Forschung arbeiten und rauchen. Zu viel Ironie.«

Zoe schüttelte lachend den Kopf, wusste nicht recht, wie ernst er es meinte.

»Wie ist dein erster Tag?«

»Gut.« Sie beobachtete die vorbeifahrenden Autos. Ein schwarzer BMW, ein silberner Toyota. »Viele Infos auf einmal.«

»Na ja, ja. Aber findest du die Arbeit interessant?« Er klang seltsam ernst, fast besorgt. Wie ein kleines Kind.

»Ich … natürlich. Es ist unglaublich, hochmodern.«

Er kaute, schloss die Augen wie ein Raucher, der gerade einen tiefen Zug nimmt. Sie betrachtete die Schatten, die seine Wimpern auf die Wangenknochen warfen. Das blaue Auge befand sich auf der anderen Seite seines Gesichts, aber sie konnte Ausläufer des Blutergusses auf dem hohen Nasenrücken sehen. Seine Nase hatte eine leichte Erhebung direkt unter den Augenbrauen, fast adlermäßig. In der Mitte war eine zweite Erhebung, und Zoe fragte sich, ob er sich mal die Nase gebrochen hatte.

»Das ist es. Hochmodern.«

Sie nickte langsam, fühlte sich unbehaglich. »Also, ähm, woher hast du das?«

»Kneipenschlägerei.«

Sie hob die Augenbrauen. »Ah.«

Jack schien sich in der Stille, die Zoe so unruhig machte, wohlzufühlen, also schwieg sie.

Er ging zum Mülleimer, warf den Kaugummi weg, kehrte zurück, die Hände in die Hosentaschen geschoben. Er trug keine Jacke, nur ein kurzärmeliges T-Shirt, darüber ein graues Flanellhemd, das offen um die knochigen Schultern hing, und sah aus, als ob er friere. Mitfühlend zog Zoe in ihrer Wolljacke die Schultern hoch.

»Okay«, sagte er und schaute auf die andere Straßenseite. Zoe warf einen Blick hinüber, aber es gab nichts Besonderes zu sehen, nur einen Fahrradständer, »wollen wir loslegen?«

»Klar«, erwiderte Zoe und folgte ihm hinein.

7

Am dritten Montag des Semesters tauchte Jack nicht im Labor auf. Was seltsam war, weil Jack immer im Labor war. Zoe nahm an, dass er sich einfach einen Tag freigenommen hatte, wahrscheinlich eine gute Idee. Sie jedenfalls fühlte sich müde: Dreißig Wochenstunden im Labor plus Unterricht war anstrengend. Letzten Montag war sie um sieben Uhr morgens erschöpft in den Shuttle gestiegen und hatte schon den Charles überquert, bevor ihr einfiel, dass das Semester begonnen hatte und sie vor dem Wyss zur Vorlesung musste. Kein Wunder, dass Jack im Herbst nicht mehr zu Organik gekommen war.

Doch Jack erschien auch am Dienstag nicht, dabei hätten sie gemeinsam die Mäuse der Gruppe C überprüfen sollen. Zoe tat es allein und fragte dann Jerry, ob er wisse, wo Jack sei, worauf dieser schulterzuckend erwiderte, er habe ihn zuletzt am Samstag gesehen. Es wurde immer seltsamer.

»Holt wahrscheinlich Schlaf nach«, sagte Jerry, »ich wünschte, ich könnte das auch.« Er sah wirklich fertig aus. Doktoranden versuchten natürlich, ihre Dissertation abzuschließen, aber Postdocs konnten sich normalerweise etwas entspannen. Aber Zoe konnte die Dringlichkeit, mit der er an diesem Projekt arbeitete, verstehen, weil sie sich selbst davon so absorbieren ließ. Jeden Tag gab es vielversprechende Fortschritte, eine Maus, die etwas länger lebte, etwas länger auf einem winzigen Laufband lief. Sie dachte an ihre Großmutter und, schlimmer noch, an ihren Vater und ihre Mutter. Falten, die ihr erst jetzt auf ihren Gesichtern auffielen, nachdem sie sie wochen- oder sogar monatelang nicht gesehen hatte (wie lächerlich, wie bemüht, das ganze Semester über nicht nach Hause zu fahren, obwohl es nur zwanzig Minuten entfernt war, und doch notwendig). Sie dachte an den schmerzenden Rücken ihres Vaters, wie ihre Mutter an Stellen zu erschlaffen begann, die sie erschrecken mussten. Und sie betrachtete die grauen, gebückten Mäuse, während sie ihnen das Medikament verabreichte, das das neu entdeckte Gen in ihrer DNA aktivierte. Sie beobachtete, wie sie stärker wurden, energiegeladener, wie ihr Fell seidiger und die Augen klarer wurden. Es war nicht ihr Ding, und doch ging es jeden etwas an. Tod. Sterblichkeit. Und so war es am Ende auch ihr Ding.

Am Mittwoch hatte Zoe jeden im Labor gefragt, wo Jack denn war. Niemand wusste es, und es schien eigentlich auch niemanden zu interessieren. Sie konnte deren Gleichgültigkeit nicht nachvollziehen. Im Jahr zuvor hatte jemand auf dem Campus Selbstmord begangen. Zoe hatte ihn nicht gekannt, ein Student aus dem vorletzten Studienjahr, der nach einem Urlaubssemester zum Herbst hatte zurückkommen wollen. Immer wieder musste sie den Gedanken daran verdrängen. Nach ihrer Schicht fragte sie Stephanie, Lis Assistentin. Jeder, der ein und aus ging, kam an ihrem Büro vorbei.

»Haben Sie Jack gesehen?«

»Nein«, antwortete Stephanie. »Ich war das Wochenende nicht hier, das letzte Mal habe ich ihn am Freitag gesehen.«

»Haben Sie etwas von ihm gehört?«

»Nein. Ich nehme an, Sie auch nicht.« Stephanie war kurz angebunden; das musste sie sein. Sie trug das helle Haar in der Mitte gescheitelt und glatt frisiert, und hatte eine Stupsnase.

»Können Sie ihn irgendwie erreichen?«

»Mal sehen.« Vor ihr stand ein Laptop, in ihrer rechten Hand hielt sie ein iPhone, links von ihr befand sich ein Computer. Sie tippte auf dem Laptop. »Ich habe seine E-Mail-Adresse. Die kann ich Ihnen geben – und die Nummer von seinem Wohnheim. Keine Handynummer. Die E-Mail-Adresse lautet …« Stephanie sah auf, die perfekt gezupften Augenbrauen nach oben gezogen, und Zoe kramte in ihrer Tasche nach etwas zu schreiben.

»Okay.«

»J Leahy, das schreibt sich l-e-a-h-y, at College.«

»Hab ich.«

»Seine Zimmernummer ist Randolph 243.«

»Oh … kay.« Zoe hatte nicht damit gerechnet, dass Stephanie ihr das verraten würde.

»Er antwortet nicht auf E-Mails. Könnte also einfacher sein.«

Stephanie wandte sich wieder ihrem Bildschirm zu. Zoe bedankte sich und ging.

Auf der Busfahrt nach Hause überlegte sie, ob sie sich die Mühe mit der E-Mail machen oder einfach an seine Tür klopfen sollte, und entschied sich dann dazu, gar nichts zu tun.

Draußen ging die Sonne unter, ein hellgelber Ball. Es war Februar, die Zeit im Jahr, in der Zoe es bereute, in einem nördlichen Klima zu leben. Sie könnte ihre Sachen packen, Richtung Süden gehen und erst stehen bleiben, wenn die Luft feucht war und nach mehr als Kälte roch. Es kam ihr so vor, als würde sie im Winter schlechter aussehen: die olivfarbene Haut grünlich bleich, das Haar trocken und platt, runde braune Augen, die plötzlich zu groß wirkten, irgendwie ausgezehrt. Das Gegenteil der nordischen Hanna, die im Winter rosig und gesund aussah, als wäre sie gerade eine Runde Schlittschuh gelaufen. Zoe schrieb die Sehnsucht nach Wärme (oder vielleicht war es auch eine Abneigung gegen Kälte) ihren griechischen Genen zu, aber sie konnte genauso gut von der Familie ihrer Mutter stammen, in der sich außer Margret (von manchen auch Meg genannt) niemand in die Gegend nördlich der Mason-Dixon-Linie gewagt hatte.

Zoe stieg aus dem Bus, vor ihr die geschwungene Backsteinmauer von Harvard Yard. Nachdenklich zupfte sie mit den Zähnen an der trockenen Haut ihrer Unterlippe, steckte die Hände in die Taschen und ging dann durch die Mass. Ave. nach Osten, bog rechts in die Plympton Street ein und verschwand in einem Innenhof.

Sie war sich ziemlich sicher, am richtigen Ort zu sein. Randolph gehörte zum Adams House, sie hatte schon mal in der Mensa vom Adams zu Mittag gegessen. Dass sich die Mensa nicht im selben Gebäude wie die Schlafsäle befand, war das Besondere am Adams. Es gab ein unterirdisches Tunnelsystem (anscheinend voller bizarrer wie brillanter studentischer Kunstwerke), um von Gebäude zu Gebäude zu gelangen.

»Ich suche Randolph 243«, fragte sie einen Studenten, der ihr entgegenkam. Er trug einen zerfledderten Rucksack über der Schulter, war wohl gerade aus dem Bett gestiegen, ohne sich das Haar zu bürsten, denn es lag auf der rechten Seite platt am Kopf an und stand auf der linken ab.

»Am schnellsten geht es durch diese Tür«, sagte er und wies auf eine Ecke des Hofes, »zwei Treppen hoch, dann …« – er verstummte und schien sich im Geiste die Richtung vorzustellen – »rechts, glaube ich.« Er machte noch eine vage Geste und ging weiter.

Das Treppenhaus war schmal und hatte niedrige Decken, das dunkle, filigrane Holzgeländer war hell von der Abnutzung. Auch der Flur war schmal.

An Zimmer 243 gab es kein Namensschild, nur ein verwaistes Viereck, wo ein wohlmeinender Tutor vielleicht am Anfang des Jahres eins hingeklebt hatte. Zoe zögerte einen Moment, überlegte, ob sie sich dumm verhielt, dann klopfte sie und wartete, hoffte, dass Stephanie ihr die richtige Nummer gegeben hatte.

Ein übergewichtiger Junge mit Brille und einem auffallend runden Gesicht öffnete die Tür. »Ich suche Jack«, sagte Zoe mit ihrem gewinnendsten Lächeln.

»Ah«, antwortete der Junge, »ich glaube, er ist in seinem Zimmer.«

Bist du sicher?, hätte Zoe am liebsten gefragt. Er trat zur Seite, als wollte er sie hereinlassen. Sie sah rechts einen Flur mit zwei schmalen Türen, beide geschlossen, und links einen mit zu vielen Möbeln vollgestellten Gemeinschaftsraum, in dem eine ganze Wand mit Bildschirmen tapeziert war. Ein anderer Junge lag auf einer durchgelegenen Couch, die Füße auf der Lehne übereinandergeschlagen.

»Äh, hallo«, sagte sie, »sorry.« Der Typ auf der Couch war Schwarz, hatte hohe Wangenknochen und eine gerade Nase. Er trug abgetragene Kakihosen, die an den Beinen herunterhingen. Er schob sich das lockige Haar, das ihm fast bis auf die Schultern fiel, mit einer Hand nach hinten, und Zoe errötete. Er war sehr attraktiv. »Ähm, würde es dir was ausmachen, ihn einfach zu holen?«, fragte Zoe. »Ich will ihn nicht … überfallen.«

Der Junge mit der Brille ging auf eine der Türen zu. »Jack?«, rief er, »ein Mädchen möchte dich sprechen. Wie war noch gleich dein Name?«

»Zoe.«

»Sagt, sie heißt Zoe.« Als ob das eine Behauptung wäre. Aus dem Zimmer war kein Geräusch zu hören. Der Junge mit der Brille sah sie an.

»Würdest du vielleicht mal klopfen?«

Er klopfte.

Sie warteten.

»Wann hast du ihn das letzte Mal gesehen?«

Der Junge zuckte mit den Schultern. »Keine Ahnung. Vor ein paar Tagen? Dachte, er hat einen seltsamen Rhythmus.«

»Seltsamer als deiner?«, schaltete sich der Typ von der Couch ein.

»Ich bin normal, alle anderen sind seltsam.« Der Junge mit der Brille nickte entschlossen. Der Kerl auf der Couch schnaubte und schüttelte den Kopf.

Zoe versuchte, das Gespräch wieder auf Jack zurückzulenken. »Er war seit vier Tagen nicht im Labor, dabei ist er normalerweise jeden Tag dort. Und keiner hat was von ihm gehört.« Sie spürte, wie sie seltsam panisch wurde. Das Zimmer roch nach zu vielen Jungen auf zu engem Raum, und der Geruch wehte in den Flur hinaus, und der Typ auf der Couch hörte nicht auf, sie anzuschauen, sein Blick machte sie nervös.

»Hast du ihn angerufen?«

»Oh, äh. Ich hab keine Handynummer von ihm.«

Der mit der Brille zückte sein Telefon, tippte eine Nummer an und dann den Lautsprecher, als wollte er etwas beweisen. Das Telefon klingelte ein Mal, dann sprang direkt die Mailbox an. Jack hatte keine persönliche Begrüßung aufgenommen, es kam die übliche Ansage.

Der andere schwang sich von der Couch, er bewegte sich leicht wie ein Tänzer und klopfte an Jacks Tür. »Jack, ich komm jetzt rein, also nimm die Hand aus der Hose.« Er wartete noch einen Moment, dann öffnete er die Tür.

Jack lag im Bett und schlief. Zoe machte einen Schritt über die Türschwelle, hörte sich »Oh« sagen und dachte gleichzeitig: *Ist er tot?,* was wahrscheinlich eine Überreaktion war.

Der Typ von der Couch ging zum Bett und rüttelte an seiner Schulter. »Kumpel, bist du okay? Deine Freundin sagt, du wärst verschwunden.« Er warf Zoe einen Blick zu, aber Zoe starrte unverwandt Jack an, der sich nicht rührte. Die Angst in ihrem Magen wuchs. Der mit der Brille lehnte an der Wand und zupfte an seinen Fingern.

Dann stöhnte Jack. »Mein Kopf bringt mich um. Hat irgendjemand etwas Saft?«

Es folgte eine lange Pause.

»Äh«, sagte Zoe, »ich kann dir welchen besorgen?«

»Ich glaube, es ist noch welcher im Kühlschrank.« Jack setzte sich auf, verzog das Gesicht und hielt sich den Kopf. Er sah ungeduscht aus, und in seinem Zimmer roch es komisch, süßlich. Zoe folgte seinem Blick und entdeckte rechts unter seinem Schreibtisch einen kniehohen Minikühlschrank. Die Papiere auf dem Schreibtisch sahen aus, als wären sie durchs Zimmer geweht worden, obwohl das Fenster geschlossen war. Zoe bückte sich und holte eine kleine Flasche Apfelsaft heraus, mehr befand sich nicht darin, und reichte sie Jack. Seine Bettwäsche war aus grauem Flanell. Während er das Plastiksiegel öffnete und gierig trank, bemerkte sie, dass sonst kaum etwas im Zimmer stand. Nur spiralgebundene Notizbücher und Stapel von ausgedruckten wissenschaftlichen Studien. Und Zoe hatte gedacht, ihr Zimmer mit Postern, einem Stapel Klaviernoten (es gab Hunderte von Klavieren in Harvard), Tennisschläger, Fahrrad und Yogamatte sei spärlich eingerichtet. Hanna hatte ihr Zimmer mit Fotos und Zeichnungen tapeziert; Gabby hatte drei Musikinstrumente mitgeschleppt, darunter ein kleines Schlagzeug, was eigentlich verboten war, und zwei Regale mit Büchern in drei verschiedenen Sprachen.

»Wann hast du dich hingelegt?«, fragte Zoe langsam.

»Äh. Gestern Abend?«

»Wann genau?«

Er brauchte eine Weile, um zu antworten. »Sonntag? Na ja, eigentlich war es morgens.« Er hustete. »Montagmorgen.«

»Es ist Mittwoch«, bemerkte der Junge vom Sofa.

Jack runzelte die Stirn, stützte sich auf die Ellbogen und lehnte seinen Arm auf das Kopfteil. »Fuck, ich hätte Gruppe C überprüfen sollen.«

»Das hab ich gemacht«, erklärte Zoe.

Er nickte und schloss die Augen. »Und deshalb bist du in meinem Zimmer.«

»Ja.«

»Alles klar bei dir? Ich hab zu tun.« Der eine mit der Brille deutete mit dem Kopf hinter sich.

»Ja. Danke, Mitchell.«

Der andere von der Couch blieb. »Musst du zum medizinischen Dienst?«

»Nein, nein«, sagte Jack schnell, »mir geht's gut. Ich brauche nur etwas Zucker.«

Der von der Couch sah Zoe an, dann Jack und wieder zu Zoe. »Ich bin übrigens Carter«, stellte er sich vor.

»Zoe«, erwiderte sie, den Blick weiter auf Jack gerichtet.

»Bleibst du bei ihm? Jemand sollte dafür sorgen, dass er tatsächlich aufsteht.« Jack sah aus, als könnte er jeden Moment wieder einschlafen.

»Ja, ich kann bleiben«, erwiderte Zoe, ohne nachzudenken.

Carter zögerte, dann ging er und schloss die Tür hinter sich.

»Du bist immer noch in meinem Zimmer.« Jack lehnte den Kopf zurück, nach wie vor die Augen geschlossen. Wie dunkel seine Wimpern waren. Zoe erinnerte sich, dass ihr das schon einmal aufgefallen war.

»Wir müssen dir was zu essen besorgen.« Sie schaute auf ihre Uhr. »Die Mensa schließt in fünfzehn Minuten. Willst du dich umziehen?«

»Ich will wieder schlafen.«

»Das geht nicht. Willst du dich umziehen, oder willst du so raus?« Er trug ein altes T-Shirt, der Kragen war ausgeleiert. *So rauszugehen wäre erbärmlich,* dachte Zoe, riss sich aber zusammen.

Er schwang die Beine über die Bettkante und stellte die nackten Füße auf den Boden. Er trug eine zerknitterte Jeans. Hatte er wirklich darin geschlafen? »Ich ziehe mich um.« Er rieb sich mit den Händen übers Gesicht. »Ist wirklich Mittwoch?«

»Ja.«

»Fuck. Ist Li sauer?«

»Ich glaube, es hat niemand bemerkt, dass du weg warst.« Außer mir. Die unausgesprochenen Worte hallten durchs Zimmer.

»Ich zieh mich um. Könntest du …«

»Ja, klar.« Sie ging hinaus, lehnte sich gegen die Wand und mied Carters Blick, der wieder auf der Couch saß. Sie verschränkte die Arme vor der Brust. Er sah zu einem der Bildschirme hoch, die Ellbogen auf die Knie gestützt, hielt einen Controller in der rechten und einen Vape-Stift in der linken Hand. Ab und zu hob er ihn an die Lippen und nippte daran – stilvoll, nicht wie die Leute, die Vapes wie Asthma-Inhalatoren handhabten.

Ohne sie anzuschauen, hob er die Hand. »Willst du einen Zug?«

»Nein, danke.« Plötzlich kam sie sich jung und verletzlich vor. Der Traum von letzter Nacht drängte sich in ihr Bewusstsein. Sie war in einer Drogerie, auf der Suche nach Pflastern oder Tampons oder irgendetwas anderem, das sowohl banal als auch wichtig war, als sie feststellte, dass sie obenrum nackt war.

Jack kam heraus, bekleidet mit einem Hoodie und einer einigermaßen sauber aussehenden Jeans, und ging geradewegs zur Tür.

»Ähm, danke, Carter«, sagte sie und folgte Jack. Carter hob zum Abschied das Kinn.

Sie gingen durch ein anderes Treppenhaus hinunter und bogen zwei Mal um eine Ecke, wobei sie an einem offenen Raum vorbeikamen, in dem dreißig oder mehr abgerockte Fahrräder standen. Dann traten sie hinaus auf die Straße, und die kalte Luft riss Zoe wie aus einem Traum. Das Tor zur Mensa lag vor ihnen; die Vergoldung war angeblich echt.

Jack meldete sie als Gast an, und sie folgte ihm zum Büfett. Er nahm sich ein Tablett und füllte einen Teller mit Spaghetti und Fleischbällchen, einen anderen mit einem geschmorten Hühnergericht, das versuchte, orientalisch zu wirken. Zoe mischte sich einen Salat und wartete, bis er die Desserts durchgegangen war. Dann setzten sie sich an das Kopfende eines langen Tischs. Am anderen Ende saß eine Gruppe von Sportlern, die nach Studentenverbindung aussahen.

»Da setzt sich niemand freiwillig hin.« Jack deutete mit dem Kopf auf die Stühle zwischen ihnen und den Sportlern.

»Stimmt.«

Sie stocherte in ihrem Salat herum, während er methodisch die Spaghetti und dann das Hühnchen in sich hineinschaufelte. Allmählich kehrte etwas Farbe in sein Gesicht zurück. Er musste sich unbedingt das Haar waschen, an den Schläfen war es fettig, an den Spitzen kraus.

»Mein Glück, dass die Hälfte der Leute hier so fertig aussieht, sonst würden die mich einliefern.«

Der schwache Versuch, einen Witz zu machen. Zoe fragte sich, wie viel sie sich herausnehmen durfte. »Was ist passiert?«

»Ich hab Sonntagnacht gearbeitet. Dann bin ich am Montag um … ich weiß nicht … neun Uhr morgens schlafen gegangen. Ich weiß noch, dass ich ein paarmal aufgewacht bin und dachte, es sei mitten am Tag und ich sollte versuchen, noch etwas zu schlafen, bevor ich ins Labor gehe.«

»Hast du montags keinen Unterricht?«

»Doch, schon, aber das ist keine große Sache.« Er stützte die Ellbogen auf den Tisch und knackte mit den Knöcheln.

»Du hast also mehr als zwei Tage geschlafen.«

»Na ja. Teilweise war ich wach. Aber ja, sieht so aus.«

Zoe fuhr sich mit der Zunge über ihre feste Zahnspange. »Warum?«

Jack hob die Augenbrauen.

»Ich glaube, du solltest zum medizinischen Dienst. Man schläft nicht einfach so achtundvierzig Stunden, irgendwas ist nicht in Ordnung.«

»Wahrscheinlich eine Blutzuckersache.«

»Kein Wunder, wenn man achtundvierzig Stunden lang nichts isst.«

»Nein, ich meine, als ich ins Bett gegangen bin, war ich wahrscheinlich unterzuckert. Dann bin ich …« Er machte eine Geste. Zoe hatte keine Ahnung, was sie bedeuten sollte.

»Moment«, stieß Zoe erschrocken aus, wie unsensibel sie war. »Bist du Diabetiker?«

»Ja, ein bisschen.«

Ein bisschen? Obwohl er buchstäblich *gerade aus einem diabetischen Koma erwacht ist?* Aber sie nickte nur. Die Sportler gegenüber standen auf, scharrten mit den Holzstühlen über den Boden und stießen gegen den Tisch, sodass Jacks Tablett klapperte. Sie blickte auf den leeren, mit Tomatensoße verschmierten Nudelteller.

»Was sollen wir dir noch besorgen?«, fragte sie und meinte eigentlich: *Brauchst du kein Insulin nach zweitausend Kalorien reiner Kohlenhydrate?*

»Nichts. Ich werde mich eine Weile beschissen fühlen.«

Sie atmete durch die Nase ein, dachte erneut darüber nach, ob sie sich zu viel herausnahm. Aber der Junge vor ihr kam ihr genau so vor: wie ein Junge. Er hatte geschwollene Tränensäcke. Seine Hände, die er vor sich gefaltet hatte, waren weiß und sehnig, und seine geröteten Wangen beunruhigten sie jetzt, er sah aus wie geschminkt. »Brauchst du kein Insulin?«

»Oh.« Er lehnte sich auf seinem Stuhl zurück, und sie merkte wieder, wie groß er war. Er zuckte mit einer Schulter. Sie spürte, wie er die Kontrolle zurückgewann. »Es ist nicht so schlimm.«

Dann lächelte er zum ersten Mal, seit er aufgewacht war, und sah sie mit leuchtenden Augen an. »Willst du nicht wissen, woran ich die ganze Nacht gearbeitet habe?«

8

Auch wenn sie es so nicht ausdrückten, noch nicht, Jack arbeitete daran, Zellen unsterblich zu machen.

Gegen elf Uhr beendeten sie ihr fieberhaftes Brainstorming, überall auf seinem Bett vollgeschriebene Blätter. Allmählich sanken sie vom rauschhaft kreativen Wissenschaftsmodus in einen ruhigen, zenartigen Zustand. Zoe saß auf Jacks Schreibtischstuhl, die ausgestreckten Beine gekreuzt, Jack lag rücklings auf dem Boden.

»Hast du Lust auf einen Film?«, fragte er. »Es gibt da einen, den ich sehen wollte.«

Eigentlich blieb sie nie bis zwei Uhr morgens auf, wenn sie am nächsten Tag Unterricht hatte (und auch sonst nicht). Aber sie dachte keine Sekunde darüber nach. »Hast du irgendwelche Snacks?«

»Unterm Bett.«

Während sie sich durch den Schuhkarton mit Chips und abgepackten Bagels wühlte, Beute aus dem Speisesaal, ging er ins Gemeinschaftszimmer und fummelte am DVD-Player herum. Sie nahm eine Tüte mit Brezeln für sich und eine mit Vollkornchips für ihn, vielleicht waren die gesünder und besser für seinen Blutzucker.

Als sie auf Socken das Gemeinschaftszimmer betrat, saß er auf der Couch. Auf dem Bildschirm erschien der Vorspann; der Film hieß *Dogma*. Mit Matt Damon (natürlich). Sie setzte sich neben Jack, ohne sich angespannt oder unsicher zu fühlen und sich Gedanken über seine Absichten zu machen. Irgendwie waren sie einander bereits zutiefst vertraut, ohne sich zu nahe zu kommen.

Als der Abspann lief, schwiegen sie eine Weile. Zoe mit leicht geneigtem Kopf, den Blick aufmerksam auf den nun dunklen Bildschirm gerichtet. Jack ließ die Fingerknöchel knacken.

Zoe stand nicht so auf Filme, sie las lieber, aber auch Bücher berührten sie nur selten. Jack hingegen liebte Filme. Später würde er sie zwingen, sich seine persönlichen Klassiker anzusehen. Wie er mochte sie *Tiger and Dragon*, *Tombstone*, *Chihiros Reise ins Zauberland* und *Inception*, aber nicht *Harry und Sally*. Wenn Zoe von etwas berührt wurde, packte es sie jedoch richtig.

Eigentlich wollte sie den Gedanken, der sich gerade in ihrem Kopf formte, gar nicht aussprechen. Sie wusste, dann würde er seinen Zauber verlieren. Und trotzdem. »Ich kann mir keinen besseren Gott als Alanis Morrisette vorstellen.« Sie lehnte den Kopf zurück und sah zur Decke. Es war zu dunkel, um die feinen Risse im alten Putz zu erkennen.

Er nickte. »Ich auch nicht.«

»Wie sonst … wieso hätten wir sonst dieses Chaos« – sie machte eine umfassende Geste –, »wenn Gott nicht so … witzig wäre … wenn sie nicht so einen Sinn für Humor hätte.« Sie schüttelte den Kopf. Sie hatte gewusst, dass sie es nicht erklären konnte. »Ein echtes Rätsel.«

»Ich weiß.« Sie sah ihn an. Er grinste, und als sich ihre Blicke trafen, begriff sie, dass er es verstand, dass sie das Gleiche gesehen und genau das Gleiche dabei empfunden hatten.

Sie schluckte, schüttelte den Kopf, nickte und lächelte ihn an. Da wusste sie, dass sie ihm überallhin folgen würde, auch wenn sie oft so tat, als wäre es anders.

»Weißt du«, er lehnte sich lässig zurück, »von dem Schornstein im Jefferson-Labor?«

»Nein.« Sie hätte müde sein müssen – es musste kurz vor zwei sein –, aber das war sie nicht, nur aufgedreht. Glücklich. Als ob sie irgendwo angekommen wäre.

»Im Jefferson-Labor führt ein Schornstein vom Keller bis aufs

Dach. Aber es gibt keinen Kamin, keinen Heizkessel oder sonst etwas im Keller.«

»Seltsam.«

»Im Jefferson hat man auch keinen Handyempfang. Ist dir das schon mal aufgefallen?«

Zoe hatte noch nie einen Kurs im Jefferson gehabt – sie hatte Physikseminare in anderen Fachbereichen besucht (wie zum Thema Quanten im Chemiebereich). Sie schüttelte den Kopf.

»Der Schornstein ist mit Blei ausgekleidet. Das stört das Handysignal.«

»Dann wurde er für Experimente genutzt?«

Er nickte. »Sie wollten wissen, aus welchem Stoff Seelen bestehen.«

»Hm«, brummte Zoe. »Ich glaube nicht, dass Seelen stofflich sind.«

»Also haben sie Katzen in den Schornstein fallen lassen. Der Aufprall sollte sie töten. Da sie sich in einem mit Blei ausgekleideten Schornstein befanden, würden die Seelen geradewegs nach oben gezwungen – so die Hypothese. Natürlich wäre es durchaus möglich, dass eine Seele Blei durchdringen kann.«

Sie wich zurück. »Igitt«, sagte sie. »Aber natürlich. Was das Blei anbetrifft.«

»Sie installierten verschiedene Geräte an der Öffnung des Schornsteins und versuchten festzustellen, ob sich etwas änderte, wenn die Seele vorbeizog. Luftdruck, Temperatur, Luftzusammensetzung.«

»Die armen Katzen.« Sie stellte sich vor, wie sie zerschmettert am Boden des Schachtes lagen. Wie ein Assistent die Sauerei wegmachen musste, eine kleine, mit Blei überzogene Klappe öffnete, die Überreste herausschaufelte und sie in einen Sack warf, in dem bereits andere kleine Kadaver lagen.

»Ich weiß. Sie haben es auch mit anderen Tieren probiert. Sie waren sich aber nicht sicher, ob Ratten eine Seele haben, also benutzten sie anfangs Katzen.« Schweigend blickte er eine ganze Weile an die Decke. »Sie haben nie was gefunden.«

»Das hätte Alanis wirklich traurig gemacht«, sagte Zoe. »Meinst du nicht?«

Als Kind war Zoe sehr ernst gewesen, was andere Kinder seltsam fanden. Auf der Mittelschule verglichen die Eltern anderer Mädchen sie mit ihren Töchtern (Zoe Kyriakidis sieht man nicht an der Ecke mit ihrem Freund herumknutschten/schreibt keine Drei in Mathe/schwänzt nicht das Tennistraining/betrinkt sich nicht, oder? Weil sie aufs MIT gehen wird), was sich nicht gerade gut anfühlte. Als Alex (Alex, dem alles leichtfiel, der charmant war und der einfach immer gut ausgesehen hatte, einer dieser vorpubertären Jungen, von dem Frauen mittleren Alters sagen, dass er eines Tages ein Herzensbrecher sein wird) sie in seine Kreise aufnahm, wurde es nur noch schlimmer. Weil er es aus Mitleid tat.

Auf der Highschool blieb sie deswegen immer etwas distanziert. Sie hatte Freundinnen, war sogar ziemlich beliebt, aber es entstanden keine engen Freundschaften. Mit ihren Mitbewohnerinnen auf dem College war es genauso, auch wenn Sophia und sie viel gemeinsam hatten und sich gut verstanden. Wahrscheinlich hätten sie sich mit der Zeit näherkommen können.

Aber bei Jack brauchte sie keine Zeit.

Weil sie unvermittelt keine Distanz mehr zwischen sich und einem anderen Menschen spürte, weil sie das Gefühl hatte, von Jack verstanden zu werden und ihn zu verstehen, vermochte sie nicht mehr loszulassen. Nicht einmal nach alldem.

9

Es verging etwa eine Woche.

Es war fast März und fühlte sich endlich auch so an, angenehm warm. Es roch nach neuen Trieben und Fäulnis zugleich, nach Blumen und Verwesung. An einem Vormittag machte Zoe einen Spaziergang. Sie atmete tief durch und knöpfte ihren Mantel auf.

Die Arbeit in Lis Labor verlief zäh. Die Mäuse der Gruppe C hatten sich nicht entwickelt wie erwartet – eine seltsame Störung schien ihre motorischen Kortexe zu beeinträchtigen, und alle waren frustriert.

Das Telefon summte in ihrer Hosentasche. Ein Anruf. Sie zog es heraus und sah auf das Display, das im hellen Sonnenlicht schwer zu erkennen war. Jack. Seit sie Handynummern getauscht hatten, hatte er sie nicht angerufen. Warum auch? Sie sahen sich täglich, meist mehrmals. Und sie hatten angefangen, zusammen zur Uni zu fahren; im ruckelnden Bus stießen ihre Schultern und Knie aneinander, während sie über Papieren oder einem Notizbuch brüteten. Wenn er links und sie rechts saß, konnten sie beide gleichzeitig auf derselben Seite etwas notieren, ohne mit den Ellbogen aneinanderzustoßen.

Sie arbeiteten an Lis Sachen, doch was sie eigentlich zusammenschweißte, war ihre eigene Idee, entstanden in Jacks Zimmer. Manchmal, sehr früh oder sehr spät, wenn der Bus leer war, flüsterten sie halb verklausuliert darüber, als würde der Zauber gebrochen und die Magie verschwinden, wenn sie etwas konkret aussprachen oder taten.

»Hast du einen Moment?«

»Klar. Was gibt's? Hast du eine Idee, was mit Gruppe C passiert sein könnte?«

»Nein«, sagte er, »im Gegenteil. Wo bist du?«

Sie sah auf. »Irgendwo hinter dem Science Center. Da ist ein großes graues Harvard-Gebäude, sieht alt aus.«

»Die Divinity School. Ich bin ganz in deiner Nähe – bleib, wo du bist, ich komme zu dir.«

»Moment, warum ...« Aber er hatte bereits aufgelegt.

Sie folgte seiner Anweisung und setzte sich auf eine bequeme Bank. Cambridge ist voll von Bänken, alle mit diesen kleinen Namensschildern – gestiftet von so und so, Klasse von so und so. Nach fünf Minuten sah sie ihn, er ging leicht nach vorn gebeugt mit großen Schritten, als hätte er es eilig.

»Alles okay?«, fragte sie.

»Ja, klar.« Er blieb vor ihr stehen, räusperte sich, fuhr sich mit der Hand durchs Haar. »Ich will dir was vorschlagen.«

Und so stand sie zehn Minuten später vor dem Schreibtisch einer Sekretärin in den Biologielaboratorien in der Divinity Avenue. Er hatte sie so schnell dorthin geführt, dass sie das Namensschild an der Tür gar nicht gelesen hatte. Die Sekretärin war schon älter, Ende fünfzig oder Anfang sechzig – kurz geschnittene Haare, überknielanges Kleid, flache Absätze –, wie ein Archetyp aus früheren Zeiten. Das volle Gegenteil der schlanken, modernen Stephanie.

»Ist er da?«, fragte Jack.

»Ja, er ist in seinem Büro. Ich hole ihn. Freut mich, Sie kennenzulernen.« Sie lächelte Zoe an und nickte, Zoe lächelte zurück.

»Er kommt gleich«, erklärte die Sekretärin, als sie zurückkam. Zoe setzte sich gehorsam auf einen Stuhl. Jack blieb stehen, wie immer leicht schief. Irgendwie wirkte er noch schlaksiger als sonst.

Ein paar Minuten später trat ein sehr alter Mann mit buschigen weißen Augenbrauen aus der Tür hinter dem Schreibtisch der Sekretärin. Zoe hatte kürzlich gelesen, warum die Augenbrauen von Männern im Alter buschiger werden – es liegt am Testosteron. Es bewirkt im Laufe der Zeit, dass die Haarfollikel in der

Wachstumsphase verharren oder dass sich die Wachstumsphase verlängert, oder so ähnlich.

»Jack!«, sagte er und streckte die Hand aus. »Wie geht es Ihnen?«

»Gut. Ich möchte Ihnen jemanden vorstellen.«

»Oh?« Erst jetzt schien er Zoe zu bemerken. »Wer ist denn die junge Dame?«

Hätte sie gewusst, wer er war, hätte sie »junge Dame« vielleicht aufgeregt. Aber da er für sie nur irgendein alter weißer Mann mit einer überholten Weltanschauung war, lächelte sie bloß und reichte ihm die Hand. »Zoe«, sagte sie, »freut mich, Sie kennenzulernen.«

Seine Haut unter ihren Fingern fühlte sich dünn an. Aber sein Griff war fest.

»Das ist meine Partnerin«, erklärte Jack. Zoe wurde warm ums Herz. So hätte sie das nie ausgedrückt, aber es fühlte sich richtig an.

»Oh!« Die Augenbrauen des alten Mannes schossen in die Höhe, und er musterte Zoe erneut. »Sie ist reizend.«

»Nicht meine Freundin. Meine Partnerin. Bei der epigenetischen Arbeit.«

»Na dann. Ich wusste nicht, dass Sie eine Partnerin haben.«

»Zoe, das ist Professor Brenna. Er …«

»Oh! Natürlich«, sagte sie. Auch wenn sie schon vielen berühmten Professoren begegnet war, Brenna war eine Legende. Warum hatte Jack sie nicht gewarnt? »Semikonservative Replikation«, fügte sie hinzu, um die Stille zu füllen. Er, Meselson und Stahl hatten in einem der elegantesten Experimente aller Zeiten herausgefunden, wie sich DNA selbst dupliziert. Das würde Zoe viel später erklären, als sie nach der Zeit in Brennas Labor befragt würde.

Aber in dem Moment dachte sie nicht daran, Vorträge vor Tausenden von Menschen zu halten, professionell geschminkt zu werden und ein kleines Mikro am Kragen zu tragen. Sondern daran, dass eine Legende vor ihr stand und er sie nicht für eine Wissenschaftlerin, sondern für Jacks Freundin gehalten hatte.

Sie gingen in sein Büro. Auf seinem Schreibtisch ein dickes

Buch mit sumerischen Gedichten, ein Füllfederhalter, ein Computer und ein leerer Becher. Sie nahmen in der Sitzgruppe in der Mitte des Raumes Platz.

»Mich beschäftigt am meisten, was uns zu Menschen macht«, sagte Brenna. Seine Stimme klang etwas zittrig. »Jetzt, nachdem wir die Möglichkeit der Geneditierung haben, müssen wir genau herausfinden, was wir am Menschsein schätzen, damit wir es nicht wegschneiden.« Er hatte die Beine übereinandergeschlagen, legte die Hände um ein Knie. »Welche Grenzen wir für uns selbst ziehen müssen. Das ist vielleicht die einzig wichtige Frage. Denn es wird kein Zurück mehr geben.«

Zoe nickte. »Mich interessiert das neurologische Problem.«

»Dann denken wir in dieselbe Richtung.« Er deutete auf den Gedichtband. »Das sind die grundlegenden Fragen der Philosophie, der Schöpfung, der Kunst: Was macht unsere Erfahrung zu dem, was sie ist? Jack hingegen beschäftigt sich weiterhin mit der Frage der Unsterblichkeit.«

»Es sind viele Herangehensweisen möglich«, sagte Jack, und Brennas Gesicht verzog sich zu einem Lächeln. Er hatte kleine, weit auseinanderstehende Zähne. Auf eine seltsame Weise erschien Zoe sein Gesicht kindlich. Rund, die Haut an manchen Stellen so zart, dass sie wieder glatt geworden war.

»Ich bin zu alt, um mich für die Unsterblichkeit zu interessieren.«

Wie zum Beweis hustete er, es rasselte in seiner Brust.

»Ich finde allerdings, dass Jack einige interessante Fragen stellt. Vermutlich haben Sie Byrnes jüngste Arbeit gelesen.«

Jack hatte sie ihr an dem Abend gegeben, an dem sie in seinem Wohnheimzimmer gewesen war. Dann hatte er es sich anders überlegt, sie ihr wieder abgenommen und laut vorgelesen.

»Ja.«

»Und?«

»Ich halte die Frage, wie man die Yamanaka-Faktoren verlässlich einsetzen kann, um die Symptome des Alterns auf kontrollierte Weise umzukehren, für sehr vielversprechend und sehr schwierig.«

Darüber hatten sie unter anderem an dem Abend gesprochen. Die Faktoren waren schon früher verwendet worden, um gealterte Zellen in Stammzellen zurückzuverwandeln (was schon erstaunlich ist, weil wir bisher dachten, die Zelldifferenzierung sei eine Einbahnstraße), aber der Prozess war nie mittendrin gestoppt worden. Byrnes Arbeit zeigte, dass die Yamanaka-Faktoren eine alte Hautzelle in eine junge, eine alte Muskelzelle in eine junge verwandeln konnten – ein gewaltiger Durchbruch für mögliche Anwendungen in lebenden Organismen.

Die Anwendung war jedoch ein Problem – eine einzelne Zelle zu verjüngen, ist eine Sache, jede Körperzelle und damit den Alterungsprozess eines ganzen Organismus rückgängig zu machen, eine ganz andere –, wirksame Dosierungen verursachten fast immer Krebs. Also sprachen Jack und Zoe über Verabreichungsgeräte und Dosierungsoptimierungen, zum Beispiel, dass man einige Faktoren verwenden konnte, andere hingegen nicht.

»Gewiss, gewiss. Und?«

Sie legte den Kopf in den Nacken, wusste nicht, ob sie die andere Sache, über die sie gesprochen hatten, erklären wollte. Der Teil, bei dem sie geradezu körperlich das Gefühl hatte, ihr würde die Schädeldecke geöffnet. (Die Beschreibung stammte aus irgendeinem Buch, das sie gelesen hatte. Sie würde später herausfinden, woher – Emily Dickinson über Poesie. In der neunten Klasse war sie im Englischunterricht von *Da war 'ne Fliege, als ich starb* derart fasziniert gewesen, dass sie daraufhin alles von Dickinson gelesen hatte.)

Schließlich ergriff Jack das Wort. »Die entscheidendere Frage ist, wo und wie die Zellen die Informationen speichern, die sie zur Verjüngung brauchen. Aber wir sind das alles falsch angegangen. Ich habe dumme, eng gefasste Fragen gestellt. Verabreichung des Medikaments, Dosierung, Abschwächung der Nebenwirkungen. Zoe hat die richtigen gestellt.«

Zoe dachte, sie würde erröten, tat es jedoch nicht. Es stimmte. Sie hatte in seinem Zimmer hinter Jack am Stuhl gelehnt, der etwas aufschrieb und ihr erklärte, woran er arbeitete, und war mit den Gedanken abgeschweift. Ihr Herz hatte angefangen zu rasen, und sie hatte in einem bestimmten Ton »Jack« gesagt, dass er im Schreiben innehielt und zu ihr hochsah. »Warum hast du nicht … Hast du Mark Fraser gelesen?«

»Ja«, hatte er gesagt, »Epigenetik. Klar.«

Dann waren die Worte nur so aus ihr herausgesprudelt, und er hatte sie begeistert angesehen, wodurch sie sich bestärkt gefühlt hatte.

Nachdem sie den Gedanken ausgesprochen hatte, stützte sie sich an seinem Schreibtisch ab und fegte dabei einen Stift auf den Boden.

»Du bist ein Genie«, hatte Jack schlicht gesagt, und sie hatte den Kopf geschüttelt, noch ganz gebannt von der Idee.

»Glaubst du, dass …«

»Ja, du hast recht. Wenn wir diese Information finden und entschlüsseln können, könnte man die Zelle resetten … man könnte jede Zelle in deinem Körper bis zur Jugend zurück verjüngen« – er zeigte auf Zoes Körper –, »ganz zu schweigen davon, dass wir komplett …« Er schüttelte den Kopf und fing wieder an zu schreiben. Sie saß im Schneidersitz auf seinem Bett, das Licht des Innenhofs fiel durchs Fenster auf die zerknitterte Decke, und starrte gedankenverloren vor sich hin.

Dann hatte er sich mit seinem Stuhl zu ihr umgedreht. »Zoe. Wir können die Welt verändern. Wir würden die Welt verändern.«

»Ah. Zoe?«, sagte Brenna jetzt.

»Ich habe gefragt: Wenn Frasers Ergebnisse über Epigenetik korrekt sind, folgt daraus, dass die Yamanaka-Faktoren eine Zelle verjüngen, indem sie die Organisation der DNA innerhalb der Zelle wiederherstellen. Das Epigenom. Das bedeutet, dass die Zelle irgendwie eine Kopie ihres Epigenoms speichern muss. Postdifferenzierung.

Wo ist diese Information, wie wird sie gespeichert, und wie können wir sie auslesen?« Sie vergaß, am Ende die Stimme zu heben, und fügte hinzu: »Das frage ich mich.« Daraus folgte: Wie können wir eine alte Zelle anweisen, auf diese Information zurückzugreifen, um sich in den jugendlichen Zustand zurückzuversetzen?

Brenna nickte nachdenklich. »Sehr gut«, sagte er, sah dabei aber nicht sie, sondern Jack an. Sie wusste nicht, ob er sich diese Fragen bereits selbst gestellt oder, und das schien wahrscheinlicher, ob Jack ihm bereits alles erzählt hatte. Am liebsten hätte sie die Welt kurz angehalten, Jack zur Seite gezogen und ihn gefragt, was zum Teufel hier los war.

In dem Moment zückte Jack sein Notizbuch und nahm ein paar ausgedruckte Seiten heraus.

»Ich … äh … ich glaube, ich hab da was gefunden.«

Er breitete die Blätter aus, und sie bemerkte, dass seine Hände leicht zitterten.

»Ich habe mit der Anwendung der Faktoren auf Hefe gespielt.«

Woher hat er die Hefe?, dachte sie, war aber bald zu fasziniert von seiner Geschichte, um sich darum zu scheren.

»Im Grunde war es ein Unfall. Ich wollte den Alterungsprozess mit einem Doppelstrangbruch auslösen und dann die Yamanaka-Faktoren anwenden. Aber aus irgendeinem Grund hat das nicht funktioniert. Ich habe das Genom sequenziert, um zu sehen, ob meine Bearbeitung korrekt war, und es mit dem Genom vom Originalstamm verglichen. Dabei stellte ich fest, dass ich versehentlich eine zusätzliche kleine DNA-Sequenz abgetrennt hatte.«

»Ich wiederholte das Experiment, dieses Mal absichtlich, und es bestätigte sich. Also, wenn man dieses kleine Stück hier herausnimmt, funktionieren die Faktoren nicht mehr.«

Zoes Herz klopfte wie wild. »Das ist es also. Oder ein Teil davon. Oder Codes dafür.«

»Also, ich weiß nicht, aber …«

»Aber das könnte es sein. Weißt du …«

»Mehr weiß ich nicht. Das ist alles, was ich getan habe.«

Zoe biss sich fest auf die Lippe.

»Aber ich nehme keine Studenten mehr«, sagte Brenna. »Ich habe einen Postdoc in Teilzeit, der gerade mit seiner Arbeit fertig geworden ist.«

Zoe versuchte, immer noch zu begreifen, was die Daten bedeuteten.

»Aber mein Labor steht Ihnen offen, wenn Sie diese Fragen weiterverfolgen wollen.« Er drückte sich auf den Armlehnen hoch und stand auf.

Zoe sah Jack an. Er erwiderte ihren Blick nicht. Sie konnte nicht denken. Alles bewegte sich zu schnell, verschwamm. Brenna nickte, und die Sekretärin kam herein und begleitete sie hinaus.

Als sie vor dem Gebäude stand, kam Zoe wieder zu sich, ein kalter Februarnachmittag, die Wolken flogen an der Sonne vorbei. »Was sollte das?«

»Was?«

Sie wickelte ihre Jacke fester um sich. Ihre Überraschtheit hatte sich in Wut verwandelt, weil er jemandem ohne ihr Wissen von ihrer wertvollen, heimlichen Idee erzählt und stillschweigend ein Experiment durchgeführt hatte. Weil Brenna, einer der besten Wissenschaftler der Welt, sie für seine Freundin gehalten hatte. Brenna und Jack wollten ein auf ihren Ideen basierendes Projekt verfolgen, ohne sie mit einzubeziehen – denn wenn Jack nicht schon mit ihm gesprochen hätte, hätte Brenna ihnen nie so schnell sein Labor angeboten. Jack hatte sie vor Brenna mit den Unterlagen überrumpelt, von denen sie noch nicht wusste, was sie bedeuteten, und das musste sie unbedingt herausfinden.

»Du hast hinter meinem Rücken mit einem Professor über meine Ideen gesprochen?«

Jack blinzelte sie an. »Du bist nicht …«

»Sag mal, spinnst du, Jack?«

»Warum bist du sauer?« Er zog die Augenbrauen zusammen und hob leicht die Stimme. »Du bist ein verdammtes Genie, deine Idee ist brillant, wir müssen sie weiterverfolgen. Es wäre Verschwendung von … damit könnten wir uns einen Namen machen. Es könnte unsere Vorstellung von Sterblichkeit grundlegend verändern. Ich habe nach einem Weg gesucht, wie wir quasi unbegrenzt daran arbeiten können, ohne dass jemand Fragen stellt. Es ist Dick Brenna, verdammt, Zoe. Er macht, was er will! Und er will uns das Geld und den Raum dafür geben!«

Professor Brenna, dachte sie, und dann verbittert, dass er für Jack wahrscheinlich Dick war. »Warum hast du mir nicht zuerst die Ergebnisse gezeigt?«

»Was meinst du? Das ist ganz neu, diese Ergebnisse sind von heute. Ich habe gestern Abend den zweiten Durchgang beendet.«

Seine Ignoranz machte sie noch wütender. »Ich fasse es nicht, dass du einfach … während du herumgespielt hast, hab ich an unserem richtigen Job gearbeitet. Wir sind gerade mitten in einem Projekt mit David Li, der, ich erinnere dich nur ungern daran, tatsächlich aus diesem Jahrhundert stammt.« Sie wollte irgendetwas sagen, um Brenna niederzumachen, der mit Jack unter einer Decke steckte und sie nicht ernst genommen hatte. Und sie wollte ihn unbedingt fragen, was ihr auf der Seele brannte, seit Jack vor einer gefühlten Ewigkeit in die Organik-Vorlesung spaziert war, nämlich: Wer zum Teufel bist du? Wer bist du, und warum gibt man dir so viel? Aber da sie wusste, wie sich das anhören würde, behielt sie die Frage für sich.

»David … würde uns nie den Freiraum dafür geben. Niemals.«

»Ja, wahrscheinlich, weil wir den Freiraum dafür nicht haben sollten! Wir wissen nicht, was wir da tun!« Keuchend standen sie sich gegenüber und starrten sich an. »Hast du es ihm gezeigt?«

»Nein! Er würde es nehmen und einem anderen Team geben. Und es würde ein Start-up daraus, und er würde das Patent bekommen. Ohne uns, denn wir sind nur verdammte Praktikanten,

Zoe. So läuft das bei ihm, so funktioniert das ganze beschissene System!«

Allmählich wurden Passanten auf sie aufmerksam. Wahrscheinlich wirkte es nach außen wie ein Beziehungsstreit, Zoe vorgebeugt und wild gestikulierend, Jack, der sich mit den Händen durchs ohnehin schon wilde Haar fuhr.

»Wir wissen, was wir tun. Und ohne den bürokratischen Schwachsinn der heutigen Wissenschaft können wir *so viel schneller vorankommen.*«

»Wissenschaft ist nicht schnell, Jack! Mach dir keine Illusionen!«

»Es könnte viel schneller gehen, und das weißt du. Neulich Abend hast du dich darüber beschwert, dass jeder nur noch in seiner Nische vor sich hin arbeitet und niemand mehr die großen Fragen stellt.«

Das stimmte. Sie erinnerte sich, wie dabei die Sonne über dem Charles untergegangen war und Jacks Gesicht rötlich eingefärbt hatte. »Es ist ein Unterschied, ob man große Fragen stellt oder völlig den Überblick verloren hat. Brenna ist eindeutig nicht bei Verstand. Wir sind nicht mal alt genug, um zu *trinken*. Ich weiß nicht, wie wir überhaupt anfangen sollen.« Aber ihre Gedanken rasten, und sie überlegte bereits, wie sie die richtigen Fragen stellen konnte, um sich spiralförmig zum eigentlichen Punkt vorzuarbeiten.

Jack grinste. »Du denkst darüber nach.«

»Arrr!« Sie rang die Hände. Wünschte, ihr würde eine vernichtende Bemerkung einfallen. Begnügte sich damit, auf dem Absatz kehrtzumachen und dramatisch mit wehendem Mantel davonzumarschieren.

Sie hatte keine Ahnung, wohin sie ging, und stellte erstaunt fest, dass sie in der Oxford Street herauskam, direkt gegenüber den Gordon-McKay-Laboren. Erst am Mallinckrodt-Gebäude, dem Chemiegebäude, in dem sie zusammen Organik hatten, sah sie sich um. Einfach der Poesie wegen. Jack war nirgends zu sehen.

Nach dem Treffen las Zoe zum ersten Mal das Paper von Brenna, Meselson und Stahl aus dem Jahr 1958. Natürlich hatte sie sich mit der semikonservativen Replikation und ihrem Experiment beschäftigt. Aber sie hatte nie wirklich darüber nachgedacht, wie ausgeklügelt es gewesen war. Wie eine Abhandlung auf sieben Seiten in zwölf Punkten und mit 1,5-fachem Zeilenabstand zweifelsfrei den Mechanismus nachweisen konnte, mit dem sich das Leben an sich selbst erinnert. Dass drei junge Männer, drei Studenten, diesen Mechanismus in weniger als einem Jahr entdeckt hatten. Das war die glorreiche Zeit der Wissenschaft gewesen, die Zeit der Cowboys, bevor man sich endlos abmühen musste, um seine eigene sinnlose Nische zu finden. Bevor zwanzigseitige, zweispaltige, in zehn Punkten und einzeiligem Abstand verfasste Abhandlungen so von Fachausdrücken und Zitaten wimmelten, dass schon ein Wissenschaftler aus einem angrenzenden Nischenbereich nichts mehr verstand.

Sie sah ihre Zukunft vor sich: als Studentin, die sich um ein erstklassiges Doktorandenprogramm bemühte und sich in Lis Labor abrackerte, in dem sie seit Beginn kein einziges Mal mit Li gesprochen hatte. Dann als Doktorandin, die sich um eine erstklassige Postdoc-Stelle bemühte, dann um eine weitere, und schließlich als wissenschaftliche Assistentin, die die ganze Zeit Routinearbeiten für die Ideen anderer erledigte. Mäuse füttern. Flüssigkeiten pipettieren. Die eigentlich nie zum Nachdenken kam. Und vielleicht würde sie eines Tages endlich ihr eigenes Labor haben, frühestens mit Mitte dreißig, eher mit Anfang vierzig. Und bis dahin würde sie sich in einer bizarren kleinen Nische eingerichtet haben, sich mit einer einzigen Funktion eines einzigen Proteins beschäftigen, ohne jede Hoffnung, das große Ganze zu sehen. Sie wäre im mittleren Alter und gelangweilt und wüsste nicht mehr, warum sie überhaupt mal damit angefangen hatte.

Am Ende ihrer Abhandlung fragten Brenna, Meselson und Stahl: Was sind die molekularen Untereinheiten der DNA? Wie sind sie aufgebaut, und wie interagieren sie? Durch welchen Mechanismus verbinden und dissoziieren sie sich im lebenden Organismus? Während sie im gelben Schein ihrer Schreibtischlampe las, das Deckenlicht ausgeschaltet, ihre Mitbewohnerinnen schliefen, rumorte es in Zoe. *Was für schöne, grundlegende Fragen*, dachte sie. Sie standen an einem Abgrund, blickten in den Nebel und fragten, wie das Leben funktionierte, dann schlugen sie eine Brücke, bis sie die Antworten fanden. Sie stand auf und schaute aus dem Fenster in den Hof von Lowell. Es war nach Mitternacht. In vielleicht einem Drittel der Fenster brannte noch Licht. Sie öffnete ihr Fenster, lehnte sich hinaus und atmete die kalte Luft ein. Sie fühlte sich gut an auf ihrem Gesicht und trieb eine Gänsehaut über ihre Beine.

Fuck, dachte sie, *ich muss diese Daten noch mal sehen.*

Sie nahm ihr Telefon und rief Jack an. Er ging beim ersten Klingeln ran.

»Ja«, sagte sie.

ZWEI
DOGMA

10

Anfangs, auch noch eine ganze Weile danach, und zunehmend dann, wenn es gut lief, hatte ihr Einsatz manchmal manische Züge. Nichts war schöner, als derart besessen zu sein, Ergebnisse einzufahren, all seinen Verstand zusammenzunehmen und eine bislang ungelöste Aufgabe zu knacken. Sie kam sich vor wie ein Kind, das mit weiten Schritten und ausgebreiteten Armen so schnell rannte, als würde es übers Gras fliegen. Muskeln, Beine, Herz und Lunge erzeugten in vollendeter Harmonie und auf magische Weise eine wunderbare Bewegung. Unter einem der Boden, über einem der Himmel und das Rauschen der Luft in den Ohren.

Sie ernährten sich von Cola Light aus dem Automaten bei den Biolabs, den sonst niemand zu benutzen schien, und von abgepackten Lunchpaketen aus dem Keller der Erstsemester-Mensa, die näher an den Biolabs lag als ihre eigenen Mensen. Zoe flehte die Frauen hinter der Theke an, dass sie dort essen durften, obwohl sie bereits im zweiten Studienjahr waren. Jack, grüblerisch und unbeholfen, war bei diesen Verhandlungen keine Hilfe. Sie verbrachten jeden wachen Moment zusammen, außer wenn Zoe zum Unterricht ging.

Als Cambridge auftaute und die Sonne allmählich die Haut wärmte, machten sie nachmittags Pause in dem etwas skurrilen Hof. Zwei riesige Nashornstatuen flankierten die Türen zu den Biolabs, auf dem Volleyballfeld spielte nie jemand, und im roten Backstein verlief ein Fries mit verschiedenen Tierfiguren um die Gebäude: ein Wolf, der über seine Schulter blickte, eine Bergziege auf halbem Weg zum Gipfel, eine muskelbepackte Gruppe faulenzender Tiger.

Im Labor sprachen sie nur über die Arbeit, und selbst dann zogen sie Symbole, Zahlen und Diagramme oft Wörtern vor; sie gingen in den Pausenraum und schoben Brennas klappriges Whiteboard über den welligen grauen Teppich, der immer Fäden zog, bis zur Couch und setzten sich – Zoe rechts, Jack links –, um etwas zu skizzieren. Aber draußen redeten sie endlos über alles Mögliche: ob Computer jemals ein Bewusstsein haben könnten (Jack meinte nein, Zoe ja), was Unsterblichkeit bedeutete, ob man lieber unendlich viel Geld oder unendlich viel Intelligenz haben sollte (Jack sagte Geld, Zoe Intelligenz), über die ethischen Aspekte von Genmanipulation bei einem Fötus, ob wir einen freien Willen haben oder nicht und ob er eine Rolle spielt (Jack fand ja, Zoe nein, sie einigten sich darauf, dass er wahrscheinlich keine Rolle spielt), was es hieß, ein Mensch zu sein.

Zoe wurde klar, dass sie immer noch keine Ahnung hatte, aus welcher Stadt er stammte, wie seine Eltern hießen, ob er Haustiere oder eine Lieblingsfarbe hatte. Das hatten sie einfach alles übersprungen und waren gleich zu den wichtigen Dingen gekommen, so wie »Woran glaubst du?« und »Wie funktioniert dein Verstand«, und inzwischen wäre es albern gewesen, zu den Basics zurückzukehren.

Rückblickend betrachtet, war Brenna der Einzige, der verstand, wie weit ihre Idee noch von der Verwirklichung entfernt war. Sie war gut, aber der Wert einer Idee wird von ihrer Umsetzung bestimmt, nicht von ihrer Konzeption.

Zoe und Jack hatten beide im Labor geschuftet, aber es hatte ihnen nicht gehört. Es war nie ihr Projekt gewesen, sondern immer das eines anderen, und außerdem waren Studierende fast nie durchgehend von der Idee bis zur Veröffentlichung dabei. Sie stießen mittendrin dazu und blieben gerade so lange, dass ihr Name erwähnt wurde.

Über Nacht tauchte in Brennas Labor ein Versuchsaufbau mit

Hefe auf. Sie konnten Jacks ursprüngliche Experimente zwar wiederholen, doch dann blieben sie stecken. Das Hefegenom ist dem menschlichen Genom ähnlicher, als man annehmen würde, und wenn die Yamanaka-Faktoren bei Hefe und beim Menschen funktionierten, musste der Mechanismus der gleiche sein. Und auch das entscheidende Stück DNA, in dem wahrscheinlich – hoffentlich – epigenetische Anweisungen kodiert waren, würde dann irgendwo im menschlichen Genom zu finden sein.

Doch die Wochen vergingen, und die Suche erwies sich als schwierig. Außerdem fehlten ihnen wichtige Fähigkeiten: Keiner von ihnen hatte viel mit Hefe gearbeitet oder verfügte über die für eine komplexe Genomanalyse erforderlichen Informatikkenntnisse.

Zoe begann abzunehmen. Sie stellte fest, dass ein leichtes Hungergefühl ihren Verstand stimulierte. Und es gefiel ihr, dass die Kleidung locker an ihrem Körper saß. Sie meinte, daran und an den dunklen Schatten unter ihren Augen müsse jeder erkennen, wie hart sie arbeitete.

Jack brauchte mindestens eine Packung Nikotinkaugummi am Tag.

Die ganze Zeit machte Zoe sich Gedanken, ob es klug gewesen war, in Lis Labor aufzuhören. Zuerst, als die Idee noch frisch war und die kleine Rebellion sie begeisterte, konnte sie ihre Zweifel leicht mit dem Bild eines Papers von Kyriakidis, Z., Leahy, J. und Brenna, R. vertreiben; ihr Ticket, das sie davor bewahrte, immer nur für andere zu forschen, war schon vor ihrem Collegeabschluss gelöst.

Als der Sommer näher rückte, wurde das Bild von diesem Paper verschwommener. Immer öfter fragte sie sich, wie sie das glänzende Glasgebäude von Wyss für dieses altmodische Gemäuer mit dem muffigen Treppenhaus und den fleckigen Gipsplatten an der Decke hatte verlassen können, in dem der achtzigjährige Hausmeister schon geputzt hatte, bevor Brenna überhaupt eingestellt worden war. Für Brennas Labor mit den veralteten Glaskolben und den Reihen leerer Labortische, zwischen denen Brenna nie zu sehen war.

»Wie sollen wir das bloß schaffen?«, fragte Zoe eines Morgens frustriert, die Hände unter dem silbernen Abzug, die Frontscheibe etwa zu drei Vierteln heruntergelassen. Man würde es nicht erkennen, aber die blassrosa Platte in Zoes behandschuhten Händen war mit empfindlichen menschlichen Fibroblasten bedeckt. »Ich weiß nicht mal, wie ich die am Leben erhalten kann.«

»Tja, wenn wir herausfinden, wie wir sie am Leben erhalten können …«, erwiderte Jack vom anderen Ende des Raumes.

»Wag es ja nicht.« Zoe schloss die Augen. Dann legte sie die Platte hin, streifte die Handschuhe ab und ging nach draußen, um frische Luft zu schnappen. Bevor sie aus der Tür war, hatte Jack bereits ihre Position eingenommen, die Schutzbrille aufgesetzt und eine Pipette ergriffen.

An einem Aprilabend, nachdem sie sich mehrere Stunden in Jacks Zimmer verschanzt hatten, gab Zoe auf, schlüpfte in den Gemeinschaftsraum und ließ Jack am Computer zurück. Sie gingen immer zu Jack, wenn sie außerhalb des Labors arbeiten wollten, und so kam es ihr mittlerweile nicht mehr seltsam vor, mit seinen Mitbewohnern allein zu sein. James saß im Sessel und unterhielt sich mit Mitchell, der im Schneidersitz auf dem Boden saß und auf einen Bildschirm schaute, auf dem ein blauer Avatar auf einen grünen Avatar schoss. Zoe konnte nicht erkennen, ob Mitchell schoss oder beschossen wurde. Auch Carter war da, er saß auf der Couch. Das war ungewöhnlich, denn er schien immer auf dem Sprung zu sein.

Der einzige freie Platz war neben Carter. Sie setzte sich. Sie verzog das Gesicht und rieb sich über ihren schmerzenden Nacken.

»Das Genie taucht auf!«, sagte er. Zoe verdrehte die Augen. »Komm her.« Er griff nach ihrer Schulter.

Sie hob die Augenbrauen, ließ aber ihre Hand in den Schoß

sinken, und er drückte den Daumen in den dicksten Muskelknoten. Sie hatte bemerkt, dass Carter ein körperlicher Typ war, der seine Freundinnen – die meisten seiner Freunde waren weiblich – zur Begrüßung auf die Wange küsste oder auf dem Weg zu einer Vorstellung im American Repertory Theater, zu einer Vernissage im Harvard Art Museum oder zu einem Konzert im Boston einen Arm um sie legte. Dennoch konnte sie nicht verhindern, dass ihr Adrenalinpegel in die Höhe schoss. Sie war ein bisschen in Carter verknallt, ganz harmlos.

Die anderen Mitbewohner waren, in Ermangelung eines weniger abwertenden Begriffs, Nerds: Mitchell war ein Informatik-Freak, der nicht zum Unterricht ging, sechzehn Stunden am Tag Code schrieb und den Rest der Zeit mit Videospielen verbrachte; Rafael, ein Medizinstudent, war von seiner Krebsforschung besessen; James studierte Wirtschaftsmathematik und redete zu viel. Und Jack war eben Jack. Carter hingegen schien Freunde in jedem Bereich zu haben – oder in jedem interessanten Bereich. Er war in Groton gewesen, hatte ein schwarzes Elternteil, studierte Philosophie, trug weite Pullover mit V-Ausschnitt und war der Typ Harvard-Student, der nichts und alles machte, sich selbstironisch als Tausendsassa und Nichtskönner bezeichnete, aber in allem besser war als jeder andere. Zoe hatte nicht gefragt, was seine Eltern machten, doch irgendwann hatte es ihr jemand erzählt: Sein Vater war Leiter der Neurochirurgie am Weill Cornell, seine Mutter Herzchirurgin. *Eigentlich*, dachte Zoe, als er seine Hand in Richtung Wirbelsäule bewegte und sie eine Gänsehaut im Nacken bekam, *verstehe ich nicht, warum er hier ist.*

»James«, sagte Carter, »das erinnert mich an Catys Wandbild in den Tunneln.« Er lachte. »Ich meine, es ist doch nur eine Vagina. Ziemlich Georgia O'Keeffe.« Zoe war Caty einmal begegnet, als sie Carter abgeholt hatte. Sie trug einen geschwungenen Lidstrich, hatte langes schwarzes Haar und einen pink gefärbten Pony. Sie tauchte zusammen mit einem Typ auf, der so etwas wie eine

Campus-Berühmtheit war, ein Gitarrist mit einer eckigen Brille, dessen hohe Wangenknochen zu seinem Kultstatus beitrugen.

»Ich war noch nie da unten«, sagte Zoe.

»Wo unten?«, fragte Jack. Zoe hatte nicht bemerkt, dass er aus seinem Zimmer gekommen war, und wurde rot, weil Carters Hand auf ihrem Rücken lag, was ihr plötzlich sehr teeniemäßig vorkam. Aber Jack schien es nicht zu bemerken, oder vielleicht war es ihm einfach egal.

»In den Tunneln.«

»Oh.« Jack hielt inne und sah sie an. »Würdest du da gern mal runtergehen?«

Sie zuckte mit den Schultern, zu verlegen, um Ja zu sagen.

»Dann lass uns gehen«, sagte er und schlenderte zur Tür.

Als sie aufstand, nahm Carter die Hand weg, und die Stelle fühlte sich auf einmal kalt an. Sie folgte Jack die Treppe hinunter ans andere Ende des Gebäudes. »Hier geht's runter«, sagte er und deutete mit dem Kopf auf eine schmale Tür.

»Nach dir.«

Es war dunkel. Sie hielt den Blick auf Jacks wuschelige Locken gerichtet und spürte ein seltsames, nervöses Kichern in ihrer Brust aufsteigen. Am Fuß der Treppe schaltete Jack das Licht ein, und plötzlich schien sich der rötliche Boden zu bewegen, alles war voller Kakerlaken, die jetzt vor dem Licht flohen. Zoe unterdrückte ein Würgen und wich ein paar Schritte zurück.

»Ein Klassiker«, sagte Jack.

Die Tunnel waren so, wie man sich den Keller eines Wohnheims vorstellte: ein Labyrinth aus Gängen mit Rohren und Leitungen, weiß gestrichene Ziegelsteine mit studentischer Kunst. Einiges schien alt zu sein, Karikaturen von Professoren und holperige Limericks.

War einst ein Student namens Max
Der studierte Marx alles andere als lax

Doch bald erkannte er, was wirklich zählt
Ist es am Ende nicht das Geld, das uns quält?
So sind's jetzt Nietzsche und Goldman Sachs.

Zoe ging dicht hinter Jack und spähte über seine Schulter, als wären sie auf einer Expedition. Durch eine Türöffnung war ein schwarzer Klecks mit niedergeschlagenen Cartoon-Augen zu sehen. Darüber stand: *Manchmal macht das ganze Geglotze den Abgrund nervös.* Jack drehte sich um. »Ich glaube nicht, dass der Abgrund nervös wird. Du etwa?«

»Vielleicht nicht. Aber der Gedanke gefällt mir. Dadurch macht er mir weniger Angst.«

»Es ist gesund, Angst vorm Abgrund zu haben.«

Sie gingen an einem scheibenlosen Fenster vorbei, das auf einen tiefer gelegenen Raum blickte – ein zweites Untergeschoss – mit einem mitten während des Spiels verlassenen Billardtisch und mehreren durchgesessenen Sofas. Von hier oben sah es wie das Bühnenbild eines Theaterstücks aus, nur ohne die Schauspieler. Oder wie ein Diorama in einem Museum. Freizeit, College, circa 2010 christlicher Zeitrechnung. Zoe stützte sich mit den Unterarmen auf die Fensterbank und blickte nach unten. »Ganz schön seltsam.«

Jack lehnte sich neben sie, den Arm kameradschaftlich an ihren gedrückt. »Ganz schön seltsam.« Sie rührten sich nicht. Wie lange mochte es her sein, seit das Spiel unterbrochen und nie beendet worden war?

»Ich habe darüber nachgedacht, dass die Natur nicht will, dass wir ewig leben.«

»Ich auch«, erwiderte Zoe leichthin. »Aber wie meinst du das?« Jack antwortete nicht. »Die Natur will überhaupt nicht, dass wir leben. Die Natur versucht täglich, uns zu töten.«

»Ich meine, dass jeder Organismus auf Verfall angelegt ist. Er ist so strukturiert, dass er seinen eigenen Zusammenbruch zulässt. Die Geriatrie ist von Natur aus eine verlorene Schlacht.«

»Ja.«

»Was ich damit sagen will ... es ist kein mechanischer Fehler. So wie wir Autos bauen – oder früher gebaut haben. Man will, dass sie möglichst lange halten, aber gegen den Verschleiß ist man machtlos. Unser genetischer Code versucht nicht, etwas zu bauen, das die Zeit überdauert, in der wir uns fortpflanzen und erfolgreich Nachkommen aufziehen. Denn unser genetischer Code interessiert sich nur dafür, dass er auf die nächste Generation übertragen wird.«

Zoe nickte.

Beide schwiegen einen Moment.

»Etwas verwirrt mich«, sagte Zoe. »Wie konnten unsere Gene etwas schaffen, ein Bewusstsein, das sich nicht genau mit ihren Interessen deckt?« Sie sah auf, weil sie das Gefühl hatte, jemand käme auf sie zu. Aber der Flur war leer.

»Wahrscheinlich sind sie nicht *gegen* längeres Leben. Vielleicht nur, wenn länger lebende Organismen Ressourcen verbrauchen und jüngere Organismen so an der Fortpflanzung hindern.«

»Aber warum *will* ich ewig leben, wenn es nicht in meiner DNA liegt? Oder ... vielleicht nicht ewig. Aber länger, als ich jetzt lebe.« *Nicht ewig, aber länger als jetzt* war ein loser Faden in ihrer Argumentation. Wenn sie daran zog, würde sich alles auflösen, also tat sie es nicht.

»Meinst du«, fuhr sie stattdessen fort, »das bedeutet, dass es eine Seele geben muss? Die ... von irgendwo anders herkommt.«

»Es muss nichts geben«, sagte Jack, klang dabei aber irgendwie belustigt. Entweder meinte er: *Ja, klar, natürlich muss es eine Seele geben*, oder: *Nein, sei nicht dumm, natürlich gibt es keine Seele.* Zoe wusste nicht, was von beidem zutraf und was sie entgegnen sollte.

Sie dachte an die Katzen im Schornstein.

»Ich will nicht ewig leben«, erklärte Jack und schloss die Augen. »Ich will nur nicht sterben.«

Um drei Uhr morgens kehrte sie in ihr Wohnheimzimmer zurück. Sophia saß noch am Schreibtisch. Zoe war, metaphorisch gesprochen, betrunken vom Laufen und Lachen mit Jack, und tatsächlich high, nachdem er einen Joint aus seiner Hosentasche befördert und sie ein paarmal hustend daran gezogen hatte. Es könnte ihr beim Einschlafen helfen, hatte er gesagt. Sie wusste nicht, ob das stimmte, aber sie fühlte sich lockerer, irgendwie losgelöst.

Sophia drehte sich um. »Alles okay bei dir?«

»Ja, klar«, erwiderte Zoe und lächelte etwas dümmlich. »Alles okay. Warum?«

»Du riechst nach Gras.«

»Meine Freunde haben einen Joint geraucht. Ich hab auch mal gezogen.«

Sophia musterte sie. »Seit wann rauchst du?«

»Seit ich nicht herausfinden kann …« Sie zögerte. Sie hatte ihren Mitbewohnerinnen nicht erzählt, dass sie in Lis Labor aufgehört hatte, um mit – nicht mit, sondern im Labor von – Brenna zu arbeiten. »Kompliziertes Problem im Labor.«

Wäre sie nicht high gewesen, hätte sie den Spieß umgedreht. *Warum bist du noch auf?*, hätte sie gefragt. *Ist bei* dir *alles okay?* Aber ihr Verstand arbeitete zu langsam.

»Es kommt mir so vor, als hätte ich dich ewig nicht gesehen«, sagte Sophia.

»Mm. Ich war im Stress.«

»Du bist nie im Stress. Du beherrschst es, hundert Dinge gleichzeitig zu tun und trotzdem entspannt zu wirken.«

»Sprezzatura«, bemerkte Zoe. Und erinnerte sich daran, wie Sophia sie im ersten Semester mitten in der Nacht hinter ihrer Zimmertür schluchzen gehört hatte. Als sie wie alle anderen einen Ich-bin-nichts-Besonderes-mehr-Zusammenbruch hatte und dachte, andere würden wahrscheinlich behaupten, sie bräuchte die Förderung als Frau in den MINT-Fächern gar nicht, weil sie wegen ihres namhaften Vaters sowieso reingekommen wäre. Und dass sie vermutlich recht hatten. Sophia hatte geklopft und leise gefragt: »Geht es dir gut?«, und Zoe hatte ein »Ja« hervorgebracht und war auf dem Boden liegen geblieben. Am nächsten Morgen hatte Sophia einen Schokomuffin aus der Mensa auf den Schreibtisch gelegt. Ja. Sprezzatura.

Sophia verdrehte die Augen. »Von mir aus. Seid du und Jack jetzt zusammen?«

»Nein«, sagte Zoe und ließ sich in den Sessel fallen. »Wir arbeiten zusammen.«

»Schließt das eine das andere aus?«

Zoe war mit den Gedanken immer noch halb im ersten Semester, darum sagte sie einfach »Ja«.

Sophia war genervt. »Hör zu. Wir machen uns Sorgen um dich.«

»Wir?« Irgendetwas in ihr ging auf Abwehr. Wer gab ihnen das Recht, sich hinter ihrem Rücken gegen sie zu verbünden?

»Ja, wir … die wir hier mit dir zusammenwohnen.«

»Ihr braucht euch keine Sorgen zu machen.« Sie dachte an Jacks Mitbewohner, die wahrscheinlich immer noch im Gemeinschaftsraum saßen. Jack war wieder an die Arbeit gegangen oder versuchte vielleicht zu schlafen, aber Carter und James, Raf und Mitchell waren immer noch auf, lachten über irgendwas, spielten vielleicht ein Videospiel. Sie wären nicht so voreingenommen und vorwurfsvoll.

»Du schläfst kaum, kommst zu spät zum Unterricht und arbeitest die ganze Zeit. Du bist nie hier in der Mensa, weil du immer mit Jack isst. Wahrscheinlich hast du seit einem Monat mit niemandem außer ihm gesprochen, und ihr seid nicht zusammen?«

Sie ist nur eifersüchtig, dachte Zoe und verdrehte innerlich die Augen, dann wurde ihr bewusst, dass sie tatsächlich die Augen verdreht hatte. Sie verzog das Gesicht, wollte etwas sagen, um es wiedergutzumachen, sich vielleicht entschuldigen, aber Sophia wandte sich ab, klappte den Laptop zu, verschwand mit ihm in ihrem Zimmer und schloss die Tür hinter sich. Zoe stand auf und hielt einen Moment inne, musterte einen bedenklichen Bücherstapel

(Gabbys), einen Obstkorb (Hannas) und die Papiere, die Sophia auf dem Schreibtisch zurückgelassen hatte. Dann ging sie in ihr Zimmer, ließ sich aufs Bett fallen und schlief so schnell ein, dass sie es nicht mehr schaffte, das Licht auszuschalten.

Während sie noch träumte, fühlte sie sich abgestoßen, was nach Zoes Erfahrung für einen Sextraum ziemlich ungewöhnlich war. Vielleicht traf es *abgestoßen* nicht ganz. Angewidert? Aufgewühlt? Es gab kein passendes Wort für das Gefühl, entschied sie, nachdem sie auf dem Bauch aufgewacht war, ein Fuß hing aus dem Bett.

Es hatte ganz harmlos angefangen. Sie unternahmen einen Spaziergang. Es war Sommer, und es regnete. Der Regen fiel auf Zoes Gesicht, aber sie wurde nicht nass. Und Jack auch nicht.

Sie sprachen über etwas Ernstes. Ein Experiment. Aber Zoe konnte dem Gespräch nicht ganz folgen: Sie beobachtete sich mehr beim Sprechen, als dass sie sprach. Sie kamen zum Mass Ave Diner. Cambridge war völlig menschenleer und beeindruckend grau. Die Straße war glatt und spiegelte.

Sie gingen hinein, als wäre dies ihr Ziel gewesen, was nicht stimmte, denn Jack bezahlte nicht für Essen, wenn er es in der Mensa umsonst bekommen konnte. Sie setzten sich, ohne das Gespräch zu unterbrechen. Es war keine Kellnerin in Sicht.

Dann beugte sich Jack über den Tisch und küsste sie, und eine Gänsehaut breitete sich auf ihren Armen und über ihren Rücken aus. Plötzlich waren sie oben im Haus ihrer Eltern, im Flur vor ihrem Zimmer. Über seine Schulter konnte sie in ihr Zimmer sehen, und es war nicht ihr Zimmer, sondern sein Zimmer im Wohnheim. Er erzählte ihr gute Neuigkeiten, und dann zog er sie in seine Arme, und sie umarmte ihn, immer noch erregt von dem Kuss im Diner (wann war das, gestern Abend? So lebendig, als wäre es gerade erst passiert), und mit leiser, leichter Stimme raunte er ihr ins Ohr, als wäre er angenehm überrascht: »Du willst Sex mit mir haben.« Da ihr Körper sie eigentlich nicht verraten hatte, fragte sie sich, ob er ihre Gedanken lesen konnte, und das beunruhigte sie. Sie löste sich von ihm und sagte: »Ich glaube, das ist keine gute Idee«, und das empfand sie auch so. Und dann waren sie wieder im Diner, und irgendwie war sie auf seiner Seite des Tisches gelandet, und er schob eine Hand unter ihr Shirt. Sie spürte, wie er mit rauen Fingerspitzen leicht über ihre Haut strich, dann drückte er sie an sich, und ihr ganzer Körper war heiß, und dann waren sie wieder in ihrem Haus. »Das will ich auch«, sagte er, und ihr Magen zog sich unangenehm zusammen. Es kam ihr so vor, als würde sie ihren Bruder Alex küssen, und ihr wurde übel, und dann waren sie wieder im Diner, sie machten immer noch rum, und er hatte ihre linke Brust in der Hand, und sie sagte an seinen Lippen: »Nicht hier.« Sie standen auf und gingen, eine Kellnerin war immer noch nicht zu sehen, überhaupt niemand. Sie setzten das Gespräch von vorher fort, und der Regen kühlte ihre Haut, und sie schwebte wieder außerhalb ihres Körpers und beobachtete, wie sie zusammen zurück zum Labor gingen.

Als sie aufwachte, empfand sie für einen kurzen Moment Verlangen – vielleicht nach ihm, vielleicht nach jemand anderem –, bevor ihr klar wurde, dass sie kein Verlangen nach Sex mit ihm hatte. Und sie fragte sich: *Im Ernst?*, und ihr Selbst antwortete: *Eigentlich ziemlich sicher.* Sie schaute auf die Uhr – fünf – und stand für ein paar Minuten auf, weil es ihr unangenehm war, mit diesen ganzen Gefühlen in dem von ihr gewärmten Bett zu liegen.

Als sie das nächste Mal aufwachte, schien durch den Spalt unter dem Rollo Tageslicht herein. Diesmal hatte sie geträumt, dass sie mit all ihren Bewerbungen für ein Doktorandenprogramm gescheitert war. Sie rieb sich die Augen und stöhnte auf. *Es reicht,* dachte sie, *lass mich in Ruhe.*

Sie stand auf, zog sich an, putzte sich die Zähne (trocken, sie hatte seit ein paar Tagen keine Zahnpasta mehr) und sah auf die Uhr. Entweder lag Jack noch im Bett oder war noch nicht schlafen gegangen. Sie beschloss, auf dem Weg zu den Biolabs in seinem Zimmer vorbeizuschauen. Sie wollte nicht allein vor dem Labortisch stehen.

Carter öffnete die Tür. »Hey, Zoe«, sagte er. Er sah so ungepflegt aus, wie sie ihn noch nie gesehen hatte. Das Haar war verstrubbelt und fiel ihm in die Augen, die so klein waren, als wäre er noch nicht ganz wach. Er trug eine Jogginghose mit Groton-Aufdruck auf dem Bein und kein Shirt. Sie bemühte sich, nicht auf seine Brust und den Bauch zu sehen, die – tja, jetzt schaute sie doch hin – muskulös waren. »Ich bin gerade aufgestanden«, sagte er, »sorry.«

Sie schüttelte den Kopf und sah zu Boden. »Ist Jack noch da? Oder ist er schon weg?«

»Er ist nicht hier«, antwortete Carter. »Ist … äh … alles in Ordnung?«

»Gott, sehe ich so schlimm aus?«, fragte Zoe und lachte unsicher.

»Nein, nein, du siehst toll aus.« Carter strich sich das Haar zurück. Er trug einen Ring am Zeigefinger und einen am kleinen. *Er nimmt sie nie ab*, dachte sie, stellte sich ihn im Bett vor und merkte, wie ihr heiß wurde. »Jack wirkte nervös, als er gegangen ist, und du wirkst auch so.«

»Oh, ja. Na ja. Du weißt schon.«

»Nein?«

Zoe schenkte ihm ein schiefes Lächeln und zuckte mit den Schultern. »Dann geh ich mal rüber.« Aber sie rührte sich nicht vom Fleck.

»Komm schon«, sagte er, »mach eine Pause. Kaffee? Espresso? Tee? Whisky, pur?«

»Nein, danke«, sagte sie, folgte ihm aber hinein.

Sie wollte es jemandem erzählen. Sie musste. Es war ein zu großes Risiko, und es lief zu schlecht, und diese Träume hatten sie aus dem Gleichgewicht gebracht. Wahrscheinlich hätte sie mit Sophia reden sollen, was sie auch getan hätte, wenn sie direkt nach Hause gegangen wäre, anstatt den halben Joint zu rauchen, und keinen Streit angefangen hätte. Aber jetzt, im hellen Morgenlicht, würde sie mit Carter reden, der ihr lächelnd einen Becher Tee reichte und sich ein Shirt übergezogen hatte, was gut war. Jetzt musste sie sich keine Gedanken darüber machen, wohin sie ihren Blick richtete.

»Wozu die Eile? Warum setzt ihr zwei euch so unter Druck? Ihr seid doch erst im zweiten Jahr. Li erwartet bestimmt nicht, dass ihr irgendein verrücktes Projekt allein stemmt.«

»Wir haben in Lis Labor aufgehört, um an unserer eigenen Sache zu arbeiten, und ich hab einfach … Ich glaube, das war dumm.« Es platzte unvermittelt aus ihr heraus, ohne Vorwarnung.

»Was?« Carter zog die Augenbrauen hoch. »Woran arbeitet ihr? Und mit wem?«

»Mit Richard Brenna. Du weißt schon …«

»*Brenna*? Wie in Brenna, Meselson, und Stahl? Echt, wow.«

Sie stützte die Ellbogen auf die Knie und das Gesicht in die Hände. »Wir sind mit dem Projekt zu ihm gegangen, damit wir die Kontrolle behalten und Raum, Zeit und Geld haben. Aber wir haben keine Ahnung, was zum Teufel wir tun, und er ist nie da. Und wenn ich bis nächstes Jahr nichts publiziere, kann ich ein anständiges Doktorandenprogramm vergessen. Und wenn ich bis zum Abschluss nichts veröffentliche, ist es aus mit dem Doktorat. Gott. Ich meine …« Sie merkte, dass sie plapperte, ihn langweilte, verzog das Gesicht. »Ach, das interessiert dich alles gar nicht. Tut mir leid.«

»Nein, nein, erzähl weiter.«

»Ich meine, ich wusste, auf welches Risiko ich mich einlasse.« Sie sagte nicht, dass ein Teil von ihr – ihr Stolz – das Risiko gewollt hatte. Von jemandem mit ihrem akademischen Hintergrund erwartete man normale Erfolge, aber dass sie allein eine neue, bahnbrechende Theorie über das Altern entwickelte? Das würde für Aufmerksamkeit sorgen. Das wäre ganz allein *ihrs*. »Ich wusste, wie viel Anlauf wir brauchen würden, wie viel Zeit. Ich glaube, ich hab mich einfach von der Idee mitreißen lassen.«

Carter stützte ebenfalls die Ellbogen auf die Knie. Sie spürte, wie er sie ansah.

»Also.« Sie lachte gezwungen, sah ihn an und schluckte. »Was soll ich tun?«

»Hol eine zweite Meinung von jemandem ein, dem du in diesem Bereich vertraust«, sagte Carter, »damit du weißt, ob du jetzt Schadensbegrenzung betreiben oder dranbleiben solltest.«

Zoe hatte nicht mit einem Rat gerechnet, geschweige denn mit einem guten Rat, und das riss sie aus der seltsamen Situation, in der sich das Licht in Carters Augen spiegelte, der Tee wohltuend duftete und die Sonne, die durch das Fenster hereinfiel, warm auf ihren Arm schien.

»Das ist eine gute Idee«, sagte sie.

Und dann: »Fuck. Sag Jack nicht, dass ich es dir erzählt habe, er wäre stinksauer.«

Carter tat, als würde er seine Lippen verschließen und den Schlüssel wegwerfen.

»Okay, aber lasst mich ausreden«, sagte Carter.

Ein paar Tage später saßen sie am Fluss. So wie andere Studierende, die überall in Gruppen auf dem Rasen verteilt saßen. Manche Gruppen vereinten sich (Zoe dachte an zusammenfließende Wassertropfen), junge Frauen machten Bekanntschaft mit jungen Männern, Bier wurde herumgereicht. Ihre Gruppe vermischte sich nicht mit anderen.

Es war einer der ersten warmen Abende. Zoe hatte eine Fleecejacke angezogen, die sie nicht brauchte. Also hatte sie sie auf dem Rasen ausgebreitet und saß darauf. Natürlich war Jack dabei, und Mitchell, James und Rafael. Carter. Und eine Frau, mit der Mitchell zusammen war. Sie war sehr hübsch, hatte einen leichten Südstaatenakzent und teilte sich in stillschweigender Übereinkunft den Rand von Zoes Jacke. Zoe spürte eine Kameradschaft zwischen ihnen, was wahrscheinlich vom Gras kam, aber trotzdem war es schön.

»Wenn David Li also …«, Carter nahm einen weiteren Zug, blies den Rauch mit geschlossenen Augen langsam aus, »… herausgefunden hat, wie man das menschliche Leben um, sagen wir, vierzig Jahre verlängern kann.«

»Konservativ«, sagte Jack mit einem schiefen Lächeln. Zoe wusste, dass Jack sie beide meinte, nicht Li. Das wusste auch Carter, der sie unverwandt ansah, als er sagte: »Gut. Sechzig. Wie alt war Methusalem?«

Als ob irgendjemand außer ihm die Antwort wüsste. Die Frau, die Mitchell mitgebracht hatte, Anna Lee, schüttelte den Kopf und hob mutig die Brauen.

»Neunhundertneunundsechzig.«

»Oh, oh«, sagte James mit seinem verschmitzten Lächeln. »Sorry. Bist du religiös, Anna Lee? Das wollte ich nicht, weißt du.«

»Du bist gut«, erwiderte sie sanft.

»Die Zahl spielt keine Rolle. Darum geht es mir eigentlich. Die tatsächliche Dauer des menschlichen Lebens spielt überhaupt keine Rolle. Glaubt ihr etwa, Ameisen würden ihr Leben außergewöhnlich kurz finden? Oder finden sie, dass es genau die richtige Länge hat? Die *erlebte* Länge, die *gefühlte* oder *wahrgenommene* Länge – ist immer genau gleich, ganz egal, wie lang das Leben tatsächlich ist.«

Darauf kaute die Gruppe eine Weile herum. Schließlich reichte Carter den Joint weiter, und er machte träge die Runde, ein schwankender Lichtpunkt. Ein Glühwürmchen. Von Carter zu Mitchell, zu Rafael, Jack, Zoe, Anna Lee, James. Zoe saß mit dem Gesicht zum College, mit dem Rücken zum Fluss.

Die Gruppe, die ihnen am nächsten saß, lachte laut auf.

»Okay«, sagte Rafael, »aber … du könntest neunmal so viele Dinge tun.«

»Meinst du? Glaubst du, dass wir heute dreimal so viel tun würden, wenn unsere Lebenserwartung bei dreißig läge?«, fragte Carter.

»Ich glaube schon, ja. Wahrscheinlich.«

»Aber was sind die wichtigsten Ereignisse im Leben eines Menschen?«

»Geburt, Pubertät, Heirat, Geburt eines Kindes, Tod«, sagte Zoe.

»Würden wir welche hinzufügen, wenn wir die Lebensspanne verlängern?«

»Klar. Eine Karriere, manchmal eine zweite Karriere, Enkelkinder, Ruhestand …«, erwiderte Rafael.

»Die würde ich allerdings nicht in dieselbe Kategorie einordnen. Sie sind nicht so … grundlegend«, bemerkte Zoe.

Carter nickte zustimmend. Der Joint war wieder bei ihm angelangt.

»Ameisen denken nicht über die Länge ihres Lebens nach, denn Ameisen denken nicht.« Jack hatte die Augen halb geschlossen und stützte sich auf die Hände, die Beine hatte er überkreuzt.

»Du willst nur ein gutes Gefühl haben, wegen unserer blöden Forschung«, entgegnete Zoe. Er neigte den Kopf und sah sie an.

»Na, wenn sie so blöd ist, es ist deine Forschung. Es war deine Idee.«

Zoe schnaubte und schüttelte den Kopf. Er war kurz davor, etwas zu verraten, aber es machte Spaß, darüber zu frotzeln. Carter hob die Augenbrauen.

»Aber«, fuhr Jack an Carter gewandt fort, »du nimmst die egoistischste Perspektive überhaupt ein. Sieh es mit den Augen eines anderen. Erzähl mir nicht, dass dreißig weitere Jahre mit, sagen wir, deinen Eltern keine Rolle für dich spielen würden.«

»Aber auch wenn ich dreißig Jahre mehr hätte, würde sich unsere gemeinsame Zeit genauso anfühlen.« Carter warf Zoe einen Blick zu und lächelte, als würde es sich um einen Insiderwitz handeln. Was ja auch stimmte. Zoe hatte ein schlechtes Gewi unbedingt, weil sie es ihm erzählt hatte, sondern ehe nichts davon wusste.

Jack schüttelte den Kopf. Es war nicht seine Art, einen Rückzieher zu machen. Er wirkte geradezu aufgebracht.

Der Joint machte erneut die Runde. Sie verzichtete. Ihre Kehle fühlte sich allmählich wund an. Anna Lee nahm einen langen Zug und reichte ihn an James weiter.

»Die Dauer des Lebens ist nur von Bedeutung, wenn sie vom erwarteten Wert abweicht«, schloss Carter.

»Aber was, wenn das Leben unendlich wäre?«, fragte Anna Lee. Sie saß locker im Schneidersitz, mit geradem Rücken, die Hände im Schoß.

»Mm.« Langsam breitete sich ein Lächeln auf Carters Gesicht aus. Zoe wurde klar, dass er Anna Lee wollte, und verspürte einen Anflug von Eifersucht, wozu sie kein Recht hatte. Sie fragte sich, ob Mitchell es wusste. Sie hätte nicht gedacht, dass Anna Lee Carters Typ war. Andererseits, was war Carters Typ? »Weißt du, ich weiß es nicht. Das würde die Dinge grundlegend ändern, oder?«

»Sterblichkeit könnte die entscheidende Variable sein, die das Menschsein ausmacht«, sagte Anna Lee. »Was wären wir ohne das Ende?«

Zoes Gedanken verschwammen. Sie neigte den Kopf zurück und konnte gerade eben die Sterne erkennen, Stecknadelköpfe am dunstigen Himmel. In ihrem Rücken war der Fluss, langsam, dunkel und unwiderstehlich. »Das wissen wir erst, wenn es passiert«, meldete sich Jack wieder zu Wort. Er hatte traurig gewirkt. Zoe betrachtete sein Gesicht, jetzt war die Traurigkeit verschwunden.

»Ihr Wissenschaftler habt es immer eilig«, sagte Anna Lee.

»Na ja, wir haben ja gerade festgestellt, dass unsere Zeit begrenzt ist«, blaffte Jack.

»Oh, aber ist sie das? Ich glaube, eigentlich haben wir unendlich viel Zeit. Der Augenblick ist so lang, wie du ihn empfindest.« Sie hatte die Augen geschlossen.

»Hast du nicht gerade gesagt …«

»Ich sagte, die Sterblichkeit *könnte* die entscheidende Variable sein.«

Sie schwiegen. Zoe fühlte sich unbehaglich und war erleichtert, als James unbeholfen das Thema wechselte, und dann verschwamm die Zeit, und sie lag auf einmal auf dem Rücken neben Jack und starrte in den Himmel.

Am nächsten Tag erinnerte sich Zoe an Carters Rat und rief ihren Bruder an.

»Zo!«, rief er. »Was zum Teufel! Du hast schon ewig nicht mehr auf meine Nachrichten reagiert« – sie hörte ihn scrollen –, »seit sechs Wochen? Woran arbeitest du?«

Sie lag auf dem Bett, frisch geduscht nach, Gott, sie wusste nicht, wie lange. Ihr Haar lag nass auf ihren Schultern und durchfeuchtete das Kissen. Sie legte einen Arm über ihre Augen, die vom Morgenlicht geblendet wurden.

»Es ist kompliziert.«

»Es muss toll sein, wenn man sich so in etwas vertieft.« Sie hörte, wie Alex' Schlüssel klirrten und er seinen Rucksack verschloss. »Tut mir leid, ich muss zum Unterricht. Wir können aber weiterreden.«

»Ich will dich nicht aufhalten«, sagte Zoe, legte aber nicht auf.

»Tust du nicht. Also? Raus damit.«

»Du darfst es nicht Dad erzählen. Oder Mom.«

»Oh?« Sie hörte, wie er die Tür öffnete und schloss. »Wie sich doch die Zeiten ändern.«

»Es ist schlimmer, als sich hinter Joe Francinis Haus zu betrinken und auf deine neuen Schuhe zu kotzen.«

»Schlimmer als *das*? Mom hing so an den Schuhen.« Er lachte.

»Und auch besser. In gewisser Weise. Vielleicht.«

»Zoe, los. Du machst mich fertig.«

»Ich hab in Lis Labor aufgehört.« Sie senkte die Stimme, obwohl ihre drei Mitbewohnerinnen vermutlich gar nicht da waren.

»Ja? Um was zu machen?«

»Das ist der … Mein Partner und ich sind gegangen, um ein unabhängiges Projekt zu starten. In Richard Brennas Laborräumen. Das hört sich vielleicht cool an, aber er ist im Ruhestand.«

»Aha?« Sie stellte sich vor, wie er die Augenbrauen hob. »Was ist das für ein Projekt? Und wer ist dein Partner?«

»Er heißt Jack.«

»Jack wer?«

»Jack Leahy, aber er ist … auch ein Student.«

»Du und ein anderer Zwanzigjähriger seid abtrünnig geworden und arbeitet allein? Zoe, wie mutig von dir. Hast du inzwischen auch schon mehr als ein halbes Bier getrunken? Ich meine, an einem Abend?« Er frotzelte, aber sie konnte an seinem Tonfall erkennen, dass er überrascht war. Und vielleicht auch etwas beeindruckt. »Also, was ist das für ein Projekt?«

»Es ging damit los, dass ich eine Idee hatte … zu Epigenetik und Anti-Aging … eine ziemlich verrückte Idee, aber wir haben sie weiterverfolgt.«

»Was für eine Idee?«

Sie zögerte, aber jetzt hatte sie sich ihm schon anvertraut. »Es ist ein bisschen … na ja, hast du Byrnes jüngstes Paper gelesen?«

»Wer ist Byrne?«

»Okay. Ich kann dir die Unterlagen schicken. Aber im Grunde hat Byrne herausgefunden, dass es möglich ist, die Alterung von Zellen schrittweise rückgängig zu machen. Also, ohne sie ganz in Stammzellen zurückzuverwandeln. Und Fraser hatte die Idee, dass es eine einzige zentrale Ursache für das Altern gibt, nämlich den Abbau des Epigenoms. Dein Epigenom ist … du weißt ja, dass jede Zelle die gleiche DNA hat. Eine Muskelzelle unterscheidet sich aber von einer Hautzelle. Unterschiedliche Zelltypen haben unterschiedliche Epigenome, die darüber bestimmen, welche Gene der verpackten DNA zum Einsatz kommen. Wir vermuten, dass die Zellen im Alter ihre Identität verlieren. Sie verwandeln sich in eine Art funktionslosen Brei. Kannst du mir folgen?«

»Klar.«

»Die Methode, die Byrne angewandt hat, ist eigentlich nicht praktikabel, weil sie unter anderem schreckliche Nebenwirkungen hat. Aber wenn man diese Punkte kombiniert, versteht man, dass Byrne einen Weg gefunden hat, das Epigenom einer alten Zelle zu reparieren. Deshalb muss irgendwo eine Kopie der epigenetischen Information gespeichert sein. Andernfalls könnten wir Zellen nicht verjüngen, ohne ganz bis zu den Stammzellen zurückzugehen. Oder zumindest glaube ich das. Wir kommen nur langsam voran. Wir haben ein paar vorläufige Daten, aus denen hervorgehen könnte, wo dieses Back-up sitzt.« Zoes Stimme überschlug sich. »Diese Daten wollen wir validieren und sehen, ob wir … zuverlässig auf dieses Back-up zugreifen können.«

Ihr Bruder schwieg. »Warte, das ist deine Idee? Niemand sonst arbeitet daran?«

»Na ja, könnte sein. Jedenfalls beschäftigt sich niemand anders damit. Epigenom-Forschung ist irgendwie eine Nische, und die Leute – auch Li – konzentrieren sich auf Sachen, die man jetzt anwenden kann. Das ist eher …«

»Basiswissenschaft. Ja, nein, ich versteh schon. Macht ihr Fortschritte? Habt ihr reproduzierbare Ergebnisse?« Er klang jetzt nicht mehr wie der große Bruder, sondern wie der versierte junge Wissenschaftler. Das erschreckte Zoe ein bisschen.

»Es ist alles noch sehr, sehr vorläufig. Wir versuchen … Wir haben den Locus in Hefe gefunden und versuchen, ihn in menschlichen Zellen auszumachen.«

Wieder schwieg er. Ihr Herz raste. Bisher hatte sie nicht begriffen, wie wichtig ihr seine Anerkennung war. Sie zupfte an ihrer Decke, weiß mit kleinen blauen Blumen. Zog die Knie an die Brust, schlang die Arme um sie.

»Hast du noch jemandem davon erzählt?«

»Nein«, sagte Zoe, »eigentlich nicht. Brenna. Meine Mitbewohnerinnen wissen nicht mal, dass ich nicht mehr in Lis Labor arbeite.«

»Gut. Sprich mit niemandem darüber. Zoe …« Sie erwartete, dass er ihr sagte, sie habe den größten Fehler ihres Lebens begangen. »… das ist brillant. Ich glaube, das könnte wirklich … Können wir in Ruhe weiterreden?«

Sie blinzelte verblüfft. »Im Ernst?«

»Ja. Nun, ich kenne mich auf diesem Gebiet nicht aus. Aber ich glaube, du bist da tatsächlich auf was gestoßen. Kann ich diesen Jack auch kennenlernen?«

»Ich …« Zoe war auf Vorwürfe gefasst gewesen, eine Strafpredigt. Dass er überlegen würde, wie sie da rauskam, ihre Noten aufbessern, neu anfangen, wieder auf sie stolz sein konnte. »Ja. Ja, klar.«

»Gut. Ich muss jetzt zum Unterricht.« Sie konnte im Hintergrund leise Gesprächsfetzen hören. »Aber halte mich auf dem Laufenden. Wir sprechen bald.«

»Hab dich lieb«, sagte sie.

Er zögerte einen Moment. »Ich dich auch«, sagte er dann. Fast so, als hätte er ganz vergessen, dass er mit seiner kleinen Schwester sprach.

11

Sie trafen sich mit Alex vor dem Darwin's, er musterte Jack. Jack war größer, aber Alex war schwerer. Während Alex nur ein bisschen und bewusst nachlässig gekleidet war (die Kakihosen leicht ausgebeult, das Oxfordhemd über der Hose und mit offenem Kragen), wirkte Jack regelrecht ungepflegt (die Jeans verwaschen, oben an den Beinen hellbraune Flecken, die Stiefel abgetragen). Zoe beobachtete, wie sie sich die Hand schüttelten.

Dann gingen sie hinein. Es folgte die unangenehme Phase eines Treffens, in der man das Gefühl hat, nicht mit dem Gespräch beginnen zu können, bevor man bestellt hat, aber auch nicht weiß, was man sonst reden soll. Als ein Paar einen winzigen Ecktisch unter einem Regal mit wucherndem Efeu und einigen Bücherstapeln verließ, ergatterte Jack ihn.

Es war Mai, die vorlesungsfreie Zeit vor den Prüfungen. Alex hatte seine bereits hinter sich – die letzten am College; in ein paar Wochen würde die ganze Familie nach Stanford fliegen, um bei seinem Abschluss dabei zu sein – und war übers Wochenende zu Hause. Er wollte seine Bostoner Freunde treffen und einige Sachen für seine neue Wohnung einpacken und verschicken. Und, auch wenn er es nicht laut aussprach, um ihren Stolz nicht zu verletzen, wollte er Zoe unterstützen, damit sie ihren Eltern von dem Projekt erzählte. Ihnen während des Semesters nur vage von ihren Aktivitäten zu erzählen, war eine Sache. Sie aber glauben zu lassen, sie arbeite den ganzen Sommer über noch in Lis Labor, war etwas anderes.

Zoe tat so, als würde sie nicht bemerken, dass die Bedienung mit Alex flirtete, als er English-Breakfast-Tee, schwarz, bestellte. Sie orderte für sich und Jack einen Iced Latte und einen schwarzen Kaffee, und Alex tat seinerseits so, als würde er nicht bemerken, dass sie ohne zu fragen, wusste, was Jack wollte.

Zoe zückte ihr Portemonnaie, aber Alex schob sich an ihr vorbei, um zu bezahlen, und verdrehte demonstrativ die Augen, woraufhin die Bedienung kichernd ihren langen braunen Pferdeschwanz über die Schulter warf.

Als Zoe und Alex die Getränke auf dem Tisch abstellten, wackelte dieser bedenklich. Daraufhin riss Jack die Pappmanschette bei Zoes Kaffee ab, faltete sie zusammen und klemmte sie unter das zu kurze Bein. Als er wiederauftauchte, sah sein Haar noch wilder als vorher aus. Er legte die Hände auf die Tischplatte, um sein Werk zu überprüfen.

Alex beobachtete ihn amüsiert. Zoe setzte sich neben Jack auf die Bank, Alex ließ sich gegenüber auf einen Holzstuhl fallen und schloss die Hände um seinen dampfenden Becher. »Also los, erzählt mir alles.«

Später begleitete Zoe Alex nach draußen. Er umarmte sie und sagte: »Ich bin stolz auf dich, und ich mag Jack. Mom ist auf meiner Seite. Ich glaube, ihn musst du überzeugen« – damit meinte er ihren Vater –, »aber das schaffst du.«

»Bist du sicher?« Sie wusste nicht, was genau sie meinte. Das Projekt, Jack, ihre Eltern.

»So etwas wie Sicherheit gibt es nicht.« Sie verließen das Café, die Glocke über der Tür klingelte. Draußen war es kühl, und Alex zog seine Jacke an. Zoe, die ihre bei Jack gelassen hatte, verschränkte die Arme.

»Wenn ihr ein bisschen mehr habt, stelle ich einen Kontakt zu meinem Venture-Capital-Freund in Stanford her.«

Zoe schnaubte und schüttelte den Kopf.

»Habt ihr schon einen Namen?«

»Einen Namen?«

»Für das Projekt. Für euer Start-up.«

Sie lachte. »Hör auf.«

»Ihr solltet euch einen überlegen«, sagte er. »Namen sind das A und O.«

»Was ist schon ein Name?«, fragte Zoe automatisch. »Das, was wir eine Rose nennen …«

»Das, was wir eine Rose nennen, würde bei jedem anderen Namen ebenso süß duften. Aber was wäre, wenn wir eine Rose Kotzblume nennen würden? Oder Fußpilz?«

»Alex.«

Er grinste schelmisch, sie verdrehte die Augen, und sie waren wieder zwölf und vierzehn. Er knuffte sie leicht gegen die Schulter und ging in den hellen Nachmittag hinaus.

Im ersten Studienjahr konnte man den Sommer genießen. Deshalb hatte Zoe sechs Wochen lang unterprivilegierten Highschool-Kindern Chemie beigebracht, die restliche Zeit über hatte sie sich in ihrem Kinderzimmer eingekuschelt, interessante Abhandlungen gelesen und die Liste der Harvard-Forscher wie einen Kleiderkatalog durchgeblättert. Im Sommer des zweiten Studienjahres legte man hingegen den Grundstein seiner Karriere. Alex hatte während dieser Zeit im Labor des Professors gearbeitet, der nun sein Doktorvater sein würde. Im August hatte er dann das erste Mal etwas veröffentlicht.

Deshalb war Zoe so nervös, als sie mit Jack zum Haus ihrer Eltern ging, um ihnen von ihren Plänen im Sommer zu erzählen. In der linken Hand hielt Jack einen Blumenstrauß, den Zoe auf dem Weg zu ihm besorgt hatte, und auf ihren Wunsch hin trug er ein schlichtes blaues Hemd anstelle des üblichen zerfledderten T-Shirts irgendeiner Rockband. Es war ihr unangenehm gewesen, ihn darum zu bitten. Natürlich übertrieb sie und verstand, dass er es kindisch fand, wie wichtig ihr die Meinung ihrer Eltern war. Bei ihm gab es nur seine Mutter. Als sie mal von seinen Eltern gesprochen hatte, hatte er sie korrigiert, daraufhin hatte sie sich entschuldigt, was ihn amüsierte. Auf ihre Frage, was seine Mutter von dem Projekt hielt, hatte er geschnauft und gesagt: »Sie ist keine Wissenschaftlerin«, mehr nicht.

Zoes Mutter öffnete in Schürze die Tür, noch bevor sie den Treppenabsatz erreicht hatten.

»Zoe!« Sie sah, wie ihr Blick nach unten wanderte, und konnte deutlich ihre unausgesprochenen Worte hören: *Du siehst furchtbar aus, isst du überhaupt? Du musst etwas gegen diese Tränensäcke tun.* Aber das würde sie niemals vor anderen sagen.

»Mom, hi.« Zoe umarmte sie. »Das ist Jack.«

»Freut mich, dich kennenzulernen.« Ungelenk versuchte er, ihrer Mutter die Hand zu schütteln und ihr gleichzeitig die Blumen zu überreichen.

»Ich freu mich so, dich kennenzulernen, Jack! Wir haben schon so viel von dir gehört.« Das hatte sie nicht, zumindest nicht von Zoe.

Jack trat ins Haus. Zoe stupste ihn an, damit er die Schuhe auszog, und es kamen an den Fersen und Zehen abgewetzte weiße Baumwollsocken zum Vorschein. Als sie hinter ihm ging, bemerkte sie an einer Ferse ein Loch. Sie atmete tief durch die Nase ein und durch den Mund wieder aus. Plötzlich hatte sie das starke Bedürfnis, zwei Personen auf einmal sein zu wollen. Jacks Zoe und die ihrer Eltern.

Ihr Vater saß mit Alex im Wohnzimmer. Sie waren mitten in einer Schachpartie.

Zoe konnte Schach spielen, war aber nicht gut darin, sie konnte irgendwie nicht über den nächsten Zug hinausdenken, und das frustrierte sie. Genau wie ihr Bruder jetzt hatte sie am Couchtisch gesessen, ihr Vater mit kühlem Blick ihr gegenüber. »Was siehst du?«, hatte er gefragt, und sie hatte verzweifelt auf das Brett gestarrt. »Ich weiß es nicht«, erwiderte sie, woraufhin er die Augenbrauen hochgezogen und gesagt hatte: »Sieh genauer hin.«

Alex war ein Naturtalent.

Jack ging zu den beiden und blickte auf das Brett hinunter. Ihr Vater war am Zug und schaute nicht auf, um sich vorzustellen. Er sah Alex an, dann wieder auf das Brett. Jack verschränkte die Hände hinter dem Rücken, seine Finger zuckten. Zoe hatte nicht gewusst, dass Jack Schach spielte, aber sie spürte, dass er ihrem Vater am liebsten den nächsten Zug diktiert hätte. Die Szene lief in Zeitlupe ab. Ihr war es egal, ob er etwas sagte oder nicht. Vielleicht wäre ihr Vater beeindruckt, vielleicht empört. Was spielte das für eine Rolle?

Ihr Vater setzte den Springer. Jack nickte. Alex zeigte keine Regung. Ihr Vater sah hoch, stand auf. »Jack, richtig?«

»Ja, Sir. Jack Leahy. Freut mich, Sie kennenzulernen.«

»Professor Kyriakidis. Freut mich auch. Schön, dich zu sehen, Zoe«, fuhr er fort, »es ist, als wärst du diejenige, die in Stanford ist.«

Sie antwortete auf Griechisch. »Ich arbeite.« Früher sein Lieblingssatz, wenn seine kleine Tochter ihn nicht in Ruhe lassen wollte.

Er lachte laut auf und schüttelte den Kopf. »Woran arbeitest du?«, fragte er auf Griechisch. Ihre Lieblingsantwort.

Jack, der Zoe noch nie Griechisch hatte sprechen hören, verfolgte den Austausch neugierig. Alex starrte immer noch auf das Schachbrett und plante seinen nächsten Zug. Zoes Mutter war wieder in der Küche verschwunden, man hörte sie rumoren. Zoe sah vor sich, wie sie die Blumen mit der kleinen Schere anschnitt, sie in eine Vase stellte und diese im Esszimmer anstatt des Tafelaufsatzes auf den Tisch stellte. Dann verlieh sie dem Essen den letzten Schliff, und alles wurde im Ofen warm gehalten, bis ihr Vater fertig war – bis auf das Brathähnchen, das musste knusprig bleiben.

So hatte sie das nicht geplant, aber sie holte tief Luft und sah ihrem Vater in die Augen. »An der epigenetischen Grundlage des Alterns«, sagte sie auf Englisch. Über Wissenschaft sprachen sie immer auf Englisch.

»Hast du nicht an Telomeren gearbeitet?«

Wieder auf Griechisch. »Ja. Aber ich hatte eine Idee und musste sie einfach verfolgen.« Die Sprache machte es ihr leichter, die beiden Zoes auseinanderzuhalten.

Alex blickte vom Schachbrett auf. »Es ist eine brillante Idee, und sie haben gute vorläufige Daten.« Auf Englisch. Er sprach nicht so gut Griechisch wie Zoe.

»Immer noch bei David Li?« Griechisch.

»Nein. Richard Brenna.« Zoe fuhr sich mit der Zunge über ihre Zahnspange. Ihr klopfte das Herz bis zum Hals.

Ihr Vater nickte langsam. »Ich kenne ihn nicht persönlich.« Er hielt inne. »Ihr habt Daten?«

Zoe holte die Unterlagen aus ihrer Umhängetasche und reichte sie ihm mit möglichst ruhigen Händen. »Hier. Ich wollte eigentlich eine Präsentation machen.«

»Überlass das Theater deiner Mutter.« Er nahm die Papiere, schob das Schachbrett zur Seite, legte sie auf den Tisch und setzte sich wieder. »Und was hat der junge Mann damit zu tun?«

»Er ist mein Partner. Ein Experimentator.«

Jack merkte, dass über ihn gesprochen wurde, legte den Kopf schief, rieb sich die lange Nase, steckte die Hand in die Hosentasche. Zoe sah wieder ihren Vater an, der die Zusammenfassung las. Es war so still, dass man das Ticken der Standuhr hörte, die sie mit dem Haus übernommen hatten und die hierbleiben würde, um über den nächsten Professor zu wachen, der hier einzog. Als ihr Vater umblätterte und die Bilder und Diagramme studierte, sagte Zoe: »Er konzipiert die Versuchsanordnungen. Mir fehlt das biologische Hintergrundwissen, er ist besser darin.«

»Seid ihr euch bei diesen Ergebnissen sicher?«, fragte er. Jack nickte.

»Okay«. Er nahm die Brille ab und legte sie auf die Papiere. »Interessant, aber mehr nicht. Wie kommt ihr von Hefe zu Menschen?« Er ließ Zoe keine Zeit zu antworten, klatschte in die Hände und stand auf. Seine Bewegungen waren immer groß, forsch, entschlossen. Es fiel Zoe jetzt noch mehr auf, weil Jack sich immer etwas linkisch bewegte. »Lasst uns essen. Meg hat bestimmt was Köstliches gezaubert.«

Er ging ins Esszimmer, und die drei Kinder folgten ihm wie Entenküken. Zoe, Jack, Alex.

Sie hielt ihre Präsentation während eines klassischen Südstaatenfestessens ihrer Mutter: Brathähnchen, Maisbrot, grüne Bohnen. Jack schaltete sich an den vereinbarten Stellen ein. Doch als Zoe eine Pause machte, um – wie sie hoffte – Raum für freundliche Fragen und eine Diskussion zu lassen, herrschte Schweigen. Ihr Vater aß noch (in letzter Zeit aß er nur eine Mahlzeit am Tag, aber dann zweitausendfünfhundert Kalorien) und knabberte an einem Hühnerschenkel. Ihre Mutter war fertig (sie aß kaum etwas, hatte nur ein paar grüne Bohnen und ein Stück Maisbrot genommen, das meiste lag noch auf ihrem Teller).

»Ich möchte den Sommer über weiter daran arbeiten.«

»Ich finde das eine gute Idee«, schaltete sich Alex ein, »ich glaube, sie sind einer großen Sache auf der Spur.«

Ihre Mutter schwieg und sah ihren Vater an. Ihr Vater kaute, schluckte, nickte. »Sicher.«

Ihre Mutter räumte die Teller ab. Dann stellte sie kleinere Teller mit einem zarten blauen Kornblumendekor vor alle hin, verschwand wieder in der Küche und kam mit einem Blaubeercobbler in einer ovalen Form zurück, die ihrer Großmutter gehört hatte; sie passte zu den Desserttellern. Jack bekam zuerst. »Eis?«, fragte sie, und während sie ihm auftat: »Wirst du zu Hause wohnen, Zoe?«

»Das würde ich gerne«, erwiderte Zoe leise.

»Toll«, sagte ihre Mutter. »Ich könnte Hilfe im Haus gebrauchen. Dein Vater will wie immer viele Essen geben.«

Als sie gingen – ihre Mutter begleitete sie zur Tür –, erhaschte Zoe den Blick ihres Bruders. Er saß auf der großen Ledercouch, mit den Füßen auf dem Hocker. Lächelnd zuckte er die Schulter. Und meinte: Sie werden darüber hinwegkommen. Wie damals,

als er mit einem Baseball die Windschutzscheibe ihres Vaters zertrümmert, als er Zoes Auto zu Schrott gefahren, als er seine erste Freundin mit nach Hause gebracht hatte, eine vier Jahre ältere Südstaatlerin. Als er nachts zu spät nach Hause gekommen war und ihr Vater auf der Couch gewartet und im Lampenlicht auf einem Notizblock Gleichungen durchgearbeitet hatte, als ihre Mutter in einem Schuh unterm Bett sein Grasversteck entdeckt hatte.

Aber das Problem war nicht, dass sie darüber hinwegkommen mussten. Das Problem war, dass es sie nicht interessierte. Zumindest, was die Arbeit betraf. Zoe ging dieses enorme berufliche Risiko ein, das ihr Brust und Kehle zuschnürte. Manchmal hätte sie am liebsten geschrien, je nach Tagesform aus Verzweiflung oder Angst oder Aufregung. Doch ihr Vater hatte ihr sechzig Sekunden seiner Aufmerksamkeit geschenkt und dann mit den Schultern gezuckt. Klar, mach, was du willst, es ist egal. Hauptsache, du bist zu Hause und hilfst deiner Mutter beim Tischdecken.

Ihre Mutter hingegen machte sich Gedanken. Allerdings nur darüber, da war sich Zoe sicher, dass Jack ein schrecklicher Gesprächspartner war, Löcher in den Socken hatte und zum Friseur musste.

Ihre Mutter umarmte sie, und sie gingen. Es war eine klare Sommernacht. Zoe atmete tief ein. Die frische Luft roch gut, und Jacks merkwürdiger Gang war ihr zutiefst vertraut. Sie schwankte zwischen ihren beiden Ichs, als wären sie Resonanzstrukturen. Wenn ihre Energie nachließ, würde sie sich in einem von beiden einrichten. Sie fragte sich, in welchem. (Sie wusste es: Jacks.) Schweigend kehrten sie zum Campus zurück.

12

Zoe glaubte, ihr Vater benötige mehr Überzeugungsarbeit. Darum verbrachte sie das ganze Wochenende zu Hause und steckte am Samstagmorgen bis zum Ellbogen in Kuchenteig.

»Also«, sagte ihre Mutter. »Erzähl mir mehr von deinem Jack.«

»Er ist nicht *mein* Jack«, erwiderte Zoe, »wir sind nicht zusammen.«

»Das hab ich schon gehört.«

Zoe atmete tief durch und verfluchte Alex. Er hatte versprochen, sich um ihre Mutter zu kümmern, und jetzt saß er im Flugzeug zurück an die Westküste. Zoe war mit ihrer Mutter nicht mehr einer Meinung gewesen, seit – na ja, seit sie ungefähr in der achten Klasse in die Höhe geschossen war und sie eine Handbreit überragte.

»Wir haben uns in Organik kennengelernt. Er ist genial, wir sind Freunde.«

»Und warum hast du ihn in deine Arbeit einbezogen?«

»Es ist eher so … Er hat mir geholfen, in Lis Labor unterzukommen. Er war vor mir da.« Sie biss sich auf ihre Lippe. Zu plappern war nicht die beste Strategie, aber irgendwie schaffte es ihre Mutter immer, sie zu überrumpeln.

»Ich verstehe.« Ihre Mutter gab Zucker zu den Beeren und rührte. Die Küche war riesig und schön, ursprünglich war sie für einen Koch gedacht gewesen. Als ihr Vater das Haus bekam, wurde ihre Mutter im Fachbereich bereits sehr für ihre guten Abendessen geschätzt und erhielt eine Nachricht vom Vorsitzenden und vom Dekan: *Die ist für Sie, Meg. Wir wünschen Ihnen viel Freude mit Ihrer Küche – und hoffen, an Ihrer Kochkunst teilhaben zu dürfen!*

Die Nachricht hing gerahmt neben dem Fenster über der Spüle. Bei der Einweihungsparty hatte ihre Mutter sie allen mit einem strahlenden, anmutigen Lächeln gezeigt, und alle waren begeistert gewesen.

»Und wie bist du bei … Wer ist dieser andere Professor?«

Das Namensgedächtnis ihrer Mutter war tadellos. Zoe versuchte zu verstehen, warum sie den von Brenna absichtlich vergessen hatte.

»Professor Brenna. Jack kannte ihn.«

»Was meinst du damit?«

»Ich … Jack …« Zoe spürte wieder das Unbehagen von damals. Sie hatte vergessen, wie wütend sie an dem Tag vor den Biolabs gewesen war. Sie schluckte und versuchte es sich vor ihrer Mutter nicht anmerken zu lassen. »Ich hatte diese Idee, und damit sind wir zu Brenna gegangen. Er hat den Platz und im Moment nicht viele Studierende.« Gar keine, aber ihre Mutter brauchte nicht zu wissen, dass er praktisch im Ruhestand war.

»Es war Jacks Einfall, ihn zu fragen?«

»Mit Brenna zu arbeiten … ja.«

»Und woher kannte er Brenna?«

»Ich, äh … das weiß ich ehrlich gesagt nicht.«

»Ah.«

Sie schwiegen. Draußen strich ein Windhauch durch die Frühblüher. Narzissen und diese kleinen blauen Blumen, eigentlich Unkraut, aber sie waren so hübsch auf dem Rasen anzusehen.

»Wie hat er Li kennengelernt?«

»Er hat für ihn gearbeitet.«

»Aber er ist doch auch erst im zweiten Studienjahr, oder? So wie du? Wie ist es zu der Anstellung gekommen? Das finde ich ziemlich beeindruckend so früh im Studium.«

»Das stimmt. Ich weiß es nicht.« Zoe wurde übel, der süße Geruch der grell lilafarbenen Beeren, die ihre Mutter in den Kuchenteig kippte, schlug ihr auf den Magen. Die Schürze ihrer Mutter war wie immer makellos weiß. Sie reichte Zoe den Holzlöffel. Normalerweise leckte sie ihn gerne ab, aber heute schüttelte sie den Kopf und legte ihn zurück in die Schüssel.

»Woher kommt er?«

»Maine.« Das wusste Zoe.

»Fährt er oft nach Hause?«

»Nein.« Zoe dachte daran, dass er gleich nach Weihnachten ins Labor zurückgekehrt war. Seitdem war er nicht mehr zu Hause gewesen, zumindest, soweit sie wusste. »Jedenfalls nicht während des Semesters.«

»Hm. Warum nicht?« Der Tonfall ihrer Mutter klang beiläufig, neugierig. Als würden sie locker plaudern.

»Keine Ahnung. Das tun die meisten nicht.« Sie hielt inne. »Er spricht definitiv nicht gerne über Persönliches, also dränge ich ihn nicht. Meist reden wir über die Arbeit.«

Ihre Mutter stellte die Zeitschaltuhr des Backofens ein, streifte die Topflappen ab und legte sie akkurat übereinander auf die Arbeitsplatte. Sie begann, die Oberflächen abzuwischen. »Du hast Mehl da hinten«, sagte sie, als Zoe zur Seite trat. Zoe wischte den Streifen ab, sie hatte sich gegen die bemehlte Arbeitsplatte gelehnt.

»Danke für deine Hilfe«, sagte ihre Mutter, und damit war sie entlassen.

Eigentlich hatte Zoe die Nacht zu Hause schlafen wollen, aber jetzt war ihre Mutter in ihren Kopf eingedrungen. Das ist das Problem mit Müttern, überlegte sie, sie sind immer in deinem Kopf. Sie dringen in jedes Neuron ein, jede Zelle, Fleisch meines Fleisches. Trotzdem verstand Zoe nicht, wieso sie die Gefühle ihrer Mutter quer durchs Haus so deutlich in sich spürte. Ihr Unmut schnürte Zoe die Kehle zu, und als sie sich davon freimachen wollte, stellte sie fest, dass er sich schon in ihr festgesetzt hatte.

Die Fragen ihrer Mutter waren ihre eigenen. Oder, ihre Fragen waren die ihrer Mutter. Wer ist Jack? Warum ist er hier? Warum bewegt er sich so leicht durch diese Welt? Was will er von dir?

Aber waren diese Fragen nicht nur ein Überbleibsel eines tief verwurzelten Elitedenkens? Die Fixierung ihrer Mutter auf gute Erziehung und bessere Manieren ein beunruhigendes Relikt des Südens längst vergangener Zeiten?

Bis auf die letzte Frage vielleicht. *Was will er von dir?* Denn vielleicht wollte er von ihr nur die Aura ihres Vaters. Vielleicht taugte sie nur dazu. Vielleicht wollte ihre Mutter sie nur beschützen.

Ihr Kopf schmerzte, genervt drückte sie das Gesicht ins Kissen. Es roch nach dem Haus ihrer Eltern, das, wie sie plötzlich feststellte, nicht mehr nach ihr roch. Sie roch an ihrem Shirt. Waschmittel, süßlicher Schweiß, sterile Laborluft und – tatsächlich? – Jack.

Ihr Jack. Vermutlich war er ihr Jack.

Sie nahm ihre Tasche und schlich unbemerkt aus dem Haus.

Als sie zum Labor kam, brannte Licht. Sie beobachtete Jack ein paar Sekunden lang. Er trug Ohrstöpsel und tippte nach vorn gebeugt etwas in seinen Laptop (ein aufgemotzter neuer PC. Zoe hatte immer ein MacBook gehabt und keine Ahnung, wie man einen PC bediente). Unter seinem Shirt konnte sie die einzelnen Wirbel erkennen, den sehnigen linken Latissimus, der größer war als der rechte. Er hakte den Fuß um ein Hockerbein, zog ihn heran, setzte sich, beugte sich vor und tippte wie wild weiter.

»Jack«, sagte sie.

Erschrocken drehte er sich um und sah sie einen Moment lang an. »Ich dachte, du würdest heute bei deinen Eltern übernachten«, sagte er dann.

»Wollte ich.« Sie zog ebenfalls einen Hocker heran, er schabte laut über den Boden, und setzte sich neben ihn. Sie merkte, dass sie auf eine etwas herzlichere Begrüßung gehofft hatte. Eine gewisse Bestätigung. Aber wahrscheinlich war er genervt, dass sie ihn mit zu seinen Eltern geschleppt hatte.

»Das ist aufregend.« Er fragte nicht, warum sie nicht zu Hause geblieben war. »Ich glaube … na, sieh selbst.«

Stumm beobachteten sie, wie Buchstabenfolgen über den Bildschirm liefen, Jack wippte ungeduldig mit einem Knie. Ein Diagramm erschien. Zoe blinzelte, um die Achsenbeschriftungen zu entziffern, dann machte ihr Herz einen Sprung.

»Ich hätte nicht gedacht, dass das fertig wird, bis …«

»Es ist vorläufig. Superfrüh. Ich konnte einfach nicht warten.«

Zwei menschliche Zelllinien: eine mit einem ausgeschalteten Locus namens *I2* (sie waren das Alphabet durchgegangen, und dann, wie die Bezeichnung vermuten ließ, noch mal), die andere eine Kontrolle. Bei der zweiten funktionierten die Faktoren, bei der ersten nicht.

Zoe sah Jack an, und seine Augen leuchteten genauso wie ihre. Sie spürte, wie ein Schrei in ihrer Brust aufstieg, presste die Hand auf den Mund. »Jack!«

Er lachte, seine spitzen Eckzähne blitzten auf.

Zoe ging in die Hocke. Er tat es ihr nach und ergriff ihre Schultern. »Du bist genial.«

Normalerweise weinte sie nicht vor Glück, aber jetzt hätte sie es gern getan. Die Gefühle waren einfach überwältigend. Dann standen sie wieder auf und grinsten sich an, und ihr Gesicht war in seinen Händen, und er beugte sich vor und küsste sie voller Leidenschaft. Sie erwiderte den Kuss, und die überbordende Energie floss von ihr zu ihm und wieder zurück, und als sie sich voneinander lösten, grinsten und lachten sie noch immer, dann umarmten sie sich. Und weil sie sich irgendwie bewegen mussten, gingen sie schließlich spazieren. Jacks Schritt war leicht und federnd, Zoe machte hin und wieder einen kleinen Hüpfer, und sie fingen an, über einen Namen zu reden.

Manna, beschlossen sie. Von Gott gesandte Nahrung.

»Weiß wie Koriandersamen«, las Zoe laut von ihrem Handydisplay ab, »und mit dem Geschmack von Honigkuchen.«

Sie hatten beide einen Hang zum Dramatischen.

Bis zu dieser Nacht hatten sie von dem Projekt nicht als Start-up gesprochen. Aber Alex hatte recht: Es war eindeutig der nächste Schritt, so lief das Spiel. Heutzutage versteckte man so etwas nicht mehr hinter den heiligen Mauern der akademischen Welt. Man drückte es fest an die Brust und rannte damit in die Welt hinaus, bewaffnete sich mit einem guten Patentanwalt und nutzte die praktisch unbegrenzten Mittel von Leuten, die nicht wussten, wohin mit ihrem Geld.

Für Zoe ging es bei einem Start-up nicht ums Geldverdienen. Aufgewachsen in einem Akademikerhaushalt, hatte die Wissenschaft immer an erster Stelle gestanden. Geld war nicht zweitrangig, sondern irrelevant gewesen (zumindest in den Augen eines kleinen Kindes). Bis zu ihrem sechsten oder siebten Lebensjahr hatten sie in miesen kleinen Wohnungen gelebt, aber elegante Veranstaltungen besucht, Zoe spielte auf dem Campus eines sehr vermögenden Colleges in einer reichen Universitätsstadt und besuchte die besten Schulen des Landes; außerdem teilte sie sich gerne ein Zimmer mit Alex. Dann bekam ihr Vater eine Festanstellung, und plötzlich lebten sie in einem großen, schönen Haus. Noch jung genug, um die Nähe ihrer Familie zu genießen, vermisste sie die gemütlichen Wohnungen in gewisser Weise. Jedenfalls hatte man in Anwesenheit von Zoe nie über Geld gesprochen, und es hatte ihr nie an etwas gefehlt.

Jack hingegen war nach Zoes fester Überzeugung in armen Verhältnissen aufgewachsen. Zuerst hatte sie angenommen, seine Kleidung sei absichtlich so provokant, cool. Weil er immer so kontrolliert wirkte. Aber er aß nie auswärts, kaufte nie Bücher, nutzte nie Verkehrsmittel, die nicht von Harvard bezahlt wurden. Er kaufte im Garment District und in anderen Secondhandläden nicht ein, um wie viele seiner Kommilitonen ein Statement abzugeben, sondern weil es ökonomisch war.

Als sie nun über den Campus schlenderten, die Divinity Avenue hinunter und an den Laborgebäuden vorbei, spielte Geld bei ihren Plänen eine Rolle und gleichzeitig auch nicht.

»Wir können Räume mieten. In dem neuen Gebäude Ecke Broadway und … Wie heißt die noch? Die Straße macht so eine Schleife. Ein großes Glasgebäude.«

»Du meinst an der Ecke Broadway und Galileo. Wird zur Binney.«

»Genau. Und wir können Leute einstellen. Wir *müssen* Leute einstellen. Und einen Beirat gründen. Brenna kann natürlich den Vorsitz übernehmen, aber wer noch?«

Und so ging es weiter. Die Sonne versank, und es war lächerlich perfekt: pinke Streifen am Himmel, Lichtstrahlen, die zwischen den Wolken hindurchschienen, sich in den Fenstern spiegelten und sie erst lila, dann dunkelblau und schließlich schwarz färbten. Sie landeten im ehemaligen Hof des Radcliffe College, in einem kleinen Garten. Blasse Blumen schienen in der Dunkelheit zu leuchten. Sie setzten sich auf eine Steinbank. Zoe spürte die Kälte durch ihre Jeans. In der Stille wanderten ihre Gedanken wieder zu den Daten, sie betrachtete sie, drehte und wendete sie. Wieder stieg überschäumende Freude in ihr auf. Sie prustete. Jack legte einen Arm um sie.

»Wir haben es geschafft«, sagte er, dann begleitete er sie nach Hause.

Sie konnte ihre Mitbewohnerinnen im Flur hören. Gabbys melodisches Lachen, Hannas Wiehern. Sophia platzte vermutlich vor Lachen, aber lautlos. Zoe merkte, dass sie betrunken waren (nur Sophia nicht, sie trank nicht). Sie zögerte, bevor sie die Tür aufschloss, sie wollte sie nicht stören.

Als sie eintrat, drehten sich wie in einer Sitcom alle auf einmal mit dem gleichen überraschten Gesichtsausdruck zu ihr um.

»Hallo, Mädels«, sagte sie. Sie waren halb förmlich gekleidet. »Ballsaison?«

»Ja«, sagte Gabby, fast unbeholfen. »Frühlingsball.«

Natürlich. Zoe hatte vergessen, dass er heute Abend stattfand. In der letzten Woche hatte sie mindestens sechs E-Mails vom Hauskomitee gelöscht, die sie daran erinnerten, Karten zu kaufen.

»Klingt, als hättet ihr Spaß gehabt!«

Hanna begann wieder zu kichern. Sie trug ein kurzes, fließendes blassblaues Kleid und hatte etwas zu viel Eyeliner aufgetragen, der nun verschmiert war. Sie sah aus wie ein Rockstar aus den Neunzigern.

»Warst du stattdessen mit Jack zusammen?« Sophia sah Zoe mit klaren Augen an.

Sie wollte nicht Ja sagen, aber auch nicht lügen. »Im Labor«, sagte sie, ein Kompromiss.

Sophia schwieg. Sie musterte Zoe kritisch und schien sich in ihrem Kleid überhaupt nicht wohlzufühlen: Es war etwas zu lang und endete knapp über dem Knie, dazu trug sie eine dunkle Strumpfhose und nudefarbene Ballerinas. *Was kümmert es sie, was ich tue?*, dachte Zoe gereizt, und: *Sie hat keine Ahnung, wie man sich anzieht.*

Gabby, umwerfend in etwas Langem, Engem, Lilafarbenem, nahm Hanna bei der Hand und begann zu singen – wahrscheinlich ein aktueller Popsong, aber nicht wiederzuerkennen.

»Du hast was verpaaaaasst!«, schrie Hanna.

»Nein, ich hatte zu tun.«

Hanna plapperte unbeirrt weiter. »Gabe war da, und er ist soooo heiß. Ehrlich gesagt, würde ich am liebsten einfach zurückgehen und …«

Gabby lachte. »Aber alle sind betrunken.«

»Eben! Glaubst du, ich hab, glaubst du … ich … ich …« – Hanna suchte nach Worten – »hätte den Mut, mit ihm zu reden, ohne mindestens drei Shots?«

Gabby tanzte jetzt ohne Musik, wiegte sich in den Hüften.

Zoe erinnerte sich an das letzte Mal, als sie auf einer Party gewesen war. Es musste im Herbst gewesen sein. Sie war mit den dreien hingegangen, hatte ihr enges kleines Schwarzes angezogen, die hohen Schuhe, mit denen sie eins fünfundachtzig groß war, und getanzt, bis ihr die Füße wehtaten, und dann hatte sie ohne Schuhe weitergetanzt. Sie hatten Spaß gehabt. Aber als sie die anderen jetzt ansah, empfand sie nichts – kein Bedauern, keine FOMO.

Sie schlängelte sich an ihnen vorbei zu ihrer Zimmertür, blieb stehen, lächelte Hanna an. »Du solltest Gabe fragen, ob er sich mit dir trifft, wenn ihr beide nüchtern seid.«

Hanna machte große Augen. »Soll das ein Witz sein?«

Früher hätte sie die gute Nachricht nicht für sich behalten können: Sie wäre mit ihr herausgeplatzt und hätte sich in ihren Glückwünschen gesonnt. Stattdessen lachte Zoe und kam sich sehr alt vor. »Nein, keineswegs. Schlaft gut, Mädels«, sagte sie, ging in ihr Zimmer und schloss die Tür.

13

Irgendwo und für immer und ewig sollten es die schönsten Momente in diesem Frühling bleiben. Sie stieg mit Jack und seinen Mitbewohnern auf das Dach vom Adams, die nackten Füße auf einen Vorsprung gestützt, spürte, wie das Blut aus ihren Füßen floss (geschwollen vom stundenlangen Stehen im Labor), wie die warme Sonne ihre Beine wärmte, legte einen Arm über die Augen, schloss sie (sie brannten), roch Carters mildes Gras; sie lief mitten in der Nacht allein vom Labor nach Hause, bemerkte, dass die Bäume entlang der Mount Auburn Street zu blühen begonnen hatten, und atmete ihren Duft ein, oder sie ging abends müde in geselligem Schweigen mit Jack vom Labor nach Hause, jeder Tag dauerte ein bisschen länger, der Himmel hinter den Wolken war bläulich, das Licht in den Wohnheimfenstern gelb; sie reckten ihre Hälse nach den Sternen, sie sagte dann, wie hell sie seien, und Jack lachte und sagte, sie müsste erst einmal die Sterne außerhalb der Stadt sehen; sie aß Eis bei Christina's, über das Jack und sie nach einem langen Spaziergang von den Biolabs nach Mid-Cambridge stolperten, während sie auf Ergebnisse warteten. Gebrannter Zucker (er), Mexikanische Schokolade (sie), sie kosteten vom anderen, er staunte, weil es so gut schmeckte, und auch Zoe, an hausgemachtes Eis gewöhnt, war beeindruckt. Sie grinsten die alte Dame hinter dem Tresen an (Christina? Vielleicht, aber eher unwahrscheinlich), die fand, dass sie ein hübsches Paar seien, verließen lachend den Laden und machten sich auf den Rückweg – vorbei an Einkaufszentren und Wohnhäusern, die in großzügig bemessene Villen im Kolonialstil übergingen, bewusster Shabby-Chic, blassgelb, blau und weiß, die den Campus von Harvard wie ein Spitzenrand säumten; sie saß oft im Labor und schaute aus dem Fenster in den Regen, hörte Jack hinter sich mit Glas klirren und beobachtete die Leute unten, einige mit Regenschirmen wegen des Nieselregens, andere mit hochgezogenen Schultern, ein Stummfilm in Grau. Sie stellte sich dann vor, wo sie herkamen und wohin sie gingen, was ihnen wichtig war, an welche Menschen sie dachten, was sie fürchteten. Sie beobachtete die Alten, die sich vorsichtig bewegten, und stellte sich vor, wie sich die Jungen vor ihr in alte Menschen verwandelten, wie sich ihr eiliger Schritt verlangsamte, die Haare ergrauten, das Leben zerbrechlich wurde, durchscheinend, von Verlust gezeichnet. Und dann drehte sie sich zu Jack und zu den grellen Laborlampen um und blickte in sein junges, glattes Gesicht und in seine strahlenden Augen, aus denen er zu ihr hochsah, und er stellte ihr eine Frage, und sie antwortete und landete wieder in der Gegenwart, in der sie tanzten.

14

Zufälligerweise (oder vielleicht auch nicht) hatte Carter Zoe gerade getextet, als Jack vorschlug, den Sommer über bei Carter zu wohnen. *Hab eine Abschlussarbeit über Gilgamesch geschrieben, die du lesen solltest, wegen eures Geheimprojekts.* Sie wusste nicht, ob das Kribbeln in ihrem Hals beim Lesen der Nachricht von Aufregung oder schlechtem Gewissen herrührte.

»Es gibt keine Einzelzimmer.« Jack sprach von den Wohnungen, die Harvard im Sommer Studierenden vermietete. »Und er wäre sowieso nur den halben Sommer da, würde aber für die ganze Zeit bezahlen.«

»Warum nur die Hälfte?«

»Keine Ahnung, er ist für sechs Wochen in DC.« Sie wusste nicht recht, ob Jack so genervt klang, weil sie es wissen wollte oder weil sie erwartet hatte, dass er es wusste. Carter und Jack waren innerhalb der Wohngruppe wie entgegengesetzte Pole – beide waren einigermaßen freundlich zu Mitchell, Raf und James (wobei sich Mitchell, Raf und James untereinander näherstanden), schienen sich aber aus dem Weg zu gehen.

Manchmal fürchtete Zoe, es könne daran liegen, dass Jack vielleicht wusste, was sie Carter erzählt hatte.

»Klingt doch perfekt?«, sagte Zoe. »Wo muss man unterschreiben?«

Ihr wurde erst bewusst, was sie vorhatte, als sie hinzufügte: »Dann sollten wir ihm wohl sagen, woran wir arbeiten.«

Jack zog die Stirn kraus. »Warum?«

»Weil ihr zusammenwohnen werdet?«

»Wir wohnen bereits zusammen.«

»Ja, aber nur du und er? Ich weiß nicht, wäre es nicht seltsam, es geheim zu halten?« Zoe sprach etwas zu schnell, zwang sich, innezuhalten, und zuckte mit den Schultern.

Jacks Miene war undurchdringlich. »Wahrscheinlich«, sagte er.

Sie sagten es Carter, und er tat so überrascht, dass Zoe einen Moment lang meinte, es ihm vielleicht nur im Traum erzählt zu haben. Aber natürlich hatte sie das nicht.

Er bot sogar seine Hilfe an. »Ich könnte mich nützlich machen. Irgendwas programmieren.«

»Programmieren?«, fragte Zoe.

»Ja?«

»Kannst du … programmieren?«

Carter lachte. »Na ja, ich hab einen halben Master in Informatik. Aber ich bin froh, dass ich nicht so aussehe.«

»Warum hast du mir nicht gesagt, dass Carter Informatiker ist? Wir hätten ihn schon längst bei der Python-Sache um Hilfe bitten können.«

Jack zuckte mit den Schultern. »Hab nicht dran gedacht.«

»Wie meinst du das?«

»Wir hätten auch Mitchell um Hilfe bitten können. Er hat einen Master in Informatik.«

»Okay, toll, wir hätten beide fragen können.«

»Du wusstest, dass Mitchell Informatik studiert. Warum hast du nichts gesagt?«

Zoe errötete. »Schon gut.«

Sie erinnerte sich an vier Szenen aus Gilgamesch, die sie unter dem zu gelben Licht der Lamont Library gelesen hatte.

Erstens, dass Gilgameschs Freund Enkidu sich auf ihrer Reise jeden Morgen Gilgameschs Träume anhörte und sie deutete. Das hatte was. Dass deine Träume nichts bedeuten, bis sie jemand anders deutet.

Zweitens, dass Gilgamesch die Prüfung nicht besteht, aber dennoch den Preis erhält, die Pflanze, die ihm ewiges Leben schenkt.

Drittens, dass eine Schlange die Pflanze stiehlt, die Gilgamesch nicht verdient hat.

Viertens, ein Bild, das in der Nacht, kurz bevor sie einschlief, hinter ihren Augenlidern funkelte. Gilgamesch stieg aus der Dunkelheit in das Land der Götter auf, wo die Bäume voller Früchte hingen.

Zoe textete Carter: *Lustige Geschichte über Gilgamesch/Mythos/Religion … wir nennen das Projekt tatsächlich Manna.*

Carter textete Zoe: *Voll das jüdisch-christliche Klischee.* Und dann, zu schnell, um es gegoogelt zu haben: *Und als es die Israeliten sahen, sprachen sie untereinander: Man hu? Denn sie wussten nicht, was es war.*

Zoe lächelte und textete ihm zurück (sofort, damit er wusste, dass auch sie es auswendig kannte): *Mose aber sprach zu ihnen: Es ist das Brot, das euch der HERR zu essen gegeben hat.*

15

Die Sommertage waren endlos. Sie versuchten, eine Bestätigung für I2, den Locus, zu finden, und untersuchten, wie genau die Yamanaka-Faktoren mit diesem Locus interagierten. Es war anstrengend, aber da sie sich nicht um irgendwelche Kurse kümmern musste, ging es Zoe deutlich besser. Sie hatte das Gefühl, ihr Gehirn könne sich frei entfalten und ausgiebig über Probleme nachdenken. Ständig fielen ihr Lösungen ein – beim Gehen, beim Haarewaschen, mitten in einem Gespräch mit Jack über etwas ganz anderes –, dann hielt sie kurz inne und schrieb sie auf. Sie trug immer ein Notizbuch bei sich. Jack nannte es das Zoe-Buch. Wenn er sich mit etwas schwertat, sagte er: »Darf ich im Buch Zoe nachschlagen?« Darüber musste sie lächeln.

Da sie das Labor für sich allein hatten, konnten sie über Zoes Bluetooth-Lautsprecher, ein Geburtstagsgeschenk ihres Bruders, Musik spielen. Sie hörte gern Country-Rock und lockere Sechzigerjahre-Bands, was Jack unerträglich fand. »Okay, Blumenkind«, sagte er, »wann beginnt die freie Liebe?« Sie lachte. Er stand auf leicht deprimäßigen Alternative-Rock aus den Neunzigern und Zweitausendern: Radiohead, The Smashing Pumpkins, Neutral Milk Hotel, The Goo Goo Dolls. Sie mochte seine Musik, also ließ sie ihn normalerweise wählen.

Es war Anfang Juli, unerträglich heiß, als Jack krank wurde.

Sie verbrachten noch mehr Zeit im Labor, weil es im Gegensatz zu Jacks und Carters Wohnung klimatisiert war. An dem Tag war die Klimaanlage überfordert, sie stotterte und tropfte. Jack und Zoe waren gerade dabei, das Zellkulturmedium für die Transfektion auszutauschen, als Jack sagte, ihm sei irgendwie komisch.

»Dann setz dich hin«, sagte Zoe leicht gereizt. Ihr Haar war zu einem strengen Pferdeschwanz hochgebunden, die feinen Härchen in ihrem Nacken und auf der Stirn klebten von Schweiß.

Jack tat, was sie sagte, was ungewöhnlich war und Zoe beunruhigte. Also ging sie in den Pausenraum, als sie die Aufgabe beendet hatte. Er schlief tief und fest auf der Couch.

Sie musterte ihn. Er sah nicht krank aus, fand sie –, aber vielleicht hatte er sich schon länger nicht gut gefühlt, und es war ihr nicht aufgefallen, weil sie ihn jeden Tag sah. Aber er war schon immer blass und dünn gewesen. Seine Locken standen um sein Gesicht wie ein Heiligenschein.

Er atmete gleichmäßig. *Nur müde,* dachte sie und ging zurück an die Arbeit.

Als sie ein paar Stunden später wieder nach ihm sah, hatte er sich nicht gerührt. Sollte sie sich Sorgen machen? Wahrscheinlich nicht, er hatte im letzten Monat nicht mehr als vier Stunden pro Nacht geschlafen. Vielmehr überlegte sie, sich neben ihn zu legen. Aber auf der schäbigen Couch war kein Platz, und sie wollte sich nicht im Büro auf den Boden legen – wer wusste, mit was für seltsamen Chemikalien hier gearbeitet worden war.

Um sechs ließ ihre Motivation nach. Es war schwer, vierzehn Stunden am Tag zu arbeiten, wenn Jack keinen Druck machte. Sie wollte ihn wecken und nach Hause bringen.

Aber er wachte nicht auf. Sie berührte ihn, dann rüttelte sie an seiner Schulter. Panisch ging sie in die Hocke, nahm sein Handgelenk, legte zwei Finger auf die Innenseite. Nichts. Nichts? Sie drückte fester, spürte, wie sich die Knochen unter der Haut bewegten, dann, wie etwas ganz leicht unter ihren Fingerspitzen pochte. Einmal, dann ein zweites, ein drittes Mal. Zoes Adrenalinpegel sank, und sie stützte sich erschöpft an der Sofakante ab.

Das letzte Mal hatte er drei Tage lang geschlafen. Aber er war aufgewacht, als Carter ihn geschüttelt hatte. Er hatte gesagt, er sei leicht zuckerkrank. Wie kann jemand leicht zuckerkrank sein?

»Jack?«, dann lauter, »Jack.«

Sie setzte sich auf die Fersen. Wenn sie genau hinsah, konnte sie sehen, wie sich seine Brust hob und senkte.

»Jack«, sagte sie wieder. Sie berührte sein Gesicht und kniff ihm fest in den Arm. Er bewegte sich nicht.

Zoe stand auf. Sie wusste nicht, wen sie anrufen sollte: Der Notruf schien ihr übertrieben; ihre Eltern wollte sie nicht anrufen; Brenna war vermutlich zu Hause, seine Sekretärin arbeitete nur zu den normalen Geschäftszeiten.

Carter? Seine Eltern waren Ärzte.

Sie ging in den Flur, um ihn anzurufen. Er nahm gleich beim ersten Klingeln ab. »Zoe!«

»Carter, Jack ist im Labor eingeschlafen, und jetzt kriege ich ihn nicht mehr wach.« Sie schluckte. »Er hat Puls.«

»Oh.« Eine Pause. »Das ist gut«, sagte er, »dass er Puls hat. Den brauchen wir alle. Moment, lass mich nur …« Da bemerkte sie die Stimmen im Hintergrund.

»O Gott, bist du bei einem Essen oder so? Es tut mir so leid.«

»Ja ja. Na ja, Cocktailstunde, sehr schick, ältester Gentlemen's Club in DC …« Die Geräusche wurden leiser. »Okay. Kannst du mir mehr Details nennen?«

»Es tut mir so leid, du solltest wieder reingehen. Ich wusste nicht, dass …«

»Zoe, hör schon auf. Das hier ist wichtiger. Erzähl mir, was passiert ist.«

»Gott, ich weiß es nicht. Es war Nachmittag, glaube ich, aber ich hab nicht auf die Zeit geachtet. Er sagte, ihm sei irgendwie komisch. Ich hab gesagt, er soll sich hinlegen. Als ich nach ihm gesehen habe, schlief er, und ich dachte, das ist wohl gut. Er sah okay aus. Jedes Mal, wenn ich im Laufe des Nachmittags nach ihm gesehen habe, schlief er. Ich wollte gerade nach Hause gehen« – sie schaute verlegen auf die Uhr –, »etwas früh heute …«

»Also komm, es ist Viertel nach sechs.«

»Okay.« Sie räusperte sich. »Ich hab versucht, ihn aufzuwecken, hab ihn geschüttelt, gerufen, ich habe ihn gekniffen. So fest, dass er blaue Flecken bekommen hat.«

»Hm«, sagte Carter, »das ist seltsam. Willst du, dass ich meine Mutter anrufe?«

»Ich weiß nicht. Soll ich die Notrufzentrale anrufen? Ich weiß nicht, was ich tun soll.« Irgendwo in ihrem Hinterkopf dachte sie daran, dass sie wahrscheinlich nicht unbeaufsichtigt im Labor sein durften.

»Ich ruf meine Mutter an. Ich leg dich in die Warteschleife, okay? Und falls in der Zwischenzeit etwas ist, kannst du mir texten.« Dann klickte es, Stille in der Leitung. Sie fragte sich, warum sie in den Flur gegangen war, um ihn anzurufen. Schließlich sollte Jack aufwachen. Und hier draußen war es gruselig. Aber vielleicht war es da drinnen noch gruseliger, mit seinem leblosen Körper. *Reiß dich zusammen,* dachte sie.

Sie war gerade zu dem Schluss gekommen, dass sie wahrscheinlich doch den Notruf anrufen musste, als Carter sich wieder meldete. »Sie meint, er ist wahrscheinlich dehydriert oder überhitzt und erschöpft. Könnte sein, dass er Flüssigkeit braucht, also wahrscheinlich ist es das Beste, ihn medizinisch versorgen zu lassen …«

»Gott.« Zoe legte die Hand auf ihre Stirn. Ihre Achselhöhle war schweißnass und kalt.

»Ich würde noch mal versuchen, ihn zu wecken. Damals im Wohnheim ist er ja auch aufgewacht. Ich bleib am Telefon.«

Zoe versuchte es erneut. Sie schrie so laut, wie sie sich traute, sie wollte nicht die Aufmerksamkeit des Hausmeisters erregen. Sie rüttelte an Jacks Schulter, packte seinen Arm und drückte zu. Nichts.

»Er rührt sich nicht.«

»Na gut. Du könntest den medizinischen Notdienst der Uni anrufen, aber ich glaube, die sind nur genervt und sagen dir, du sollst den Notruf wählen.«

»Ah, fuck. Na gut. Ja.«

»Ich warte hier.«

Auf Carters Seite der Leitung hörte Zoe das Rauschen eines vorbeifahrenden Autos. Sie biss sich auf die Lippe. »Solltest du nicht zurück zu deiner Veranstaltung gehen?«, zwang sie sich zu fragen.

»Ich warte hier. Ruf mich an, wenn du etwas brauchst. Und wenn es nur Gesellschaft ist.«

Sie legte auf und wählte den Notruf. Der Mann am Telefon fragte, ob es einen Laborunfall gegeben habe: verschüttete Chemikalien, ob jemand etwas verschluckt oder sich an Glas geschnitten habe.

»Nein. Aber er … er hat mir gesagt, dass er leichte Diabetes hat? Ich weiß nicht, was das bedeutet, aber vielleicht hängt es damit zusammen.«

»Verstanden«, sagte der Telefonist. Er hatte einen Bostoner Dialekt. Zoe wusste nicht, warum sie etwas anderes erwartet hatte, etwas Allgemeines, Staatenloses, das losgelöst von der physischen Welt in einem Notfallraum schwebte. »Bleiben Sie bei ihm. Hilfe ist unterwegs.«

Zoe schluckte ihre Übelkeit hinunter.

Die Sanitäter kamen und brachten Jack auf einer Trage hinaus. Sie wirkten ruhig. Aber es war ihr Job, ruhig zu wirken, oder? Zoe lief benommen hinter ihnen her. Sie fragten sie, ob sie mit ihm ins Krankenhaus fahren wolle. Sie nickte.

Im Krankenhaus wurde er weggerollt, und jemand führte sie in ein überfülltes Wartezimmer. Sie betrachtete die anderen Gesichter. Warum sie wohl hier waren?

Zoe schrieb Carter eine Nachricht: *Sie haben ihn in einen Raum gebracht, bin im Wartezimmer*, und dann starrte sie an die Wand und versuchte, nicht in Panik zu geraten. Sie betrachtete die Plakate über Impfstoffe und psychiatrische Einrichtungen, als würde sie später abgefragt werden.

Er las die Nachricht sofort, und ein paar Minuten später klingelte ihr Telefon.

»Carter«, sagte sie, »du solltest zurück zu deinem Essen gehen. Ich hab ein schlechtes Gewissen, weil ich dich gestört habe.«

»Nein, nein, nein. Es ist öde da drin. Ich musste mit vier verschiedenen alten weißen Männern über den Erwerb meiner Pilotenlizenz reden. Sie sind *fasziniert.* Weißt du, Schwarze sind wie Hummeln. Physiologisch betrachtet, dürften sie eigentlich nicht fliegen können.«

Zoe prustete und fing an zu kichern. Als ihr bewusst wurde, dass sie sich im Wartezimmer der Notaufnahme befand, hielt sie sich den Mund zu, aber sie konnte nicht aufhören.

»Siehst du?«, sagte er. »Wenigstens kann ich dich aufheitern.«

Ungefähr fünfundvierzig Minuten später kam eine Krankenschwester mit einem Klemmbrett heraus und rief Zoes Namen.

Zoe stand auf. »Das bin ich.«

Die Krankenschwester führte sie in ein Zimmer, Jack lag im Bett und war an einen Tropf angeschlossen. Als sie hereinkamen, öffnete er die Augen.

»Hey, Zoe.«

Sie war so erleichtert, dass ihre Knie weich wurden. *Oh,* dachte sie mit einer seltsamen Distanz. *Das war mir gar nicht klar.*

»Jack.« Sie stand neben dem Bett.

Die Krankenschwester räusperte sich. »Jacks Blutzucker war extrem niedrig, was bedeutet, dass sein Gehirn nicht genug Energie bekommen hat. Wir haben ihm eine Glucagon-Spritze und Flüssigkeit gegeben. Er wird wieder, aber der Arzt will mit ihm über den richtigen Umgang mit seiner Diabetes sprechen.«

Als sie weg war, setzte sich Zoe auf den Stuhl neben dem Bett. Natürlich befand sich die Infusion in seinem linken Arm, denn woher hätten sie wissen sollen, dass er Linkshänder war. Ihr Magen krampfte sich zusammen. »Oh, es tut mir leid, dass ich ihnen nicht gesagt habe, dass sie die Infusion in deinen anderen Arm legen sollen … das war dumm … sie haben mich gleich weggescheucht, als wir hier ankamen.« Sie hatte Tränen in den Augen.

»Zoe«, sagte er, »komm schon. Das ist doch kein Ding.«

»Ich fühle mich schlecht.«

»Das ist wirklich kein Problem«, sagte er, und dann weinte sie, und er sah sie mit halb geschlossenen Augen an. Sie wusste nicht, warum sie weinte, aber sie konnte nicht aufhören.

»Zoe«, sagte er sanfter und legte seine rechte Hand auf ihren Rücken.

Sie blickte ihn an. »Sorry. Tut mir leid.« Sie schniefte. »Ich weiß nicht, was mit mir los ist.«

»Mir geht's gut«, sagte er. »Sieh mich an.« Er löste die Hand von ihrem Rücken und deutete auf seinen Körper unter der weißen Krankenhausdecke. »Ein Ausbund an Gesundheit und Fitness.« Er grinste, und sie lachte.

»Was soll der Scheiß, Jack.«

Mitten in der Nacht wurde er auf eine Station verlegt. Mit dem Rucksack vor der Brust lief Zoe hinter dem Rollbett her. Er hatte ein Einzelzimmer, und obwohl er sagte, dass das nicht nötig sei, blieb sie bis zum Morgen bei ihm. Sie rollte sich in einem Sessel zusammen und wusste nicht, ob sie schlief oder nur vor sich hin döste, während um sie herum Geräte piepten, Krankenschwestern umhereilten und alles in blaues Licht getaucht zu sein schien. Jedes Mal, wenn sie zu Jack sah, schlief er flach auf dem Rücken, den Arm mit der Infusion neben sich, die Lippen leicht geöffnet. Das Krankenhausnachthemd war am Hals tiefer ausgeschnitten als seine üblichen T-Shirts. Er war so dünn, dass seine Schlüsselbeine hervorstanden.

Gegen fünf Uhr trat sie ans Fenster und sah zu, wie die Sonne über dem Charles aufging. Ihre Augen schmerzten.

Um sechs rief ihre Mutter an. Erst da wurde Zoe klar, dass sie ihren Eltern nicht Bescheid gesagt hatte, dass sie nicht nach Hause kommen würde.

»Zoe? Geht es dir gut?« Sie klang, als wäre sie gerade erst aufgestanden.

»O nein, ja«, stotterte Zoe, »ich meine, es geht mir gut, tut mir leid.« Bisher war sie immer nach Hause zurückgekehrt, wenn auch oft erst um ein oder zwei Uhr morgens.

Ihre Mutter schwieg.

»Es tut mir leid. Jack ist im Krankenhaus, ich war bis zwei Uhr wach, bis sie ihn aufgenommen haben, und dann bin ich einfach hier eingeschlafen ... Tut mir leid, ich hätte anrufen sollen.«

»Geht es Jack gut?«

»Ja, jetzt schon.« Sie wollte ihr nicht erzählen, was passiert war, schämte sich ein bisschen dafür. Jetzt, nachdem es vorbei war, kam es ihr dumm vor: so von sich eingenommen zu sein, dass sie nicht genug aßen und ohnmächtig wurden.

Ihre Mutter wartete offensichtlich auf weitere Einzelheiten.

»Ich komme heute nach Hause. Ich möchte noch mit dem Arzt sprechen, und dann ...«

»Sollten seine Eltern nicht mit dem Arzt sprechen?«

»Oh, na ja ...« Zoe zögerte. Sie korrigierte ihre Mutter nicht, dass es keine Eltern, sondern nur eine Mutter gab. Dachte an Jacks spöttische Reaktion bei der Vorstellung, seiner Mutter von seinen Sommerplänen zu erzählen. »Das werden sie bestimmt«, erwiderte sie lahm.

»Mm.« Sie spürte, wie die Verärgerung ihrer Mutter durchs Telefon in ihren Kopf, in ihren Körper und in ihre Knochen drang. Sie zitterte.

»Es tut mir leid, ehrlich.«

»Dann bis später.« Ihre Mutter legte auf.

Kurz nach neun schauten Jack und Zoe *Bones – die Knochenjägerin.* Fernsehserien am Morgen: eine Sünde, die Krankenhäusern und Hotelzimmern vorbehalten war. Eine neue Figur war eingeführt worden, der Vater der Frau des Verstorbenen. »Er war's«, sagte Jack mit Bestimmtheit.

»Woher weißt du das?«

»Sein Gesicht.«

Ein Arzt kam herein, und Zoe schaltete den Fernseher aus.

Erst informierte er sie kurz, was passiert war und warum. Er fragte Jack, wie er seinen Typ-1-Diabetes behandelte, und Jack sagte, mit einer Diät. Der Arzt erklärte ihm, er brauche ein Blutzuckermessgerät und Insulin.

»Ich verschreibe Ihnen die nötigen Medikamente, und die Krankenschwester geht alles mit Ihnen durch. Sie bleiben noch mindestens eine Nacht hier. Ich werde Sie an ein Diabeteszentrum hier in Cambridge überweisen, und Sie sollten auch einen Termin mit Ihrem behandelnden Arzt beim medizinischen Dienst der Uni vereinbaren. Wir schicken die Unterlagen dorthin.«

Zoe nickte. Jack sah genervt aus.

»Kann ich Sie einen Moment sprechen?«, fragte der Arzt Zoe. Sie gingen aus dem Zimmer und den Flur entlang.

»Sind Sie seine Freundin?«

»Ich …« Sie fragte sich, ob der Arzt ihr in dem Fall mehr sagen durfte. »Ich bin seine Partnerin.«

»Er muss unbedingt anfangen, seinen Diabetes ernst zu nehmen. Man sagte mir, dass das schon einmal passiert ist – das ist kritisch. Unkontrollierter Diabetes kann lebensbedrohlich sein.« Der Arzt sah sehr jung aus und sehr müde. Zoe überlegte, ob er Student war. »Glauben Sie, Sie können ihn überzeugen? Er macht den Eindruck, als würde er einfach nach Hause gehen und so weitermachen wie bisher.«

»Ja, kann ich. Können Sie dafür sorgen, dass ich das ganze Material bekomme? Damit ich weiß, was er tun soll?«

Der Arzt nickte und machte sich eine Notiz. »Danke«, sagte er.

Zoe stutzte. »Ähm. Danke«, erwiderte sie.

16

Rückblickend betrachtet, war das der Wendepunkt des Sommers. Zoe versuchte, Jack dazu zu bewegen, den Diabetes zu behandeln, und solange sie dabei war, folgte Jack ihren Anweisungen, aber sobald sie außer Sichtweite war, verhielt er sich wie vorher. Zoe fragte sich, ob es womöglich schlimmer war, die Krankheit nur halb zu behandeln, als sie gar nicht zu behandeln. Es machte sie wütend, wenn sie in die Wohnung kam, ihn mit einer Schüssel Nudeln auf der Couch antraf, ihn fragte, ob er Insulin gespritzt hätte, und er diesen verlegenen Gesichtsausdruck bekam. Sie organisierte seine Arzttermine, sorgte dafür, dass er hinging, las alle Unterlagen, erklärte sie ihm. Sie kam sich vor wie ihre Mutter. Eine chronische Krankheit zu haben, war ganz bestimmt schwierig, aber sie nicht zu behandeln, machte es nicht besser. Und er tat so, als ginge das nur ihn was an. Da er zwei Nächte im Krankenhaus gewesen war, hatten sie das Zeitfenster für die Überprüfung eines bestimmten Ergebnisses verpasst und waren um zwei Wochen zurückgeworfen worden.

Dann kehrte Carter zurück. Als Zoe und Jack zusammen in die Wohnung kamen, saß er auf einmal auf dem Sofa. Jack nickte, und er nickte zurück, und Zoe stand verlegen da, obwohl sie schon einen Monat dort wohnte. *Er ist wirklich heiß*, dachte sie, und wieder fielen ihr die markanten Wangenknochen auf, die dunklen Augen, die langen Beine, das eine ausgestreckt, das andere angewinkelt. Ob er wohl Single war? Carters Dating-Leben gestaltete sich rätselhaft: Er schien ständig Dates zu haben, stellte die Frauen aber nie als seine Freundinnen vor. Er nannte immer nur ihre Namen und gewöhnlich noch eine beeindruckende Leistung. »Das ist

Rita, sie hat sich für die Olympischen Spiele 2012 qualifiziert.« So etwas in der Art. Das brachte Zoe wieder auf den Teppich. Auch wenn sie sich nicht für die Olympischen Spiele 2012 oder etwas Ähnliches qualifiziert hatte, gab es momentan schon genug Spannungen mit Jack – da musste sie nicht noch für peinliche Situationen mit seinem Mitbewohner sorgen.

Stattdessen wurden Zoe und Carter Freunde.

Er erstellte sofort und scheinbar mühelos genau den Code, den sie brauchten. Und dann bereinigte er, ohne dass irgendjemand ihn darum gebeten hätte, den Rest ihrer Analyse, sodass Jacks Laptop nicht mehr ständig abstürzte. Gelegentlich übernahm er sogar Schichten im Labor, wenn Jack sich zu sehr verausgabt hatte und Zoe zu Hause war, um ihrer Mutter beim Servieren vom Abendessen zu helfen – womit sie, ohne es direkt auszusprechen, das Krankenhausdebakel wiedergutmachen wollte. Carter nickte verständnisvoll, wenn Zoe ihm von ihrem Frust über Jacks nachlässigen Umgang mit seinem Diabetes erzählte, half ihr allerdings nicht beim Babysitten. (Als Zoe sich bei diesem Gedanken ertappte, dachte sie: *Mein Gott, warum sollte er auch*? *Warum tue* ich *das eigentlich*?) Und er hörte Zoe zu, wenn sie in Panik geriet – obwohl es ständig um dieselben Dinge ging und es schrecklich langweilig sein musste –, eine perfekte Mischung aus pragmatisch und positiv. »Es ist ein Risiko-Rendite-Spiel«, sagte er, »und im Moment stehen die Aussichten auf einen hohen Ertrag noch ziemlich gut.« Dann wechselte er das Thema und lenkte sie mit ausgedehntem, nicht arbeitsbezogenem Small Talk ab.

Als Jack Divya ins Spiel brachte, war Zoe sofort so unfassbar wütend, dass sie nicht mal darüber reden konnte. Sie kannte Divya nicht, aber sie hatte von ihr gehört. Angehende Medizinstudentin, überall beliebt, leitete den studentischen Notdienst. *(Was für ein Glück*, dachte Zoe verbittert, *dass sie nicht aufgekreuzt ist und bei Jack Mund-zu-Mund-Beatmung gemacht hat.)* Ebenso war sie in der Studentenvertretung und kandidierte für den Vorsitz der Studentenschaft. Sie hatte einen Teil ihrer Kindheit in Großbritannien verbracht und bemühte sich offensichtlich sehr, den Akzent zu behalten. Sie war unglaublich hübsch und sich dessen bewusst, wodurch sie auf andere Frauen höchst nervig und auf Männer entweder extrem anziehend oder bedrohlich wirkte – je nach Selbstbewusstsein.

»Was hältst du davon, Divya ins Boot zu holen?«, fragte Jack.

»Was?« Zoe wandte sich vom Labortisch ab und sah ihn an.

»Kennst du Divya Kaur?«

»Ich hab von ihr gehört.«

»Was hältst du davon, wenn sie mitmacht? Sie ist interessiert.«

»Du hast ohne mich mit jemandem darüber gesprochen?«

»Ich … nicht im Detail, nein.«

»Meinst du«, Zoe machte eine umfassende Geste, »wir sollten noch mehr Leute in dieses Chaos hineinziehen?«

»Na ja, darum dachte ich ja, dass wir sie dazuholen …«

»Sie wozu holen, Jack? Im Moment haben wir *nichts*. Null Große-*N*-Daten. Vorläufige Diagramme machen noch kein Paper und schon gar kein verdammtes Start-up. Wir können nicht einfach irgendwelche Leute einstellen.«

»Sie würde kein Geld bekommen. Und du hast Carter dazugeholt.«

Zoe zuckte zusammen. »Carter ist dein Mitbewohner. Und er ist von selbst dazugekommen.«

»Aber es war deine Idee.« Jack lehnte sich mit verschränkten Armen an den Labortisch. Sein Gesicht war ernst.

Zoe wusste nicht, was sie sagen sollte. »Der ist nass«, sagte sie und meinte damit den Tisch, der möglicherweise kontaminiert war. Jack schloss die Augen, schüttelte den Kopf. Rührte sich nicht.

Sie schwiegen.

»Stimmt«, sagte Zoe schließlich. »Aber du warst einverstanden.«

»Und bei Divya bist du nicht einverstanden?«

»Ich finde einfach, dass wir nicht noch mehr Leute brauchen.«

»Wir könnten eine andere Perspektive gebrauchen. Und sie hat eine Menge Erfahrung mit der Vermarktung von Start-ups.«

»Ach was.« Zoe vermisste Sophia plötzlich schmerzlich. Sophia konnte Divya nicht ausstehen, und Hanna ebenso wenig. Sophia, weil sie um die Plätze im Medizin-Vorstudium konkurrierten, und Hanna, weil Divya eine Affäre mit Gabe gehabt hatte. Früher hatte Zoe sich königlich amüsiert, wenn die zwei über Divya herzogen. Wären sie jetzt nur hier, damit sie sich besser fühlte, überlegen.

»Was ist los mit dir?«, fragte Jack, und Zoe, die sich für ihren Tonfall und noch mehr für ihre Gedanken schämte, sackte in sich zusammen.

»Du hast recht. Ich bin gestresst. Können wir das später besprechen?«

»Okay«, sagte Jack, streifte seine Handschuhe ab, warf sie in den Müll und verließ das Labor.

Später, in der Wohnung, versuchte Carter, Zoe zu beruhigen. »Vielleicht ist es eine gute Idee«, sagte er. »Ich kann euch keinen frischen Blick auf die wissenschaftliche Seite liefern. Vielleicht ist es hilfreich, wenn jemand anders dazukommt.«

»Jack hat nicht mal seine Scheißgesundheit im Griff, geschweige denn das Labor. Und da denkt er, er sollte … Personalentscheidungen treffen? Ich finde einfach …« Zoe unterbrach sich und schüttelte den Kopf. »Er ist total verantwortungslos.«

»Jack *ist* total verantwortungslos«, bestätigte Carter, »und das ist gut so, denn sonst hättet ihr dieses Projekt nie weiterverfolgt, und es wird die Welt verändern.«

Die Tür schwang auf, und Jack kam herein.

»Total verantwortungslos? Ich?« Er klang amüsiert, und Zoe hätte es gern beruhigend gefunden, doch stattdessen nervte es sie nur noch mehr. Er stellte seine Tasche auf den Klapptisch – ein

Picknickmodell aus Plastik – und setzte sich neben Zoe auf die Couch.

»Ich hab nicht gedacht, dass das so eine große Sache ist«, sagte er.

»Ich weiß, das finde ich ja gerade so anstrengend«, entgegnete sie.

»Das muss kein großes Ding sein«, bemerkte Carter. »Bald müsst ihr sowieso mehr Leute anstellen.«

Zoe warf die Arme in die Luft. »Ihr habt euch gegen mich verbündet.«

Jack grinste.

Zoes Blick blieb an Jacks scharfen Eckzähnen hängen, und sie spürte ein plötzliches, bizarres lustvolles Pulsieren, erinnerte sich an ihren Traum. Sie massierte sich die Schläfen. Der Kuss im Labor. Das war Freude, kein Verlangen gewesen. Oder?

Jack drehte sich zu ihr um. »Zoe.« Sie sah ihn. »Hörst du mir zu?«

»Ja«, sagte sie.

»Deine Theorie ist richtig. Wir werden sie beweisen. Uns haben wir sie bereits bewiesen. Es ist nur eine Frage der Zeit, bis wir genügend Daten haben, um sie auch allen anderen zu beweisen. Du weißt, wie schwierig die Versuchsplanung ist. Ich arbeite so hart ich kann. Versprochen.«

Sie schluckte, sah ihm weiter in die blauen Augen.

»Ich weiß, dass ich diesen Teil zu verantworten habe. Du bist die geniale Theoretikerin. Ich bin der clevere Mechaniker.«

Sie verkniff sich ein Lächeln, wusste aber, dass Jack es in ihren Augen sehen konnte.

»Der kleine Schrauber, der zum Bordingenieur wurde.«

»Wir benutzen nicht einmal …«

»Der Hiwi.«

»Halt«, sagte sie, aber jetzt lachte Carter und sie mit ihm.

»Und ich mache einen beschissenen Job, und ich hab nicht

mal meine Scheißgesundheit im Griff, aber ich verspreche dir, ich schaff das.«

Zoe schüttelte den Kopf, nickte dann. »Das weiß ich.«

Er legte seine Hände auf ihre Wangen. Sie versteifte sich, war sich bewusst, dass Carter hinter ihr auf dem Sofa saß. »Vertraust du mir?«

Sie nickte, blickte auf das verblichene blaue Polster hinunter, auf seine verwaschene blaue Jeans.

»Divya ist kein Ersatz für dich.«

»Das hab ich auch nicht gedacht …« Aber sie hatte sich geöffnet, und statt Wut spürte sie Unsicherheit, die ihr die Kehle zuschnürte.

»Sie verfügt über einige der technischen Fähigkeiten und hat mit Tiermodellen gearbeitet. Außerdem ist ihr Daddy ein Venture-Capital-Typ. Ich dachte, das wüsstest du.«

»Oh.« Zoe schluckte.

»Vielleicht verstehst du meinen Gedankengang jetzt.«

»Ich … glaub schon.« Wenn sie daraus wirklich ein Start-up machen wollten, brauchten sie Risikokapital. Aber darüber hatte sie noch nicht konkret nachgedacht. »Aber ich finde trotzdem …«

»Denk drüber nach. Und google ihren Vater. Viraj Kaur.«

Schließlich löste Jack die Hände von ihrem Gesicht, wobei er mit dem Daumen über ihre Wange strich. Ob Carter es gesehen hatte? Warum war das überhaupt wichtig? Zoe fühlte sich schwach, wie immer nach einem Streit.

Jack stand auf. »Wenn ihr mich jetzt entschuldigen würdet, ich werde meinen Blutzucker checken und mir dann den Zaubersaft spritzen, damit ich einen verdammten Bagel essen darf.«

17

Viraj Kaur war ein hohes Tier bei Living Ventures, dem zweitgrößten auf Biotechnologie spezialisierten Venture-Capital-Unternehmen der Welt, mit einem verwalteten Vermögen von über fünf Milliarden Dollar. (Später würde Zoe lernen, dass Living Ventures damit nicht zu den fünf größten Biotech-Fonds gehörte – die von NEA und Third Rock verwalteten Biotech-Vermögenswerte liegen beispielsweise beide deutlich über fünf Milliarden. Solche abgehobenen Fakten würden sehr bald zu ihrer Welt werden.)

Divyas Enthusiasmus ging Zoe derart auf die Nerven, dass sie ihre Arbeitszeiten im Labor änderte, um ihr aus dem Weg zu gehen. Denn Divya schien sich vor allem dafür zu begeistern, wie sich die Behauptung, sie habe diese Idee gehabt, auf ihre Bewerbungen fürs Medizinstudium auswirken würde.

Zoe hatte ihrem Vater davon erzählt, dass sie ihr Projekt Manna taufen wollten, und er hatte einem Meeting zugestimmt. Natürlich mit ihnen dreien. Als ob Divya gleichberechtigte Partnerin wäre.

Sie hatte unbedingt die Grenzen von Divyas Beteiligung an Manna festlegen wollen, aber Jack hatte befürchtet, dass sie das von der ganzen Sache abbringen würde, und hinzugefügt: »Wir werden so scheiße viel Geld machen, was soll's. Du wirst gar nicht wissen, was du mit all dem Geld anfangen sollst.«

Zoe machte sich keine Sorgen ums Geld. Für sie war die Finanzierung ein Symbol, eine Trophäe. Ein Beweis dafür, dass sie echte Wissenschaftler waren. Zoe sorgte sich um die Anerkennung.

»Es ist mir egal, ob Divya ein Drittel des Geldes bekommt«, sagte sie. »Ich will nicht, dass sie gleichberechtigte Partnerin ist. Das ist unser Projekt.«

»Man muss die Leute beteiligen, damit sie sich genug engagieren.«

Zoe dachte: *Was weißt du schon über Mitarbeiterführung.*

»Bei Carter hast du dir deshalb keine Gedanken gemacht«, fuhr Jack fort.

»Carter sieht sich nicht als Partner. Carter sieht sich selbst als ...«

»Mm.« Er legte den Kopf schief. »Als was sieht er sich selbst?«

»Ich weiß es nicht. Nicht als Partner.«

Sie steckten fest. Jack schlug vor, die Diskussion zu vertagen, bis sie wussten, ob Viraj ihnen einen Haufen Geld hinterherwerfen würde. Zoe wollte wissen, warum das eine bessere Lösung sei. »Weil sie dann für ihren Platz bezahlt«, sagte Jack. Zoe verabscheute diese Vorstellung und sagte das auch.

Sie wandten sich an Carter, er sollte die Pattsituation auflösen. Er erklärte, er könne beide Seiten verstehen. »Superhilfreich«, sagte Zoe. »Vielen Dank.« Am Ende verschoben sie die Entscheidung auf später. Nagelten Divya nicht auf ein Angestellten- oder Beraterverhältnis fest, wie Zoe es wollte. Verpasste Gelegenheiten: Beides wäre urkomisch für eine Person gewesen, die gerade mal so alt war, dass sie offiziell Alkohol trinken durfte. Natürlich konnten sie ihr nichts anbieten, weder einen Titel noch Anteile oder eine Beteiligung, weil ihr Unternehmen rechtlich noch gar nicht existierte.

Irgendwann im September erschienen sie im Büro von Viraj Kaur am Kendall Square.

Zoe trug einen schwarzen Hosenanzug und eine cremeweiße Bluse, alles in der Woche zuvor für knapp vierhundert Dollar bei Ann Taylor in der Brattle Street erworben. Bezahlt von dem Geburtstagsgeld ihrer Großeltern, das auf ihrem alten Sparkonto Staub ansetzte. Zoe meinte, Jack könne die Rolle des zerstreuten Wissenschaftlers spielen, sie sagte ihm, er solle seine Jeans waschen, und gab ihm ein hellblaues Hemd aus dem Schrank ihres Bruders. Was Divya trug, war Zoe egal, aber sie nahm es trotzdem zur

Kenntnis: ein dunkellila Kleid, an der schmalen Taille zusammengebunden, einen passenden Blazer, schwarze Pumps, eine schwarze Laptoptasche. Ihr glattes schwarzes Haar fiel ihr bis zur Hüfte.

Was das Treffen selbst anging, so hatten sie keine Ahnung, was sie tun oder erwarten sollten. Und sie wussten nicht, wie ihre Chancen eigentlich standen. Venture-Capital-Firmen bieten im Grunde nie Vorabfinanzierungen an (also eine Finanzierung, wenn nur eine gute Idee vorhanden ist). Divya sagte, sie sollten eine Präsentation vorbereiten, aber Jack war der Ansicht, sie sollten ohne Geheimhaltungsvereinbarung niemandem in der Branche Daten zeigen, und Divya weigerte sich rundheraus, ihren Vater zu bitten, eine zu unterschreiben. Später sollte Zoe erfahren, dass beide recht hatten. Eine Geheimhaltungsvereinbarung vor einem ersten Treffen ist viel zu anmaßend, zumindest solange man noch nicht in den großen Medien auftaucht und von den größten Namen in der Branche finanziert wird. Doch einem Finanzier seine Daten zu übergeben, ist so, als würde man ihn bitten, die Geschäftsidee doch mit jemandem zu entwickeln, der ihm besser gefällt. Was sie gebraucht hätten, wäre eine kurze Präsentation ohne vertrauliche Daten gewesen. Aber woher hätten sie das wissen sollen?

Also entwarf Zoe eine Präsentation, zu der Jack ihr die Daten mit Carters Algorithmen lieferte und die Divya vorbereitete. Carter hielt sich ansonsten aus der Vorbereitung des Meetings heraus. Die Präsentation beleuchtete das theoretische Konzept, die ersten Daten und Jacks aktuelle Versuchsreihen.

Viraj kam ihnen mit ausgebreiteten Armen in der Lobby entgegen und begrüßte sie alle mit Namen. »Jack! Zoe! Divya!« Er sah gut aus und hatte wie seine Tochter einen britischen Akzent. Er war nach dem Abschluss an der Harvard Business School in den Vereinigten Staaten geblieben. Zoe fragte sich, ob er sich ebenfalls anstrengen musste, um den Akzent unter all den Bostonern zu kultivieren.

Erst reichte er Jack die Hand, dann Zoe, dann Divya, mit einem

Augenzwinkern und einem Lächeln. »Nennt mich Viraj!« Er führte sie in sein Büro, »nur zum Plaudern«. Das Eckbüro bot einen Panoramablick auf die innovativste Quadratmeile des Planeten, Beton- und Glaskästen, dazwischen das Stata-Center, in der Ferne gerade noch erkennbar der im Sonnenlicht glitzernde Charles.

»Also, erzählt, woran arbeitet ihr?«

Zoe hatte den Elevator Pitch vorbereitet. Zuerst hatte sie nur über die Theorie geschrieben, aber Divya meinte, sie müssten ein Medikament pitchen. Zoe hielt das für absurd, da sie noch meilenweit von einem Medikament entfernt waren, aber Divya sagte, das sei egal, es komme auf die *Idee* für das Medikament an, und Jack war ihrer Meinung. »Dann kannst du es ja auch vortragen«, sagte Zoe. Jack fand, dass Zoe solche Dinge viel besser konnte als er, doch Divya entschied. Jack redete.

»Auf der Grundlage einer von Zoe entwickelten zentralen Theorie über den Alterungsprozess arbeiten wir an einem neuartigen Anti-Aging-Mittel, das zwar durch die derzeitigen Technologien begrenzt ist, aber funktionell ein unerschöpfliches Potenzial hat. Mit anderen Worten: Wir glauben nicht, dass wir Sie unsterblich machen können – noch nicht. Wir glauben, dass wir das erste FDA-zugelassene Anti-Aging-Medikament herstellen und auf den Markt bringen werden. Der Markt, das versteht sich von selbst, ist nur durch die Bevölkerung der reichen Länder begrenzt.« Eigentlich hatte Zoe hier eine Pause eingeplant, aber Jack war nervös und übersprang sie. »Unsere Arbeit wird die Sichtweise auf das Altern grundlegend verändern.«

Viraj sah ihn lange Zeit an. Dann sagte er: »Ich finde euer Vorhaben interessant. Könnt ihr mir mehr über die Theorie erzählen?«

Auf dem Weg von der U-Bahn hierher hatte Zoe bei siebenundzwanzig Grad in ihrem Anzug geschwitzt, jetzt fror sie in dem klimatisierten Raum.

Jack legte ihre Theorie in groben Zügen dar. »Ich möchte etwas mehr über euch zwei erfahren«, sagte Viraj anschließend.

Sie hatten nichts über sich selbst vorbereitet. Jack schwieg, schien erschöpft zu sein, also antwortete Zoe. »Wir sind beide im dritten Studienjahr in Harvard. Wie Sie sicher wissen, studieren wir Chemie.« Viraj nickte. »Wir haben uns im Labor von Professor Li mit Telomeren beschäftigt. Aber dann haben wir das Konzept entwickelt, an dem wir gerade arbeiten, und bei Li aufgehört, um es unter Richard Brenna weiterzuverfolgen.«

Viraj nickte immer noch. »Brenna, Meselson, und Stahl.«

»Ja.«

»Woher kommen Sie?«

»Ich bin von hier«, sagte Zoe.

»Ah! Woher genau?«

Zoe sagte es ihm.

»Sind Ihre Eltern auch von hier?«

Es war klar, worauf er hinauswollte, eigentlich wollte sie es ihm nicht sagen, aber vielleicht war es die richtige Antwort. Bestimmt wusste er es sowieso schon und hatte ihren Nachnamen gegoogelt. »Nein, mein Vater stammt aus Griechenland und ist als Kind nach New York immigriert. Und meine Mutter kommt aus Texas. Mein Vater ist nach Cambridge gekommen, weil er eine Stelle am MIT bekommen hat.«

»Seine Arbeit ist sehr beeindruckend«, meinte Viraj.

»Danke«, sagte Zoe verlegen.

Viraj wandte sich an Jack. »Und woher kommen Sie?«

»Central Maine«, antwortete Jack.

»Ah, Maine! Woher in Maine?«

»Kennen Sie Maine?«

»Also, ich glaube, nur Kennebunkport.«

»Das liegt ganz woanders«, sagte Jack. Zoe fand das etwas zu knapp, aber Viraj schien es zu gefallen. Er beugte sich vor.

»Und woher?«

»Hartland«, antwortete Jack. »Geografisch genau in der Mitte des Staates. Eine Kleinstadt.«

»Wie viele Einwohner?«
»In Hartland? Tausend oder so.«
»Wo sind Sie zur Schule gegangen?«
»Ähm, Nokomis. Regional High.«
»Sie waren also auf einer öffentlichen Schule.«
»Ja.«
»Sehr interessant. Und Ihre Eltern?«
»Was ist mit ihnen?«
»Na ja, sie müssen sehr stolz auf Sie sein.«
»Klar.«
Eine Pause.
»Was sind Ihre Hobbys?«
»Meine Hobbys?«
Viraj nickte. »Wissenschaft«, sagte Jack.

Jack und Viraj sahen sich einen Moment lang an. Zoe spürte, dass unter Jacks gelassenem Äußeren etwas simmerte. Wut vielleicht? Trotz? Viraj wirkte zufrieden. Oder gierig. Divya veränderte ihre Haltung, schlug die Beine übereinander.

»Reden wir über Daten«, sagte Viraj und stand auf.

Rückblickend betrachtet, hatten sie Glück. Er hätte sie leicht ausnutzen oder auch seiner Tochter helfen können, sie auszunutzen. Aber im Grunde war Viraj ein anständiger Kerl, der kein Interesse daran hatte, zwei Zwanzigjährigen etwas zu stehlen – oder vielleicht dachte er, dass die Idee dort das größte Potenzial hatte, wo sie entwickelt wurde. Das würden sie nie erfahren. Er zauberte eine Geheimhaltungsvereinbarung hervor, sie machten mit ihrer Präsentation weiter, und Viraj sagte eifrig »Aha« und »Wow«.

»Es gibt keine Präzedenzfälle«, meinte er. Sie mussten ihn ratlos angesehen haben, denn er fügte hinzu: »So ein Medikament war noch nie auf dem Markt, es gibt keine präklinischen Modelle, und die FDA hat noch nie etwas Ähnliches zugelassen.« Jack und Zoe nickten wie Wackeldackel. »Das ist nichts Schlechtes«, fügte er schnell hinzu.

»Sobald etwas zugelassen wird, werden wir einen hundertprozentigen Marktanteil haben«, behauptete Jack. Zoe sah ihn an. Der Businessjargon klang albern aus seinem Mund. Wie ein Kind, das in den Anzugschuhen seines Vaters herumspaziert.

»Gewiss«, sagte Viraj und wirkte amüsiert. Positiv amüsiert? »Aber es wird lange dauern, bis etwas zugelassen wird, und bis dahin gibt es enorme Risiken.«

Zoe zog sich der Magen zusammen.

»Aber ich glaube ...« Viraj hatte die Beine übereinandergeschlagen und die Hände auf dem rechten Knie gefaltet. »... dass wir auf einer Linie liegen.«

Zoe hatte keine Ahnung, was das bedeutete.

»Ich kann eure Vision spüren.« *Kann man eine Vision spüren?*, dachte Zoe. *Oder sieht man eine Vision?* »Und ich möchte mit euch daran arbeiten, dass sie Wirklichkeit wird.«

Er wollte dreißig Prozent ihres Unternehmens (sie mussten also ein Unternehmen gründen) und einen Sitz im Vorstand (und sie brauchten einen Vorstand) für einen zu dem Zeitpunkt unvorstellbar hohen Dollarbetrag kaufen. Doch bei den dreißig Prozent wurde Jack blass, und als Viraj sagte: »Wir werden Partner, Sie brauchen sich keine Sorgen zu machen, ich bin nicht gegen Sie«, sträubte sich Jack noch mehr. *Das war's dann wohl*, dachte Zoe, fast erleichtert, denn es ging alles sehr schnell, und sie wollte allein sein und in Ruhe nachdenken. Aber Viraj stieß ein lautes, volles Lachen aus, stand auf, klopfte Jack auf die Schulter und sagte: »Zwanzig. Abgemacht.«

Zoe merkte kaum, dass sie das Büro verließen und die Straße hinuntergingen. Ihre Gedanken rasten. Wofür sollten sie das Geld verwenden? Leute anstellen? Im Ernst? Sie musste morgen zum Unterricht. Und wie sollten sie ein Medikament entwickeln? Sie hatte keine Ahnung, wie man das machte.

Als sie außer Sichtweite waren – aus irgendeinem Grund waren sie nicht zur Haltestelle Kendall/MIT gegangen und stattdessen in diesem seltsamen kleinen Straßendreieck bei der Feuerwache gelandet –, blieben sie stehen. *Millionen von Dollar*, dachte Zoe. Auf einem Bankkonto mit dem Namen Manna. Als sie dies endlich verinnerlicht hatte, verspürte sie ein derart starkes Triumphgefühl, dass es sich fast wie Wut anfühlte. Sie konnte kaum erwarten, es ihrem Vater zu erzählen. Sie lächelte, drehte sich um und wollte etwas zu Jack sagen – aber Jack stand vor Divya, die kreischend ihre Arme um ihn warf. Bei dem Anblick hielt Zoe verwirrt inne. Divya ließ ihn los, und Zoe sah sein schiefes Lächeln, dann wandte Divya sich zu Zoe und umarmte sie ebenfalls. Zoe versteifte sich und sah über Divyas Schulter hinweg Jack an. Irgendetwas ging zwischen den beiden vor, und Zoe hätte ihn am liebsten gleich auf der Straße über Divyas Kopf hinweg gefragt: Fickst du sie etwa? Aber das sagte sie nicht, sie sah ihn nur an, und er sie, und dann war der Moment vorbei, weil Divya Zoe losließ. »Ist das nicht *unglaublich*?«, rief sie. »Wir tun es wirklich. Das ist unglaublich.« Hinter ihr leuchtete das *Walk*-Zeichen auf, und etwa zehn Leute, alle mit schwarzen North-Face-Rucksäcken mit Biotech-Logos auf dem Rücken, liefen im Gleichschritt über die Ampel.

»Danke, Divya«, sagte Zoe mit angespanntem Lächeln und meinte es auch so. Wirklich. Divya quietschte wieder und fiel Jack erneut um den Hals.

»Ich ziehe mich um«, sagte Zoe, »dann fahre ich ins Labor.« *Wow,* dachte sie. *Warum tut das so weh?*

»Ich auch.« Divya deutete auf ihre Kleidung. »Das ist etwas overdressed für den Unterricht, stimmt's?« Sie grinste Zoe an, als wären sie Freundinnen. Zoe spürte, dass Jack sie beobachtete, und erwiderte ihr Grinsen.

Leider konnten sie sich erst am Campus trennen. Zoe wäre in diesem Herbst beinahe in einem Einzelzimmer gelandet, weil sie die Zimmerverlosung verpasst hatte und ihre Mitbewohnerinnen ohne sie hingegangen waren. »Als unsere Nummer aufgerufen wurde, gab es ein besseres Vierer- als Dreierzimmer. Wir dachten, es würde dir nichts ausmachen, bei uns zu bleiben, damit wir es bekommen«, hatte Sophia ihr am Wochenende danach trocken erzählt. »Oh, ja, klar«, hatte Zoe abwesend erwidert.

Jetzt schlich sie durch den Gemeinschaftsraum und den Flur. Sie wollte nicht darüber reden, was gerade passiert war. Sie wusste nicht, wie.

Sie zog den Anzug aus und warf ihn über einen Stuhl, damit er nicht knitterte. Die weiße Seidenbluse war schweißnass. Sie roch daran – beißender Stressschweiß –, rümpfte die Nase und legte sie auf einen separaten Stapel, damit der Geruch nicht auf den Anzug überging.

Zoe zog auch den BH aus, weil er ebenfalls feucht war, dann die Unterhose, denn warum auch nicht, und legte sich aufs Bett. Dort lag sie eine ganze Weile.

Sie dachte daran, wie ihre Mutter an einem Samstagmorgen in ihr Zimmer gekommen war, nachdem sie sich am Vortag in einer Debattierrunde total blamiert hatte (ausnahmsweise war sie froh gewesen, dass nur ihre Mutter zu solchen Veranstaltungen kam). Sie hatte mehrere Stunden im Bett gelegen und sich kasteit. In ihrem Alter war ihr klar, dass sie nicht auf eine Tasse Tee und ein liebevolles Kopftätscheln hoffen durfte, und tatsächlich hatte ihre Mutter gesagt: »Du siehst schrecklich aus. Steh auf, geh duschen, zieh dir was Nettes an. Wer gut aussieht, fühlt sich auch gut.« Das hatte sie getan, und dann hatte sie vor dem Spiegel geprobt, woran sie am Vortag gescheitert war, bis ihr die Kehle brannte.

Bei der Erinnerung zog sie eine Grimasse, stand auf, duschte, zog sich etwas Nettes an und ging wieder an die Arbeit.

18

Sie hatten beide einen vollen Stundenplan, aber Jack schien sein Pensum ignorieren und sich einfach treiben zu lassen. Zoe hingegen schleppte sich aus dem Bett, aß in der Mensa erschöpft eine Schüssel klebriges Porridge, ging zum Unterricht, machte sich Notizen, stellte Fragen, ging sofort ins Labor. Arbeitete, machte Hausaufgaben, während die Experimente liefen, ging zurück in ihr Zimmer und schlief fünf Stunden, woraufhin sie mit dem Gefühl aufwachte, ihr Kopf hätte gerade erst das Kissen berührt. Irgendwie war sie das ganze Semester in diesem Hamsterrad gefangen, ständig von der unterschwelligen Angst getrieben, dass sie so tief drinsteckte, dass es nur das oder nichts für sie gab.

Jack war immer da, wenn sie ins Labor kam, und auch, wenn sie ging.

Sie konnten ihre Daten über den Locus I2 verifizieren. Das hätte eigentlich aufregend sein sollen, aber stattdessen waren sie schon mit dem nächsten Thema beschäftigt. Jack zog nicht einmal in Erwägung, das, was sie hatten, zu veröffentlichen. »Woher sollen wir wissen, dass es tut, was wir denken, wenn wir nicht zeigen können, wie es das tut?«, fragte Jack. »Könntest du weniger Pronomen in diesem Satz verwenden?«, fragte Zoe daraufhin, und Jack lachte, doch die Spannung löste sich nicht ganz auf. »Ich finde, wir sollten es veröffentlichen«, meinte Zoe, und Jack sagte: »Wenn wir es veröffentlichen, bevor wir den gesamten Mechanismus erfasst haben, könnte uns jemand zuvorkommen.«

Divya kam und ging. Sie arbeitete nicht wirklich viel mit, weil sie »einen vollen Stundenplan hatte«, aber sie kam vorbei, um zu fragen, wie es mit bestimmten Experimenten lief. In ihrer Stimme lag dann eine gewisse Schärfe, und Zoe war klar, dass ihr Vater danach gefragt hatte. Zoe und Jack hatten sich darauf geeinigt, dass er sich um Divya kümmerte. Freundlich ausgedrückt. Zoe hatte gesagt: »Solange du sie vögelst, kannst du dich mit ihren blöden Fragen rumschlagen.« Jack fand das seinerseits durchaus vernünftig.

»Siehst du«, zischte Zoe nach einem ihrer Besuche, »sie will es nur für ihren Lebenslauf haben.«

»Ohne das Geld ihres Vaters gibt es kein ›es‹«, erwiderte Jack gelassen. Nicht, dass sie das Geld schon gebraucht hätten. Es wartete auf einem neuen Bankkonto.

Und dann mit etwas Abstand, damit es nicht wirkte, als bezöge es sich auf das vorherige Gespräch: »Du siehst aus, als könntest du eine Pause gebrauchen. Warum textest du Carter nicht, dass er mit dir im Büro abhängen soll?«

Carter kam hin und wieder vorbei und ermutigte sie meist, Pausen zu machen, was Jack gewöhnlich ablehnte und Zoe akzeptierte. Aber das war Jacks Entscheidung. Carter und Divya waren nicht zu vergleichen, denn Carter und Zoe waren nur Freunde. Beschämt unterbrach sie ihre Gedanken. Hier sollte es nicht darum gehen, wer mit wem schlief. Es sollte darum gehen, wer einen Beitrag leistete.

»Carter schreibt unsere sämtlichen Algorithmen«, sagte Zoe schließlich. Jack grinste.

»Ein Hoch auf unbezahlte Praktikanten, stimmt's?«

Jack würde nie *richtig* streiten, nie die Stimme erheben, und das nervte Zoe zusätzlich.

Dezember. Die immer dunkler werdenden Tage fühlten sich an wie ein Timer, der bis zum absoluten Nullpunkt herunterzählt, damit dann … tja was? *Man hört nie von Leuten, die ein hohes Risiko eingehen und deren Einsatz sich nicht auszahlt*, dachte Zoe unglücklich. Man hört nur von den Richard Brennas. Sie begann darüber nachzudenken, wen sie im Frühjahr um eine Assistentenstelle bitten sollte. Ob Professor Hall sie wohl wieder nehmen würde?

Es war Mittwochabend. Zoe war eine Stunde zuvor aus dem Labor nach Hause gekommen, hatte geduscht, einen Pyjama angezogen und kauerte am Schreibtisch über einer Hausaufgabe, die sie am nächsten Tag abgeben musste. Ihre Augen brannten. Draußen war es stockdunkel. Es lag noch kein Schnee, aber es war kalt. Von ihrem Schreibtisch aus konnte sie die Fenster der Mensa sehen, die durch das gelbe Interieur fröhlich leuchteten. Ihre Mitbewohnerinnen würden dort bis spät in die Nacht gemeinsam an ihren Aufgaben arbeiten.

Es klopfte leise. Zoe stutzte. Die Wohnheim-Tutorin? Hatte eine ihrer Mitbewohnerinnen gegen eine Regel verstoßen?

Sie tappte an Gabbys Fahrrad vorbei, das gefährlich wackelig an der Couch lehnte, und öffnete die Tür.

»Jack?«

Sein Gesicht war von der Kälte gerötet, was seine Augen noch blauer wirken ließ, und sein zerzaustes Haar stand vom Kopf ab. Er war aufgeregt – sie konnte seinen beschleunigten Herzschlag beinahe spüren, und das trieb ihren eigenen Puls in die Höhe. »Was ist los?«

Er reichte ihr drei Blätter, die üblichen Schwarz-Weiß-Ausdrucke. Farbdrucke waren teuer.

»Ich hab was gefunden.«

Zoe starrte auf die Blätter. Dann sah sie zu ihm hoch. Er grinste. Sie schluckte, spürte Tränen in ihren Augen. Sie blinzelte. Starrte wieder auf die Papiere. Echte reproduzierte Beweise für ihre neueste Theorie, wie die Yamanaka-Faktoren das Back-up aktivierten.

»Jack, du … heilige Scheiße.« *Gott sei Dank,* dachte sie. *Ich hab es geschafft. Wir haben es geschafft.*

Sie schlang die Arme um seinen Hals und drückte sich an ihn, und er hob sie hoch und schwang sie im Kreis. Als er sie absetzte, sahen sie sich stumm an.

Danach würde sie sich nicht mehr erinnern, wer den ersten Schritt in Richtung ihres Zimmers gemacht hatte. Aber sie stolperten hinein, sie schloss die Tür hinter ihnen und atmete überrascht und tief durch die Nase ein, weil ihre Lippen aufeinandergepresst waren, und stieß dann einen Seufzer aus, als sich ihr Körper auf eine Art entspannte, wie seit Langem nicht mehr.

Jeder Moment fügte sich perfekt in den nächsten. Es gab kein Zögern, keine Unklarheiten, keine logischen Sprünge. Sie war an die Wand gepresst, dann saß sie auf der Fensterbank, das Fenster kalt in ihrem Rücken, seine Hände auf ihren Schenkeln, dann waren sie in ihrem Bett. Sie schlang die Beine um ihn, und er hielt inne und rückte von ihr ab, um sie zu fragen, was sie wollte. Vermutlich sollte sie besser darüber nachdenken, da es ihr erstes Mal sein würde, und sollte man sich beim ersten Mal nicht hundertprozentig sicher sein? Aber da gab es nichts zu überlegen, es war genau das, was sie wollte, mit wem und wann, und so sagte sie einfach »Bitte« und zog ihn wieder an sich. Sie hatte Kondome im Nachttisch, die das College zu Beginn jedes Semesters verteilte, nicht weil sie davon ausging, dass sie sie brauchen würde, sondern weil es ihr so vorkam, dass man das eben so machte. Man hatte Kondome in der Nachttischschublade. Geschickt streifte er eins über, was sie hinterher als Beweis dafür nehmen würde, dass es nicht sein erstes Mal war, und dann würde sie denken, natürlich war es das nicht, was sollte er denn sonst mit Divya machen? Doch in dem Moment und auch hinterher war das völlig unwichtig. Er hatte es getan, aber er hatte nicht *das* getan. Hier, als ihre Körper sich umeinanderwanden, waren ihre Streitigkeiten zwar nicht vergessen, aber sie kochten nur kurz hoch und wurden schnell gelöst.

Sie waren nicht zwei Wesen, sondern eins; sie hatten für einen Moment die Ewigkeit.

Danach lag er auf dem Rücken, und sie schmiegte sich an ihn. Er hatte eine Tätowierung auf der rechten Schulter, die sie noch nie gesehen hatte. Eine Schlange aus dicken, schwarzen Linien. Sie strich mit den Fingern darüber: leicht erhaben. Sein Geruch war ihr so vertraut, dass sie ihn kaum von ihrem eigenen unterscheiden konnte. Sie sagten nichts. Er spielte mit ihrem Haar. Ihre Hand lag auf seiner Brust.

Am Morgen war es irgendwie immer noch nicht komisch – obwohl Zoes Ängste zurückkehrten. Die Reproduzierbarkeit der Daten, wie sie sie Viraj präsentieren sollten, was sie als Nächstes tun mussten. Was ihre Mitbewohnerinnen sagen würden, wenn Jack morgens um sieben aus ihrem Zimmer kam. Ob jemand die Daten gesehen hatte, die sie auf ihrem Schreibtisch liegen gelassen hatte, wie ihr jetzt einfiel.

Jack zog sich an, sagte, er müsse duschen und sich umziehen und dann, er zwinkerte ihr zu, seinen Blutzucker überprüfen. Sie küssten sich nicht zum Abschied.

Sie stand im Bad, betrachtete sich im Spiegel und wartete, dass etwas Dramatisches passierte. Eine Offenbarung. Denn es hatte sich doch etwas Entscheidendes verändert.

Sie konnte keine sichtbaren Veränderungen feststellen und hörte Gabby sagen, dass Jungfräulichkeit sowieso ein Konstrukt sei. Und fast hätte sie es ihren Mitbewohnerinnen erzählt.

Dann erinnerte sie sich an den Auslöser. Was Jack in der Hand gehabt hatte, als er hereinkam, und sie lächelte und stützte sich grinsend auf den Rand des Waschbeckens.

Nichts ist so schön wie Erfolg, dachte sie. *Ich möchte mich einfach immer so fühlen.*

Ihr Telefon summte. Dreißig Minuten bis zum Unterricht. Sie schüttelte den Kopf über sich, verwirrt von der kindlichen Freude in ihren Augen, und zog sich an.

Als Erstes rief sie ihren Vater an – und zwar im Labor, weil sie wusste, dass er nicht an sein Handy gehen würde.

Sie hatte ihren Eltern von dem Geld von Viraj erzählt. Es war eine Möglichkeit, ihnen und sich selbst zu sagen: *Seht ihr, ich habe meinen Sommer nicht einfach verschwendet.* Sie waren beeindruckt gewesen, und sie war stolz, und ihr Vater hatte alles ruiniert, als er sagte: »Sei vorsichtig, Venture-Capital-Leute schmeißen ihr Geld heutzutage auf alles, was sich bewegt.«

Aber es war ein echter Fortschritt – ein wissenschaftlicher Fortschritt. Sie probte ein letztes Mal die Formulierung, bevor sie anrief.

Seine Assistentin nahm ab.

»Hallo, Beth«, sagte Zoe, »hier ist Zoe.«

»Hallo, Zoe«, erwiderte Beth. »Willst du deinen Vater sprechen?«

»Ja, könnten Sie ihn holen? Sagen Sie ihm, ich habe große Neuigkeiten.«

»Ja, eine Sekunde.« Beth legte Zoe in die Warteschleife. Während sie wartete, wippte Zoe auf den Zehen.

Das Telefon klickte. »Ich habe tolle Neuigkeiten …«, wollte Zoe sagen, aber Beths Stimme unterbrach sie. »Tut mir leid, ich bin's wieder, er ist gerade ziemlich beschäftigt. Kann er dich in einer halben Stunde oder so zurückrufen?«

Zoe war enttäuscht. »Ah, okay. Ja, klar. Natürlich.«

Sie sagten es Viraj, ohne Divya in den Call zu nehmen. Das war Jacks Entscheidung, und Zoe war angenehm überrascht. Viraj machte sich fast in die Hose vor Freude.

Sie diskutierten, wie man mehr Geld auftreiben, wie man ein Medikament entwickeln und es auf den Markt bringen könnte.

Sie erzählten es Carter, und er umarmte Zoe, dann Jack.

Sie sagten es Divya, und sie quietschte vor Freude, obwohl sie es schon gewusst haben musste.

Zoe machte ihre Abschlussprüfungen. Vielleicht machte Jack seine, vielleicht auch nicht – was kümmerten ihn die Prüfungen jetzt überhaupt noch?

Jack bat sie, sich mit ihm zusammen ein Urlaubssemester zu nehmen. Sie reichten den Papierkram ein und träumten selig davon, nie mehr zurückkehren zu müssen.

Eigentlich ist der Verlust der Jungfräulichkeit vor allem deshalb eine große Sache, weil man plötzlich eine meist irrationale, aber tief sitzende Angst vor einer Schwangerschaft hat. Das wurde Zoe jetzt klar.

Nachdem sie eigentlich ihre Periode bekommen sollte, aber nicht bekam, träumte Zoe in der Nacht, sie sei schwanger. So schwanger, dass sie ihre Zehen nicht mehr sehen konnte, wenn sie nach unten schaute.

Sie stieg aus dem Bett, zog sich ein ausgebeultes T-Shirt und eine Jeans an, die sie nicht mehr zuknöpfen konnte, und ging ins Labor. Alles fühlte sich normal an. Allerdings begegnete sie auf dem Weg zum Labor einem Mann, der irgendwie so wie ihr Vater und irgendwie so wie Professor Brenna aussah, aber in der Kombination eigentlich wie keiner von beiden, und er lachte sie aus.

»Was?«, fragte sie, aber der Mann ging einfach weiter.

Als sie ins Labor kam, versuchte sie sich hinzusetzen und einige Daten zu bearbeiten, aber sie konnte sich nicht konzentrieren, und als sie zum Whiteboard gehen wollte, versagten ihre Beine. Es war, als würde ihr Gehirn in einer dicken, klebrigen Flüssigkeit wabern. Nein, vielmehr so, als hätte ihr Gehirn vergessen, wie man geht.

Jack kam ins Büro, um ihr eine Frage zu stellen. Voller Fachbegriffe, die sie nicht kannte. Die sie aber kennen sollte – es war doch ihr Projekt. Verwirrt bat sie ihn, sie zu wiederholen, was er auch tat, aber sie verstand ihn immer noch nicht. Sie blinzelte ihn blöde an, und er sagte: »Zoe?«, und sie fing an zu weinen, und er ging auf sie zu und legte ihr sanft eine Hand auf den Bauch, und plötzlich wusste sie, dass sie heftig erkranken würde, und dann wachte sie auf.

Als sie aufstand, war Blut auf dem Laken. Sie atmete tief durch, ihr war ganz schwindelig vor Erleichterung.

Ihr Vater hatte sie nie zurückgerufen, um sich nach den Neuigkeiten zu erkundigen. Und Zoe war jetzt schon darüber genervt, wie die Weihnachtsferien ablaufen würden: Ihr Bruder und ihr Vater würden sich jeden Abend ins Wohnzimmer zurückziehen, trinken und fachsimpeln wie alte College-Kommilitonen. Sie war zwar willkommen, aber wenn sie dabei war, änderte sich komplett die Stimmung – sie war zwar zur Party eingeladen, konnte aber nicht daran teilnehmen. Der Beobachtereffekt.

Also sparte sie sich die Bombe aus Trotz bis zwei Tage vor Weihnachten auf. (Sie wollte einen dramatischen Auftritt, aber nicht an Heiligabend.) Ihre Mutter servierte einen Braten. Ihr Vater sagte: »Das riecht köstlich.«

Zoe wartete, bis das Essen aufgetan war. »Jack und ich haben im Labor bedeutende Fortschritte gemacht«, sagte sie dann.

»Oh?« Alex klang aufgeregt und sah sofort auf. Ihr Vater aß weiter. Ihre Mutter sah ebenfalls auf, mit neutraler Miene.

»Wir haben einen Mechanismus entworfen, mit dem die Yamanaka-Faktoren das epigenetische Back-up aktivieren, um Zellen zu verjüngen, und wir haben gute Daten dafür.« *Wir wissen, wie es funktioniert!*, wollte sie laut schreien, auf den Tisch hauen. *Wir wissen, wie es funktioniert, und werden herausfinden, wie wir es selbst machen können!* Aber sie ließ die Fakten für sich sprechen.

Ihr Vater legte die Gabel hin. »Wirklich«, sagte er. »Das ist fantastisch.«

Zoe wartete.

»Also, wann veröffentlicht ihr?«

Sie schob das Kinn vor. »Bald.«

»Gut.« Er nickte knapp, dann widmete er sich wieder seinem Essen.

»Und …« Sie merkte, dass sie etwas an Schwung verlor, da die Freude über die Anerkennung ihres Vaters – denn so sah die Anerkennung ihres Vaters aus, auch bei ihrem Bruder; er war kein überschwänglicher Mann – ihre Entschlossenheit geschwächt hatte.

»Und ... ich nehme ein Urlaubssemester.« Eigentlich hatte sie »aussteigen« sagen und die Aussage deutlich stolzer formulieren wollen.

Ihr Vater hob die Augenbrauen. Sie sah nicht zu ihrem Bruder. Ihre Mutter legte klirrend die Gabel auf den Teller. Mit geschürzten Lippen betrachtete sie das Besteck, als wäre es von allein zu grob zu ihrem Porzellan gewesen, und richtete es gerade aus. »Hältst du das für eine gute Idee?«, fragte sie.

»Ja«, sagte Zoe.

»Wessen Idee war das?«

Zoe wusste, was ihre Mutter hören wollte. »Meine.«

»Mm.«

Als Zoe keine weiteren Informationen nachschob, sagte ihre Mutter: »Wir sollten später darüber reden.«

»Klar.«

Schließlich sah Zoe zu Alex. Er starrte sie mit großen Augen an, hob die Brauen, zog einen Mundwinkel hoch und nickte kaum merklich.

DREI
MANNA

19

»Hallo.« Sanftes Lächeln. Sie stand in der Mitte des runden roten Teppichs und hatte die Hände verschränkt. Das kultige TED-Logo hinter ihr (TEDx, aber trotzdem). *Genau, wie du es geprobt hast,* dachte sie. »Ich freu mich, heute hier zu sein. Mein Name ist Zoe Kyriakidis, und ich bin hier, um mit Ihnen über das Altern zu sprechen.

Lassen Sie uns mit einer kurzen Umfrage beginnen: Wie viele von Ihnen betrachten das Altern als etwas Unvermeidliches? Den Tod als Teil des Lebens?« Die Hände gingen in die Höhe: erst ein paar, dann fast alle im Raum. Zoe nickte. »Gut, gut. Ich liebe Herausforderungen.« Vereinzeltes Lachen. »Wir werden über die biologischen Prozesse des Alterns sprechen, über das, was ich für die zentrale Ursache des Alterns halte, und darüber, wie wir die Uhr in unserem Körper zurückdrehen können. Wenn ich fertig bin, hoffe ich, dass sich Ihre Ansicht geändert hat. Ich möchte, dass Sie das Altern nicht als unausweichlich ansehen, sondern als eine Krankheit, die man behandeln kann: nicht anders als Pocken, Tuberkulose oder Krebs. Und ich möchte, dass Sie mit der Hoffnung nach Hause gehen, dass wir ein Heilmittel finden werden.« Mit leicht gehobenem Kinn sah Zoe mit klarem Blick einem Zuhörer nach dem anderen fest in die Augen. *Warte,* dachte sie, *gib ihnen den Raum. Nutze die Stille.*

Dann nickte sie, begann langsam auf und ab zu laufen.

»Unser Begreifen des Alterungsprozesses ist eine Geschichte in drei Teilen. Nachdem wir herausgefunden hatten, dass die DNA die Sprache des Lebens ist, dass unser Körper wie ein Computer auf der Grundlage eines Codes funktioniert, der in jeder einzelnen

Zelle gespeichert ist, dachten wir – und das ist logisch –, wenn unser Körper nicht mehr funktioniert, ist der Code beschädigt. Wir dachten, dass die Anhäufung von Mutationen in unserem Genom die zentrale Ursache des Alterns sei. Schon mal was von freien Radikalen gehört?« *Pause, lass sie nicken.* »Dass man viele Antioxidantien zu sich nehmen sollte, um diese gefährlichen Biester abzuwehren, weil sie sonst herumfliegen und die DNA zerstören?« Wieder Nicken. »Dieses Narrativ fußt auf dieser Theorie.

Die Vorstellung, dass das Altern von DNA-Mutationen ausgelöst wird, ist widerlegt. Der konkreteste Beweis ist das Klonen. Wenn der Grund für das Altern eines alten Tieres der Verfall der DNA wäre, hätte ein Klon Probleme. Er würde sozusagen alt geboren werden. Aber das ist nicht der Fall: Wenn wir beispielsweise eine alte Maus klonen, erhalten wir eine gesunde, junge Maus.

Zudem gibt es keinen Zusammenhang zwischen einem hohen Vorkommen an freien Radikalen und vorzeitiger Alterung. Wenn es Sie interessiert, lesen Sie die Arbeit von John Garcia zu dem Thema. Sie müssen also keinen Cranberrysaft trinken – auch wenn er lecker ist.« Pause für Lacher, Lächeln, Nicken, in die andere Richtung gehen. »Damit will ich sagen: Die Theorie, Altern werde durch freie Radikale verursacht, ist tot. Lang lebe die Theorie der Merkmale des Alterns.«

Sie steckte die Hände in die Taschen ihrer Anzughose, cropped, sodass man ihre Knöchel sah. Darunter trug sie eine schwarze Seidenbluse. Stilvoll, monochrom. Gestylt, um ernst genommen zu werden. Das von Natur aus gewellte Haar trug sie zum Ausgleich offen. Sie hatte die Rede für ein Laienpublikum geschrieben (genauer gesagt, für potenzielle Geldgeber unter den Laien), darum spielte sie die Rolle einer Wissenschaftlerin für die breite Masse. Sie bemühte sich um eine klare, überzeugende Kommunikation, nahm das Publikum mit auf die Entdeckungsreise und konzentrierte sich auf die Feel-good-Story. Im Gegensatz zu Venture-Capital-Leuten, bei denen es um weltbewegendes Potenzial, enorme ungenutzte

Märkte, persönliche Genialität ging. Die Speerspitze dieses historischen Moments darstellen – das konnte Jack wesentlich besser.

»Die Theorie der Merkmale des Alterns, die 2013 in einer Arbeit von Torres und anderen aus dem Labor von Eric Oneto vorgestellt wurde, besagt, dass es neun miteinander verbundene Ursachen des Alterns gibt. Die ersten vier sind primäre Schadensverursacher: Genominstabilität, Telomerverschleiß, epigenetische Veränderungen und Verlust der Proteostase. Dann gibt es Reaktionen auf die Schäden: gestörte Nährstoffwahrnehmung, mitochondriale Fehlfunktion und zelluläre Seneszenz. Schließlich kommt es zur Stammzellen-Erschöpfung und zu einer veränderten interzellulären Kommunikation. Ich bräuchte deutlich mehr Zeit, um all das angemessen zu erklären. Ich möchte Sie ermutigen, das Paper und die nachfolgenden Arbeiten zu lesen. Zusammen mit Jack, meinem Mitbegründer, habe ich vor Manna an Telomeren gearbeitet.

Es ist absolut richtig, dass der Kampf gegen jedes dieser Merkmale das Leben verlängern kann und wird. Und es gibt einige außerordentliche wissenschaftliche Entwicklungen. David Li zum Beispiel verlängert die Lebensspanne von Mäusen um bis zu vierzig Prozent, indem er TERT durch einen viralen Vektor verabreicht. Anthony Dunster setzt Senolytika ein, um seneszente Zellen zu eliminieren, und verlängert damit die Lebensspanne von Mäusen um sechsunddreißig Prozent. Und das sind nur ein paar Beispiele. Brillante Wissenschaftler*innen arbeiten an diesen Merkmalen und machen außergewöhnliche Fortschritte. Und wenn diese Therapien zusammen angewandt werden, wird ihre Gesamtwirkung aufgrund der Verbindungen zwischen den Merkmalen größer sein als die Summe ihrer Teile – sowohl was die Verlängerung des Lebens als auch was die Lebensqualität angeht. Wir werden Ihnen also bald nicht nur zwanzig Jahre mehr geben können, sondern auch zwanzig Jahre, in denen Sie sich wie vierzig fühlen.« Sie hielt inne, öffnete die Arme, und die Menge applaudierte brav.

»Aber wäre es nicht großartig, wenn wir uns anstatt mit neun einzelnen Problemen, von denen jedes unglaublich komplex ist, nur mit einem befassen müssten?« In diesem Moment hörte sie auf, hin und her zu laufen, kehrte in die Mitte des Teppichs zurück. *Nutze die Stille,* erinnerte sie sich. *Bewege dich nur mit deinem Atem.* »Das können wir.« Pause. Atmen: eins, zwei. »Denn auch die Theorie der Merkmale des Alterns ist tot. Es lebe die Informationstheorie des Alterns.

Die Informationstheorie des Alterns besagt, dass die einzige Ursache für jedes Merkmal die Verschlechterung des Epigenoms ist. Das Epigenom ist für die Differenzierung unserer Zellen verantwortlich. Wie Sie wissen, trägt jede meiner Zellen die gleiche DNA. Der Grund, warum meine Hautzellen« – sie zeigte auf ihr Handgelenk –, »sich von meinen Darmepithelzellen« – sie legte eine Hand auf ihren Bauch –, »von meinen Herzmuskelzellen« – sie bewegte die Hand zu ihrem Herzen und ließ sie dort liegen – »unterscheiden, liegt darin, dass die physische Anordnung der DNA in jeder dieser Zellen ihr sagt, welche Proteine sie verschicken soll. Diese physikalische Anordnung ist eine analoge Information, während die DNA digital ist. Wenn Sie jemals einen Plattenspieler besessen haben, was ich nicht habe« – *grinsen, lass das Publikum lachen und sich kurz entspannen* –, »dann wissen Sie, dass analoge Informationen mit der Zeit unweigerlich verschleißen. Digitale Informationen hingegen nicht.« Sie zog ein Handy aus ihrer Anzugtasche und hielt es hoch.

»Altern ist der Verschleiß des analogen Speichersystems unseres Körpers. Dieser Verschleiß verursacht alle anderen Symptome des Alterns. Und dieser Verschleiß kann rückgängig gemacht werden.« *Blickkontakt halten, weiter, sie fühlen sich wohl, nur du nicht.*

»Ich erzähle Ihnen jetzt eine Geschichte.«

Es war Mai, fünf Monate nach Jacks Durchbruch. Sie hatten acht Millionen Dollar von einer Seed-Finanzierung, die durch die Decke gegangen war, und fünf Teilzeitmitarbeiter, die in bar und mit

Aktien bezahlt wurden. Sie waren im *Stealth-Modus* – das hieß, keine Website, keine Interviews, keine Presse –, bis Viraj den TEDx-Termin bekam und meinte, das sei der perfekte Start. Es war also ihre erste richtige Präsentation, und Zoe war nervös gewesen. Richtig nervös.

Aber das Publikum war hingerissen, alle Blicke waren auf sie gerichtet, und sie war hingerissen vom Publikum, und das spürte ihre Emotionen – Aufregung und Leidenschaft, Freude und Hingabe –, sie entwickelten ein Eigenleben im Raum. Das Publikum war ein einziges lebendes, atmendes Wesen, riesig und mächtig, und es beugte sich zu ihr vor, nicht weg von ihr. Keine anstrengende Konfrontation, keine Überzeugungsarbeit. Keine Gruppe musste mitgezogen werden, sie bewegten sich gemeinsam, schneller und weiter, als sie allein gehen konnte. Als sie fertig war, hielt sie den Atem an, und für einen Moment herrschte angespannte Stille, dann klatschten sie, und dann standen sie wellenartig auf. Die Arme locker an der Seite, stand sie vor ihnen und hatte sich noch nie so gut gefühlt. Es war herrlich, in ihrem Applaus zu baden, eine Bittstellerin vor dem Altar.

Als Zoe von der Bühne ging, ließ sie sich einen Moment Zeit, schloss zitternd die Augen und dachte: *Yes*.

Aber auf dem Rückweg zu der Sozialwohnung von Carters Tante am East River, wo sie die vorangegangene Nacht verbracht hatte und auch heute übernachten würde, kehrte sie in die Realität zurück und hörte ihre Stimme wie von einem Tonband in ihrem Kopf. Sie stellte fest, dass sie hier gestolpert war, dort genuschelt hatte, und glaubte nicht, dass sie das Publikum erreicht hatte. Bei der Ankunft in Turtle Bay bezweifelte sie, dass es überhaupt gut gelaufen war. Sie streifte ihre Schuhe ab, ging direkt ins Schlafzimmer, beantwortete Carters *Du warst genial* mit einem *Danke* und schloss die Tür hinter sich. Dann klappte sie ihren Laptop auf, suchte das Video der Veranstaltung und sah es sich an.

Als Carter kurz nach sechs Uhr leise anklopfte, sah sie es gerade zum vierten Mal, hatte drei Seiten mit Dingen vollgeschrieben, die sie kürzen, überarbeiten und umschreiben musste, und bereits sechs E-Mails mit Phoebe ausgetauscht, ihrer Professorin für Kommunikationstraining, die ihr beim Üben geholfen hatte. Ständig tauchten neue Kommentare unter dem Video auf, und sie registrierte nur die schrecklichen. *Sie klingt wie eine Idiotin. Das ist doch keine Wissenschaftlerin. Juhu, noch ein hübsches Dummchen, das nicht weiß, wovon es spricht.*

Sie rieb sich die Augen, erinnerte sich daran, dass sie Make-up trug, fluchte leise, schaute zur geschlossenen Tür und sagte dann so laut, dass Carter es hören konnte: »Was ist?«

Er räusperte sich. »Ich … äh … hab für sieben einen Tisch reserviert.«

»Viel Spaß«, sagte sie und drehte sich wieder zu ihrem Bildschirm um.

»Für zwei.«

»Wer ist das heiße Date?« Sie wollte locker klingen, doch es gelang ihr nicht. Sie wusste, dass er sie ausführen wollte: Das war typisch Carter, er merkte, dass sie sich vergrub, und versuchte, sie ans Sonnenlicht zu locken.

»Ich hatte gehofft, du.« Zoe lächelte schwach, stand auf und öffnete die Tür.

»Ah«, sagte er, »die Götter meinen es gut mit mir.«

»Wie schick ist der Laden?« Carter trug eine maßgeschneiderte graue Hose und dazu einen Pullover.

»Schick, aber nicht elegant.«

Zoe sah auf ihr T-Shirt und ihre Shorts hinunter. »Also wahrscheinlich nicht so.«

»Wahrscheinlich nicht. Aber wenn du das tragen würdest, denken sie, du wärst sehr reich.«

Sie schnaubte. »Alles klar.«

Sie schlüpfte wieder in ihre Anzughose und eine saubere Bluse, fertig. »Sind meine Haare okay?«, fragte sie, beugte sich vor und zog sich die Schuhe an.

»Das kann ich nicht sehen«, sagte er.

Sie schnürte ihren linken Halbschuh, stand auf und drehte ihm das Gesicht zu.

»Wunderschön.«

»Toll. Danke.«

Er hatte ein Taxi gerufen (er glaubte nicht an Uber), es wartete draußen. Sie glitten auf den klimatisierten Rücksitz, Zoe stieg zuerst ein, rutschte hinüber, dann Carter. Sie lehnte den Kopf an das kühle Fenster und betrachtete wie eine Touristin die vorbeifliegenden Lichter. Im Grunde war sie eine Touristin. Und New York war wunderbar: eine gläserne Klippe, die sich aus dem Meer erhob.

Sie hatte keine Ahnung, wo sie sich befanden, als sie aus dem Wagen stiegen und Carter dem Fahrer ein Trinkgeld gab. Die Gebäude waren niedriger. Das Restaurant lag im Erdgeschoss, hinter einer schwarzen Tür mit einem unauffälligen Schild. Der Oberkellner war ein schlanker Mann im schwarzen Anzug mit modischem Haarschnitt, der Slipper ohne Socken trug. »Hallo«, begrüßte er sie.

»Hey«, sagte Carter, »wir haben auf Carter Gray reserviert.«

Ohne-Socken tippte auf den Bildschirm auf seinem Stehpult. »Richtig«, sagte er, »folgen Sie mir.«

Sie wurden in das warm ausgeleuchtete Restaurant geführt. Die Decke bestand aus gewelltem Metall, das die wenigen Lichter und flackernden Kerzen auf den Tischen reflektierte. Er setzte sie im hinteren Bereich an einen Hochtisch aus glattem, dunklem Holz. Der abgelaufene Betonboden glänzte zwischen den Tischen. »Stacey ist gleich bei euch«, sagte er. »Viel Vergnügen.«

Zoe sah sich um. Im Restaurant saßen sowohl ältere als auch junge Leute. Die Frau am Tisch gegenüber trug einen stumpf geschnittenen silbernen Bob. Zoe bewunderte ihn einen Moment lang und nahm sich vor, sich niemals das Haar zu färben, wenn es grau wurde.

»Trendy, oder?«, fragte Carter.

»Total trendy.«

Die Kellnerin Stacey hatte perfekt silbern lackierte Nägel. Sie reichte ihnen die Speisekarten, eine einzelne Karte mit einem seidigen Lederrücken, und stellte eine Kerze in die Tischmitte.

»Warst du schon mal hier?«, fragte Zoe. Carter nickte. »Was kannst du empfehlen?«

»Ich kann für uns bestellen«, bot Carter an, »wenn du willst.«

»Bitte«, sagte Zoe, schob die Schuhspitzen auf die Querstange ihres Hockers, stützte das Kinn in die Hände und beobachtete die Leute. Der Oberkellner führte eine vierköpfige Gruppe herein, eine Frau in einem verführerischen Kleid trug ein seidenes Kopftuch locker über dem spitzen Haaransatz. Sie blinzelte Zoe aus perfekt geschminkten Cat Eyes an. Das Paar am Tisch neben ihnen sah sich verliebt in die Augen. Zoe wandte schnell den Blick ab.

»Magst du Tintenfisch?«

»Zu schlau«, sagte Zoe. »Macht mir ein schlechtes Gewissen.«

Carter lachte. »Na gut.«

Als er bestellte, hörte Zoe nicht hin. Sie mochte es, überrascht zu werden.

Nachdem die Kellnerin ihre Cocktails gebracht hatte, seiner mit Lavendelzweig und weißem Strohhalm, ihrer mit einer Erdbeere und Minzblättern, erhob er sein Glas.

»Auf Manna«, sagte Zoe.

»Auf dich«, erwiderte er, und das Kerzenlicht tanzte in seinen Augen.

Oh, dachte sie nur. Etwas regte sich in ihrem Bauch. Aufregung? Angst? Erregung?

Beide tranken einen Schluck. Ihrer schmeckte süß und gut.

»Du trinkst nie, darum habe ich was bestellt, das nicht nach Alkohol schmeckt. Es ist auch nicht superstark«, beeilte er sich hinzuzufügen. »Und für mich genauso, falls du ihn nicht magst. Du solltest also beide probieren.« Er schob sein Getränk über den

Tisch. Seine Unterlippe hatte einen Abdruck auf dem gegenüberliegenden Rand hinterlassen. »Ich hab keinen Strohhalm benutzt.«

War er nervös?

Sie nahm einen Schluck von seinem Getränk, das sogar noch besser schmeckte. Sprudelnder Lavendel, ein Hauch von Wärme. »Der ist richtig gut.«

»Gut! Behalt ihn. Er ist etwas ungewöhnlich, darum dachte ich, es wäre riskant, ihn für dich zu bestellen.« Er lächelte. »Aber ich hab mich geirrt.« Er griff über den Tisch nach ihrem Glas.

Sie stellte sich vor, wie sie in die Wohnung kamen. Wie Carter trotz des Verlangens gelassen die Tür aufschloss, die Tür hinter ihnen verriegelte und dann …

»Wir können uns beide teilen«, sagte sie.

An das Hauptgericht würde sie sich nicht erinnern, wohl aber an die Vorspeise, eine seidige, salzige, wohlschmeckende Pilzsuppe, die in einer kleinen Kaffeetasse serviert wurde, wie ein Cappuccino, und einen schaumigen Schnurrbart auf Carters Oberlippe hinterließ. Und natürlich würde sie sich daran erinnern, wie Carter während des Essens strahlte, ihnen ein Hauptgericht bestellte, das sie sich teilten, und ihr die besten Stücke von allem gab. Wie er das Gespräch sanft von Manna wegführte, obwohl sie eine Menge mannabezogener Dinge zu besprechen hatten – zum Glück half er ihnen viel bei dem Verwaltungskram, denn davon gab es einen ganzen Berg, was für ein Bankkonto eröffnet werden musste, wie man Gehälter abrechnete und Steuern zahlte. Sie brauchten fünf verschiedene Versicherungen, niemand konnte ihnen sagen, wie das alles ging, und Jack war dazu überhaupt nicht zu gebrauchen. Er konnte nicht mal eine E-Mail beantworten, wenn sein Leben davon abhinge. Sie sprachen über andere Dinge, alles Mögliche, Filme und Literatur, New York und etwas Lustiges, das Carter im Zug passiert war. Er bezahlte, obwohl sie protestierte, und sie gingen hinaus. Es war frisch, aber nicht kalt, und Zoe konnte eine Abkühlung gut gebrauchen. »Ein kleiner Spaziergang?«, fragte er.

»Klingt gut«, sagte sie. »Ich mag diesen Teil von Manhattan.« Sie betrachtete die Gebäude, meist aus Back- oder Sandstein, gelegentlich mit schicken, modernen Glasfassaden. »Man kann den Himmel sehen.« Er erstreckte sich gräulich über ihnen.

»Hm«, sagte er, »man sieht deutlich mehr als in Midtown.«

Sie gingen in einen kleinen, gepflegten Park und setzten sich auf eine Bank. Zoe mochte es, durch eine unbekannte Stadt geführt zu werden, jeder neue Ort tauchte unerwartet auf wie ein Überraschungsgeschenk. »Hübsch hier«, sagte sie.

»Ja.« Er sah sie an, lächelte, und ihr ganzer Körper kribbelte.

Es war keine gute Idee, mit Carter Sex zu haben. Es könnte Manna schaden. Und natürlich hatte sie die Nacht mit Jack im Hinterkopf. Wie lange war das her? Sie konnte es zeitlich nicht zuordnen. Wie lebendige Erinnerungen an Orte, Gespräche und Gefühle, die durch einen Geruch, ein Geräusch oder ein Kleidungsstück heraufbeschworen werden, aber zu lange zurückliegen, als dass man sie verorten könnte.

Jack und Divya waren nicht mehr zusammen – sie wusste nicht genau, seit wann. Aber er schlief herum und genoss ihren finanziellen Erfolg. In seinem Badezimmermüll waren Kosmetiktücher, und in seinem Wagen Haargummis.

Immer wieder hatte sie sich gesagt, dass es bei dem Sex, über den sie nie gesprochen hatten, nicht um sie gegangen war. Sondern um Manna.

Zoe und Carter nahmen ein Taxi zurück zur Wohnung. Der Pförtner nickte Carter zu. Sie traten in den leeren Aufzug, und Zoe atmete tief ein. Sie konnte nicht klar denken, wollte, dass Carter sie berührte: dass er einen Arm um ihre Taille legte oder eine Hand auf ihren Rücken oder sich zu ihr lehnte und ihr etwas ins Ohr flüsterte.

Aber das tat er nicht. Er hielt respektvoll Abstand, und sie gingen hinein, er wünschte ihr eine gute Nacht und begleitete sie zur Tür des Gästezimmers, als würde er sie zu ihrer Wohnung begleiten. Sie waren genau gleich groß, ein passendes Paar. Sie sah ihn für einen langen Moment an. In seinen Augen lag ein Lächeln. Sie merkte, dass er sie reizen wollte. Er spielte ein Spiel. Und sie mochte Spiele. Also lächelte sie, erwiderte das Lächeln, sagte ebenfalls Gute Nacht, ging hinein und schloss die Tür.

20

In der darauffolgenden Woche ging der TEDx-Vortrag viral. Zoe und Jack saßen schweigend nebeneinander vor einem Laptop im leeren Konferenzraum ihres vorübergehenden Co-Working-Space und beobachteten, wie die Zahlen unter dem Video immer weiter stiegen.

Zoes Handy summte – Carter schickte einen Link. Zoe und Carter hatten nicht über das Abendessen gesprochen, das ein Date gewesen war. Es würde demnächst passieren, und die Vorfreude war Teil des Vergnügens. MSNBC hatte in den Fünf-Uhr-Nachrichten einen Ausschnitt des TEDx-Vortrags mit dem Titel *Studierende finden Mittel gegen das Altern* gebracht. *Du machst dich gut im Fernsehen*, stand in Carters Nachricht. Sie öffnete den Link und drehte ihr Handy zu Jack.

»Sie lieben es«, sagte er. »Sie lieben dich.«

Dann klingelte ihr Telefon. »Ich hab zwei Interviewanfragen, beide … oh, sorry, da ruft noch jemand an, bleib dran.« Carter legte sie ungefähr dreißig Sekunden in die Warteschleife, Jack sah sie mit hochgezogenen Augenbrauen an, dann meldete sich Carter wieder. »Jetzt sind es drei.« Carter hatte das Firmentelefon, weil sie und Jack eine Pause brauchten und sonst nur Raf, James und Mitchell infrage kamen, die sich aus unterschiedlichen Gründen nicht für den Telefondienst eigneten, und Divya, die Telefondienst für unter ihrer Würde hielt.

»Sag allen zu«, erklärte Jack.

»Gut.« Carter legte auf.

Jemand, den sie nicht kannten, trug ein Tablett mit Probenfläschchen am Konferenzraum vorbei. Jack folgte ihm mit dem

Blick. »Ich kann es kaum erwarten, ein richtiges Büro zu bekommen«, sagte er. »Was ist?«, rief er dann. »Was guckst du so … Das ist unglaublich. Du warst unglaublich.«

Zoe rieb sich das Kinn, schluckte. »Nein, ich bin glücklich. Ich bin glücklich.« Na ja, das war sie jedenfalls gewesen, überglücklich, zumindest für ein paar Augenblicke – jetzt sah die Frau auf dem Bildschirm nicht einmal mehr aus wie sie.

»Ich bin nur … Dieser Satz ›Studierende finden Mittel gegen das Altern‹. Für solche Aussagen haben wir nicht genug Daten. Es sollte heißen, ich weiß nicht, ›Erste Arbeiten deuten darauf hin‹, ›Es ist möglich, dass‹ …«

»Nein, nein«, widersprach Jack, »ich finde das toll. Ganz im Ernst. Die Kommunikation mit der wissenschaftlichen Community ist anders als die mit der Öffentlichkeit. So verpackt, verstehen sie das nicht.«

»Wollen wir, dass sie es verstehen? Sind wir darauf angewiesen?«

»Na, wenn sie unsere Produkte kaufen sollen, dann schon.«

»Jack, wir sind weit davon entfernt, etwas zu verkaufen, wir haben noch nicht mal genug Geld für ein eigenes Büro. Und du weißt, wie lange die FDA für die Genehmigung braucht. So etwas gibt es noch nicht.«

»Ganz genau. Etwas öffentlicher Druck kann den ganzen Prozess … Weißt du, wir werden auf Widerstand stoßen. Auf wissenschaftlicher Seite, bei den Aufsichtsbehörden. Wenn die Öffentlichkeit auf unserer Seite ist, wird es für sie schwieriger, uns zu bremsen.«

»Warum redest du darüber, als wäre es so eine Art Krieg? Alle stehen auf derselben Seite. Verflucht noch mal, wir versuchen, den Menschen zu helfen, länger zu leben.« Jack sah sie an, grinste schwach, und ihr wurde klar, dass das einer seiner bevorzugten Flüche war, den sie wohl aufgeschnappt hatte.

»Ach, Zoe. Meine süße kleine Professorentochter. Frag deinen Vater, ob alle auf derselben Seite stehen«, sagte er.

»Fick dich.«

Ein paar Stunden später entdeckte Jack Zoe in einem Büro, wo sie wie besessen auf eine Tastatur einhämmerte.

»Alles okay?«

»Ich kann jetzt nicht reden … Ich hab heute Abend noch weitere Interviews, etwa fünf Stunden Schreibtischarbeit und drei laufende Experimente, und ich muss den Datenraum updaten und Laura zurückrufen, und es ist …« Sie blickte auf ihr Handgelenk. »… schon acht.«

»Wer ist Laura?«

»Unsere Anwältin, Jack.«

»Ah, richtig.« Jack räusperte sich. »Du … äh … trägst die Hauptlast, und das tut mir leid.« Ein trostloser Ort für ein so entscheidendes Gespräch. Zwei junge Menschen in einem leeren Gebäude, er lehnte am Türrahmen eines fensterlosen Büros mit einem fusselnden beigen Teppich, sie kauerte auf dem Boden vor ihrem Laptop, beide mit lila Tränensäcken unter den Augen.

Zoe schüttelte den Kopf. »Wie lange hast du nicht mehr als vier Stunden pro Nacht geschlafen?«

»Schönheitsschlaf tut mir sowieso nicht gut.«

»Ha.«

Zoe versuchte zu schlafen. Aber seit geraumer Zeit schaffte sie es nur noch, sich in einen seltsamen Zwischenzustand zu versetzen, in dem ihr Gehirn über Arbeitsproblemen brütete. Letzte Woche war sie immer gegen vier Uhr aufgewacht, zitternd und so aufgedreht, dass sie einfach aufgab und zur Arbeit ging.

»Ich kann deine Experimente heute Abend übernehmen«, sagte er, »kein Problem.«

»Ja, aber …« Eigentlich hatte sie sagen wollen: »Im Labor zu sein, ist der einzige Grund, weshalb ich den Rest mache«, aber ihr Telefon leuchtete auf. Sie schloss die Augen, schleuderte es über den Boden. Immer noch summend schlug es gegen die Wand. Dann stieg der Druck aus ihrer Kehle in ihre Nebenhöhlen, und sie verzog den Mund, schlug die Hände vors Gesicht.

»Hey.« Jack stand neben ihr. »Was ist los?«

»Es ist … tut mir leid, ich weiß nicht, warum. Ich sollte mich freuen.« Sie holte so tief Luft, dass es fast wehtat. »Das ist toll. Es ist wirklich toll.«

»Aber es ist ganz schön viel.«

»Ich verliere den Überblick, was ich alles tun muss. Ich hab das Gefühl, ich vergesse Sachen. Dass ich Mist baue und dass wir … Ich werde alles vermasseln.« Es stimmte. Sie hatten es geschafft, aber warum fühlte es sich so fragil an? Warum kam es ihr so vor, als ob sie mit jeder Entscheidung alles zerstören könnte? Ihr Atem stockte, und sie merkte, dass sie schluchzte, obwohl ihre Augen trocken waren. »Irgendwas stimmt nicht mit mir.«

»Du machst das wirklich gut.«

Sie schüttelte den Kopf. »Ich bin im Labor gar nicht mehr kreativ. Es ist, als würde mein Gehirn nicht mehr funktionieren. Alles, woran ich denken kann, sind … Steuern. Blöde Scheiße.«

»Den kreativen Teil hast du aber schon hinter dir. Von jetzt an sind im Labor nur noch Routinearbeiten zu erledigen.« Jack hielt inne, sah verlegen aus. »Und ich bin keine Hilfe bei den Interviews, bei den Finanzsachen … Pass auf, ich übernehme die Arbeit im Labor.« Jack legte ihr eine Hand auf den Rücken. »Wir kriegen das hin«, sagte er leise. »Wir kommen ganz groß raus.«

Zwei Tage später saß sie mit Carter auf einer Parkbank irgendwo in Kendall, als er ein bisschen einschmeichelnd ironisch: »Schatz, du arbeitest zu viel« sagte.

»Jaja.« Sie hatte sich einigermaßen von dem Heulanfall im Büro erholt, der, wie sie beschämt von Google erfahren hatte, wahrscheinlich eine Panikattacke gewesen war.

Es war heiß draußen, dennoch saßen Carter und sie so nah beieinander, dass sie sich fast berührten. Es waren nur etwa zehn Tage seit Manhattan vergangen, aber es kam ihr viel länger vor.

Sie hatten immer noch nicht miteinander geschlafen, sich nicht einmal geküsst.

»Du musst weniger arbeiten.«

Sie sah ihn an, hob die Augenbrauen und dachte: … *sagt der, der seine Freizeit – Tennis, Film, Vernissagen, Cocktailstunden, Freunde – genauso ernst nimmt wie seine Arbeit.* »Mm.«

Carter strich mit den Fingern über die Tränensäcke unter ihren Augen.

Zoe mochte sie zufällig. Sie waren ein Zeichen dafür, wie hart sie arbeitete. »Was, bekomme ich nicht genug Schönheitsschlaf, um mich sehen zu lassen?«

»Von wegen.« Er lächelte, nahm die Hand von ihrem Gesicht und legte einen Arm um sie.

Sie schüttelte den Kopf und musste unwillkürlich ebenfalls lächeln. Sie genoss die Spannung. »Toll.«

»Ich bin der Meinung«, sagte er leise in ihr Ohr, »dass du keinen Grund hast, deine Zeit damit zu verschwenden, wie eine Praktikantin acht Stunden am Tag Pipetten zu füllen. Das ist unter deiner Würde.«

Sie stutzte. Hatten er und Jack darüber gesprochen? Das kam ihr unwahrscheinlich vor. Sie redeten jetzt zwar mehr miteinander, aber nur über den sterilen Business-Alltag. Auf keinen Fall würde Jack mit Carter über etwas so Persönliches sprechen.

»Es ist nicht unter meiner Würde.«

»Es ist so weit unter deiner Würde«, widersprach Carter, »dass du es nicht sehen kannst.«

Ungefähr eine Woche später standen die Zuständigkeiten fest: Zoe sollte Geschäftsführerin werden, Jack wissenschaftlicher Leiter vom Labor. Dem konnte sie nicht widersprechen.

Und außerdem war es richtig für Manna.

21

Jack und Viraj benahmen sich wie beste Freunde, bis Viraj den Raum verließ, danach verfinsterte sich Jacks Miene jedes Mal. »Was ist dein Problem mit ihm?«, fragte Zoe schließlich, und Jack sagte: »Er ist kontrollwütig«, und Zoe zuckte mit den Schultern, sie konnte es nicht leugnen, er war kontrollwütig. Ständig schneite er ins Labor, zwang Jack, ihm Dinge zu erklären – was viel Mühe kostete, da er aus der Wirtschaft kam und nicht aus der Wissenschaft –, und erteilte dann Befehle, als hätte Jack ihm nicht gerade alles erläutert. Und wenn er nicht aufkreuzte, war Divya da. Sie würde niemals das Risiko eingehen, ihr Studium abzubrechen, also arbeitete sie nur halbtags, aber sie versuchte, so viel wie möglich aus ihrer Verbindung mit dem schnell wachsenden Start-up rauszuholen. Sie postete sogar Bilder von ihrem Labortisch auf Instagram, #MANNA. Es tröstete Zoe, wenn sie sah, wie Jack auf Divyas Bemühungen um seine Aufmerksamkeit, ob positiv oder negativ, mit kühler Gleichgültigkeit reagierte.

»Ich mache mir Sorgen, dass er uns ersetzen will«, sagte Jack, und als Zoe wissen wollte, was er damit meinte, antwortete er: »Du kannst dir einen CEO und einen CSO in der Cambridge Street besorgen.«

Zoe stieß einen Seufzer aus. Das stimmte. Living Ventures hatte den Ruf, Geld in Start-ups zu stecken, um sie unter Kontrolle zu bekommen und dann die leitenden Posten mit Führungskräften ihrer Wahl zu besetzen. Sie dachte: *Bin ich so unentbehrlich geworden für die Marke, dass sie mich retten kann?* Und dann: *Ich kann das nicht ohne Jack.* Und schließlich: *Wieso glaubst du, dass drei oder vier Interviews und eine Million YouTube-Hits dich unersetzlich machen?*

Der entscheidende Vorschlag kam von Carter, der lässig auf einem der rollbaren Stühle saß. »Na, wir haben doch über neue Finanzquellen gesprochen. Wie wäre es, wenn ihr euch welche sucht? Dann seid ihr weniger von ihm abhängig. Und am Ende kauft ihr ihn raus.«

Zoe biss sich auf die Lippe. Jack sah sie an.

»Alex hat so was angeboten«, sagte sie schließlich. Als Carter die Augenbrauen hochzog, fügte sie hinzu: »Kontakt zu seinen Venture-Capital-Verbindungen in Stanford herzustellen. Vor einer Ewigkeit.«

»Ich hab gehört, dass Investoren von der Westküste deutlich gründungsfreundlicher sind«, sagte Jack. »Sie konzentrieren sich viel mehr darauf, *dich* zu entwickeln, nicht die Idee.« Zoe hörte nicht richtig zu, sondern dachte, wie sehr ihr die Idee, Alex ins Boot zu holen, missfiel. Wie wichtig es ihr war, dass das hier *ihrs* war. Aber das klang egoistisch.

»Sollen wir ihn anrufen?«, fragte Carter.

Zoe holte tief Luft und sah Jack an, und Jack erwiderte ihren Blick. Sie gab nach und rief ihren Bruder an. Stellte ihr Handy auf Lautsprecher. Legte es in die Tischmitte.

»Hey, Alex. Willst du uns immer noch bei unserem … Projekt helfen?«

Alex holte seinen Freund zu dem Gespräch hinzu. Jack übernahm die Führung und blieb wunderbar vage, was ihre Arbeit anbetraf, sodass der Freund am Ende fast vor Neugierde platzte.

»Wann könnt ihr herfliegen?«, fragte er, und Jack und Zoe sahen sich über das Handy hinweg an.

»Äh, wann …« Zoe wollte etwas sagen, aber Jack räusperte sich und kam ihr zuvor. »Ich habe momentan ein paar zeitkritische Prozesse im Labor laufen. Wie wäre es nächstes Wochenende?«

»Perfekt, perfekt«, sagte Alex' Freund. »Wir würden uns sehr freuen, wenn ihr kommt. Meine Assistentin schickt euch Vorschläge für Flugverbindungen und Hotels und organisiert einen Fahrer.«

»Großartig«, sagte Jack, und alle legten auf.

Alex rief sofort zurück.

»Das war fantastisch – er fand euch super.«

Jack wippte mit dem Knie und drehte einen Stift zwischen den Fingern. Zoe war aufgestanden und lief im Raum auf und ab.

Carter war völlig ruhig und rekelte sich wie eine Katze, während er die beiden beobachtete. »Also«, sagte er, »wie wollt ihr das mit dem Pitch regeln?«

Keiner sagte etwas.

»Jack soll hinfliegen«, sagte Zoe. »Ich bleibe hier. Halte den Laden am Laufen.«

»Es ist deine Theorie«, wandte Jack ein.

»Ja«, sagte Zoe, »aber du bist viel besser bei diesen Präsentationen. Im Ernst. Du fliegst.« Das stimmte. Er war derjenige, an den sich die Runde potenzieller Investoren immer zuerst wandte; er und Viraj sprachen eine Sprache, die ihr völlig fremd war. Das war nicht Zoes Welt, hier ging es nicht um Lehrstühle, Universitätsfinanzierung und Abendessen mit dem Dekan. Das war die Welt der translationalen Forschung. Forschung, die wichtig ist, weil sie Geld einbringt.

»Ihr müsst es Viraj erzählen«, sagte Carter langsam.

»Ist Viraj der Typ von Living Ventures?«, fragte Alex. Zoe hatte fast vergessen, dass er noch am Telefon war.

»Ja«, sagte Carter, »er ist im Vorstand.« Der Vorstand bestand zu dem Zeitpunkt nur aus Zoe, Jack, Viraj und Brenna. Viraj war sehr gut darin, die Vorstandssitze knapp zu halten.

»Ja«, antwortete Alex, »Okay. Kein Problem, er kann auch mitkommen. Je mehr, desto besser.«

»Danke, Alex«, sagte Zoe. »Oh, dein Freund soll an mich schreiben: zoe@manna.com. Jack kriegt es nicht hin, auf seine E-Mails zu antworten.«

Alex lachte, und sie beendeten das Gespräch.

»Sie sind total angetan von deinem TED-Vortrag«, sagte Jack, der direkt vom Flughafen ins Labor gekommen und noch ganz high von seinen neuen besten Freunden von der Westküste war. »Sie meinen: ›Fuck, sie macht sich so gut vor der Kamera.‹ Wie war noch das Wort, das sie benutzt haben – *telegen*. ›Fuck, sie ist so *telegen*.‹«

Zoe verdrehte die Augen.

»Okay, aber wie ist es insgesamt gelaufen?«

»Sie sind super gründerfreundlich – sie haben immer wieder über meine *Vision* gesprochen, meine *Gründermentalität*. Sie haben echt keine Ahnung von Wissenschaft – das sind alles Tech-Investoren, die ihre Investitionen *breit streuen* wollen. Es ist fantastisch. Sie lassen uns unsere Arbeit machen.« Jack lachte und zeigte seine schiefen Eckzähne. Er war aufgekratzt, sprach schnell. »Und dein Bruder war super.«

»Ja«, sagte Zoe, »das ist er immer.«

»Wir sollten darüber nachdenken, ihn ins Boot zu holen.«

»Wahrscheinlich.« Sie hatte gewusst, dass das passieren würde.

»Nicht?«

»Doch, du hast recht. Das sollten wir.«

Der Rest des benötigten Geldes kam von den Family Offices, einer Finanzierungsquelle, die bis dahin keiner von ihnen gekannt hatte. Sie wurden von dem Vertreter eines sehr wohlhabenden Mannes kontaktiert, einem bekannten Namen, der Zoes TEDx-Vortrag gesehen hatte und mit ihr sprechen wollte. Zoe sagte, dass Jack normalerweise die Gespräche mit den Investoren führe. »Aber der Mann würde gerne mit Ihnen sprechen«, entgegnete der Anrufer.

Sie führten ein Videogespräch. Der Mann wollte sie auf seine Ranch in Montana einfliegen. Die Idee gefiel Zoe gar nicht, und sie überlegte, abzulehnen, bis Jack sagte: »Auf keinen Fall, obwohl das wie der Beginn eines grausamen Cold Case klingt. Hübsche junge Start-up-Gründerin wird auf das Anwesen eines reichen Mannes gelockt und nie wiedergesehen«, woraufhin Zoe sagte: »Wenn er dich eingeladen hätte, würdest du keine Sekunde zögern«, und flog hin.

Die Ranch war ein unglaubliches Luxusanwesen aus dunklem Holz und Glas in *the middle of nowhere*. Seine Frau begrüßte Zoe an der Tür, und Erleichterung durchströmte sie – *irrational*, dachte sie, *Ehefrauen drücken bei dem ekelhaften Scheiß, den ihre Ehemänner veranstalten, regelmäßig ein Auge zu*. Sie spürte das Pfefferspray in ihrem rechten Strumpf.

Doch dann war der Mann einfach nur herzlich und reizend. Ein geistreicher Gesprächspartner, ein großzügiger Gastgeber. Sie aßen zu Abend und zogen sich dann in sein von Bücherregalen gesäumtes Arbeitszimmer zurück, wo er ihr mit großen Augen aufmerksam zuhörte (sein Körper war gebrechlich, aber sein Geist klar). »Ich betrachte meine Investitionen in den Bereich des Alterns als eine Art Philanthropie«, sagte er am Ende des Gesprächs. »Ich suche nach Gründern mit Visionen.« Zoe nickte. »Sie sind eine Gründerin mit Visionen.« Sie lächelte. »Ich stelle Ihnen einen Scheck aus. Die Bedingungen sind sehr günstig.«

»Würden Sie in unseren Vorstand kommen?«, fragte sie.

»Wie schon gesagt, ich glaube an die Kontrolle der Gründer.« Sie nickte wieder, und er lächelte. »Kluges Mädchen. Ich würde mich freuen.«

Sobald der Scheck auf dem Konto einging, Zoe war noch in einem Hotel in Montana, zahlte Jack Viraj aus. Seine Tochter ging mit ihm.

Nun besaßen Jack und Zoe zusammen wieder die Mehrheit der Anteile. Am Telefon sagte Jack zu Zoe: »Lass uns nicht unter fünfzig gehen«, womit er ihren gemeinsamen Anteil meinte.

Zoe lächelte. Es fühlte sich gut an, wieder die Kontrolle über ihr Unternehmen zu haben. »Ja«, antwortete sie.

Carter holte Zoe am Logan ab. Als sie aus dem klimatisierten Flughafen in die hohe Luftfeuchtigkeit des Bostoner Sommers trat, bemerkte sie einen Blumenstrauß auf seinem Beifahrersitz. Ihr hatte noch nie jemand Blumen gekauft.

Er stieg aus dem Auto, um ihr die Tür aufzuhalten, und sie sagte: »Auf keinen Fall«, und er lachte, und sie lachte. »Ich habe gerade zehn Millionen Dollar verdient«, und er erwiderte: »Ich glaube, ich werde noch mehr verdienen. Nach meiner Schätzung«, und sie lachte, und er lachte, und sie umfasste sein Gesicht und küsste ihn.

22

Das Büro am Kendall Square war Jacks Idee, auch wenn Zoe vehement dagegenhielt, dass kein Start-up in der Frühphase in Kendall etwas anmietete, weil es sich kein Start-up in der Frühphase leisten konnte.

Jack scherte sich nicht darum. »Wir müssen in Kendall sein. Damit man uns ernst nimmt. Und außerdem findet der Vorstand es eine tolle Idee.« Der Vorstand fand es tatsächlich eine tolle Idee. Alle waren von der Chuzpe besessen, neben Moderna oder Bayer zu sitzen. Auch Carter war der Ansicht. »Im Zentrum des Universums ist es viel leichter, an die besten Leute zu kommen.«

Trotzdem erschien es Zoe nicht richtig. Schließlich war sie hier aufgewachsen. Es war ausgelutscht und wenig inspirierend. Manna verband sie mit Harvard: entstanden in zweihundert Jahre alten Backsteingebäuden mit engen Holztreppen und einer reichen Geschichte. Es ging um *Unsterblichkeit*. Es war etwas Göttliches. Nichts am Kendall/MIT ist geheimnisvoll oder göttlich. Im Kendall/MIT gibt es nur Glas und Beton, Neonlicht und hektische, nerdig aussehende Menschen, die mit Ausweisen an ausziehbaren Schlüsselbändern durch die Gegend eilen. Sie fand, dass die Szenerie eher Jacks Ästhetik entsprach als ihrer. Dünner weißer Mann, sozial unbeholfener Start-up-Gründer mit spitzen Ellenbogen: austauschbar. In ihren Augen war sie eindeutig mehr Harvard.

Sie fanden etwas, das Zoe für viel zu teuer hielt, aber alle anderen überzeugte. Das oberste Stockwerk eines Riesengebäudes an der Ecke Broadway/Galileo. Man konnte über das MIT bis zum Charles sehen. Im Erdgeschoss gab es zwei verschiedene Fast-Casual-Salat-Läden.

»Hier kannst du sitzen«, sagte Jack, als sie das große, nach Südosten ausgerichtete Eckbüro betraten. »Es passt zu dir.«

»Sei kein Idiot«, erwiderte sie.

»Ich meine es ernst!«

Und es stimmte. Er beanspruchte ein kleineres, dunkleres Büro mit einem kürzeren Weg zum Labor.

»Bist du sicher?«, fragte sie.

»Ganz sicher.«

Es stellte sich heraus, dass sie nur an Harvard ausgeliehen worden war.

Als sie gingen, drehte Zoe sich noch einmal um. Im ersten Stock hatte jemand Schneeflocken aus Papier an die Fenster geklebt. Das brachte sie zum Lächeln.

Am nächsten Tag unterzeichneten sie den Mietvertrag, saßen anschließend im Schneidersitz auf dem Boden von Zoes leerem Büro und stießen mit Cola Light aus der Dose an.

»Auf Manna«, sagte Jack.

»Auf Manna«, antwortete Zoe.

Zoes Mutter brachte ihnen als Einweihungsgeschenk selbst gebackenen Kuchen mit. Zoes Vater besichtigte das Labor und nickte anerkennend.

Obwohl sie eine eigene Wohnung hatte, ging Zoe normalerweise direkt vom Büro aus zu Carter, der sich für den Sommer eine Wohnung am Harvard Square gemietet hatte. Sie befand sich in einem der Backsteingebäude nördlich von Cambridge Common, wo all die Jurastudierenden wohnten. Es war klein, aber fein, mit einem weiß gestrichenen Kamin, hellem Dielenboden und einem hübschen, nach Süden liegenden Arbeitszimmer, in das die Sonne durchs Fenster schien. Eines Nachmittags stand Zoe neben seinem Schreibtisch – Carter hatte einen antiken Schreibtisch, der genauso aussah wie der von Zoes Vater. Neben dem Computer mit den zwei

Riesenmonitoren und dem schicken, modernen Stuhl wirkte er wie ein Fremdkörper. »Warum tust du das?«, fragte Zoe.

»Was?« Er hörte nicht auf zu tippen.

»Informatik.«

»Was ist das für eine Frage? Warum bist du Wissenschaftlerin?«

»Weil ich es liebe.«

Er klickte auf Enter. Der Computer spuckte eine Fehlermeldung aus, und er stöhnte genervt.

Zoe betrachtete seinen Hals. So glatt. Fast golden. Sie beugte sich hinunter und küsste ihn.

»Hm«, sagte Carter.

Sie hatten keinen richtigen Sex, noch nie gehabt, was Zoe überraschte, aber Carter war die Art von Mann – Junge? –, der fast versessen darauf war, gut im Oralsex zu sein. Im Bett war er sehr angenehm, sicher. Und ein unglaublicher Anblick. Es gab keine Angst, keinen Groll – und auch keinen Nervenkitzel, keine Verzweiflung. Aber natürlich verglich sie ihn nicht mit Jack.

»Ich tue es, weil es beeindruckend ist«, sagte er, als er anschließend neben ihr lag, die Arme hinter dem Kopf verschränkt.

»Informatik?«

»Oder weil es schwer ist. Nein – weil es beeindruckend ist. Ja. Informatik.«

»Philosophie ist schwer und beeindruckend«, erwiderte Zoe.

»Kann sein«, sagte Carter, »aber da ist der Anspruch selbst gemacht. Die Leute nehmen an, dass ich mich einfach treiben lasse. Ich brauchte also etwas, das von sich aus anspruchsvoll ist, objektiv betrachtet, um …« Er zuckte mit den Schultern und gestikulierte. »… ernst genommen zu werden. Und überhaupt, was macht man mit Philosophie?«

»Mädchen beeindrucken, hinter denen du her bist.«

»Genau.« Er grinste sie an. Er hatte perfekte Zähne.

»Du wirst Professor. Du wärst sicher ein toller Professor. Aber jetzt noch nicht, finde ich. Wir brauchen dich.«

Carter schnaubte. »Danke.« Das war nicht die bissige Antwort, mit der sie gerechnet hatte, und das verunsicherte sie.

Zoe sah ihn an, die gerade Nase und das glatte Gesicht, die langen, entspannten Oberarmmuskeln, die feinen Härchen in seiner Achselhöhle.

»Als Studienanfänger wurde ich in ein Philosophieseminar aufgenommen«, fuhr Carter fort, »in dem ein ziemlicher Konkurrenzdruck herrschte. Nach einer schriftlichen Bewerbung. Ich war der einzige Student aus dem Grundstudium, der aufgenommen wurde. Irgendwann bekam ich eine lange, anonyme E-Mail, in der jemand schrieb, wie unfair es sei, dass jemand wie ich auf diese Weise gefördert werde. Dass die Fördermaßnahmen nicht für jemanden wie mich gedacht seien.«

Zoe sagte nichts. Carter bemühte sich, gleichmäßig zu atmen.

»Und dann erhielt ich noch zwei weitere Mails. Also ja, ich wollte Philosophieprofessor werden.«

»Ich …«, sagte Zoe. »Solche Mails bekomme ich auch.« Es klang lahm. »Ich meine, eine Frau im MINT-Bereich, aber Daddy ist Professor. Du weißt schon. Ich wollte nicht, Gott, sorry, ich wollte nicht über mich reden. Ich wollte nur …«

»Ich weiß«, sagte er, drehte sich um und küsste sie auf die Schläfe. Dann stand er auf und kochte ihnen was zum Abendessen. Er war ein ausgezeichneter Koch.

»Eine Fünfzig-Millionen-Dollar-Bewertung, und du trägst immer noch diese Stiefel.«

Jack und sie lehnten auf der Rückseite des Bürogebäudes neben dem Lieferanteneingang an der Wand. Gerade hatten sie ein besonders angespanntes Investorengespräch hinter sich gebracht, ihr erstes ohne Viraj. Sie begannen eine neue Finanzierungsrunde, Serie A. (Sie hatten gerade die Seed-Phase abgeschlossen, aber wie Viraj immer sagte, die besten Gründer lieben es, das Kapital zu erhöhen, die besten Gründer sind immer auf der Suche nach Geld.)

Die potenziellen Investoren hatten viele schwierige Fragen zu konkreten Zeitplänen gestellt, besseren Daten. Zoe war verschwitzt, Jack unerschütterlich.

Zoe seufzte. »Meinst du, sie haben recht? Dass wir eine Führung brauchen, die mehr Erfahrung hat?«

»Wir haben Jimmy.« Jimmy war Virajs Nachfolger im Vorstand. Er hatte zwei eigene Tech-Start-ups verkauft.

Zoe zuckte mit den Schultern. Der Beton kratzte an ihrem Rücken.

Jack rauchte eine Zigarette. Irgendwann im Frühjahr hatte er wieder damit angefangen – erst hatte er ununterbrochen Nikotinkaugummis gekaut, dann zog er plötzlich an Zigaretten. Zoe hingegen hatte angefangen, grünen Saft zu trinken und jeden Morgen zehn Kilometer zu laufen.

»Wozu Manna, wenn du sowieso ewig lebst?«, fragte Jack, oder: »Was macht die Popwissenschaft im Silicon Valley? Hat sie dich schon davon überzeugt, LSD in Mikrodosen zu nehmen?« Oder: »Ich frage mich, ob die Lebensspanne eine Vergnügungsuhr ist, sodass man, wenn man einigermaßen unglücklich ist, nie stirbt?«, und Zoe nannte ihn James Dean und sagte: »Wie aufregend, ich dachte eigentlich, du wärst klug« oder »Wow, du bist so europäisch.« Wenn sie draußen waren, zog er so stark an der Zigarette, dass seine Wangen hohl wurden, stöhnte theatralisch und blies den Rauch dann langsam aus.

Jetzt klopfte Jack die Zigarette gegen seine Finger, um die Asche zu lösen, genauso wie er es mit seinem drehenden Stift machte. »Sie werden uns das Geld geben«, sagte er. »Die wollen mit uns spielen.«

Zoe atmete den Rauch ein und unterdrückte ein Husten.

Jack lehnte den Kopf an die Wand und schloss die Augen wegen der Sonne. »Ich brauche wirklich neue Stiefel.«

»Was für welche willst du dir kaufen?« Sie drehte den Kopf und sah ihn an, dann auf den Stahl, der durch die kaputte Kappe lugte.

»Ich weiß nicht.«

»Was ist mit Cowboystiefeln?«

»Verkappter Rockstar?«

»Ich glaube, die würden dir gut stehen.«

»Vielleicht«, sagte er, »vorne eckig.«

»Ja, unbedingt vorne eckig.«

Er drückte die Zigarette an der Wand hinter sich aus und hinterließ einen Kreis aus Asche. »Du hast recht«, sagte er. »Wir brauchen sowieso eine Pause.«

Zoe hatte es halb im Scherz gesagt, glaubte nicht, dass er jemals etwas an seinem Aussehen ändern würde. Nur sie hatte ihr Erscheinungsbild aufpoliert. Tatsächlich beruhte sein Erscheinungsbild auf der Weigerung, etwas zu verändern. »Okay«, sagte sie, »gehen wir.«

Sie nahmen seinen Truck, einen alten rot-weißen Ranger mit gerippten grauen Stoffsitzen, den er schon immer gehabt hatte und der Zoe wie aus einem Film vorkam. Mit heruntergekurbelten Fenstern fuhren sie über den Fluss, dann lotste sie ihn durch Beacon Hill zu einem Laden im Keller eines Backsteingebäudes mit großen Fenstern. Über der Tür prangte ein Schild in Form eines Cowboystiefels. »Welcher ist es?«, scherzte Jack.

Mittlerweile wurden sie beide manchmal in der Kendall-Blase von MIT-Studenten und Biotech-Leuten erkannt. Aber in der realen Welt kannte man sie nicht, und Zoe gefiel es, metaphorisch gesprochen, das Gewicht des Geldes in ihrer Tasche zu spüren, ohne dass jemand davon wusste.

»Was kann ich für euch tun?«, fragte der Mann hinter dem Schalter mit Südstaatenakzent.

»Jack möchte ein Paar Stiefel. Gibt es was Schönes? Vorne eckig?« Der Mann nickte.

»Preis?«

»Egal«, antwortete Zoe, bevor Jack etwas sagen konnte.

Die Wände waren von Stiefeln gesäumt. Zoe atmete tief den Ledergeruch ein.

»Was hast du für eine Größe?«

»Zwölfeinhalb«, sagte Jack. Zoe sah nach unten. Er hatte große Füße und große Hände.

»Soll es schick sein oder für die Arbeit?«

»Für die Arbeit, aber ich bin kein Handwerker mehr«, sagte Jack und lächelte.

Der Mann lächelte zurück. »Was hast du gemacht?«

»Mechaniker.«

»Was für Autos?«

»Alte. Alle möglichen.«

Der Mann nickte anerkennend. »Hab einen 2002er Boxster und suche jemanden, der ihn repariert.«

»Könnte ich, aber ich bin nicht mehr im Geschäft. Kümmere mich nur um meine eigene Kiste.«

Er lachte. »Lebst stattdessen von ihrem Treuhandfond? Preis egal?«

»So ähnlich«, antwortete Jack, und Zoe verdrehte die Augen.

»Was hast du für eine Karre?«

»Einen 92er Ford Ranger. Vierzylinder. Normales Fahrerhaus.«

Er nickte anerkennend. »Ich bin übrigens Rick.«

»Jack. Freut mich.« Jack hatte einen stärkeren Akzent als sonst.

»Was machst du jetzt, Jack?« Rick ließ den Blick über die Stiefelwand wandern. Zoe war zur Seite gegangen und betrachtete ein Paar schicke Stiefeletten.

»Laborratte. Ich bin Wissenschaftler.«

»Ach ja? Andere Flussseite?«

»Jupp«, sagte Jack.

»Setz dich«, sagte Rick. »Ich hole dir ein paar zur Auswahl.«

Jack setzte sich. Zoe drehte sich zu ihm um, lächelte und amüsierte sich, wie sehr er auf Junge vom Land machte.

Rick kam mit drei Paaren zurück. Ein traditioneller Cowboystiefel, braun, quadratische Spitze, klassische Stickerei. Ein exotischer aus Krokodilleder. Und ein glatter, schlichter. »Der letzte ist ein Roper«, sagte Rick, »ich war mal so frei.«

Jack zog den Roper an.

»Perfekt«, befand Rick. Jack stand auf, wippte vor und zurück. Machte ein paar Schritte. Sie passten gut zu seiner ausgeblichenen Wrangler.

»Sieht toll aus zu deiner Jeans«, sagte Zoe.

»Sie sind bequem.«

»Wie viel Spielraum hast du an der Ferse?«

»Nur ein bisschen.«

»Vorn sitzen sie eng?«

Jack nickte.

»Sehr gut. Das mit der Ferse gibt sich mit der Zeit.«

Jack ging zu einem Wandspiegel. Rick räumte bereits die anderen Stiefel weg.

»Wie viel?«, fragte Jack.

»Sechs fünfzig«, sagte Rick. »Glatte sechs, weil ich deinen Truck mag.«

Jack schüttelte bereits den Kopf.

Zoe war darauf vorbereitet. »Ich kaufe sie dir«, sagte sie. Er sah sie an, als wäre ihr ein zweiter Kopf gewachsen. »Sei nicht sexistisch.«

»Bin ich nicht. Du kaufst mir keine Stiefel für sechshundert Dollar.«

»Bei dem, was du tust, halten sie dein ganzes Leben lang. Kannst sie dir bei Bedarf neu besohlen lassen.«

Jack setzte sich, zog sie aus.

»Gott, Jack, du nervst«, zischte Zoe.

Er warf ihr einen Blick zu. »Manna bedeutet nicht, dass ich mich in einen Idioten verwandle.«

»Ein Paar Schuhe macht noch keinen Idioten.«

Er hob die Augenbrauen.

»Er kauft die Stiefel«, sagte Zoe dem Ladenbesitzer, »oder ich komme zurück und kaufe sie für ihn.«

Jack sah Zoe eindringlich an. Dann holte er sein Portemonnaie heraus (braunes Leder, das auseinanderfiel – Zoe bekam es fast nie zu Gesicht, weil er kaum etwas kaufte) und reichte Rick seine Kreditkarte. »Vielen Dank für die Beratung«, sagte er.

Rick tippte den Preis ein. »Behalt sie an«, sagte er. »Ich pack deine alten in den Karton.«

An diesem Abend gingen Zoe und Carter zum Abendessen zu ihren Eltern.

Carter trug eine Hose aus leichter Wolle und ein Button-down-Hemd, und beides wirkte keineswegs overdressed, vor allem nicht, als er an der Tür die Schuhe auszog, locker auf Socken in die Küche ging und ihrer Mutter eine Flasche Wein überreichte. Er hatte gefragt, was es zu essen geben würde, und einen dazu passenden Wein ausgesucht, was völlig absurd und zugleich genau das Richtige war. Er machte es Zoe so einfach. Sie brauchte ihm nur zu folgen. Während er mit ihrer Mutter plauderte, setzte sie sich auf die Couch und schaltete ab, denn ihr Vater, der im Sessel saß und Klausuren korrigierte, erwartete nicht, dass sie mit ihm sprach. Vielmehr würde es ihn sogar nerven.

Ihre Mutter lachte. Nicht ihr höfliches Lachen, sondern ihr echtes Lachen. Zoe schloss die Augen.

Wie es ihre Mutter verlangte, saß Zoe am Tisch neben ihrem Vater und gegenüber auf der anderen Seite Carter neben ihrer Mutter. Das war okay, denn Zoe musste Carter sicherlich nicht unter dem Tisch treten. Im Gegenteil, eher müsste er sie treten.

»Mit der Firma läuft es also gut«, sagte ihr Vater.

»Ja«, bestätigte Zoe. Ein Understatement. Man sollte immer tiefstapeln.

»Ich habe von deinem Bruder gehört, dass die Westküste nach wie vor viel Geld investiert.«

»Ja. Viele unserer Investoren kommen aus dem Silicon Valley.«

»Was für ein Glück, dass Alex in Stanford war, was?« Er lächelte.

Ich schreie gleich, dachte Zoe. Sie lächelte, nickte. So viel also zu ihrem Leben. Lächeln und Nicken.

»Oh, es war toll.« Carter fing den Ball leicht ab und übernahm. »Alex und all die talentierten Menschen, die Zoe zusammengetrommelt hat … nicht mich natürlich, ich bin ein Langweiler.«

Ihre Mutter lachte.

»Aber sie ist einfach ein Magnet für talentierte Menschen.« Er zwinkerte ihr über den Tisch hinweg zu.

Lächeln, nicken.

»Deine Mitbewohner – das ist so lustig, Carter«, sagte ihre Mutter, »ich kann mir nicht vorstellen, dass du mit dieser Gruppe zusammenlebst.« Untertreibung. Eigentlich meinte sie: Sie sind so ungehobelt!

»Tja«, sagte Carter, »Gegensätze ziehen sich an!«

»Hah!« Ihre Mutter warf Zoe einen Blick zu. Zoe konnte praktisch ihre Gedanken hören. Er ist so *charmant*! Und so *gut aussehend*. Was für ein reizender junger Mann.

Nicken, lächeln.

Sie redeten weiter.

Als Zoe das erste Mal bei Jack im Wohnheim gewesen war und Carter dort auf der Couch sitzen sah, hatte sie gedacht: Er ist zu sauber für diesen Ort, zu glänzend. Ein ungeschliffener Diamant. Ein Prinz unter Bauern. *Gott*. Sie mussten Carter total nervig gefunden haben. Jack musste Carter total nervig finden. Jack mit seiner alleinerziehenden Mutter. Wie hatte sie ihn nur zwingen können, sich neue Stiefel zu kaufen? Als wollte sie ihn zu etwas machen …

Und Carter war derjenige, den sie mit nach Hause genommen hatte. War doch klar. Sie alle – Jack, Raf, Mitchell, James – mussten sie auch total nervig finden. Verwöhnte Professorentochter, hübsches Mädchen. Medienliebling. Am Arm von Carter. Wie naheliegend. Zwei Menschen, poliert und poliert und poliert, bis man nur noch sich selbst in ihnen sehen konnte.

23

»Sie verstehen sicher, dass wir danach fragen müssen.« Amy, die eine Hälfte eines berühmten TV-Nachrichtenduos, beugte sich zu ihr vor. »Was halten Sie von dem ganzen Wirbel um die Stellungnahme? Für die Hörer – inzwischen haben Sie es sicher alle gesehen, aber falls nicht – in der *New York Times* ist ein Artikel erschienen, in dem hieß es:« – sie rückte die Lesebrille zurecht –, »›Mannas Weigerung zu veröffentlichen, verhindert, dass seine Arbeit von einer breiteren wissenschaftlichen Gemeinschaft diskutiert und überprüft wird.‹ Sie äußern sich besorgt über Ihre Arbeit und fordern, dass Sie Daten veröffentlichen. Ich weiß, dass Sie offiziell dazu Stellung genommen haben, aber was sagen Sie dazu?«

»Ehrlich gesagt, glaube ich, dass so etwas passiert, wenn zwei Zwanzigjährige versuchen, einen Forschungsbereich zu revolutionieren«, sagte Zoe. »Ich glaube, es wird viele Bedenken geben, wir werden noch auf viel Widerstand stoßen. Das ist okay, das ist völlig normal. Ideen, die einen Paradigmenwechsel anstoßen, werden fast immer für eine lange Zeit abgelehnt, bis, nun ja« – sie lächelte – »der Paradigmenwechsel vollzogen ist. Vor allem, wenn es aufstrebende junge Leute sind, die noch nicht einmal einen Hochschulabschluss haben.« Zoe trug die sorgfältig ausgearbeitete Antwort mit der erforderlichen Zuversicht vor, ohne sie zu empfinden. Die Stellungnahme der wissenschaftlichen Community, die zehn führende Forschende ihres Forschungsbereichs unterzeichnet hatten, war ein heftiger Schlag. Ständig stellte sie sich vor, wie ihr Vater den Artikel mit hochgezogener Augenbraue las, wie die Kollegen ihres Vaters ihn darauf ansprachen. Aber die Leute unterstützten Manna – ein zweiter Artikel von zehn anderen Forschern behauptete zwar nicht, Manna würde valide Forschung betreiben, stellte aber fest, dass ihre Ergebnisse nicht wertlos waren, nur weil sie von einigen Forschern, denen die Methoden oder das Verfahren unbekannt sind, nicht repliziert werden können.

»Dass wir nichts publiziert haben und auch nicht publizieren werden, hat einen Grund«, fuhr Zoe fort. »Solange unsere Patente noch anhängig sind, wäre es ein sehr schlechtes Geschäftsgebaren, unsere Ideen preiszugeben.« Sie lächelte wieder, dieses Mal entschuldigend.

»Sie sagen ›aufstrebende junge Leute‹, und, meine Güte, Sie sind *sehr* jung.« Amy schüttelte den Kopf. »Wie fühlt es sich an, mit erst einundzwanzig so im Mittelpunkt zu stehen? Zumindest dürfen Sie wohl schon trinken!«

Zoe lachte pflichtschuldig. »Wissen Sie, es ist herausfordernd, denn einige Erfahrungen habe ich einfach nicht, und mir fehlen Fähigkeiten, die sich aus dieser Erfahrung ergeben. Deshalb ist es so wichtig, ein gutes Team aufzubauen. Allerdings glaube ich, dass Manna, genau aus diesem Grund, weil wir so jung sind, überhaupt erst ins Leben gerufen werden konnte. Wenn man jung ist, fehlt einem das Bewusstsein dafür, wie dumm Vorhaben sein können, und man macht es einfach.« Sie grinste.

Amy sagte: »Wir lieben Frauen in der MINT-Branche, Wissenschaftlerinnen. Gibt es etwas, das Sie den kleinen Mädchen da draußen sagen möchten, die von Ihrer Arbeit so begeistert sind?«

Die Antwort war so einstudiert, dass ihre Gedanken abschweiften: *Bin ich eine Frau im MINT-Bereich? Ich führe Vorstellungsgespräche, ich lese Verträge. Ich stelle Menschen ein. Ich spende Zuspruch. Ich rede mit reichen Männern. Wann habe ich das letzte Mal etwas im Labor gemacht? Wann haben Jack und ich das letzte Mal gemeinsam an einem Problem gearbeitet?*

»Welchen Herausforderungen begegnen Sie in einem so männerdominierten Bereich? Der Frauenanteil liegt bei den Biotech-Gründungen bei unter zwanzig Prozent, und nur acht Prozent der Risikokapitalgeber sind Frauen.«

Zoe dachte an die Venture-Capital-Typen (alles Typen, Westküste, Ostküste, völlig egal). Dieser spezielle Ausdruck in ihren Gesichtern, der sagte: Wir sind sehr höflich und respektvoll Wissenschaftlerinnen gegenüber, oder?! Sie liebten Jacks *Vision*, seine *ehrgeizige Vision*, sagten, seine *Vision* sei *bedeutend*. Sagten, er sei ein *geborener Gründer*. Das sagten sie auch über Zoe, aber bei ihr meinten sie etwas anderes – Zoes Talent lag in diesem Bereich, dem Frühstücksjournal.

Plötzlich sah Zoe vor sich, wie sie vor dem Seiteneingang des Science Center auf den Stufen sitzt und Vorlesungsfolien durchgeht, die Knie hochgezogen, die Arme um die Beine geschlungen. Ein blutjunger Typ kommt auf sie zu. »Studierst du hier?«, fragt er unsicher, und sie bejaht, freundlich, höflich, und er sagt: »Wow, das ist ja cool, wie hast du das geschafft?«, und sie zuckt nur mit den Schultern, und er sagt: »Das ist mein Traum.« Er spricht langsam, als wäre er leicht behindert, und sie hat Mitleid mit ihm (damals wie heute), und sagt lächelnd: »Das ist ein toller Traum«, dann plaudert er noch eine Weile, und sie versucht weiter, nett zu sein. Sie trägt enge Jeans und ein knappes T-Shirt. Vielleicht lugt ein Stück blasser Haut an ihrem Bauch hervor, wenn sie sich streckt. Schließlich steht sie auf, schaut auf ihr Handy und sagt: »Ich muss zum Unterricht«, und er sagt: »Ah, okay, vielleicht sehen wir uns«, und sie sagt großzügig: »Klar.« Dann fragt er: »Kann ich eine Umarmung bekommen?« Und er sieht aus wie ein Kind, und sie kommt sich erwachsen vor und ist dazu erzogen worden, freundlich zu sein, also sagt sie: »Natürlich«, und er stürzt unvermittelt auf sie zu, packt sie, schlingt die Arme um sie und fährt mit der einen Hand die Rückseite ihres Beins hinauf, mit der anderen ihren Rücken hinunter, streichelt ihren Hintern, packt ihn. Erschrocken weicht sie zurück, Galle steigt ihre Kehle hoch, sie dreht sich um und eilt die Treppe hinauf, umklammert ihre Mappe, reißt die Tür auf und tritt in den klimatisierten Raum, ohne sich umzusehen, dankbar, dass ein Pulk von Studierenden einen der Hörsäle verlässt, in dem sie verschwinden kann. Was sie am meisten beschäftigt, (damals wie heute) ist, ob es jemand gesehen hat. Sie hofft verzweifelt, dass dem nicht so ist.

Zoe hustete, griff nach dem Wasserglas auf dem Tisch, dachte: *Wo zum Teufel kommt das denn her?*

»Ich hoffe einfach, dass meine Arbeit andere Gründerinnen inspiriert und dazu beiträgt, dass Frauen leichter Zugang zu diesem Bereich haben. Denn Frauen sind klug und haben großartige Ideen, und wenn wir sie mehr dabei unterstützen, diese Ideen in die Welt zu tragen, werden sie die Welt verändern.«

Damit war das Gespräch beendet.

Die endgültige Entscheidung, nicht zu publizieren, war bereits im Januar nach einem Treffen mit Viraj und den Patentanwälten gefallen. Zoe war überfordert gewesen; das Gespräch war nervtötend, verwirrend und total anstrengend zugleich. Sie würden noch kein Patent anmelden, denn man patentiert keine Theorie, sondern ein Medikament. Aber alle redeten so, als gäbe es bereits ein Medikament, sogar Derivate.

Zoe und Jack saßen allein im Konferenzraum und warteten auf Viraj, der telefonieren musste und eine Hand in der Hosentasche, die andere am Handy, im Flur auf und ab ging.

»Wie vertragen sich all die Geheimhaltungsvereinbarungen mit dem Paper?«, fragte Zoe.

»Welchem Paper?«, fragte Jack.

»Dem Paper … mit dem Mechanismus?«

Jack sah sie ungläubig an. »Das werden wir auf keinen Fall jetzt veröffentlichen.«

Zoe sah ihn ebenfalls ungläubig an. »Warum nicht?«

»Weil dann sofort zwanzig Labors demselben Medikament hinterherjagen wie wir. Und es könnte sein, dass wir es nicht zuerst haben.« Er hielt inne. »So wie bei Russo«, fügte er hinzu, obwohl das überflüssig war. Die Geschichte war im letzten Jahr überall zu lesen gewesen. Marie Russo hatte jahrelang an einem neuen Impftypus gearbeitet, dann hatte ein anderer Wissenschaftler den letzten Antragsschritt vor ihr getan und ein Patent angemeldet. Russo beantragte ein Interferenzverfahren, aber es wurde gemunkelt, dass sie verlieren würde. Zu allem Überfluss war sie dann auch noch von ihren männlichen Mitbegründern aus ihrem eigenen Start-up gedrängt worden und musste kleinlaut an die Uni zurückkehren.

Zoe und Jack hatten im zweiten Studienjahr ihren Vortrag in der Memorial Hall gehört. Zoe hatte sich nicht für populärwissenschaftliche Präsentationen interessiert – witzig, oder? – und währenddessen ihren Tagträumen nachgehangen, aber Jack war begeistert gewesen. Anschließend war er direkt auf die Bühne zugesteuert. Zoe hatte in der Mitte der leeren Reihe gestanden und zugesehen, wie Jack ernsthaft auf Russo einredete und dabei sehr verletzlich und irgendwie bemitleidenswert aussah. Zoe befürchtete, Russo würde etwas Abwertendes sagen, nur damit er aufhörte zu reden – zugleich wünschte sie es sich, damit sein idealisiertes Bild von ihr Risse bekam. Stattdessen nickte sie ernst. Sie gaben ein seltsames Bild ab – Jack in abgetragener Jeans und T-Shirt, unter dem man jeden Knochen seines mageren Körpers erkennen konnte; Russo ebenfalls schlank, aber in einem tadellos geschnittenen Anzug – und während Zoe sie beobachtete, wurde ihr klar, dass sie eifersüchtig war. Warum? Sie war nicht eifersüchtig auf jemanden wie Li. Oder vielleicht doch? Aber das hier war anders – es ging tiefer. Sie mäkelte an Russos Aussehen herum, an ihrer Art zu sprechen. Ersann Gründe, warum sie nicht dort sein sollte.

Die Gruppe von Studierenden hinter Jack wurde langsam

unruhig. Russo bemerkte es, unterbrach Jack und bedeutete ihnen, vorzutreten, zog dann aber eine Visitenkarte aus ihrer Gesäßtasche und reichte sie ihm. Mit strahlender Miene kehrte er zu Zoe zurück.

»Sie meint, dass wir die richtigen Fragen stellen«, sagte er.

»Ich weiß, dass wir das tun«, hatte Zoe geantwortet.

Unangenehm, diese Erinnerung. Warum war sie so missgünstig gewesen, wenn auch nur in Gedanken? Sie gab sich die Antwort selbst: *Weil es nur eine begrenzte Anzahl an Plätzen gibt. Und du einen für dich haben wolltest.*

Und den würde sie jetzt bekommen. Zoe schwor sich, erfolgreich zu sein, wo Russo versagt hatte. »Du hast recht«, sagte sie zu Jack.

»Kein Paper.«

Am Abend nach dem großen Interview mit Amy trafen sich Zoe und Carter in Manhattan mit einer großen Gruppe seiner Freunde zum Abendessen. Vor gesellschaftlichen Ereignissen trank er sich immer etwas Mut an, *um lockerer zu sein*, und so war er zwar leicht unsicher auf den Beinen, aber er amüsierte sich, während Zoe angespannt unter Strom stand. Er stellte sie als *meine Harvard-Abbrecherin* vor, und Zoe spürte, wie die Leute sie anstarrten, ihre Eifersucht, was sie normalerweise genoss. Es gefiel ihr, wie sie zusammen wirkten. Aber heute Abend war ihr das unangenehm, zuwider.

Sie litt bereits unter herannahenden Kopfschmerzen, als eine junge Frau sie ansprach. »Aber du musst uns unbedingt mehr über diesen Jack erzählen – er ist so geheimnisvoll! Eine Freundin von mir hat mal mit ihm geschlafen« – sie kicherte –, »und sie hat erzählt, er lebt in diesem Drecksloch in … wie heißt die Stadt neben Cambridge?«

»Boston?«, scherzte Carter. Die Frau schlug ihm auf den Arm.

»Nein, komm schon.«

»Somerville«, warf Zoe ein, obwohl Jacks Wohnung eigentlich zwei Städte weiter lag, in Medford.

»Ach so?«, entgegnete die Frau. »Und sie hat gesagt, er lebt in einer WG. Ich meine, sorry, aber ihr habt doch genug Geld.«

»Bei Jack ist Hopfen und Malz verloren.« Carter lachte.

»Ist es schwer, mit ihm zusammenzuarbeiten? Ich habe gehört, er soll ganz schön kompliziert sein.«

»Na ja, weißt du«, sagte Carter mit einem lässigen Lächeln und zog eine Schulter hoch. Zoe saß steif neben ihm.

»Gott, ich meine, stell dir vor, du hast so eine Idee und wohnst in irgendeinem Loch in Somerville!« Zoe verspürte kein Bedürfnis, sie zu korrigieren. Je weniger sie über Jack wusste, desto besser.

»Es war nicht seine Idee«, sagte Carter, »sondern Zoes. Jack leitet nur das Labor.«

Zoes Kopfschmerzen verschlimmerten sich und krochen von ihrem Nacken bis über ihr linkes Auge. »Es war *unsere* Idee«, sagte sie. Warum war sie so sauer? Sie *wollte* Anerkennung – es nervte sie, wenn die Leute annahmen, alles Wissenschaftliche stamme von Jack. »Ich glaube, ich gehe jetzt, ich muss noch was arbeiten, bevor ich ins Bett gehe.«

»Oh!«, sagte Carter und drehte sich mit forschendem Blick zu ihr um. »Ich komme mit.«

»Nein, nein. Du bleibst, hab Spaß.« Er folgte ihr trotzdem nach draußen und fragte, was los sei, und sie sagte: »Nichts, nichts, ich fühle mich nur nicht so gut«, und das stimmte, besonders jetzt auf der feuchten Chelsea Street, die nach Müll und Pisse und etwas Metallischem roch, und er küsste sie auf die Schläfe und sagte: »Du hast nichts gegessen. Zu Hause koch ich dir was«, und dann legte er seinen Arm schwer über ihre Schulter und führte sie zurück zur Wohnung seiner Tante. Unterwegs spürte Zoe ein Kribbeln in den Beinen und musste die ganze Zeit einen Fluchtimpuls unterdrücken. Wohin? Weg. Einfach weg.

Als ihr Vater am nächsten Tag anrief, sagte sie leise »Fuck«, bevor sie das Gespräch annahm.

»Hallo.«

»Zoe«, sagte er.

Sie atmete tief ein, schloss die Augen, hielt die Luft an, atmete aus.

»Wann werdet ihr publizieren?«

»Wir wollen warten, bis sich ein Ergebnis für ein wirksames Medikament abzeichnet.«

»Hmm.«

Ihre Mutter war begeistert von Manna, von Zoe als Frontfrau, davon, dass ihre beiden Kinder zusammenarbeiteten. Sie erzählte all ihren Freundinnen von Zoes TV-Auftritten und erwähnte gern die Namen von Personen, die Zoe interviewt hatten. Ihr Vater ließ sich nicht so leicht von einer guten Show beeindrucken, oder von Geld.

»Ich …«, sagte sie, und dann: »Ich weiß. Aber die Investoren raten uns davon ab.«

»Du musst begreifen, dass du diesen Investoren egal bist. Die wollen nur Gewinn machen.«

Sie saugte ihre Wange zwischen die Backenzähne und biss langsam darauf.

»Die ganze Start-up-Sache ist nicht schlüssig. So baut man sich keinen Ruf in der Gemeinschaft auf.« Sie biss fester zu. »Du und Alex könntet zusammen veröffentlichen.« Zoe schmeckte Blut in ihrem Mund.

Sie wollte sagen: *Du meinst, du baust dir nicht den richtigen Ruf in* meiner *Community auf.* Und: *Eigentlich hast du dich nicht dafür interessiert, was ich mache, bis dein* Junge *sich beteiligt hat.* Aber das tat sie nicht, weil sie von Natur aus respektvoll war und weil sie sich nicht sicher war, ob die ganze Wut wirklich etwas mit ihm zu tun hatte, und auch, weil sie Angst hatte, dass er recht haben könnte.

Am Montag war Mitarbeitermeeting. Zunächst mit der gesamten Belegschaft – dazu gehörten Carter, Rafael, der in einem Team für klinische Studien gearbeitet hatte, James, der sich mit Finanzen auskannte, Mitchell, ein Softwareingenieur, der sich mit Datenanalyse befasste, sowie Phoebe für die PR, die sie in Vollzeit eingestellt hatten, sobald sie es sich leisten konnten; außerdem Alex sowie zwölf weitere Angestellte, meist Laborratten. Anschließend besprach sich noch die *Führungsebene* im kleinen Kreis: Carter, Phoebe, Zoe, Jack und Alex, der von der Westküste zugeschaltet wurde. Jack und sie brauchten kein formelles Meeting: Ihr Leben war ein ständiges Gespräch über Manna.

»Wie stehen wir dazu, etwas zu publizieren?«, fragte Zoe.

»Warum?«, fragte Jack zurück.

»Um die Kritik im Keim zu ersticken.« Sie zuckte mit den Schultern. »Wir veröffentlichen, zeigen ihnen, was wir haben, und alle halten den Mund. Müssen wir uns jetzt wirklich noch Sorgen machen, dass uns jemand zuvorkommt?«

Im Zimmer war es still.

»Ich sehe keinen Grund, vor dummen Leuten einzuknicken. Und ich finde immer noch, dass das Risiko zu groß ist.«

Zoe sah Carter an. »Carter?«

»Ich bin kein Wissenschaftler – ich weiß es nicht.« Er senkte den Blick.

Sie verdrehte die Augen. »Alex?« Sie hätte ihm gern erzählt, was ihr Vater gesagt hatte, allerdings nicht vor den anderen.

Alex, ein körniges Bild auf dem Bildschirm ihres Laptops, biss auf seine Lippe, so wie sie es auch gern tat.

»Was würde die Westküste dazu sagen?«, fragte Jack, und Zoe drehte sich um und sagte: »Halt die Klappe, Jack, lass ihn entscheiden.«

Alex wiegte den Kopf.

»Ehrlich gesagt – es ist einfach so innovativ, Zoe«, antwortete er. »Und schließlich machen die Investoren keinen Druck, dass wir etwas veröffentlichen sollen.« Er räusperte sich. »Mir scheint, das Risiko steht in keinem Verhältnis zum Benefit.«

»Du siehst keinen Benefit, weil du dich dafür nicht im Fernsehen anmachen lassen musst«, behauptete Zoe.

Alex nickte. »Ja. Das stimmt.«

»Gut«, sagte Zoe, stand auf und ging.

24

Sie schlossen die Kapitalerhöhung ab, und alle vier, Zoe, Jack, Carter und Alex, flogen nach Kalifornien, um sich mit den Westküstlern zu treffen – allein aus dem Grund, weil sie es konnten. Sie konnten Businessclass fliegen, auf dem Flug Champagner trinken und sich Suiten in einem schicken Hotel leisten. Die Firmen verwöhnten sie nach Strich und Faden, und zwar nur, weil alle einen Haufen Geld verdienten. Zoe vergaß ihr Genörgel wegen der Veröffentlichung und dachte: *Genau das will ich.* So soll es für immer bleiben. Später würde sie kopfschüttelnd auf diesen Trip zurückblicken und lächeln. Sie war jung, heiß, von drei Männern umgeben, die sie vergötterten, ihren drei besten Freunden, und dabei, die Welt zu erobern. Kein Wunder.

Am Tag vor ihrer geplanten Rückreise hing Zoe bei Alex im Hotelzimmer ab. Er hatte ihr gerade erzählt, dass er seinen Doktortitel auf Eis legen wollte, um bei Manna in Vollzeit zu arbeiten – sie war begeistert und zugleich auch nicht, selbst wenn es ihre Idee gewesen war; Familie und Geschäft zu vermischen, war eine heikle Angelegenheit –, jetzt redeten sie über Belangloses. Über einen Klassenkameraden aus der Highschool, der gerade Vater geworden war.

»Mein Gott, kannst du dir das vorstellen? Weißt du noch, wie er vor Mum stand und Furzgeräusche gemacht hat?«

Zoe lachte laut auf und erinnerte sich an das empörte Gesicht ihrer Mutter. »O Mann.« Sie rieb sich die Stirn. »Und jetzt zieht er ein Kind groß.«

»Tja, du ziehst eine Firma groß«, sagte Alex.

Wieder lachte Zoe. »Ja. Jack und ich. Tolle Eltern.«

Alex' Telefon summte. Er ging ran. »Ein paar Leute aus Stanford und Berkeley treffen sich heute Abend.« Wieder summte es in seiner Hand, und er lachte. »Sie laden mich ein, aber nur, weil sie glauben, du würdest dann mitkommen.«

Zoe verdrehte die Augen. »Stimmt nicht.«

Alex zeigte ihr das Display. Tatsächlich, da stand: *Glaubst du, Zoe würde mitkommen?*

Zoe wollte cool bleiben, dennoch schlich sich ein Lächeln in ihr Gesicht.

»Carter will bestimmt hingehen«, sagte sie.

Am Ende gingen Carter und Alex zusammen hin, und sie blieb mit Jack im Hotel. Erstens, weil es sich noch besser anfühlte, die Einladung auszuschlagen, zweitens, weil sie einen Jetlag hatte, und drittens, weil Jack und sie schon lange keinen Abend mehr zum Abhängen und Entspannen gehabt hatten. Außerdem verstanden sich Carter und Alex bestens und gingen gern auf Partys. Es würde ihnen Spaß machen, eine Nacht lang die Silicon-Valley-Szene aufzumischen.

In der Zwischenzeit lagen Zoe und Jack auf seinem Bett und schauten *Mulholland Drive*. Zoe gab ihm drei Sterne. »Zu düster.«

»Drei Sterne«, stimmte Jack zu. »Nicht düster genug.«

25

Ende August fing Merck an herumzuschnüffeln, und sie diskutierten die Vorteile einer möglichen Übernahme. Jack fand, es sei viel zu früh, ebenso Jimmy. Die Venture-Capital-Leute von der Westküste hielten es für etwas verfrüht. Sie wollten unbedingt M, das Medikament, mit einem Vermarktungspartner unter die Patienten bringen, aber erst nach dem nächsten Meilenstein, der nächsten Wertsteigerung. Brenna verstand nicht, warum sie jemals verkaufen sollten. Die Superreichen würden sich einfach Zoes Meinung anschließen, aber da Zoe sich nicht sicher war, waren sie es auch nicht.

Während Zoe langsam die fünf Stockwerke zu Carters Wohnung hinaufstieg, vorbei an den Fahrrädern und Rollern der Studierenden, die auf jeder Etage am schmiedeeisernen Geländer lehnten, dachte sie, dass sie mit Jack übereinstimmte – es war zu früh, aber nicht aus finanziellen Gründen. Sondern weil sie das Gefühl hatte, dass sie noch nicht so weit waren. M befand sich in einem sehr frühen Stadium. Die Leute zweifelten noch an ihr – an ihnen. Wie sollte Merck darauf aufbauen?

Sie schloss Carters Tür auf, ging hinein und ließ seufzend ihre Tasche fallen. Setzte sich auf sein weiches Ledersofa und zog die Beine an. Carter kam mit zwei Bechern aus der Küche und reichte ihr einen. Ihren Lieblingstee. Sie lächelte ihn an, und er setzte sich neben sie.

Sein Gesicht war ernst, aber er sah oft ernst aus. Er könnte ihr irgendeinen Quatsch erzählen: Der Lebensmittelladen habe ihre Lieblings-Veggie-Milch aus dem Sortiment genommen, der Vermieter habe gesagt, dass er nun doch keinen Hund halten dürfe, er habe bemerkt, dass sie in Interviews einen Tick entwickelt habe und darauf achten müsse. Sie lächelte ihn an. Er war so attraktiv. Er sah immer so aus, als würde er leicht glühen. Sie streckte die Hand aus, um einen Fussel von seinem Hemd zu zupfen.

»Zoe, ich muss dir was sagen.« Seine Stimme klang seltsam. Sie sah ihm in die Augen und zog etwas zu schnell die Hand zurück.

»Ich verlasse Manna.«

In der Stille nahm Zoe ein Rauschen in ihren Ohren wahr. »Was?« Sie stellte den Becher auf dem gläsernen Couchtisch ab.

»Ich verlasse Manna.« Seine Miene war ausdruckslos, seine Stimme ruhig, aber er schluckte so heftig, dass sich sein Adamsapfel bewegte.

Sie lehnte sich zurück. Ihre Füße waren taub. »Ich versteh nicht.«

»Zoe, ihr macht das toll. Ihr braucht mich nicht mehr.«

»Was soll das heißen, wir brauchen dich nicht mehr?« Ihre Stimme wurde schrill, Zoe holte tief Luft und riss sich zusammen. »Ich brauche dich«, fügte sie leise hinzu.

Er öffnete die Arme, und sie lehnte sich an seine Brust.

»Es ist okay«, sagte er und strich ihr mit der Hand über die Schulter, »du bist okay.«

Ihr schwirrte der Kopf. Sie wollte ihn fragen, warum, aber sie waren nicht bei der Arbeit. Seit sie zusammen waren, hatten sie sich an die Regel gehalten: Zu Hause wird nicht über die Arbeit gesprochen.

Die Panik kroch ihre Beine hinauf in ihren Unterleib. Wollte er mit ihr Schluss machen? Sie wollte, dass er sagte: *Ich mache mit Manna Schluss, nicht mit dir*. Doch darauf würde sie mit vor Wut funkelnden, tränennassen Augen erwidern: »Ich bin Manna«, und was sollte das bringen?

»Ich …« Er holte tief Luft, und ihr Kopf hob und senkte sich an seiner Brust. Er zögerte. Sie konnte sich nicht überwinden, ihm in die Augen zu sehen. »Ich finde einfach, es ist das Beste.«

Er machte mit ihr Schluss. Über seine Schulter konnte sie in seine Küche sehen. Das Licht war auf die niedrigste Stufe gestellt.

Sie konnte seinen Herzschlag spüren. Sie dachte: *Ich habe mich zurückgezogen, oder? Seit wann? Seit wir früher von diesem Abendessen weggegangen sind? Oder schon davor – seit ich ihn meinen Eltern vorgestellt habe? Warum? Er ist absolut perfekt. Alex liebt ihn. Meine Mutter liebt ihn. Ich liebe ihn. Ich liebe ihn. Oder?*

Auf der Kücheninsel stand eine elegante, ausgestellte Kristallvase mit einer weißen Lilie. Sie hatte ihm die Vase zum Geburtstag geschenkt. Er war Löwe. 24. Juli. Sie war teuer, Baccarat. Sie hatte ihm gefallen.

Anschließend fühlte sie sich seltsam taub.

Die Situation kam ihr irgendwie wie ein Theaterstück vor. Als hätte ihnen jemand gesagt, wie sie sprechen, sich bewegen, atmen sollten.

Sie erwartete, traurig zu sein. Stattdessen empfand sie Panik. Weil sie nicht wusste, wie sie es ohne ihn schaffen sollte, wie Manna es ohne ihn schaffen sollte.

Aber Panik ist etwas anderes als Trauer. Panik ist ein praktisches Gefühl, das sich beseitigen lässt, indem man Schwierigkeiten aus dem Weg räumt. Als Jack in ihr Büro kam, hatte sie deshalb bereits eine Liste von Dingen erstellt, die sie erledigen mussten (der erste Punkt auf der Liste: zwei neue Angestellte einstellen, die Carters Arbeit übernehmen sollten), und das war's.

Er schlug die Tür zu, doch die hydraulische Tür ließ sich nicht zuschlagen. Sie bremste ab und schloss sich dann in ihrem eigenen Tempo mit einem satten Schmatzen.

Zoe sah auf. »Was ist?«

Jack sagte nichts, Zoe blickte wieder auf ihren Schreibtisch, auf ihre Notizen. »Ich hatte gerade ein Vorstellungsgespräch mit der Kandidatin für die freie Stelle im Labor – Mira? MIT, Biochemie, Erfahrung in der Medikamentenentwicklung. Sie scheint toll zu sein. Willst du mit ihr sprechen, oder darf ich sie einstellen? Vielleicht erwische ich sie noch, bevor sie das Gebäude verlässt …«

»Wusstest du das von Carter?«, fragte Jack.

Zoe atmete ein, straffte die Schultern und sah zu ihm hoch. »Er hat es mir vor ein paar Tagen erzählt.« Sie hustete. »Wir kommen schon klar. Wir brauchen ihn nicht.«

»Wieso hast du es mir nicht erzählt?«

»Er wollte es dir sagen.«

»Jetzt hat er es mir gesagt. Fuck.«

»Ich war auch sauer.«

»Ja, hast nicht mehr deinen kleinen Freund, der für dich springt. Dir einen Matcha Latte bringt oder was auch immer du da trinkst.« Auf ihrem Schreibtisch stand ein Matcha Latte. Schuldig.

»Den hat mir ein Praktikant besorgt.«

Jack setzte sich energisch auf einen der Stühle vor ihrem Schreibtisch, durchsichtige Plastikschalen, sehr futuristisch. Unumgänglich für ein Biotech-Unternehmen, das ein Mittel gegen das Alter finden wollte. Er drehte sich zur Seite, und es war, als würde seine Wut nicht mehr zwischen ihnen stehen, sie entspannte sich.

»Weißt du, was er jetzt vorhat?«

»Er hat gesagt, er sucht nach einem Job.«

»Regenera.«

»Oh«, sagte Zoe. Regenera war ein wesentlich größeres, wesentlich älteres Biotech-Unternehmen, spezialisiert auf die Entwicklung von Medikamenten und die Sequenzierung von Genomen. Jack hatte recht. Das sah nicht gut aus.

»Er bringt unseren Scheiß zu Regenera.«

Zoe schluckte. »Das hat er mir nicht erzählt.«

»Tja, mir schon. Konnte nicht widerstehen – musste mir erzählen, was er verdient.«

So wie sie Jack kannte, hatte er vermutlich ungefähr Folgendes gesagt: »Wie kannst du es wagen, das tollste Biotech-Unternehmen der Welt zu verlassen? Ohne uns bist du ein Nichts.« Sie klopfte mit ihrem Stift auf den Schreibtisch. Schluckte erneut. Ihr Mund war ziemlich trocken. Und ihr war übel. Der Geruch des Matcha machte es noch schlimmer. Sie schob ihn weg.

»Ich werde mit ihm reden.«

»Worüber?«

»Was er zu Regenera mitnimmt.«

»Er wird verdammt noch mal nichts zu Regenera mitnehmen. Ich habe bereits sein Firmenhandy und seine Laptops eingezogen, und er wird von unseren Anwälten hören.«

»Bisher hat er nicht gegen den Vertrag verstoßen, Jack.«

»Und das wird er auch nicht, denn er wird von unseren Anwälten hören.«

Sie tippte weiter mit dem Stift auf den Tisch. Sie war wütend. Und verletzt. Und sie hatte Angst, dass Regenera ihnen im Nacken sitzen würde. Dass Regenera ihre Ideen klauen würde. Bei dem Gedanken stieg Übelkeit in ihr auf. Sie schloss die Augen, atmete tief ein und konzentrierte sich darauf, ihr Gesicht zu entspannen. Sie hatte kein Recht, ihre Gefühle so offen zu zeigen wie Jack. Das hier war ihre Schuld. Sie musste das in Ordnung bringen.

»Ich werde mit ihm reden«, sagte sie erneut.

Jack sah sie einen Moment lang an, dann stand er auf und verließ ihr Büro.

Sie musste Carter persönlich aufsuchen, weil Jack natürlich sein Firmenhandy kassiert hatte und es sich nicht richtig anfühlte, ihm eine Nachricht auf sein Privathandy zu schicken. Er räumte gerade seinen Schreibtisch.

»Kann ich dich in meinem Büro sprechen?«

Womöglich war es die direkteste Anweisung, die sie ihm jemals erteilt hatte.

Er folgte ihr.

Er setzte sich auf den Stuhl vor ihrem Schreibtisch. Aufrecht, die Füße schulterbreit auseinander, die Hände verschränkt. Gerade noch hatte Jack auf demselben Stuhl gehangen, ein Bein angewinkelt, das andere ausgestreckt, die Arme locker über den Lehnen ausgebreitet.

»Das mit Jack tut mir leid«, sagte er, »ich hoffe, er hat es nicht an dir ausgelassen.«

Zoe merkte erst, wie wütend sie war, als er vor ihr saß und so tat, als hätte er ihr nicht ins Gesicht gelogen. Und seine Bemerkung machte es nur noch schlimmer. Was hatte er damit zu schaffen, wie sie und Jack miteinander umgingen? »Natürlich nicht.«

Carter nickte langsam. »Worüber wolltest du mit mir sprechen?«

»Hat Regenera dich angestellt, damit du ihnen unser Patent gibst?«

Er sah ihr in die Augen.

»Nein. Sie haben mich wie jede andere Führungskraft rekrutiert, haben mir eine enorme Einstellungsprämie geboten, und ich hatte das Gefühl, das kann ich nicht ablehnen.«

»Wir hätten dir das Gleiche bieten können, und das weißt du.«

»Ich würde von meiner Freundin niemals eine Gehaltserhöhung verlangen.«

»Jack hätte dir das Gleiche bieten können.«

»Ich würde ihn bestimmt nicht fragen.«

»Du verdienst einen Haufen Geld. Hast du in letzter Zeit mal deine Anteile zusammengerechnet?«

»Ich will keine Aktien. Ich will Bargeld.«

Zoe schüttelte den Kopf. »Die Aktien sind unendlich viel mehr wert. In zwei Jahren werden die Aktien doppelt und dreifach so viel wert sein wie jetzt.«

Carter schwieg.

»Glaubst du das nicht?« Seit wann dachte er so? Da sie zu Hause nicht mehr über die Arbeit sprachen, erfuhr sie nicht mehr seine ehrliche Meinung. Aber wie konnte es sein, dass er so optimistisch gewesen war, als sie absolut nichts hatten, und jetzt, wo sie so viel hatten, den Glauben verloren hatte?

Er antwortete nicht.

Zoe klopfte das Herz bis zum Hals. »Warum machst du dir Sorgen um dein Aktienpaket?«, stieß sie hervor.

Seine Worte waren gemessen, sein Ton ruhig. »Ich würde mich einfach wohler fühlen, wenn ich Bargeld auf der Bank hätte.«

Sie starrte ihn an. Er starrte zurück. Hinter ihm, durch die Glaswand des Büros, sah sie eine Laborratte im weißen Kittel vorsichtig ein Tablett mit Reagenzgläsern durch den Flur tragen. Ihr Blick folgte dem Mann und sprang dann zu Carter zurück.

»Gut«, sagte sie.

Er verließ das Büro. Sie ging etwa eine halbe Stunde später. Normalerweise nahm er sie im Wagen mit, aber die Vorstellung, in seinem Mercedes zu sitzen, schien ihr unerträglich. Außerdem wollte sie nicht, dass man sie zusammen sah. Das wäre schlecht für die Moral. Sie nahm die U-Bahn.

Sie wartete an der Ecke Main Street, Vassar und Galileo. Die Ampel sprang auf Grün. Die Hände in den Hosentaschen, lief Zoe an der Haltestelle Kendall/MIT vorbei. Sie ging über den Campus und im Bogen nach Westen. Sie brauchte etwas Luft.

Es war seltsam, durch das MIT zu gehen. Kendall war eine andere Welt geworden, die sich von den vertrauten Wegen ihrer Kindheit unterschied.

Sie kam zur Bibliothek, Killian Court. Als Kind war sie an einem Sommernachmittag dort oft mit ihrer Mutter hingegangen, um ihrem Vater das Mittagessen zu bringen. Nur sie beide, Alex war immer woanders, in Ferienlagern oder beim Sommersport.

Das Büro von Professor Kyriakidis lag in 182 Memorial Drive, was nicht viel aussagt, denn hinter einem schmalen Gebäude, das tatsächlich an den Memorial Drive grenzt, befinden sich zahlreiche weitere Gebäude. Es war hilfreicher zu sagen, Professor Kyriakidis' Büro befand sich in Gebäude 6, auch Eastman Labs genannt, weil es an den Eastman Court grenzt.

Aber sie waren nicht zum Eastman Court gegangen, um ihren

Vater zum Mittagessen zu treffen, sondern zum Killian Court, weil er, wie ihre Mutter sagte, viel schöner ist. Und wer würde ihr da widersprechen – Killian Court wird von Great Dome beherrscht, der neoklassizistischen Bibliothek mit Blick auf den Charles und dem Schriftzug *Massachusetts Institute of Technology*, den man auf jeder MIT-Broschüre findet. Zoes Vater nannte es *die Bibliothek*, und noch Jahre später stellte sich Zoe, wenn jemand von einer Bibliothek sprach, ein riesiges Sandsteingebäude mit Kuppel und Säulen vor. Später fand sie heraus, dass die meisten Bibliotheken viel bescheidener sind. Und dass die MIT-Studierenden Great Dome *das Zentrum des Universums* nennen.

Ihr Vater kam aus Gebäude 4, sprang wie immer die Treppe hinunter, zwei Stufen auf einmal, grinste Zoe an, ging in die Hocke, fragte sie, wie ihr Morgen gewesen war, und Zoe erzählte es ihm. Und dann fragte er sie nach Einzelheiten. »Was hast du beim Ausmalen des Bildes gelernt?«, oder »Was war das Interessanteste, was du beim Radfahren gesehen hast?« Sie dachte über diese Fragen nach, als wären ihre Antworten von besonderer Bedeutung, und er beobachtete sie und nickte ernst, als würde er das auch denken. Das war das Besondere an ihrem Vater: Wenn er einem seine Aufmerksamkeit schenkte, dann hatte man sie ganz für sich. Nur war seine Aufmerksamkeit oft auf etwas anderes gerichtet, und zwar immer öfter, je älter sie wurde.

Und dann setzten er, ihre Mutter und sie sich an einen sonnigen Platz, auf die Stufen eines der Gebäude oder auf eine der Skulpturen im Hof, und packten das aufwendige Picknick aus, das ihre Mutter eingepackt hatte: zuerst Behälter mit geschnittenem Gemüse und mit Dressing, dann Krautsalat oder Kartoffeln oder eine andere Beilage zum Mittagessen, das je nach Tag und Jahreszeit variierte, gefolgt von einem Dessert. Zoes Lieblingsessen waren Tomatensandwiches und Pfirsichkuchen, obwohl der Kuchen beim Picknick nicht ganz so gut schmeckte, weil es kein Eis dazu gab.

Nachdem sie gegessen hatten, grinste ihr Vater und sagte: »Köstlich!«, und ihre Mutter lächelte ihn an, und er sagte: »Zoe, wie hat es dir geschmeckt?«, und Zoe sagte immer: »Ich fand es sehr gut«, denn das war es, auch wenn es keine Tomatensandwiches gab, und ihr Vater sagte: »Vierjährige lügen nicht«, und küsste sie auf die Stirn. Und dann küsste er ihre Mutter auf den Mund. »Danke, mein Schatz«, sagte er, und sie lehnte sich an ihn und sagte: »Gern geschehen«, dann stiegen sie ins Auto und fuhren nach Hause, wo ihre Mutter sich ums Abendessen kümmerte.

Schließlich ging Zoe zur Red Line zurück. Das Schaukeln in der Bahn brachte ihren ohnehin schon aufgewühlten Magen noch mehr durcheinander. Sie fragte sich, ob sie sich übergeben musste. Als sie am Harvard Square wieder über der Erde war, atmete sie tief ein und die abgestandene Luft aus.

Als sie an Carters Tür klopfte, war sie unter ihrer Jacke völlig durchgeschwitzt.

Wortlos ließ er sie herein. Er hatte ihr bereits ein Glas Wasser geholt und es auf den Couchtisch gestellt. Neben der Tür standen zwei Paar Schuhe von ihr.

Sie setzte sich. Er ebenso.

Ihr Herz klopfte wie wild.

»Was ist los?«

Carter schloss die Augen. »Ich finde, es ist einfach an der Zeit, dass sich unsere Wege trennen.«

»Warum?«

»Weißt du, du und Jack – das ist euer Ding. Es ist nicht meins. Es ist deine Sache.«

»Was ist mit Alex?«

»Mit *Alex*? Er ist dein Bruder.«

Zoe schüttelte den Kopf. »Ich meinte – was zum Teufel sollte das bedeuten, mit deinen Aktien?«

»Ich weiß nicht … Ich finde nur … Ich finde, dass Jacks Prognosen unrealistisch sind.« Er sprach schnell.

Zoes Wut schäumte über. »Du hältst unsere Prognosen für unrealistisch? Unsere und die jedes anderen Biotech-Start-ups? Was glaubst du, warum Merck sonst an einer Übernahme interessiert ist?«

»Du hältst alles, was Jack tut, für richtig, weil du ihn liebst.«

Zoe blinzelte, als hätte sie einen Schlag abbekommen, und dachte dann: *Du hast ihn dazu provoziert, das zu sagen, oder? Warum bist du dann überrascht? Warum tat es weh?*

»Es geht also nur um Besitzdenken. Ich hatte uns mehr zugetraut.«

»Es ist kein …«

»Du bist eifersüchtig auf unsere Beziehung. Jack und ich waren nie mehr als Kollegen.« Was gewissermaßen gelogen war, aber sie glaubte es selbst. »Und deshalb scheißt du auf meine Arbeit. Aber du nimmst sie auch mit zu Regenera? Wie passt das zusammen?«

»Du hörst mir nicht zu.«

»Ich höre dich laut und deutlich.«

Irgendwann waren sie beide aufgestanden.

Er hob die Hände. Sie wollte sie ergreifen, sie auf ihre Wangen legen, ihre Stirn an seine lehnen. Doch das tat sie nicht.

»Weißt du was, Zoe. Es ist egal. Du hast dir von mir noch nie was sagen lassen.«

Sie wollte sagen: *Verpiss dich aus meiner Wohnung*, aber es war nicht ihre Wohnung. Sie wollte ihm etwas an den Kopf werfen. *Du denkst, die ganze Biotech-Branche, nein, das ganze verdammte Land, liegt falsch und du hast recht?*

Er seufzte und schwieg.

»Du wolltest immer nur, dass ich cooler bin als du. Du hast dich wie eine Hausfrau benommen« – sie deutete auf seine Küche –, »aber ich war die Vorzeigefrau. Ich weiß also nicht, warum du meinst, mir vorwerfen zu können, dass …« Sie wusste nicht, was sie sagen wollte. Er war für sie auch ein Vorzeigemann gewesen. Ein schönes Spielzeug, das sie ihrer Mutter mit nach Hause bringen konnte. Der perfekte Partner. Klug und schön, wohlhabend und erfolgreich. War das alles, was sie füreinander waren? Ein Egotrip? Er hatte das Gesicht verzogen. Plötzlich fand sie ihn armselig. Sie dachte: *Er ist ein Poser.* Aber das sagte sie nicht. Sie stand auf und ging.

Am nächsten Tag rief er sie an, doch sie ging nicht ran. Er hinterließ eine offensichtlich einstudierte Sprachnachricht auf ihrer Mailbox: »Zoe, es tut mir leid. Dieses Gespräch war zu belastet. Ich hätte die Dinge mehr trennen sollen. Wir sollten noch mal reden. Über Manna und über uns.« Eine lange Pause, dann: »Ruf mich zurück.«

Das tat sie nicht. Während er in der Uni war, holte sie ihre Sachen aus seiner Wohnung.

26

Anfang September musste Jack zu einer Beerdigung nach Hause fahren. Sein Onkel oder der Onkel seiner Mutter oder so ähnlich – er blieb vage.

Zoe war gerade in seinem Büro, um einige aktualisierte Daten für eine Präsentation abzuholen, als er es ihr erzählte. »Es tut mir so leid«, sagte sie, und er: »Ich kannte ihn nicht besonders gut.«

Und dann, als sie sein Büro verließ, die Daten auf einem USB-Stick (aus Sicherheitsgründen teilten sie nichts über eine Cloud – Jack war besessen von Datenschutz und hatte dafür extra einen IT-Mitarbeiter eingestellt. Die IT war somit einer der wenigen Punkte, um die sich Zoe nicht kümmern musste, und darüber war sie froh), sagte sie, ohne nachzudenken: »Soll ich dich begleiten?«

Er blickte von seinem Computer auf.

»Ja«, sagte er und lächelte verzagt.

Deshalb warf sie am Freitag nach der Arbeit eine Reisetasche in seinen Wagen, sie fuhren auf der Route 1 aus der Stadt hinaus und dann auf der I-95 Richtung Norden. Jack bestimmte die Musik, genau wie früher, als sie allein in Brennas Labor gewesen waren.

»Es macht mir echt nichts aus, bei deiner Mutter zu wohnen«, wiederholte Zoe, aber er war dagegen. Zoe wollte seine Mutter kennenlernen, oder eigentlich wollte sie, dass er wollte, dass sie seine Mutter kennenlernte, mochte ihn aber nicht direkt darum bitten. Also buchte sie ein Hotel. Na ja, ein Motel – wo sie hinfuhren, gab es keine Hotels, nicht mal Billigketten.

Ihre Unterkunft, ein schäbiges Motel namens Prays Motel (ohne Apostroph), erinnerte etwas an einen Coen-Brüder-Film und machte die ganze Sache dadurch sogar noch interessanter. Es war dunkel, als sie in Waterville vom Highway abfuhren, und alles, was Zoe von Central Maine sah, waren von hohen Bäumen gesäumte Straßen und dann das Innere dieses Motels – ein einstöckiges Gebäude, geschmacklos verkitscht eingerichtet, gelbliche Beleuchtung, grüner Teppich und kleine Rüschengardinen an den Fenstern. Bis zur Hälfte getäfelte Wände, mit geblümter Bettwäsche bezogene Betten, eine Toilettenbrille aus Holz. Aber es war sauber und roch okay.

Als Zoe aus dem Bad kam, ein Handtuch ums nasse Haar gewickelt, saß Jack mit seinem Laptop am Kopfende des Bettes. Das bläuliche Licht warf einen schwarzen Schatten auf seine Nase, wodurch sie noch schiefer als sonst aussah.

»Blaulicht ist schlecht für deinen Schlaf«, sagte sie und nahm ihm den Laptop ab. Er ließ es sich widerspruchslos gefallen und beobachtete sie. Sie schaltete den Nachtmodus ein, das Licht wurde wärmer, dann fuhr sie die Helligkeit herunter. »So. Schon besser.«

»Danke«, sagte er. Sie kroch ins Bett, streifte ihre seidene Schlafmaske über und zog die Decke über sich. Das einzige Geräusch kam von Jacks Fingern, die über das Trackpad strichen. Wahrscheinlich prüfte er Material, das von Merck kam oder zu Merck ging.

Sie versuchte ihre Gedanken zu beruhigen und stellte fest, dass es im Zimmer schrecklich still war. Als hätte sie etwas in den Ohren. Als wäre der Raum mit einem riesigen, kissenartigen Würfel gefüllt, der sich in alle Richtungen ausdehnte, sie auf das Bett drückte. Als würde er in Ritzen und Spalten vordringen, in den Raum zwischen Verkleidung und Decke, den Nachttisch, zwischen ihre Finger, in ihre Ohren. Vollkommen ruhig.

Sie schreckte hoch. Irgendetwas zirpte – ein Käfer? ein Frosch? – und durchbrach für einen Moment die Stille. Ein anderes Wesen antwortete, es war weiter weg oder einfach nur leiser, mit einem etwas anderen Ton und Rhythmus. Die Stille kehrte zurück und füllte die Hohlräume, die die Geräusche hinterlassen hatten. Vielleicht bestand sie aus Memoryschaum (die Stille). In ihrer Vorstellung sah sie, wie in einem dieser Werbespots, einen Handabdruck in Memory-Schaum, der langsam wieder verschwand. Ein Glas Wein, das darauf stand und nicht herunterfiel.

So grübelte sie lange im Halbschlaf vor sich hin, bis sie gegen Mitternacht richtig einschlief.

Zur eigentlichen Beerdigung ging Zoe nicht mit. Sie hatte es angeboten, aber Jack hatte abgelehnt. »Das musst du dir nicht antun«, sagte er und fügte dann hinzu: »Ich kannte ihn ja nicht gut.«

Also hing sie im Motel rum. Es gab einen Swimmingpool mit Laub in den Ecken. Am Straßenrand warb ein Schild für die *Harmony Free Fair*. Sie wollte Jack danach fragen, wenn er zurückkam. Draußen herrschte eine seltsame Temperatur, heiß und kalt zugleich. Sie lief eine Runde um den fast leeren Parkplatz und fragte sich, was für Leute hier normalerweise übernachteten. Wahrscheinlich konnte ein Motel kaum von Studierenden leben, die zu Beerdigungen nach Hause kamen. *Obwohl wir,* dachte sie, *wahrscheinlich gar keine Studierenden mehr sind, oder doch?*

Sie lehnte sich gegen die warme dunkelgrüne Tür, schloss die Augen und genoss die Sonne.

Auf einmal hörte sie das Rattern von Jacks Ford. Dann das Scharren, als er scharf einparkte, wie er den Motor abstellte, die Tür öffnete und schloss, seine Schritte, die lauter wurden, bis sie ihn neben sich spürte.

»Jemand könnte sich anschleichen und dich entführen.«

»Ich hab dich schon von der Straße an gehört.« Sie hielt die Augen geschlossen, ein kleines Lächeln auf den Lippen.

»*Mich* schon. Ich hab ja auch nicht versucht, leise zu sein.«

»Ich weiß nicht, wer mich entführen sollte.«

»Ich weiß es nicht«, sagte Jack, »ich höre Banjos.«

»Was?« Zoe öffnete die Augen.

Jack lachte nur.

»Willst du eine Runde drehen?«

Der erste Lastwagen, der ihnen begegnete – nach dem Schild mit der Aufschrift *Bingham 7 Jackman 57 N Anson 8 Canada 70*, der Tankstelle mit den altmodischen Zapfsäulen, wie Zoe sie nur aus Filmen kannte, dem Schnapsladen, dem Waffengeschäft und der Solon Elementary School – war uralt. Die Lackierung so matt wie graue Grundierung, nur die Fahrertür war rostfarben. Der Fahrer trug ein Trucker-Cap, und etwas hing am Rückspiegel. Zoe kniff die Augen zusammen. Der Fahrer hatte das Fenster heruntergekurbelt und lehnte den Ellbogen aus dem Fenster. Als sie näher kamen, konnte sie sehen, dass es aus Fell war.

»Was ist das da an seinem Rückspiegel?«, fragte sie. In ihrem Seitenspiegel sah sie, wie sich der Lastwagen ruckelnd entfernte. Hinten lag etwas unter einer blauen Plane, die an den Rändern aufflatterte.

»Irgendein Viech«, sagte Jack.

Ein weiteres Schild: *Bingham, ME, Halfway between North Pole and Equator.*

»Hm«, sagte Zoe.

Sie fuhren eine ganze Weile. Fast war sie sich sicher, dass Jack ihr mit der Fahrt etwas sagen wollte, dass er ihr damit eine Geschichte aus Bildern erzählte, die sie am Ende verstehen würde.

Ein totes Stinktier am Straßenrand, ein Rabe, der sich darauf stürzte und auf der Suche nach dem besten Bissen darum herumhüpfte.

Ihr Handydisplay ohne Benachrichtigungen bis auf ein *Senden fehlgeschlagen*.

Ein Teich, vielleicht hundert Meter rechts von ihnen, die Oberfläche gekräuselt.

Schilder und Fahnen und noch mehr Schilder für den ultrarechten Kandidaten, der die letzten Präsidentschaftswahlen verloren hatte. Sie hatte vorher noch nie gesehen, dass irgendwo ernsthaft für ihn geworben wurde.

Ein Reh, das durch einen Graben schwebte, als gäbe es keine Schwerkraft.

Eine graue Scheune, das Dach in der Mitte eingesunken.

Der gemalte Septemberhimmel.

Ein Feld voller Autowracks, aus den Fenstern wucherte Gras.

Ein Junge mit gerötetem Gesicht vor seinem Haus – einem Trailer, vielmehr zwei zusammengeschobenen Trailern, wie Zoe bemerkte, als sie schon fast vorbei waren – mit offener Hose, der auf die Straße pinkelte, den Penis in der pummeligen Hand.

Die dunklen Kiefern zeichneten sich vor dem blassroten Sonnenuntergang ab, alles färbte sich rosaorange, auch Jacks linke Hand am Lenkrad, Jacks linker Arm, Jacks rechte Hand am Schaltknüppel, Jacks Gesicht. Den Kopf gegen die Nackenstütze gelehnt. Das T-Shirt locker um seine Schultern. Er wirkte so entspannt wie schon lange nicht mehr.

Zoe hatte erwartet, dass sie über Carter sprechen würden. Die letzte Anspannung vertreiben. Merkte aber, dass sie sich schon aufgelöst hatte.

Die Sonne ein glühender roter Ball, der ihre Augen blendete. Sie beobachtete, wie der Himmel allmählich seine Farbe veränderte, bis nur noch ein Schimmer zurückblieb. Und dann musste sie eingeschlafen sein, denn auf einmal war es dunkel. Sie fuhren immer noch, Jack schien ein bestimmtes Ziel zu haben, Wiesen im Scheinwerferlicht, dann ging es einen Hügel hinauf. Zoe vermutete, dass man bei Tageslicht hier eine gute Aussicht hatte. Jack blinkte überflüssigerweise und bog in eine Einfahrt, die nur aus zwei Spurrillen bestand.

»Fahren wir zu dir nach Hause?«, fragte Zoe. Sie war noch verwirrt, eingelullt von der monotonen Fahrerei.

Er drosselte das Tempo, legte den Leerlauf ein, zog die Handbremse an und schaltete das Licht aus. Die Dunkelheit war ohrenbetäubend.

»Nein.«

Sie lachte unsicher. »Hast du mich hergebracht, um mich umzubringen?« Träumte sie? Natürlich würde Jack ihr nichts antun.

Knarrend öffnete er die Tür, schwang sich hinaus, legte den Kopf in den Nacken und sah zum Himmel hoch. Lehnte sich an den Truck. Zoe spürte, wie die nächtliche Kälte hereinwehte.

»Kommst du?«

»Wohin?«

Er zeigte nach oben.

Sie stieg aus dem Wagen, tastete sich an seine Seite vor, blickte in den Himmel, der – endlich ein Himmel, der diesen Ausdruck verdiente – von Sternen übersät war. Sterne, nicht nur trübe Stecknadelköpfe – alle unterschiedlich groß, manche näher, manche ferner, verschiedene Formen, verschiedene Farben –, pulsierten in unterschiedlichem Rhythmus. Nein. Sie tanzten.

»Oh«, sagte sie.

In den Sternen sah sie die Krümmung des Himmels über ihr und konnte die Krümmung der Erde unter sich spüren. Vermutlich sollte sie sich bei diesem Anblick klein vorkommen, doch er schnürte ihr nur die Brust zu.

Jack hatte etwas aus dem Kofferraum geholt und watete durchs Gras. Wie dunkel es war, als sie den Blick vom Himmel losriss. Er trat das Gras platt und legte eine Decke darauf. Sie konnte ihn nur als Fleck erkennen, der sich durch die stille Dunkelheit bewegte. Der Fleck setzte sich, dann legte er sich hin, rührte sich nicht mehr, war unsichtbar. Sie ging zu ihm, stolperte, obwohl nichts im Weg lag.

»Ich kann nichts sehen.« Sie lachte.

»Du bist fast da, du Blindschleiche.«

Sie bückte sich, tastete mit den Fingerspitzen im Gras, um ihn nicht zu treten. Eine blinde Maus. Eine Stadtmaus. Eine blinde Stadtmaus. Noch ein paar wackelige Schritte, dann berührten ihre Hände raue Wolle, erleichtert beugte sie sich vor und ließ sich auf die Decke plumpsen.

»Da ist der Große Wagen«, sagte Jack, und sie folgte seinem Arm, der sich vor den Sternen abzeichnete, und erkannte das Himmelsbild. Aus der Grundschule erinnerte sie sich vage, dass sie über den Großen den Kleinen Wagen finden konnte. Aber der musste unterhalb der Baumgrenze sein. Sie zitterte, ihr war kalt. Unter den Sommergerüchen nach Leben und Fäulnis lag der rauchige Geruch des Herbstes.

Sie ließ sich auf die Decke zurückfallen, die vom Gras darunter ungleichmäßig gepolstert war, und starrte hinauf in die schwindelerregenden Lichter. Da war die Milchstraße, bildete einen Bogen über ihnen. Jack rückte neben sie.

»Das meintest du also damit, dass man hier die Sterne sehen kann.«

Sie hörte, wie er schnell durch die Nase ausatmete.

»Da ist Herkules«, gab er zur Antwort.

27

Sie waren auf dem Heimweg, unterwegs nach Kendall, Zoe empfand eine angenehme Erleichterung.

Das Aux-Kabel wurde ausgestöpselt, das Radio eingeschaltet. Ein vertrautes Gitarrenriff. Jack wollte das Aux-Kabel wieder einstecken, aber Zoe rief: »Nein! Ich liebe diesen Song.«

Er seufzte und rollte mit den Augen.

»*Lighten up, while you still can* – komm schon, Jack, jeder mag diesen Song.«

Er lächelte breit und lehnte den Kopf gegen die Nackenstütze. Sein Sitz war weit zurückgestellt, er fuhr mit ausgestreckten Armen, die Handgelenke aufs Lenkrad gestützt. Der Highway ein verwischtes, sonnengebleichtes Grau. Zoe lehnte sich zu ihm und piekte ihn in den Bauch. Sie wusste, dass er keinerlei Verständnis für ihren Country-Rock hatte.

Doch jetzt sang er zu ihrer Freude mit einem übertriebenen Näseln mit. »*Come on baby, don't say maybe.*« Mit gerunzelter Stirn und einem sarkastischen Ausdruck in seinen Rehaugen sah er Zoe an. Sie lachte laut auf.

Sie stimmte mit ein bei »*we may lose and we may win*«, schloss die Augen und wiegte ihren Kopf im Takt. Jack beobachtete sie und schüttelte lächelnd den Kopf. Im Auto war Hochsommer, doch draußen kündigte sich der Herbst an: der Geruch von Sonne auf Asphalt, von Blumen in voller Blüte, von Schweiß auf sonnenverbrannter Haut, von heißen Beeren, die reifen.

Es war lustig – nur merkten sie beide hinterher, dass sie sich gefährlich nahegekommen waren. Dies war viel realer, viel folgenreicher als jene erste Nacht mit den Daten. Vielleicht war diese Nacht nötig gewesen, vielleicht wirkte diese Nacht wie ein Katalysator, der die Reaktion erst möglich machte. Vielleicht aber auch nicht. Es spielte keine Rolle, und die Metaphern waren nur verwirrend. Wahrscheinlich hatte es einen Moment im Auto gegeben, in dem sie hätten bremsen und sich aufrichten können. Aber Zoe hatte ihn gepiekt, und er hatte gesungen.

28

Nach ihrer Rückkehr aus Maine folgten ein paar peinliche Tage, in denen sie beide nicht so genau wussten, was los war. Dann fuhr sie zu seiner neuen Wohnung – er hatte endlich den Mietvertrag für die beschissene Wohnung in Medford gekündigt und sich eine neue in Kendall gesucht. Eben saßen sie noch an den entgegengesetzten Enden der Couch, im nächsten Moment lagen sie in der Horizontalen, atmeten den Atem des anderen, die Gesichter dicht zusammen. Zoe strich mit ihrer Hand seinen Nacken hinauf und vergrub sie in seinem Haar, und beide begannen zu lachen. Worüber? Über nichts. Über alles. Sie zitterte.

In der Nacht schliefen sie auf der Couch – keiner von ihnen wollte sich von der Stelle bewegen. Am nächsten Morgen wachte Zoe auf, und alles, was sie riechen, fühlen oder sehen konnte, war Jack, und es war perfekt, es war absolut richtig, und das Gefühl, das sie überkam, war so stark, dass ihr Tränen in die Augen stiegen. »Ich gehe heute nicht zur Arbeit«, raunte er ihr ins Ohr, und sie sagte: »Ich auch nicht«, und er sagte: »Ich ruf meine Chefin an und melde mich krank«, und sie lachte, und er räusperte sich und sagte: »Hallo? Chefin? Ich hab mir was eingefangen.« Und sie sagte: »Wow, das ist komisch, ich auch«, und er sagte: »Prima, dann bis morgen«, und sie dachte: *Ich liebe dich, ich liebe dich, ich hab dich schon die ganze Zeit geliebt.*

Die Zeit, die sie nicht im Labor waren, verbrachten sie mit aneinandergedrängten Körpern.

An ihn gedrückt zu sein, fühlte sich nicht unbedingt gut an – es fühlte sich wie eine Erleichterung an. Als würde sich ihr Körper die übrige Zeit nach ihm sehnen, als wäre es schon immer so gewesen, und sie hätte es nur nicht gemerkt. »So fühlt es sich wahrscheinlich an«, sagte sie eines Abends leise, »wenn man drogenabhängig ist.«

Sie brauchte nicht zu fragen, ob er wusste, wovon sie sprach. Die Hälfte der Zeit brauchten sie nicht zu reden, um sich zu verständigen. Manchmal waren Worte sogar störend.

»Ja, genau.« Er zog den linken Arm unter ihr hervor und legte ihn auf ihre geschmeidige Taille. »Sagen das die Neurobiologen nicht? Irgendwas mit Suchtwegen. Du bist die Neurowissenschaftlerin.«

»Jetzt nicht mehr«, sagte sie. Und dann: »Da wir gerade von Abhängigkeiten sprechen. Seit wann bist du wieder auf Nikotinkaugummi umgestiegen?«

Sie spürte, wie er lachte. »Im August.«

Er drehte sich auf den Rücken und zog sie auf sich. Ihre Nase an seinem Hals. Sie wollte sich so nah an ihn pressen, dass sie verschmolzen, eins wurden. Gab es nicht einen Mythos, dass Paare ursprünglich eine Person gewesen waren, die auseinandergerissen worden war, dazu verdammt, ihr Leben lang nach ihrer anderen Hälfte zu suchen?

Warum haben wir so lange gebraucht?, dachte sie.

»Warum haben wir so lange gebraucht?«, fragte sie.

Jack lachte. »Du warst mit dem hübschen, reichen Jungen zusammen.«

Zoe richtete sich auf. Er grinste. »Ich? Du warst schon *lange* mit dem hübschen, reichen Mädchen zusammen, bevor …« Aber bevor sie zu Ende sprechen konnte, küsste Jack sie und brachte sie zum Schweigen.

Sie revidierte ihre Meinung über den Sex, den sie im Januar gehabt hatten. Es war nicht um Manna gegangen. Es war um sie beide gegangen.

Ihren Eltern erzählte sie nichts davon. Sie wusste nicht, warum.

Es ging nicht darum, dass sie ihnen nicht von der Trennung von Carter erzählen wollte. Es hätte sich sogar gut angefühlt, ihrer Mutter zu sagen, dass Carter mit ihr Schluss gemacht hatte. Von wegen, sie passten so gut zusammen (es war erstaunlich, wie ihre Mutter ihre Vorurteile an ihre Ostküstenumgebung angepasst hatte – ein Mann mit gemischtem ethnischem Hintergrund kam als passender Partner infrage, aber jemand ohne den richtigen akademischen und finanziellen Stammbaum nicht).

Jack und sie gingen in einer der seltenen gemeinsamen Pausen zwischen zwei Meetings spazieren, als sie ihrer Mutter begegneten. Sie war auf dem Weg zum MIT, wahrscheinlich um Zoes Vater etwas zu bringen. Vielleicht was zum Abendessen, falls er länger im Labor blieb.

Zoe versuchte ihr auszuweichen, aber es war nur noch eine weitere Person im Hof, und man konnte sich dort nirgends verstecken.

»Zoe!«, rief ihre Mutter.

Zoe winkte lahm.

»Und Jack«, sagte ihre Mutter und nickte, »schön, dich zu sehen.«

»Wo willst du hin?«, fragte Zoe.

»Ach, nur deinem Vater was zu essen bringen. Er hat viel zu tun, eine Abteilungsbesprechung, und ein Postdoc braucht noch irgendwas.«

Zoe nickte. »Cool.«

»Wie geht es Carter?«, fragte ihre Mutter.

»Ähm«, sagte Zoe.

Jack schwieg. Sie vermied es, ihn anzusehen.

Ihre Mutter musterte sie. Zoes Zunge fühlte sich schwer und dick an.

»Gut.«

»Oh«, sagte ihre Mutter, und Zoe spürte, dass sie es wusste. Genau wusste, was sie nicht aussprechen konnte. »Na, ich hoffe, wir sehen ihn bald mal. Ich bringe das jetzt deinem Vater« – sie tippte auf die Plastikdose in ihrer Hand –, »bevor es kalt wird.«

Zoe nickte und sah ihrer Mutter hinterher, wünschte sich fast, sie würde langsamer gehen, damit sie den Streit noch etwas hinauszögern konnte.

Aber ihre Mutter bog um die Ecke, und Jack sagte: »Sollen wir?«

Für den Rest des Spaziergangs schwiegen sie, und ihr Magen war die ganze Zeit angespannt. Als sie bei seiner Wohnung ankamen, drehte sie sich zu ihm um. »Ich habe ihnen nichts von Carter erzählt.«

»Hab ich mir gedacht.«

»Ich wollte das Drama nicht noch verschlimmern.«

»Verständlich.«

Sie sahen sich an.

»Bist du nicht … sauer?«

»Ich weiß, dass deine Mutter mich nicht mag.«

Zoe blinzelte. »Bist du nun sauer oder nicht?«

Er zuckte mit den Schultern, zog die Augenbrauen hoch. Eine Locke war ihm in die Stirn gefallen. Ihr Körper fühlte sich kalt an. Es war, als wäre ihre eine Hälfte wütend auf die andere. Doch dann könnte zumindest keine der beiden Hälften gehen.

Zoe überlegte, ob sie zu Jack sagen sollte: *Du schämst dich offensichtlich so sehr für mich, dass du mich nicht deiner Mutter vorstellen willst.* Aber eigentlich glaubte sie nicht, dass das stimmte.

Sie wachte mitten in der Nacht auf und stellte fest, dass er auch wach war. Ohne ein Wort zu sagen, zog sie ihn auf sich und küsste ihn, er erwiderte den Kuss, und in ihre Erleichterung mischte sich Verlangen. Sie legte die Hände um seinen Nacken, schlang die Beine um ihn, saugte an seiner Unterlippe, hielt sie zwischen ihren Zähnen fest und grub ihre Finger in seinen Rücken, bis er aufstöhnte. Als sie ihn triumphierend losließ, stützte er sich mit einem Arm auf und strich mit der freien Hand über ihren Körper, bis sie zitterte und ihn wieder auf sich zog. Daraufhin beugte er sich vor bis zu ihrem Ohr und flüsterte mit einem Lachen in der Stimme: »Was möchtest du?«

Dass ihre Mutter es nicht wusste, kam nur noch ein Mal zur Sprache. Sie waren Eis essen, bei Christina's. Zoe tat so, als ob sie kein Eis essen wollte, und Jack bestellte eine mittlere Portion mit einer Kugel ihrer Lieblingssorte: gebrannter Zucker.

Zoe nahm gerade einen ersten Löffel, als sie bemerkte, dass Jack ein Lächeln unterdrückte.

»Was ist?«

Er deutete zur Decke und sprach dann den Text des Songs mit, den Zoe gar nicht wahrgenommen hatte.

»*Said your mother told you all that I could give you was a reputation. Aw, she never cared for me.*« Er legte den Kopf schief. »*But did she ever say a prayer for me?*«

29

Wie und warum es zu der *Vogue*-Reportage kam, war Zoe etwas rätselhaft. Anscheinend war jemand bei der *Vogue* von ihr fasziniert, hatte dann einen berühmten Fotografen überzeugt, und der hatte alle anderen überredet.

Vormittags war sie in drei verschiedenen Outfits fotografiert worden, nach der Mittagspause ließ der Reiz des Neuen allmählich nach. Zoe war gelangweilt und genervt. Als der Fotograf zum zehnten Mal sagte: »Du siehst hinreißend aus, umwerfend«, öffnete sie den Mund, um zu sagen: »Geht es hier wirklich um hinreißend?«, und schon war die Aufnahme im Kasten. Sie blickte direkt in die Kamera, Daumen und zwei Finger umrahmten das Gesicht, die Locken fielen ihr in die Stirn, die Lippen waren zum Sprechen geöffnet, in den Augen lag ein stählerner Ausdruck.

»Perfekt«, sagte der Fotograf und blickte auf sein Display hinunter. »*Perfekt.* Endlich habe ich das Besondere an dir eingefangen.«

Die Überschrift lautete: FÜR IMMER JUNG: ZOE KYRIAKIDIS ÜBER DAS ENDE DES ALTERNS. An dem Tag, an dem der Artikel erschien, wurde das Büro von Anrufen überflutet. NPR, Fox Business, CNBC, CNN. *USA Today*. Die *Times*. TED ohne das X. Zoe hatte schon gedacht, die Today-Show sei eine große Sache, und davor hatte sie das von TEDx gedacht – vermutlich war alles relativ.

Als Alex anrief, steckte sie gerade mitten in einer Diskussion mit Phoebe über Frauenzeitschriften. »Mein Foto kommt nicht auf die Titelseite neben SO WIRST DU ZEHN PFUND LOS und SO KRIEGST DU DEINEN EX WIEDER INS BETT.«

»So sind die heute nicht mehr – es ist eigentlich nicht anders als die *Vogue*.«

»Machst du Witze? Es ist nicht wie die *Vogue* – Serena Williams war in der *Vogue*. Und Hillary Clinton.«

»Hier finden es alle toll«, sagte Alex. »Gut gemacht, Kleine. Krass.«

»Danke, Alex«, erwiderte Zoe.

»Und Mom wird sich nicht mehr einkriegen.«

Zoe verzog das Gesicht.

»Lass es nicht für sie rahmen, das schenk ich ihr zum Geburtstag.«

»Fuck«, sagte Zoe. »Bis später.«

»Hab dich lieb.«

»Ich dich auch.«

Sie legte auf. Gereizt stellte sie fest, dass Phoebe immer noch in ihrem Büro war. »Es würde deine Vielseitigkeit verdeutlichen.«

»Meine Vielseitigkeit? Ich leite ein Milliarden-Dollar-Unternehmen. Das ist vielseitig genug.«

»Und du bist wunderschön und weiblich. Du willst jungen Frauen zeigen, dass sie beides sein können.«

»Ach ja?«

Zoe dachte an die Briefe von jungen Mädchen, die ihr Büro erreichten. *Ich möchte so werden wie du, du hast mich für die Naturwissenschaften begeistert, ich liebe Bio, ich möchte auch ein Unternehmen gründen, Naturwissenschaften sind nicht nur was für Jungs!* Aus irgendeinem Grund waren ihr diese Briefe unangenehm. Sie sorgte dafür, dass alle beantwortet wurden, verfasste sie jedoch nicht selbst, sondern unterschrieb sie nur.

Sie stellte sich vor, wie ihr Gesicht aus der *Vogue* im makellosen Wohnzimmer ihrer Mutter hing.

Als sie am Abend in Jacks Wohnung kam (eigentlich in ihrer beider Wohnung – zu dem Zeitpunkt war sie so gut wie bei ihm eingezogen), lagen drei Exemplare der Zeitschrift auf dem Küchentisch. Es war still – er war noch nicht zu Hause. Sie lächelte über die Geste, blätterte zu der Reportage und überflog sie. Darin fand sie sich nicht wieder. Das war nicht sie.

Jack kam herein. Er musste gesehen haben, wie sie das Büro verließ, und war ihr gefolgt.

»Hey.«

»Hey.« Er trat hinter sie und stützte sein Kinn auf ihre Schulter.

»Was denkst du?«

»Was ich *denke*?«, raunte er ihr ins Ohr. Sie lachte, lehnte sich an ihn. Er schlang die Arme um sie.

»Ich kann mich nicht entscheiden, ob ich die Fotos hasse.«

»In dem Fall würdest du falschliegen. Was ungewöhnlich wäre.« Er drehte sie um und sah sie an. »Ich habe eine sehr ernste Frage.«

Sie zuckte zurück. »Welche?«

»Was sollen wir zur Feier des Tages zu essen bestellen?«

Alles wurde einfach immer mehr. Mehr Geld, mehr Investoren, mehr seriöse Presse. Die Harvard Medical School bat sie, Mitglied des Board of Fellows zu werden. Sie hätten wahrscheinlich verkaufen, sich zur Ruhe setzen und genug Geld für den Rest ihres Lebens haben können, aber warum sollten sie das tun? Was wäre besser als das hier?

»Es gibt vier Götzenbilder«, sagte der Professor, der zu Glück forschte und in dem Podcast zu Gast war, den Zoe manchmal auf langen Läufen hörte. »Vier falsche Götter: Ruhm, Macht, Geld und Lust.« Vermutlich würde der Professor sagen, dass es ihr um Ruhm ginge. Aber es hatte mehr mit Respekt zu tun. Oder damit, ernst genommen zu werden. Vielleicht auch mit Macht. Bei Jack war es wahrscheinlich das Geld. In gewisser Weise vielleicht auch Macht. Bestimmt nicht Ruhm – selbst wenn Journalisten ihn um ein Interview anflehten – alle waren von seinem verschlossenen Wesen fasziniert –, ließ er sie abblitzen. Zu viel Arbeit im Labor, sagte er. Bevor sie ein Paar wurden, hätte Zoe bei keinem der Götzenbilder an Lust gedacht, aber jetzt schon. Zusammen deckten sie also alle vier ab. Dieser griechische Mythos ergab Sinn. Ein ganzer Mensch, bevor er in zwei Hälften geteilt wird, wird von allen vier Teufeln heimgesucht.

Aber alle Götter sind falsch. Und Zoe versuchte nicht, glücklich zu sein. So einem simplen Gefühl jagte sie nicht hinterher. Sie wollte mehr als das. Sie wollte das hier. Sie wollte genau das, was sie hatte. Und falls das Medikament zugelassen wurde – es ging langsam, aber sicher voran, sie hatten die Daten für die präklinischen Studien fast fertig –, dann konnten sie das tatsächlich für immer haben. Jung und reich, brillant und schön und zusammen sein, ewig. Vielleicht fingen sie deshalb nicht wie andere Gründer an zu koksen oder andere Sachen einzuwerfen. Sie brauchten nichts, um die Sechzehn-Stunden-Tage zu überstehen. Keine Droge war stärker als die, die sie hatten.

Sie waren nicht auf der Suche nach einem Haus. Aber eines Nachmittags gingen sie in einer Pause spazieren, es war sonnig und warm – Tauwetter im März, ein Vorbote des nahenden Frühlings. Es roch gut, als würde alles bald wieder zum Leben erwachen. Tatsächlich ragten Grashalme aus der Erde, winzige Blumen sprossen.

»Es ist irgendwie traurig, dass sie in ein paar Tagen einfach sterben, wenn die Temperatur wieder sinkt«, sagte Zoe.

»Nein«, sagte Jack. »Sei nicht traurig. Es ist schön. Sie sind glücklich. Sie machen das Beste daraus, solange die Sonne scheint.«

Sie schlenderten durch Alleen in Cambridgeport mit großen alten Kolonialgebäuden, Mehrfamilienhäusern aus Backstein und dem einen oder anderen Neubau. Sie hielten sich nicht an den Händen. Carter hatte sie immer berühren wollen, Jack und sie hingegen zeigten ihre Zuneigung nicht so gern in der Öffentlichkeit. Sie mussten nichts beweisen. Und doch taten sie es, indem sie sich im gleichen lautlosen Rhythmus bewegten.

Vor einem kleinen Backsteinhaus mit hohen Fenstern stand ein Verkaufsschild. »Das ist hübsch«, sagte Zoe und zeigte darauf.

»Willst du es haben?«, fragte Jack. Sie sah ihn an, grinste. *Na, warte.* Sie holte ihr Handy heraus und wählte die Nummer, die auf dem Schild stand.

»Ja«, sagte sie mit ihrer CEO-Stimme, als sich eine Maklerin meldete, »wir möchten es uns sofort ansehen. Wie wäre es heute Nachmittag?«

»Ich kann in einer halben Stunde da sein«, sagte die Maklerin.

Zoe grinste. »Klingt gut. Bis gleich.« Sie legte auf. Jack sah sie an.

»Sie ist in dreißig Minuten hier. Wollen wir so lange einen Kaffee trinken?«

Die Maklerin war eine quirlige Frau in den Dreißigern. Als sie sah, wie jung sie waren, wirkte sie unübersehbar genervt, dass sie überhaupt gekommen war. Zoe wurde nicht gern unterschätzt, und als sie und Jack im Café gesessen hatten, sie an ihrem Matcha nippend, Jack an seinem Kaffee, ihre Füße auf seinem Schoß, war ihr klar geworden, dass sie das Haus haben wollte. Sie wollte das Haus, und sie wollte es mit ihm zusammen, er sollte seine Meinung zur Farbe der Couch äußern, auch wenn sie wusste, dass ihm so etwas egal war. Sie wollte, dass ihre Namen nebeneinander auf der Urkunde standen, und sie wollte morgens zusammen mit ihm in ihrer Küche stehen und ihn ansehen und denken: *Ja.*

Zum Teil, um Jack zu unterhalten, zum Teil, um die Maklerin zu quälen, und weil sie die Antworten wirklich interessierten, ging Zoe langsam durchs Erdgeschoss, das große, luftige Wohnzimmer und die geräumige Küche und stellte ganz konkrete Fragen. »Welchen Schreiner hatten Sie beauftragt?« und »Hat die Küche Fußbodenheizung?« und »Gäbe es baurechtliche Probleme, falls man ein zusätzliches Bad einbauen wollte?«, »Könnten Sie mir wohl den Heizungskeller zeigen?«.

Sie gingen die Treppe hoch zum Schlafzimmer und standen nebeneinander auf der Terrasse. Von dort blickte man in einen kleinen, sonnenbeschienenen Hof. Die Maklerin war unten geblieben, sie konnten sie telefonieren hören.

Zoes Hände zitterten. Sie lehnte sich an Jack, und bevor sie sich zu viele Gedanken über seine Antwort machen konnte, flüsterte sie ihm ins Ohr: »Es gefällt mir sehr.«

Jack drehte sich um und küsste sie. »Mir auch.«

»Machen wir ein Angebot«, sagte sie mit großen Augen, ohne ihre Lippen von seinen zu lösen. »Immobilien sind eine gute Investition.«

»Wie viel?« Spielte er nur? Oder meinte er es ernst?

»Den geforderten Preis?«

»Komm schon«, sagte er, »zehn weniger.«

»Zehn mehr. Ich will es.«

»Ich dachte, es wäre eine Investition?«

»Hm«, sagte sie und sah zu ihm hoch.

»Zwanzig mehr«, sagte er und legte die Arme um ihre Taille. Sie lächelte, erst zurückhaltend, dann strahlte sie. Und dann stieß sie einen kleinen Schrei aus, denn das Gefühl war einfach überwältigend.

Sie boten zehn mehr, in bar und lachten laut über den Gesichtsausdruck der Maklerin. Sie zahlten noch am selben Abend.

30

An dem Tag, an dem sie eigentlich das College abgeschlossen hätten, beschäftigten sie hundertfünfzig Mitarbeitende. Sie redeten so lange im Spaß darüber, eine Abschlussfeier zu veranstalten, bis sie beschlossen, tatsächlich eine auszurichten. Am Labor-Day-Wochenende mieteten sie einen hippen, neuen Barbecueladen, nur drei Minuten von ihrem Büro entfernt, engagierten einen DJ und sagten den Leuten, sie dürften eine Begleitung mitbringen. Als Zoe über die Menge blickte, empfand sie ein Triumphgefühl. Sie richtete das alles hier aus. Sie sorgte dafür, dass all diese Menschen etwas zu essen bekamen. Sie stand vor ihnen und brachte einen Toast auf ihre großartige Arbeit aus. Sie war umgeben von einem Haufen nervöser, ehrfürchtiger Praktikanten (viele von ihnen nur ein Jahr jünger als sie), daneben der neue Security-Mann, und hörte sich höflich ihre Ideen an, blickte ihnen in die Augen und nickte ernst. Sie nutzte den »Ja, und …«-Ansatz und erklärte ihnen, dass sie nicht nur *out oft the box* denken, sondern völlig neue Wege beschreiten müssten, dass sie hier die Möglichkeit hätten, wirklich etwas zu *erschaffen*. Ihr Handy summte. Sie blickte auf das Display. Der Leiter der Stiftung eines Mannes, der zwei Milliarden Dollar wert war. Aber der Mann wollte sich nicht selbst mit Zoe treffen. Immer wieder bestand er darauf, dass sie sich mit diesem Lakaien abgab. Sie verdrehte die Augen – zolle mir den Respekt, den ich verdiene, oder ich pfeif auf dein Geld – und ließ den Anruf auf die Mailbox laufen. Sie trug einen maßgeschneiderten Anzug, wunderschöne neue dunkelgrau-blaue Santoni-Slipper und war gerade in der *Times* porträtiert worden. Sie lebte mit ihrem – Seelenverwandten klang lächerlich New-Age-mäßig, aber es stimmte –

Seelenverwandten zusammen. Nach der Party würden sie nach Hause gehen und zum ersten Mal in dem neuen, frisch renovierten Haus schlafen. Sie beobachtete, wie Jack auf der anderen Seite des Raums mit ein paar der höheren Laborangestellten sprach, fing seinen Blick auf und grinste ihn an, ihr wurde warm ums Herz, und er grinste zurück.

Als Mira zu ihr kam und ruhig darauf wartete, bis sie Zeit für sie hatte, war Zoe überhaupt nicht offen für ihre Worte.

»Mira, richtig?«, fragte sie und war stolz, dass sie sich an ihren Namen erinnerte. Sie hatte Mira im letzten Herbst auf Empfehlung von Gabby zu einem Vorstellungsgespräch eingeladen (zu ihren beiden anderen ehemaligen Mitbewohnerinnen hatte Zoe keinen Kontakt mehr, aber ab und zu traf sie sich zum Brunchen mit Gabby, die nächstes Jahr an der Harvard Medical School anfangen würde). Mira hatte eine schlechte Haltung und zog sich nicht gut an, doch Zoe hatte im Vorstellungsgespräch schon nach der ersten Frage erkannt, dass sie äußerst selbstbewusst war, ihre Gedanken klar und deutlich äußerte, und zwar so leise, dass man sich vorbeugen und zuhören musste. Zoe war beeindruckt von ihr.

»Richtig«, sagte Mira. »Schön, dich zu sehen.«

»Ich freu mich auch.« Zoe hob ihr Glas. »Wie geht's dir? Hast du schon was gegessen?«

»Es ist köstlich«, sagte Mira. »Ich hoffe, du findest auch Zeit zum Essen. Bei solchen Veranstaltungen bist du bestimmt total eingespannt.«

»Oh, das ist kein Problem. Ich rede gerne mit allen.«

Mira nickte nur und sah Zoe an. *Sie kann gut Stille aushalten*, dachte Zoe. *Vielleicht wirkt sie deshalb so selbstbewusst.*

»Kann ich mit dir reden?«

»Na klar.« Zoe lächelte erwartungsvoll.

»Vielleicht draußen?«

Eigentlich wollte sie Nein sagen, aber Mira sollte sich geschätzt fühlen. Sie wollte, dass sich alle Mitarbeitenden wertgeschätzt fühlten. Also folgte sie ihr hinaus auf die ruhige Straße. In der Tür stand eine Gruppe, vielleicht um etwas Luft zu schnappen. Die Leute waren schon leicht angetrunken. Zoe lächelte zufrieden. Alle sollten sich amüsieren.

Mira ging mit ihr fast bis zur Ecke.

»Ist alles in Ordnung?«

»Es tut mir leid, dass ich dich damit heute Abend belästige«, begann Mira, »aber ich wollte unter vier Augen mit dir sprechen, ohne dass es alle mitkriegen.«

»Du kannst jederzeit einen Termin mit mir ausmachen.« Zoe war verwirrt.

Mira räusperte sich. »Jack hat mich gebeten, es nicht zu tun.«

»Jack?«

»Ich hab zuerst mit ihm über meine Bedenken gesprochen, und er meinte, ich sollte dich nicht darauf ansprechen.«

»Was meinst du?« Undeutlich schrillten die Alarmglocken.

»Zoe, M funktioniert nicht. Es funktioniert überhaupt nicht.«

Zoe unterdrückte ein Lachen. »Na ja, es funktioniert noch nicht perfekt, klar! Sonst würden wir es schon unter die Leute bringen.«

»Nein, hör zu, Jacks Daten … Ich konnte sie nicht reproduzieren. Ich bin auf ein paar Probleme gestoßen, ein paar Fehler. Ich arbeite an der Bioverfügbarkeit, also völlig unabhängig von den Leuten, die sich mit der medizinischen Wirkung beschäftigen. Was irgendwie blöd ist, weil diese beiden Dinge miteinander verbunden sind. Das muss ich dir natürlich nicht erzählen. Wie auch immer. Ich hatte ein paar Probleme in meinem Bereich, also habe ich mit den Leuten von der Wirksamkeit gesprochen. Das Team ist fast komplett neu. Das heißt, sie wurden erst in den letzten paar Monaten eingestellt. Und sie kommen alle frisch vom College. Kein Einziger hat einen Master.«

»Oh? Tja, ich hab keine Zeit, mich um alle Einstellungen zu kümmern. Nur um die begabtesten.« Zoe lächelte großzügig.

Mira ließ sich von der Schmeichelei nicht aus dem Konzept

bringen. »Keiner von denen überblickt das Ganze. Jack lässt jeden nur einen kleinen Teil der Experimente durchführen. Keiner macht ein ganzes Experiment. Hörst du mir zu?«

Zoe musste sie mit leerem Blick angesehen haben, sie lächelte höflich. Das Mädchen war verrückt. Es war ein Fehler gewesen, sie einzustellen. Hatte sie irgendwie mit Carter gesprochen? Streute Carter Gerüchte über Jack, um sich an ihm zu rächen? »Jack ist ein genialer Wissenschaftler. Er weiß, was er tut. Wir haben große Bedenken … wenn Mitarbeiter gehen und Firmengeheimnisse mitnehmen. Damit hatten wir schon Probleme. Und dir ist natürlich klar, dass das Wissen, das wir haben, außerordentlich wertvoll ist. Deshalb lässt er niemanden am gesamten Prozess teilhaben.«

Mira hielt inne, wartete darauf, dass Zoe, die über ihre Schulter zur Party blickte, sie ansah. »Als ich versucht habe, alles zusammenzufügen, um den ganzen Prozess zu wiederholen, konnte ich keines seiner Ergebnisse reproduzieren. Ich glaube, du bist genial. Ich weiß, dass du genial bist, ich hab deine Arbeit gesehen. Ich weiß, du warst nicht oft im Labor, weil du so viel mit der Geschäftsführung zu tun hast. Ich bitte dich nur, etwas Zeit im Labor zu verbringen und zu sehen, was da los ist. Ich glaube, es gibt einige Probleme, die angegangen werden müssen.«

Zoe nickte vage. »Ich sehe, was ich tun kann. Aber in Zukunft kannst du einfach ein Meeting mit mir vereinbaren, okay?«

»Als ich Jack meine Bedenken mitgeteilt habe, sagte er, ich könne entweder im Team mitspielen oder er würde mich entlassen.«

Zoe stutzte. Jack konnte bei all seiner Leidenschaft manchmal übertreiben, aber Mira sollte nicht die Zielscheibe seiner Ausfälle sein. Mira sah sie mit flehendem Blick an.

»Okay«, sagte Zoe. »Verstehe. Wahrscheinlich war das ein Missverständnis. Wir stehen alle unter großem Stress. Aber ich höre dir zu.« Sie nickte entschieden, um ihr zu zeigen, wie ernst sie die Sache nahm. »Und ich werde dem nachgehen. Persönlich. Okay?«

Mira nickte langsam.

»Ich gehe wieder rein.« Zoe zeigte mit dem Wasserglas, das sie noch in der Hand hielt, auf die Tür (sie trank nicht – Jack und sie scherzten, es sei *wegen des Babys*, womit sie Manna meinten). »Wir sehen uns im Büro. Und keine Sorge, ich kläre das mit Jack.«

Zoe eilte den Bürgersteig entlang und verschwand in den Lichtern und der Musik. Mira blieb zurück und sah ihr hinterher.

31

Zoe nahm sich sonntags frei, so nannte sie es, wenn sie sonntags von zu Hause aus arbeitete. Sie hatte sich auf den ersten Sonntag im neuen Haus gefreut, darauf, in aller Ruhe in ihrem neuen Büro E-Mails zu beantworten, sich zwischendurch etwas zum Mittagessen zu kochen, ein bisschen Yoga zu machen. Doch jetzt konnte sie nur noch an das denken, was Mira ihr erzählt hatte. Es war nervig. Sie war nervig. Zoe hatte Besseres zu tun, als sich über solche Dummheiten Gedanken zu machen.

Nach dem Mittagessen und einem zehnminütigen Meditationsversuch im Sonnenlicht auf dem Wohnzimmerteppich gab sie auf. Sie war sich ziemlich sicher, dass Jack, der im Labor war, noch nichts gegessen hatte – es war erst eins. Also ging sie zurück in die Küche, nahm das Sauerteigbrot aus dem Brotkasten, schnitt zwei Scheiben ab und röstete sie mit Olivenöl in der Pfanne. Nahm eine Mozzarellakugel aus dem Kühlschrank, schnitt sie in Scheiben. Dann eine dicke, frische Tomate (es würde eine der letzten des Sommers sein, fiel ihr ein), erfreute sich an ihrem hervorragend geschliffenen Kochmesser. Zoe hatte Gefallen am Kochen gefunden, oder zumindest an der Zubereitung von rohem Gemüse, denn davon ernährte sie sich hauptsächlich. Jede Woche ließ sie sich Gemüse vom Bauernmarkt liefern. Zupfte ein paar Basilikumblätter aus dem Kräutergarten im Küchenfenster (der war Jacks kleines Hobby – Zoe hatte keinen grünen Daumen). Legte alles aufs Brot. Zum Schluss mit Olivenöl beträufeln, die Scheiben zusammendrücken.

Es roch so gut, dass sie es am liebsten selbst gegessen hätte. Aber sie hatte bereits ihr Fünfhundert-Kalorien-Mittagessen zu sich genommen und durfte erst um sechs wieder etwas essen, darum beugte sie sich nur hinunter, um den Duft einzuatmen.

Auf dem Weg zum Büro entging ihr nicht die Ähnlichkeit mit ihrer Mutter. In einem anderen Leben hätte sie sich geweigert, so etwas zu tun, hätte es als einen Angriff auf die Gleichberechtigung in der Beziehung betrachtet. Aber nicht mit Jack – sie und Jack waren absolut gleichberechtigt. Zwei Seiten derselben Medaille. Und außerdem musste sie mit ihm über Mira sprechen. Am Freitag hatte sie den Impuls unterdrückt, wollte die erste Nacht im neuen Haus genießen, und gestern hatte sie es nicht angesprochen, weil sie es eigentlich nicht glaubte – oder doch?

Sie beschleunigte ihren Schritt, damit das Sandwich nicht matschig wurde.

Das Büro war leer und ruhig. Jack und sie wollten nicht, dass die Leute sieben Tage die Woche arbeiteten – sie hielten das für einen lächerlichen Trend der Start-up-Kultur, der aus dem Ruder gelaufen war und nicht zur Produktivität beitrug – und so deaktivierten sie die Schlüsselkarten aller Mitarbeitenden von Samstagmittag bis Montagmorgen um sechs Uhr. Das hieß, alle bis auf ihre beiden. Sie hatten zu viel zu tun. Vor allem an diesem Wochenende, Jack musste einen Haufen Sachen für eine Deadline nächste Woche fertigstellen. Das große präklinische Datenpaket, das bereits um Monate verschoben worden war. Ein ziemlich aufregender Schritt; als Nächstes würden sie gemeinsam mit der FDA die Vorbereitung klinischer Studien angehen. Sie atmete die saubere, gefilterte Luft ein, stieg wie immer die Treppe bis in den siebten Stock hoch, ihre Etage. Sie passierte das Nasslabor und ging in Jacks Büro.

Es brannte Licht, aber er war nicht da.

Auf seinem Monitor war eine Excel-Tabelle aufgerufen, auf seinem Schreibtisch lagen diverse Ausdrucke. Zoe ermahnte er ständig, aus Sicherheitsgründen nichts herumliegen zu lassen. Sie ging zu seinem Schreibtisch, blickte auf die Ausdrucke, dann hoch auf die Tabelle.

Sie biss auf ihre Unterlippe.

Wie lange war es her, dass sie sich richtig mit ihren Daten beschäftigt hatte?

Sie setzte sich in seinen schicken Bürostuhl, lehnte sich vor. Anscheinend handelte es sich bei den Ausdrucken um Kurvendiagramme der jüngsten Leistungsdaten von mit M gefütterten Mäusen. Sie spürte einen leichten Anflug von Aufregung. So ähnlich musste es sein, wenn Eltern die Zeugnisse ihrer Kinder betrachteten. Sie fuhr mit den Fingern über die Diagramme. Harte Zahlen, die beweisen sollten, dass sie auf dem besten Weg waren, es wirklich zu schaffen. Dass die Menschen durch sie viel, viel länger leben würden.

Doch dann sah sie genauer hin. Es waren sechs Kurven, beschriftet mit 23 bis 28. Sie blinzelte. Sie waren chaotisch. Er hatte eine Ausgleichsgerade durch die Mitte jedes Kurvendiagramms gezogen, aber das war Wunschdenken. Es gab keine lineare Assoziation – außer bei 24, die sah ganz gut aus. Eine Handvoll Mäuse dieser Studie zeigten eine Leistungssteigerung. Aber, Zoe saugte an ihren Zähnen, nicht in dem erforderlichen Maß, wenn man bedachte, wie gut es mit M lief. Jack musste etwas übersehen haben, brauchte ein besseres Modell.

Sie blickte auf die Tabelle. Tippte auf der Tastatur. Sie brauchte ein paar Anläufe, um ein Diagramm mit den richtigen Variablen zu erstellen (Gott, es war lange her, dass sie so etwas gemacht hatte), und die Excel-Version des Diagramms war wesentlich schlechter als die Version, die er bearbeitet hatte, aber sie passte zu 24. Sie nickte, überflog die Zahlen. Spielte eine Weile mit ihnen. Eine schwache lineare Assoziation. Sie konnte keinen Fehler korrigieren, der sie besser machen würde.

Mit zusammengezogenen Augenbrauen blickte sie wieder auf die Kurven. Die anderen waren noch viel schlechter. Besorgniserregend schlecht. Das mussten die schlechtesten sein. Vielleicht hatten die Labortechniker Fehler gemacht? Und er versuchte herauszufinden, was passiert war?

Als sie auf die 24 starrte, bemerkte sie, dass etwas auf die Rückseite geschrieben war.

Oben stand in Jacks Handschrift: »BEHALTEN«. Das Wort war eingekreist.

Ihr dämmerte bereits, was los war, bevor sie es sah, öffnete den übervollen Papierkorb seines Computers.

M_PD_082515_23. M_PD_082515_25. M_PD_082515_26. M_PD_082515_27. M_PD_082515_28.

Und da waren noch mehr. 20–22, 29–52, 56–70.

Neunundreißig. Er hatte neunundreißig Ergebnisse weggeworfen und eines behalten.

Ihre Hände wurden taub.

Sie verkleinerte die Tabelle. Dahinter befand sich der Entwurf einer Präsentation für den Vorstand. Da war das Kurvendiagramm von 24. Die Y-Achse war gestreckt, um die Ergebnisse dramatisch aussehen zu lassen. Darunter Stichpunkte, die er noch nicht ausgearbeitet hatte. »Vielversprechende präklinische Daten. Repräsentative Stichprobe.«

Sie atmete unsicher aus. Ihr Herz schlug wie wild, ihr Sichtfeld verschwamm.

Fuck, dachte sie. *Du Idiot.*

Sie spürte, dass sie sich gleich übergeben musste, zog den Mülleimer unter seinem Schreibtisch hervor und klemmte ihn sich zwischen die Knie. Jede Bewegung fühlte sich an, als würde sie Jahre dauern.

Sie sah auf ihre Hände hinunter. Sie zitterten. An ihrem linken Handgelenk die schlichte Cartier-Uhr, die er ihr gerade geschenkt hatte. »Alles Gute zum Jahrestag«, hatte er gesagt, und sie hatte genau gewusst, was er meinte. Schloss die Augen und saß wieder im Auto, sang zu den Eagles.

Musste sie sich übergeben? Oder weinen?

Wie lange machte er das schon? An den ersten Versuchsreihen

hatte sie mitgearbeitet, an dem theoretischen Teil. Also wusste sie, dass die korrekt gewesen waren, oder? Das musste neu sein, musste mit dem Medikament zu tun haben. Aber was, wenn nicht? Sie war ins Labor gegangen, er hatte ihr gezeigt, was er gefunden hatte. An dem Abend, nachdem ihre Mutter Jack in Stücke gerissen hatte. Zoe war wie ein loderndes Feuer gewesen, das gelöscht werden musste. Er hatte sie in den Arm genommen und geküsst. Er war mit Ausdrucken zu ihr ins Wohnheim gekommen. Mit den Ausdrucken, die Zoe als Genie auswiesen. Sie hatte in seinen Armen gelegen. Sie waren in ihrem Bett gelandet. Das konnte nicht sein – aber woher wollte sie das wissen? Und selbst wenn es nur die Daten zu dem Medikament waren. Gab es gar kein Medikament? Was hatten sie den Leuten verkauft? Was hatte *sie* den Leuten verkauft?

Sie sah sich mit ernster Miene im Fernsehen gestikulieren.

Lügnerin.

Wie lange schon?

Sie öffnete die Augen. Merkte, dass sie stand – wann war sie aufgestanden? Drehte sich um. Und da war Jack.

VIER

DER ABSTURZ

Er vertrieb den Menschen und stellte östlich des Gartens
von Eden die Kerubim auf und das lodernde Flammenschwert,
damit sie den Weg zum Baum des Lebens bewachten.

Gen 3,24

Nicht gab es, Gilgamesch, je eine Übergangsstelle,
Und niemand, der seit vergangenen Zeiten herkommt,
geht übers Meer.

GILGAMESCH-EPOS, Tafel 10

32

Abend. Ihr Haus im milchigen Licht der Straßenlaternen, die Jalousien offen. Sie war im Schlafzimmer (was wäre schlimmer? Das Schlafzimmer oder eines der Arbeitszimmer? Sie hatte bei ihren Eltern schlafen wollen – eigentlich hatte sie gar nicht erst in Jacks und ihr Haus zurückkehren wollen, aber wo sonst hätten sie reden können? Und dann, als sie total fertig waren, hatte sie nach Hause gehen wollen. Sie sprach von zu Hause, nicht von ihrem Elternhaus, was wehtat, aber er sah es ihr an, sie würde sich vor ihren Eltern nicht zusammenreißen können. Die ganze Sache würde aus ihr herausplatzen, und so war sie geblieben). Er hatte versprochen, auf der Couch zu schlafen. Noch lange konnte er sie weinen hören, ihr leises Schluchzen. Er fragte sich, ob sie vielleicht hyperventilierte, doch dann erinnerte er sich daran, dass sie bereits im Bett lag und es ein guter Selbstschutz wäre, wenn sie das Bewusstsein verlöre. Also blieb er, wo er war, lauschte und betrachtete seine Handrücken, die Handflächen flach auf die Platte des schicken, modernen Tisches gepresst, den Zoe ausgesucht und in der passenden Größe für ihr Esszimmer bestellt hatte.

Die größte Narbe befand sich auf seinem rechten Mittelfinger, verlief von der Spitze bis zum ersten Knöchel quer durch den Fingernagel, der uneben und gewellt war und nie wieder richtig wachsen würde. Er war vielleicht zwölf gewesen und hatte die elektrische Metallschere benutzt, wusste nicht, wie er das Teil richtig halten sollte (wusste nicht, dass er es eigentlich gar nicht halten, sondern festklemmen sollte). Er hatte beobachtet, wie er die Klinge in sein eigenes Fleisch drückte, das Blut kam langsamer als gedacht, die Wunde weit offen und innen blass. Für einen Moment panisch, fürchtete er, sich den Finger abgeschnitten zu haben, was nicht der Fall war. Diese Art von Panik vergisst man nicht. Tatsächlich spürte er sie jetzt in seinem Brustkorb auflodern. Oder war sie schon eine Weile da, und er spürte sie erst jetzt?

Andere, kleinere Narben waren zu normal, um sich daran zu erinnern.

Sie hatte ihn gefragt, warum, und er hatte es ihr nicht beantworten können. Blickte ihr ins Gesicht und fand keine Worte. Die einzigen, die ihm einfielen, waren *Ich liebe dich*, was er noch nie zu ihr gesagt hatte und auch jetzt nicht konnte.

Er hätte die tragische Hintergrundgeschichte erzählen können. *Die Nacht* hatten sie sie hinterher genannt. Er war etwa sechs Jahre alt gewesen. Klein, dünn. Erst später wurde er so groß. Kräftig war er nie gewesen. Wirres, lockiges Haar. Als sie alt genug dafür waren, nannten die Kinder in der Schule ihn *Juden-Afro*, obwohl er kein Jude war. Er fragte sich, ob sein Vater Jude gewesen war, bevor er auf einem klobigen weißen Computer in der Bibliothek auf der Suche nach irgendwelchen Wurzeln entdeckt hatte, dass das Judentum ohnehin matrilinear ist.

Die Cops kommen um kurz vor vier morgens. Er hatte sie gerufen. In der Notrufzentrale hatte er gefragt, ob sie sagen könnten, jemand anders habe angerufen. Ein Nachbar zum Beispiel. Den Mann am Telefon schien diese Bitte nicht zu überraschen. Später wird er vermuten, dass Notrufmitarbeiter so ziemlich alles gehört haben. Dass sie sich kaum aus dem Konzept bringen lassen.

Blaulicht leuchtet durchs Fenster in den dunklen Raum. Das Licht in der Küche ist an, aber niemand hat sich die Mühe gemacht, das Wohnzimmerlicht einzuschalten. Er kriecht hinter der durchgelegenen Couch hervor. Er ist sich fast sicher, dass er der Einzige im Haus bei Bewusstsein ist, und er hat Angst, dass sie wieder gehen und ihn damit alleinlassen. Er hat eine lange Brandwunde am linken Arm, die seiner Meinung nach sehr wehtut. Und mit seiner rechten Schulter ist etwas nicht in Ordnung. Aber später wird er sich nicht an den eigentlichen Schmerz erinnern. Nur an die Vorstellung davon.

Die Cops kommen durch die Tür, sie müssen sie nicht aufbrechen, sie ist unverschlossen, und er blickt sie über Es hinweg an. Einer von ihnen kommt zu ihm, tritt um Es herum, kniet sich vor ihn und fragt, ob es ihm gut geht. Offenbar hat er etwas über seinen Arm und die Schulter gesagt, denn seine nächste Erinnerung ist, dass er auf dem Rücksitz des Polizeiwagens sitzt und dann in der Notaufnahme. Er muss wohl auch etwas über seine Urgroßeltern gesagt haben, denn seine Urgroßmutter ist dort.

Die Krankenhausbeleuchtung ist so grell, und die Bettwäsche ist so weiß, und der nette Arzt mit den sanften Händen sagt: »Du hast dir die Schulter ausgekugelt, aber du bist so klein, und es ist so leicht, dass ich es gleich richten kann« – und dann, mitten im Satz, tut er etwas, das höllisch wehtut (an diesen Schmerz wird er sich erinnern), aber danach fühlt sich seine Schulter gut an. Er weint nicht einmal, denn Weinen ist, wie er weiß, etwas für Mädchen und Angsthasen. Und der Arzt spricht leise mit seiner Urgroßmutter, die die ganze Zeit auf dem Stuhl neben dem Bett gesessen hat. Und dann schmiert ihm eine Krankenschwester mit riesigen weichen Brüsten eine angenehm kühle Creme auf den Arm und verbindet ihn. Und dann stellen sie auch noch eine große Beule an seinem Kopf fest und eine Wunde in der Kniekehle. Und nachdem alles aufgenommen wurde, steigt er auf den Rücksitz im Auto seiner Urgroßmutter, die sich immer wieder zu ihm umdreht und deren Gesicht seltsam grau ist. Als sie bei ihr zu Hause eintreffen, ist es schon Morgen, ein klarer, kalter Morgen. Frühling. Sie fragt ihn, ob er ins Bett gehen will, und er schüttelt den Kopf. Also setzt sie ihn mit einer Decke, ein paar Müsliriegeln und einem Glas Milch auf die Couch und sagt, sie würde ihm jedes Essen machen, das er möchte. Es ist ein Wochentag, aber von Schule ist nicht die Rede.

Und dann ist da noch die seltsame Zeit danach, als er in das Haus seiner Mutter zurückkehren muss, das leer ist und seltsam riecht, nach einer Mischung aus Erbrochenem und Reinigungsmitteln. Der Teppich, der das meiste Blut aufgesaugt hat, ist verschwunden. Auf dem Boden ist ein dunkler Fleck, der Jack sofort ins Auge springt, aber wenn man es nicht wüsste, würde man es nicht erkennen. Man könnte denken, es sei zum Beispiel Bier, denkt Jack. Seine Mutter sieht ihn mit großen Augen an und spricht mit ihm wie mit einem Fremden, als ob sie Angst vor ihm hätte. Schließlich bekommt sie einen Anruf, der sie zum Weinen bringt, und sie nimmt ihn in die Arme und drückt ihn, und es tut ihm weh, obwohl die Brandwunde schon fast verheilt ist, verkrustet. An dem Nachmittag sagt sie ihm, er solle seine Lieblingssachen einpacken, wozu sein T-Shirt mit den Dinosauriern gehört, und seine Steinsammlung. Der zerfledderte und zerrissene Teddybär, der neben seinem Kopfkissen liegt, gehört nicht dazu. Denn dafür ist er zu alt. Doch als er sicher ist, dass er allein ist, drückt er ihm zum Abschied die Pfote.

Als sie ihn absetzt, kniet sie vor ihn und umarmt ihn, und ihre Tränen und ihr Rotz sind überall auf seinem Shirt. Sein Shirt fühlt sich kalt und nass an, und als er ins Haus kommt, fragt ihn seine Urgroßmutter, ob er es wechseln möchte. Er wird sich nicht erinnern, ob er Ja gesagt hat. Er wird sich daran erinnern, dass er sich seltsam gefühlt hat, als seine Mutter vor ihm kniete und ihn umarmte, während seine Urgroßmutter mit verschränkten Armen in der Tür stand. Er weiß nicht, wie man das Gefühl nennt. Er will, dass all das vorbei ist, aber nachdem sie weggefahren ist, will er, dass sie zurückkommt.

In der Nacht hält er sich an einem Kissen fest und wünscht, er hätte den Bären mitgebracht.

In der nächsten Nacht ist sein Bett frisch gemacht, und der Bär sitzt auf dem Kissen.

Aber darum hat er es nicht getan. Das wäre eine faule Ausrede, eine rührselige Geschichte, und er konnte sich nicht überwinden, sie anzulügen und sie zu benutzen. Er konnte sich nicht dazu durchringen, sie anzulügen. Ha. Er spürte, wie sich seine Mundwinkel zu einer Grimasse verzogen.

Er dachte: *Hättest du nicht damit warten können, alles zu zerstören, nachdem du das Leben in dem Haus wenigstens ein paar Monate lang genossen hast?*

Bis zum Morgen blieb er am Tisch sitzen.

33

Als der Junge einzieht, fragt ihn die Urgroßmutter als Erstes, was er zum Abendessen möchte, und er zuckt mit den Schultern. Wie die Schule war, er zuckt mit den Schultern, ob er draußen spielen möchte, er zuckt mit den Schultern. Er sieht, dass sie frustriert ist, aber er weiß nicht, warum, denn ein Achselzucken ist eine gute Antwort auf all diese Fragen und bedeutet eine Kombination aus *gut* und *egal*.

Sein Urgroßvater stellt ihm keine Fragen, und dafür ist Jack ihm sehr dankbar.

Am Elternsprechtag (Eltern, haha) sagt seine Lehrerin leise zu seinen Urgroßeltern – seine Urgroßmutter aufrecht, die Hände im Schoß gefaltet, sein Urgroßvater in einem sauberen Hemd, das sie ihm aufgenötigt hat –, als ob er es nicht hören könnte: »Wir glauben, dass Jack sehr intelligent ist, aber er ist schwer zu integrieren. Eigentlich spricht er nie. Wir müssen darüber nachdenken, ihn die Klasse wiederholen zu lassen oder ihn getrennt zu unterrichten.« Und so weiter. Danach ermutigt seine Urgroßmutter ihn, die Schularbeiten am Küchentisch zu erledigen, und verstärkt ihre Bemühungen, mit ihm zu sprechen.

Er tut immer, was die Erwachsenen sagen. So sitzt er vor seinen Schularbeiten, blickt mit dem Stift in der Hand auf sie hinunter. Regungslos, stundenlang, bis seine Urgroßmutter ihn ansieht und seufzend sagt, er könne gehen und tun, was er wolle. Dann setzt er sich in sein Zimmer, rollt sich auf dem Bett zusammen oder auf dem Boden in der Ecke, und was?

Jack vermutet, dass er über etwas nachgedacht hat. Tagträume hatte. Aber was für Träume hätte er denn haben sollen?

Sein Urgroßvater ist Automechaniker, und Jack weiß aus Gesprächen, die über seinen Kopf hinweg geführt werden, dass er auch außerhalb der Werkstatt Kunden bedient, um etwas nebenher zu verdienen. Das gefällt der Werkstatt zwar nicht, aber sie kann nichts dagegen tun. (Jack hörte immer zu und stellte fest, dass die Erwachsenen umso offener in seiner Gegenwart waren, je weniger er sprach. Zum Beispiel erzählte seine Urgroßmutter einmal ihrer Freundin am Küchentisch, dass Nicky über einen Entzug nachdenken würde, und die Freundin sagte: »Oh, das ist ja wunderbar«, und seine Urgroßmutter zuckte mit den Schultern, blickte seufzend zu Jack hinüber, der den Blick fest auf den Fernsehbildschirm gerichtet hielt und sich sicherheitshalber noch um einen etwas abwesenden Gesichtsausdruck bemühte, und sagte: »Vielleicht, aber ich will einfach nicht, dass sie meinen, sie wären kompetent genug, sich wieder um Jack zu kümmern.« Jack wusste nicht, was *kompetent* bedeutete, aber er konnte sich denken, worum es ging.) Jacks Urgroßvater arbeitet seine Zusatzaufträge der Reihe nach in ihrem Vorgarten oder unter einer Konstruktion ab, die er als Garage bezeichnet, die aber eigentlich nur aus zwei Wänden und einem Dach besteht, das im Winter einen Teil des Schnees abhält.

Nach einiger Zeit fängt Jack an, sich leise nach draußen zu schleichen. Er setzt sich auf einen alten Reifen, einen Holzklotz oder was auch immer bei der Arbeit neben seinem Urgroßvater herumliegt.

Die langsame, gleichmäßige Arbeit wirkt beruhigend. Die sich wiederholenden, vorhersehbaren Bilder. Sein Urgroßvater, der bis zur Schulter im Motorraum steckt, nach etwas sucht, triumphierend den Arm herauszieht, etwas Kleines, Glänzendes in der ölverschmierten, dreckigen Hand. Wie er auf der quadratischen Holzplatte mit Rädern liegt, damit er auf dem Rücken unters Auto rollen kann. Wie vier Schrauben zwischen seinen Lippen klemmen, während er eine fünfte festzieht. Und das Beste daran:

Nie spricht er mit Jack. Gelegentlich flucht er leise vor sich hin, wenn er etwas fallen lässt oder etwas nicht findet. Jedes Mal dieselben Flüche hintereinander wie ein einziges Wort. Eine Beschwörungsformel. Ein Mantra. Ein Gedicht, sogar. »Leck-mich-am-Arsch-verfluchter-Scheißdreck.« Aber mehr sagt er nicht.

Jack gefällt es, dass sein Urgroßvater immer weiß, was als Nächstes zu tun ist.

Später, als er die Highschool besucht und seine Urgroßmutter damit prahlt, was für ein Genie er ist und dass er nach Harvard geht, wird sie davon berichten. Sie wird erzählen, wie Little Jack, der damals so klein war, dass man es sich bei seiner heutigen Größe gar nicht mehr vorstellen kann, zu Jim nach draußen schlich. Und Jim, na ja, ihr kennt ja Jim, kein Mann vieler Worte, sagte zunächst nichts zu dem Jungen, und das war in Ordnung, denn Jack wollte auch nichts sagen. Und so wurden sie Freunde, ohne ein Wort miteinander zu reden.

Nach einer ganzen Weile fängt sein Urgroßvater an zu erzählen. Nur Kleinigkeiten, die sich anhören, als würde er mit sich selbst reden. »Gut, morgen bringe ich den Schlauch wieder an« oder »Reifenwechseln ist das Letzte« oder »die Dichtung teste ich nach dem Abendessen«. Dann redet er ein bisschen, während er arbeitet, wie »dieses verfluchte Ding lässt sich nicht lösen« oder »die Batterie ist korrodiert«, solche Sachen, und Jack geht näher an den Motor heran, damit er hineinschauen und sehen kann, wovon sein Urgroßvater spricht.

Es ist Winter, und wenn sein Urgroßvater nachmittags von der Arbeit nach Hause kommt, schnappt seine Urgroßmutter Jack und steckt ihn in Jacke, Mütze und Fäustlinge, bevor er sich nach draußen schleicht. Und das Licht, das sein Urgroßvater auf dem Garagendach angebracht hat, und die Stirnlampe, die er im Winter auf dem Kopf trägt, tauchen seine Hände in grelles Licht und dunkle Schatten. Jack schleicht sich heran, um besser sehen zu können, und als sein Urgroßvater die Hände wegzieht und innehält, zeigt Jack in den Motor und fragt: »Was ist das?« – seine ersten Worte seit Der Nacht.

34

Jack schaute abwechselnd auf seine Hände mit den blauen Handschuhen und auf die Schar neuer Mitarbeiter hinter ihm. Alle sehr jung: direkt vom College. Sie sollten an der Synthese von M, dem Medikament, arbeiten. Er wechselte zu einer größeren Pipette, nahm eine Spitze und begann, eine rosafarbene Flüssigkeit in eine klare Flüssigkeit einzubringen. Ihre Gesichter rund und andächtig. In seinen Händen wirkte die Pipette klein. Sie nickten. Am Ende warf er die Spitze weg, legte die Pipette ab, zog den rechten Handschuh aus, dann den linken mit dem rechten, warf sie in den Papierkorb, rieb sich die Hände. »Fragen?«

Zunächst eine angemessene Frage zur Kühlung von Materialien. Dann noch eine vernünftige, ob sie darüber nachgedacht hätten, ein Reagens durch ein anderes zu ersetzen. Jack achtete darauf, beide zu belohnen, aber die erste mehr als die zweite. Er hatte die Erfahrung gemacht, dass gute Regelbefolger keinen Ärger machten. Gute kreative Köpfe konnten manchmal zu kreativ werden – nicht unbedingt zu ihrem eigenen Besten. Zu Mannas Bestem.

Keiner von ihnen fragte nach dem Schritt nach der Synthese, also nach dem Testen. Wahrscheinlich gingen sie davon aus, dass ihnen die Wirksamkeitsdaten zurückgemeldet würden, damit sie wussten, ob sie Fehler machten. Wenn sie die Daten nicht sahen, fragten sie nach, dann tat er so, als ob sie eine unglaublich dumme Frage stellten, erzählte ihnen, dass Start-ups so nicht funktionierten, dass aus Sicherheitsgründen jedes Team ein in sich geschlossener Kreis sei. Dass ihre Arbeit streng geheim sei, ebenso wie das, was die Teams mit den Mäusen auf der anderen Seite des Flurs taten.

Dann deutete er an, dass sie vielleicht das Mitarbeiterhandbuch (hundertfünfzig Seiten) nicht ganz gelesen hätten, obwohl sie unterschrieben hätten. Er kniff die Augen zusammen, als verdächtigte er sie, bereits gegen ihre Geheimhaltungsvereinbarung verstoßen zu haben. »Habt ihr eure Daten mit anderen Teams geteilt?«, fragte er langsam. Sie verließen erschrocken sein Büro und fragten nicht noch mal nach.

Und das war gut so. Hätten sie die Rohdaten über die Wirksamkeit gesehen, wüssten sie, dass alles, was Manna den Medien über das in der Entwicklung befindliche Medikament erzählte, alles, was sie in den Nachrichten gesehen oder in der *Vogue* oder der *New York Times* oder *Forbes* über das Medikament gelesen hatten – welches das Altern zwar nicht *heilen*, aber das biologische Alter quasi sofort um fünf bis zwanzig Jahre senken würde –, irgendetwas zwischen extrem übertrieben und geradewegs gelogen war.

Jack lächelte sie angespannt an und sagte: »Warum gehen wir dann nicht zum nächsten Schritt über?« Während er das sagte, nahm er durch die Glaswand hinter ihnen eine Bewegung wahr. Er wusste, dass es Zoe war, noch bevor er seinen Blick fokussiert hatte. Der zielstrebige Schritt und die unveränderte perfekte Körperhaltung, seit er sie an jenem ersten Tag in Professor Nortons Büro hatte kommen sehen. Das Haar war zu einem Knoten zurückgesteckt, der ihren langen Hals betonte. In ihm pulsierte etwas. Sehnsucht. Sie musste ihn aus dem Augenwinkel gesehen haben, beachtete ihn aber nicht. Er drehte sich zu den neuen Angestellten um. Sie hatten sie eindeutig auch bemerkt – einige starrten sie immer noch an. Zoe und er sollten sich grüßen. Ihnen ging der Ruf voraus, unzertrennlich zu sein. Sie sollten den Schein wahren, sonst würden die Leute wissen, dass etwas passiert war.

Er beobachtete, wie sie um die Ecke in ihr Büro ging. Bei so vielen Glasscheiben zwischen ihnen war sie nur ein Schatten, als sie sich an ihren Schreibtisch setzte.

Vielleicht war es nicht wichtig. Sollten die Angestellten doch ruhig ein bisschen über einen Beziehungsstreit tratschen.

Er drehte sich um und fuhr mit der Demonstration fort.

Am Ende des Tages fuhr er nach Hause. Zoe hatte vor Wochen eine Einzimmerwohnung in Kendall gemietet. An dem Abend ihres Auszugs hatte er ihr Sachen liefern lassen, von denen er wusste, dass sie sie brauchen könnte. Toilettenpapier, Papierhandtücher. Ein Gerät für weißes Rauschen, ohne das sie nicht schlafen konnte. Ein paar Lebensmittel, darunter Matcha, Haferflocken und vegane Milch, die sie zum Frühstück brauchte. Außerdem hatte er sich veranlasst gefühlt, ihr einen Blumenstrauß zu schicken, den sie wahrscheinlich aus dem Fenster werfen würde (warum hatte er das getan? Aus Grausamkeit? Zärtlichkeit? Wo ist der Unterschied?). Auf die Karte schrieb er keinen Text. Sie hatte ihm die Adresse des Gebäudes gegeben, aber nicht die Nummer ihres Appartements, doch mit ihrem Namen auf dem Lieferbeleg fand alles seinen Weg zu ihr.

Er zog seine Stiefel aus und legte sich auf die Couch. Sie war riesig. Zoe hatte sie ausgesucht. Er hatte bereits den Wecker auf seinem Handy gestellt und den Klingelton ausgeschaltet, nur Zoes Anrufe wurden immer durchgestellt. Allerdings rief sie nie an. Er schlief sofort ein, tauchte in die Schwärze ein, aus der ihn das durchdringende Piep-Piep-Piep um neun Uhr allmählich wieder herausholte. Er stand auf, stapfte in die Küche, öffnete den Kühlschrank und holte ein Fertiggericht heraus. Entfernte das Plastik, stellte das Tablett in die Mikrowelle, drückte auf drei. Ging wieder zum Kühlschrank, holte sein Insulin heraus, schnippte die Kappe ab, zog sein Shirt hoch, kniff die Haut am Bauch zusammen, spritzte. Klappte den Kanülensammelbehälter auf, den Zoe geschickt als Schublade getarnt hatte, und warf die gebrauchte Spritze hinein. Schloss die Augen, lehnte sich dösend gegen den Tresen, während er auf das Piepen der Mikrowelle wartete. Zog das Tablett mit bloßen Händen heraus, hatte sich zu oft die Finger verbrannt, um die Hitze zu spüren. Schnappte sich eine Gabel. Setzte sich auf die Couch. Stellte das Tablett auf seinen Knien ab. Blickte hoch zum Fernseher, überlegte, ob er ihn anstellen sollte. Starrte auf den leeren Bildschirm. Schaltete ihn nicht ein. Nahm einen Bissen, was auch immer das war. Reis, Huhn, etwas Grünliches. Pustete. Zu heiß, um zu schmecken. Auch gut. Schaufelte das Ganze in sich hinein. Stand auf. Holte sich ein Glas Wasser aus ihrem schicken Kühlschrank, der einen eingebauten Spender für gefiltertes Wasser hatte. Als Kind hatte er gedacht, solche Kühlschränke seien etwas für reiche Leute. Was er jetzt wohl auch war. Aber der Kühlschrank war nicht viel teurer als andere gewesen. Egal.

Er zog die Stiefel wieder an und eine leichte Jacke über. Die Nächte waren kalt. Schaute auf seine Armbanduhr. 21:35 Uhr. Verließ das Haus, schloss die Haustür ab, stieg in seinen Truck. Er hatte ein neues Auto, einen BMW. Doch seit Zoe weg war, fuhr er wieder den Ranger. Sank in seine Körperumrisse, die für immer in den Sitz gedrückt waren. Die Fahrt verlief ohne Störungen, die Straßen leer. Gegen zehn an einem Mittwochabend war die perfekte Zeit, um nach Kendall zu fahren. Parkte vorm Labor. Ging hoch. Sperrte auf. Ging hinein, schaltete das Licht an. Atmete tief ein, zog die Schultern hoch und seufzte. Holte seine Sachen aus dem verschlossenen Abstellraum. Setzte sich an den Labortisch und machte dort weiter, wo er gestern Abend aufgehört hatte.

35

Er hatte schon früher wie ein Verrückter gearbeitet. Vielleicht war er nur müde, weil er alt wurde.

In dem Herbst, in dem er Zoe kennenlernte, hatte er fast rund um die Uhr gearbeitet.

Morgens ging er in Lis Labor. Wachte auf, schnappte sich einen Bagel, aß ihn im Shuttle. Arbeitete ungefähr sechs Stunden in Lis Labor. Er war dort der einzige Student im Grundstudium. Den Job hatte er nur bekommen, weil ein Postdoc von Li einen Sommer lang für seinen Principal Investigator beim JAX gearbeitet hatte und ihm einen Gefallen schuldete. Jack meinte, mit den Doktoranden und Postdocs mithalten zu müssen. Als Li von dem dafür nötigen Zeitaufwand sprach, sagte er deshalb, dass er alle Zeit der Welt habe. Er wolle vierzig bis fünfzig Stunden pro Woche im Labor arbeiten. Li hatte sich gefreut und mit einem schwachen Lächeln genickt, er hielt nicht viel von Seminaren im Grundstudium. Doch das war alles am Ende von Jacks erstem Studienjahr gewesen – bevor er Brenna kennenlernte. Als Brenna ihm dann einen Platz in seinem fast leeren Labor anbot, persönliche Betreuung, einen direkten Weg an die Spitze der Karriereleiter, musste er doppelt schuften. Schließlich konnte er Li nicht sagen, dass er auch mit einem anderen PI an Anti-Aging arbeitete.

Er fuhr ins Wohnheim, aß was, manchmal. Oder packte sich auch einfach nur für später etwas zu essen in die Tasche. Ging von achtzehn bis zwanzig Uhr zum Unterricht, einem Master-Seminar. Zumindest für ein paar Wochen, bis er merkte, dass er die Laborarbeit nicht schaffte, wenn er gleichzeitig zum Unterricht ging. Daraufhin cancelte er das Seminar. Lief nördlich vom

Science Center zu Brenna. Schaltete das Licht ein. Das Labor war leer – der einzige Postdoc war zu normalen Zeiten dort und stand ohnehin kurz vor der Veröffentlichung seiner Ergebnisse. Meist arbeitete er von zu Hause aus. Jack arbeitete ungefähr weitere sechs Stunden. Aß, was immer er eingepackt hatte – normalerweise irgendein Sandwich. Ging zurück in sein Zimmer. Arbeitete noch ein paar Stunden an Li-Sachen auf seinem Computer, oder recherchierte, las Paper. Schlief, wenn er musste. Vier Stunden waren schon viel.

An dem Abend, an dem er Zoe begegnete, war sein Zeitplan völlig durcheinandergeraten, weshalb er sich fast verraten hätte.

Er hatte wie üblich tagsüber bei Li gearbeitet und war dann direkt zu Brenna gegangen. Doch gegen zwanzig Uhr mailte ihm Jerry, der Postdoc bei Li, er müsse zurückkommen, sie müssten einen Versuch wiederholen, etwas sei nicht sauber gelaufen. Er hatte seine E-Mails überhaupt nur abgerufen, weil Jerry ihm Fragen und Änderungen an der PowerPoint-Präsentation schicken wollte, die Jack für das morgige Gruppentreffen fertigstellen musste (bei dem Jerry wohlgemerkt Jacks Arbeit präsentieren würde. Aber so lief das eben). Scheiß E-Mail. Jack fand den durchgeführten Versuch in Ordnung. Aber gut. Er betrachtete das Experiment, das er gerade durchführte, und atmete durch die Nase aus. Wenn er es abbrach, würde er wieder von vorne beginnen müssen. Zwei Stunden Arbeit umsonst. Aber was sollte er sagen? Ich bin im Unterricht? Sobald es ein Problem mit der Präsentation gab, musste er sie halten. Er mailte zurück, er sei im Wohnheim und werde den nächsten Shuttle nehmen. Als der Posteingang automatisch aktualisiert wurde, tauchte eine weitere E-Mail auf: der Lehrassistent in Organik schickte ihm seine Note für die Zwischenprüfung. Okay. Offenbar war er seither nicht mehr im Kurs gewesen, um sie sich abzuholen. Eine 81, was in der Gruppe wahrscheinlich eine Zwei plus bedeutete. *Cool,* dachte er. Dann räumte er auf, warf den Scheiß in den Müll oder spülte ihn den Abfluss hinunter – war jetzt sowieso nicht mehr zu gebrauchen –, warf sich seinen abgenutzten Rucksack über die Schulter, schaltete das Licht aus und schloss ab.

Er eilte gerade über das Yard, als er Zoe sah. Er erkannte sie sofort: groß für eine Frau und ganz gerade. Und diese gewellte schwarze Mähne. Natürlich fand er sie schön, auf eine unnahbare Art. Wie eine griechische Skulptur. Aber hauptsächlich fand er sie interessant. Jemanden interessant zu finden, ist viel schlimmer.

An dem Abend wollte er ihr nicht begegnen. Sie hatten noch kein richtiges Gespräch geführt – sie hatten so getan, als würden sie sich ignorieren, während sie einen intellektuellen Wettstreit ausfochten –, und wenn er ihr begegnete, wollte er etwas zu sagen haben. Er wusste nicht so genau, was. Irgendwas.

Aber sie änderte ganz offensichtlich die Richtung und kam direkt auf ihn zu. Er fluchte innerlich.

Er machte irgendeine unsinnige Bemerkung über seine Arbeit mit Li, denn natürlich hatte er niemandem von Brenna erzählt, sie zog eine Augenbraue hoch. Ganz sicher war sie gelangweilt. Wenn sie direkt mit ihm sprach und nicht durch ihren Organik-Professor, klang ihre Stimme melodisch. Sie musste gefragt haben, woher er kam. Es wäre ihm lieber gewesen, sie hätte weitergeredet, damit er weiter zuhören konnte. Er sagte, er käme aus dem Labor und deutete hinter sich, und sie grinste leicht, als wäre er ein Idiot. »Li ist auf der anderen Seite des Flusses, oder?«, sie deutete mit dem Kopf hinter sich, und er spürte, wie er rot wurde, eine heiße Röte, die sein Gesicht fleckig aussehen ließ, als habe sie ihn bei etwas ertappt. Er erinnerte sich nicht einmal mehr an seine Antwort, wahrscheinlich hatte er verlegen gelacht, »Ja« oder etwas ähnlich Hilfreiches gesagt. Und dann war er wie ein aufgeschrecktes Wildtier davongeeilt. Ein Reh. Oder passender für Cambridge: eine Ratte.

36

Auf Zoes Frage, wie lange er schon gelogen habe, hatte er gesagt: »Das spielt keine Rolle«, und sie sagte: »Was soll das heißen, ›das spielt keine Rolle‹?« Und sie hatten beide recht.

»Die Investoren investieren nicht in die Theorie, sondern in die Anwendung. Die Anwendung funktioniert nicht richtig, und wir sagen ihnen, *dass* sie funktioniert, und darum geht es«, sagte Jack.

»Aber falls die Theorie auch eine Lüge ist, haben wir sie die ganze Zeit betrogen. Wir haben uns eine hübsche Geschichte ausgedacht, sie ihnen nett verpackt überreicht, und sie haben sie gekauft. Was sage ich da – ich habe eine hübsche Geschichte ausgedacht und …« Sie würgte an ihrem Satz.

Er hätte sie gern an den Schultern gepackt und an sich gezogen, aber er wusste, dass sie sich wehren würde. *Wage es ja nicht, mich anzufassen!*

»Deine Theorie ist richtig«, sagte er. »Meine Anwendung scheitert.«

»Ich glaub dir nicht«, hatte sie gesagt und sich dann schnell abgewandt, dennoch hatte er gesehen, wie die Wut in ihrem Gesicht Schmerz gewichen war.

Nachdem sie es herausgefunden hatte, dachte er, sie würde sofort zum Vorstand gehen. Aber das tat sie nicht. Stattdessen wartete sie ungefähr eine Woche, dann trafen sie sich, um zu besprechen, was nun zu tun sei, so wie sie auch über alle anderen Themen sprachen. Über die ursprüngliche Idee, Viraj, den Ausstieg, Personaleinstellungen, den Laborraum, den Vorstand und so weiter und so fort.

»Ich kann mir keine Meinung bilden, wenn ich nicht alles

weiß«, sagte sie. »Du musst es mir erzählen. Wie soll ich sonst« – sie machte eine umfassende Geste – »etwas tun?«

»Das Leben ist ein Spiel mit unvollständigen Informationen.« Er hatte ihr bereits erklärt, dass er ihr nicht im Detail verraten würde, was er wann getan hatte. Damit sie auf der Bühne überzeugender sein konnte, sagte er. Aber eigentlich ging es ihm darum, dass sie glaubwürdig alles abstreiten konnte. Das würde sie vermutlich doch auch selbst wollen.

Sie sahen sich an. Was sollte das bedeuten? Er wusste es nicht. Sie auch nicht. Ihre Augen waren trübe, ausdruckslos.

»Ich brauche einfach mehr Zeit«, sagte er. »Ich habe immer nur mehr Zeit gebraucht.«

Sie schüttelte den Kopf. Um ihren Mund lag ein angespannter Zug. Warum zog sie sich nicht aus der Affäre? Warum saß sie hier mit ihm, wo einmal ihre Küche war – oder gewesen wäre? (Eine schmerzhafte Erinnerung: Wie sie beim Auspacken *Our House* über die eingebauten Küchenlautsprecher gespielt und er die Augen verdreht hatte – von Anfang an, schon damals im Labor, hatte er sich über ihren Musikgeschmack lustig gemacht, sie als Hippie bezeichnet, und sie hatte gelacht.)

Sie atmete tief durch.

»Start-ups gründen ständig Spin-offs«, sagte sie dann. »Nimm Saytrex – sie haben mit Anti-Aging angefangen, jetzt entwickeln sie Krebsmedikamente.«

Er atmete aus.

Sie war hier, weil sie zu ihm stand.

Ihm schnürte sich die Kehle zu, er räusperte sich und wandte den Blick von ihr ab.

Sie entschieden sich für das Naheliegendste. Sie waren das größte und bestfinanzierte Start-up im Bereich Anti-Aging. Allein aufgrund ihrer Schlagkraft konnten sie jede in der Entwicklung befindliche Anti-Aging-Technologie vor allen anderen in die klinische Erprobungsphase bringen.

»Dann machen wir das«, sagte Zoe. »Wir nehmen das, was am leichtesten zu erreichen ist.«

Jack nickte.

»Wie lange brauchst du?«

Er schloss die Augen. »Vielleicht eineinhalb Jahre?« Er wusste, was er von ihr verlangte. Er glaubte nicht, dass sie sich darauf einlassen würde.

Doch das tat sie.

Seit Zoe es herausgefunden hatte, war es in logistischer Hinsicht leichter, die Lüge aufrechtzuerhalten, emotional war es schwieriger. Denn bevor sie es wusste, war es einfach Teil des Prozesses gewesen. Er brauchte Zeit, bis alles funktionierte. Denn es würde funktionieren. Und zwar bald.

Doch weil sie es wusste und ihm Zeit verschaffte, und zwar für die Ideen anderer, nicht für M, erkannte er plötzlich mit brutaler Klarheit, dass er sich etwas vorgemacht hatte. M würde nie funktionieren, in Wirklichkeit war er nicht so gut, wie er immer behauptet hatte, in Wirklichkeit war er nie gut genug für sie gewesen.

37

Im Vorstand scherte sich im Grunde niemand um die Wissenschaft.

Ihre Kapitalgeber stammten von der Westküste und zumeist nicht aus dem Bereich Biotechnologie. Wie Jack schon früh durch Viraj gelernt hatte, stellen Venture-Capital-Menschen von der Ostküste zu viele Fragen. Sie verstehen nichts von der Wissenschaft, darum wollen sie dich bei einem Fehler erwischen, um zu beweisen, dass sie schlauer sind als du. Zoe und er hatten immer über den Blödsinn gelacht, mit dem sie ankamen, aber es war nervig gewesen. So konnte man unmöglich vorankommen. Zu viele Köche, und die Hälfte von ihnen hatte noch nie ein Kochmesser in der Hand gehabt. Außerdem sind sie immer bereit, dich zu ersetzen. Und so hatten Jack und Zoe *sie* ersetzt. Durch gründerfreundliche VCs von der Westküste – *gründerfreundlich* hieß, sie geben dir Zeit, dich zu entwickeln, wollen dich nicht rausdrängen und deine Idee mit anderen verwirklichen. Demzufolge interessieren sie sich deutlich weniger für die Wissenschaft.

Zoes ultrareiche Gruppe war eine angenehme Überraschung. Die schmierigen alten Männer waren total verzaubert von ihr, wollten ihr einfach ihr Geld geben. Perfekt: Möglichst viele von ihnen mussten in den Vorstand.

Brenna war der einzige Wissenschaftler im Gremium und von Anfang an kaum da, er ließ sich nur bei ungefähr einem Viertel der Vorstandssitzungen blicken. »Dieses ganze Gerede über Geld ist eine unglaubliche Zeitverschwendung«, meckerte er dann. »Wirklich schade, dass man heutzutage nur noch so etwas erreichen kann.« Aber sein Name genügte jedem als wissenschaftliche Rechtfertigung.

Auf jeden Fall war es keine Überraschung, dass die erste Vorstandssitzung, nachdem sie es herausgefunden hatte, gut verlief.

Sie hatten beschlossen, nicht zu erwähnen, dass Jack mit der Arbeit an einem neuen Medikament begonnen hatte. Zu verdächtig. Sie würden auf den *Proof of Concept* warten und es dann als glücklichen Zufall verkaufen. Ein vielversprechender Ansatz, wir sollten unbedingt investieren. Und was dann? Wenn es gut lief, hoffen, dass alle M einfach vergaßen? Darüber sprachen sie nicht. Sie brauchten all ihren Glauben für den ersten Schritt.

Jetzt präsentierten sie dem Vorstand den einen Datensatz, der M vielversprechend erscheinen ließ. Jack machte eine vage Aussage über klinische Versuche. »Und die Patentanträge?«, fragte jemand. »Ja, Sir, wir haben sie eingereicht. Diese Dinge brauchen einfach Zeit.«

Früher hatte er sich Sorgen gemacht, dass Zoe unbewusst eine schwierige Frage stellen könnte. Jetzt machte er sich Sorgen, dass sie aus der Rolle fallen könnte. Aber sie war eine viel bessere Schauspielerin als gedacht. Sie fragten irgendwas Oberflächliches zum Marketing. »Ich überlege immer, wie ich den Menschen den revolutionären Charakter unserer Arbeit näherbringen kann«, antwortete sie, »ohne dass sie Angst vor dem Bild des verrückten Wissenschaftlers haben. Ich möchte, dass die Leute uns, falls möglich, als Ärzte sehen. Die heilen, nicht experimentieren. Vor allem, wenn wir in die Phase der klinischen Erprobung eintreten und kurz davorstehen, das Medikament in die Hände der Menschen zu geben.« Jack nickte. Ihr Auftreten in der Öffentlichkeit war so kultiviert, glatt und stimmig. Darum hatte er es immer so genossen, in seiner Wohnung, in seinem Schlafzimmer, ihr raues Lachen zu hören; wenn sie sich entspannte, sich an ihn lehnte, und ihre Stimme klang wie ein Song, voller Gefühl.

Diese langen Tage, nachdem sie Lis Labor verlassen hatten und allein arbeiteten. Wenn der nächste Durchbruch zum Greifen nahe war. Überall Zettel mit Notizen und Diagrammen, die sie herumschoben, zerrissen, in den Müll warfen und von vorn anfingen.

Wenn Zoe richtig konzentriert war, verlor sie ihre perfekte Haltung. Nach vorn gebeugt, die Schulterblätter wie Flügel unter ihrem Shirt, die Ellbogen auf den Schreibtisch gestützt, das Gesicht in den Händen. Ihr Haar kräuselte sich, als reagierte es auf die Energie in ihrem Gehirn. Durch die langen, gespreizten Finger blickte sie auf die Papiere vor ihr.

Wenn sie zusammen redeten, seine Worte mit ihren verschmolzen, waren sie mehr als doppelt so schnell. Wie ein Kind, das bergab rennt, die Arme wie Windräder wirbelnd, vom Schwung mitgerissen, mit immer längeren Schritten.

Manchmal liefen sie hinunter und landeten mit großen Sprüngen am Fuß des Hügels. Ein anderes Mal stolperten sie, rollten hinunter, fielen auf Schulter, Rücken, die Seite. Sie humpelten lachend davon, Grasflecken auf den Shirts.

Nach getaner Arbeit gingen sie durch Cambridge. An den dunklen Schaufenstern vorbei, dem Obdachlosen, der im Eingang von JP Licks schlief, zur U-Bahn, dann rechts die Mass. Ave. hoch. Oder die Mount Auburn hinunter zum Möbelhaus mit dem riesigen bemalten Stuhl, dann nach Norden durch die schmalen Wohnstraßen. Sie hatten seltsame Arbeitszeiten, darum war die Stadt still, gehörte ihnen. Wenn es schlecht lief, beschleunigte Zoe ihren Schritt, als hätte sie einen Termin. Wenn es gut lief, sang sie, egal, was er vor ihrem Aufbruch in seinem Zimmer gespielt hatte. In seiner Erinnerung war es der Vampire Weekend Song. *I've had dreams of Boston all of my life.*

Eines Nachts, als er aus seinem Zimmer kam und sah, wie Carter ihr die Schultern massierte, hatte er ihr die Adams-Tunnel gezeigt.

Und sie betrachtet, als sie die Wände betrachtete. Ihr schiefes Lächeln, wenn sie amüsiert war. Sie sprachen übers Sterben. Das ewige Leben. War es möglich? Jack glaubte es. Er war sich sogar sicher. Das Problem war nur, dass die Evolution keinen Grund gehabt hatte, deswegen zu selektieren – doch was spielte die Evolution jetzt noch für eine Rolle? Man könnte auch sagen, medizinische Wissenschaft sei eine andere Art der Evolution. Eine Spezies sorgt für ihren Erhalt. Denn je länger ein Mensch lebt, desto mehr kann er erreichen. Das ist unter anderem ein Problem mit der heutigen Wissenschaft, überlegte Jack – man muss sich so sehr spezialisieren, braucht so lange, um an die Spitze zu gelangen, dass man schon tot ist, wenn man es geschafft hat.

»Ich glaube, das Menschliche ginge verloren. Wenn wir für immer leben«, sagte sie, ohne ihn anzuschauen.

»Warum sagst du das?«

Sie seufzte, sah traurig aus. Dann lächelte sie, drehte sich zu ihm um. »Arbeitest du nicht immer besser, wenn du eine Deadline hast?«

Er lachte.

Ich liebe dich, dachte er.

Als er nach dem Ausflug zu den Tunneln Zoe leicht high vor Lowell abgesetzt hatte und in sein Wohnheimzimmer zurückkehrte, saß Carter auf der Couch.

»Hey.«

»Hey.«

»Gott, sie ist umwerfend«, sagte er. Jack nickte.

»Findest du nicht?«

»Sie ist meine Partnerin«, sagte Jack. Er lehnte sich an den Türrahmen, dachte an die Papiere auf seinem Schreibtisch. Eine große, unordentliche Handschrift für eine so kultivierte Frau. Beschwor ihre Stimme in seinem Kopf herauf. Wenn er arbeitete, beantwortete ihre

Stimme jetzt oft seine Fragen. Wenn er die Augen schloss, sah er ihre Handschrift vor sich.

»Schon klar, aber du kannst nicht ignorieren, wie schön sie ist. Diese Haare? Diese Augen? Diese Beine?«

»Dann bitte sie doch um ein Date«, sagte Jack, ging in sein Zimmer und schloss die Tür.

38

Wie hatte er nur so unvorsichtig sein können? Unbearbeitete Dateien auf seinem Laptop geöffnet zu lassen, wenn er wusste, dass sie jederzeit hereinspazieren konnte? Nachdem er so lange alles so perfekt vor allen geheim gehalten hatte?

Die offensichtliche Antwort lautete, dass ein Teil von ihm wollte, dass sie es erfuhr. Dass er es einfach nicht länger vor ihr verheimlichen konnte.

39

Das Abendessen bei ihren Eltern war eine Katastrophe.

Und was hatte er anderes erwartet? Er war ein Außenseiter, ein Eindringling. Er kam in ihr Haus und versuchte, ihre Tochter von dem für sie vorgesehenen Weg abzubringen – der direkt zu einer Professur in Harvard und am MIT führte. Er drang in ihr großes, schönes, sauberes Haus ein wie ein Schädling, der alle möglichen Krankheiten hereinschleppte: den unübersehbaren Komplex, den Gestank der Armut, den Hunger nach Risiko. Er hätte genauso gut versuchen können, ihr Silber zu stehlen – oder noch viel schlimmer, ihre einzige Tochter.

Carter würde ihnen deutlich besser gefallen, dachte er, als Zoes Mutter ihn von oben bis unten musterte, als Zoe und ihr Vater auf Griechisch über ihn und an ihm vorbeiredeten, als er unsicher überlegte, welche Gabel er benutzen sollte.

Fast dachte er, Zoe würde dort bleiben, ihn auf den Stufen vorm Haus stehen lassen und zurück zu ihrer perfekten, brillanten Familie gehen. Doch stattdessen entließ ihre Mutter sie beide mit einem knappen, förmlichen Gastgeberlächeln.

Im Halbdunkel zwischen den Straßenlaternen warf er Zoe ängstliche Blicke zu. Sie war so in Gedanken versunken, dass sie seinen Blick nicht bemerkte.

Er brachte sie zu ihrem Wohnheim und ging direkt ins Labor.

Konnte keine Ruhe finden; seine Stimmung wechselte ständig zwischen Wut, Verlegenheit, Angst und wieder Wut hin und her.

Er hätte ihrem Vater beim Schach die Züge vorsagen sollen. Er hatte sofort begriffen, wofür der alte Mann mehrere Minuten gebraucht hatte. Er hätte ihm zeigen sollen, was er draufhatte.

Er stöberte eine Weile herum. Holte Sachen heraus und räumte sie weg. Wenn sie mehr gute Ergebnisse erzielt hätten, wären ihre Eltern vielleicht nicht so ungläubig gewesen. Und das war seine Schuld. Dass dieser blöde Scheiß nicht funktionierte. Dabei war er sich sicher, dass es funktionieren könnte – dass es funktionieren *sollte. Leck-mich-am-Arsch-verfluchter-Scheißdreck.* Die Stimme seines Urgroßvaters entlockte ihm ein Lächeln und versetzte ihm dann fast sofort einen heftigen Stich. Als er lachte, tat es immer noch weh.

Er setzte sich an seinen Computer. Öffnete seine neueste Excel-Tabelle. Rief ein Kurvendiagramm auf.

Wenn es nur ein bisschen sauberer wäre. Wenn sie nur ein bisschen mehr hätten.

Er stand auf und suchte alles zusammen, um das jüngste Experiment zu wiederholen. Er musste nur den einen Schritt in der Mitte ändern, dann würde es vielleicht funktionieren.

Er blieb die Nacht über dort und den Großteil des nächsten Tages. Die Sonne stand hoch am Himmel, als er gegen Mittag mit dem ersten Teil fertig war. Er hatte Kopfschmerzen, war aber nicht müde. Es war Samstag, und Zoe wollte noch mal alleine zu ihren Eltern fahren und sie überzeugen. Sie wollte heute dort übernachten.

Sie hätte das Ganze eindeutig ohne ihn machen sollen. Sie und ihr Bruder, mit seiner verdammten Leichtigkeit. Der jeden Raum betrat, als würde er ihm gehören. Der redete, als würde jeden interessieren, was er zu sagen hatte. Und der auch noch so gut aussah. Sie könnten Zwillinge sein. Die beiden sahen aus wie aus einer Gap-Werbung.

Er war also allein im Labor. Er könnte das zweite Experiment einrichten und auf der Couch schlafen, während es lief, etwa vier Stunden lang, dann am Abend die Daten bearbeiten.

Er wusste schon, dass das Ergebnis nicht besser war, bevor er sich die Zahlen angesehen hatte. Dennoch quälte er sich, führte Analysen durch, rief ein Diagramm und einen P-Wert ab. Er spürte, wie die Angst, die Wut und die Verlegenheit zurückkehrten, die er während der Arbeit hatte verdrängen können. Die Gefühle wechselten sich nicht einmal mehr ab, sondern saßen alle zusammen in seinem Bauch, tranken und machten Witze auf seine Kosten, die im Laufe des Abends immer lauter und rauer wurden.

Mit brennenden Augen betrachtete er die Tabellenkalkulation. Er stellte sich vor, wie sie ausgesehen hätte, wenn das Experiment gelaufen wäre wie geplant. Diese Zahl würde so aussehen, diese so.

Zoe würde ihn verlassen. Der Gedanke setzte sich in seinem Kopf fest und durchdrang seinen Körper. Zoe würde ihn und das Projekt verlassen, und er würde mit nichts dastehen.

Er schloss die Augen.

Er brauchte einfach mehr Zeit. Nur ein paar Monate mehr. Er stellte sich vor, wie er sie darum anflehte. Wie sie den Kopf schüttelte und sagte: »Meine Eltern sind wütend, das geht nicht, ich muss mir einen richtigen Sommerjob suchen. Ich helfe dir, wenn ich Zeit habe.« Was bedeutete: Wir sind fertig, viel Glück.

Seine Kopfschmerzen waren unerträglich.

Er blickte blinzelnd auf den Bildschirm und begann in die Tabelle zu tippen.

Als er sie hereinkommen hörte, war er fertig, dennoch erstarrte er. Er hatte sich noch nicht entschieden, ob er es durchziehen wollte. Hatte die neue Tabelle schon zweimal in den Papierkorb des Computers geschoben und wieder herausgeholt. Doch sie stand hinter ihm. Gleich würde sie es ihm sagen. Er schluckte die klebrige Flüssigkeit hinunter, die sich immer wieder in seiner Kehle sammelte. Seine Hände zitterten, aber das konnte als Aufregung durchgehen. Er drehte sich zu ihr um.

»Komm her«, sagte er, »ich muss dir was zeigen.«

40

Manches erzählte er Zoe nicht, um sie zu schützen, und manches, weil es ihm zu peinlich war. Und manches erzählte er ihr nicht, weil er nicht wollte, dass Zoe ihn verließ. Jetzt hatte er viel Zeit, darüber nachzudenken, was er aus welchem Grund getan hatte.

Von Divya erzählte er Zoe nicht, weil er sie schützen wollte.

Divya und Jack kannten sich seit dem ersten Studienjahr. Sie und Sophia, Zoes Mitbewohnerin, waren zusammen in LS50 gewesen, einem intensiven Wissenschaftskurs für Erstsemester, der selbstständige Forschungsarbeit ermöglichen sollte. Jack fand, dass diese Möglichkeiten überhaupt nicht selbstständig und die anderen Studierenden unausstehlich waren – alle wollten einander übertrumpfen und die Besten sein. Ein Teil des Spiels bestand darin, so zu tun, als würde man nicht spielen. Anscheinend wollten sie sich beim Professor einschleimen und die beste Note bekommen. Was hatte es für einen Sinn, der beste Harvard-Studierende zu sein? Was genau brachte einem das? Ein Schulterklopfen? Jack wusste schon damals, dass er alles Wissen und alle Möglichkeiten in sich aufsaugen, einen Durchbruch erringen, aussteigen und richtig Geld verdienen wollte.

Bei Divya war es nicht anders, nur dass der Professor besonders nett zu ihr war. Zuerst dachte Jack, es läge vielleicht daran, dass sie schön war und der Professor ein Mann in den Fünfzigern. Von dieser Hypothese ging er aus, bis Divya ihm eine Freundschaftsanfrage auf Facebook schickte. (Wie? Warum? Jack dachte nicht weiter darüber nach – seit seinem Ausstieg aus dem ganzen Dating-Spiel hatte er festgestellt, dass seine Zurückhaltung ihn offenbar attraktiver machte. Sie war nicht das erste Mädchen, das über

Social Media mit ihm Kontakt aufnahm.) Dann sah er ihren Nachnamen, der ihm bekannt vorkam, machte eine schnelle Google-Recherche. Er warf seine alte Hypothese über Bord und ersetzte sie durch eine neue: Der Professor hatte entweder ein Start-up oder saß im Vorstand eines Start-ups und wurde entweder von Divyas Vater, Viraj Kaur, finanziert oder wollte von ihm finanziert werden. Der war bei Living Ventures, einer großen Biotech-VC-Firma, und damit das, was Jacks Urgroßvater ein hohes Tier genannt hätte.

Die neue Hypothese veränderte Jacks Kalkulation. Er nahm Divyas Freundschaftsanfrage an.

In der nächsten Stunde setzte sie sich wie er in die letzte Reihe, ließ aber einen Platz zwischen ihnen frei, als würde es dann weniger so aussehen, als setzte sie sich zu ihm. Eigentlich war sie eher der durchschnittliche Typ – keine Streberin, aber auch nicht gänzlich unaufmerksam.

Nach der Hälfte der Stunde beugte sie sich zu ihm und stellte ihm leise eine Frage.

Jack antwortete.

Später, als sie ihn in ihr Zimmer einlud, lehnte er ab, er wollte auf Nummer sicher gehen. Wenn er jetzt mit ihr schlief, würde sie entweder mit ihm zusammen sein oder nichts mehr mit ihm zu tun haben wollen – und beides verschaffte ihm nicht das, was er brauchte. Also hielt er locker Kontakt zu ihr, aß gelegentlich mit ihr zu Abend, textete ihr anfangs sogar ein- oder zweimal. Er hielt sie sich warm, bis Zoe und er ein richtiges Konzept hatten. Im Sommer nach ihrem zweiten Studienjahr.

Sie textete: *Bist du in Cambridge?*

Das war er, und das wusste sie. Wahrscheinlich hatte sie jemand anderen nach seinen Plänen gefragt. Er hatte gerade so viele Informationen durchsickern lassen, dass die Leute neugierig waren, woran Zoe und er arbeiteten.

Ja, schrieb er zurück. Und du?

Ich mach eine Party, 25 Grant St., komm doch vorbei.

Jack ging hin.

Sie erwartete ihn an der Tür und quietschte über den Bass hinweg. »Jack *Leahy*, seit wann kann *dich* jemand rauslocken?« Er grinste.

Sie und ihre Mitbewohnerinnen (zwei andere Mädchen, die ihn beide anschmachteten, *Jack, ewig nicht gesehen, wo hast du gesteckt? Ich hab das Gefühl, ich hab dich seit LS50 nicht mehr gesehen!*) bewohnten ein ganzes Haus. Ein Labyrinth aus engen Fluren, Zimmern und einem Bad mit rosa Badematte, vollgestopft mit unzähligen Fläschchen und Döschen zwanzigjähriger Frauen, vier Bürsten mit verschiedenfarbigen Haaren und mindestens fünfzehn Seifen – es blieb gerade genug Platz, um im Stehen zu pinkeln. Das Haus lag zwischen Mass. Ave. und dem Charles, fußläufig zu allen Harvard-Sommerwohnungen, was sicherlich Sinn der Sache war.

Der komplizierte Teil war Zoes Gesichtsausdruck, als es ihr klar wurde. Er hatte nicht damit gerechnet, so viel zu fühlen – so viel was? Erleichterung, Befriedigung und auch Schmerz, denn er litt mit ihr. Doch sie brauchten das Geld von Divyas Vater. Genauso wie Brennas Unterstützung, und klar, er hatte Zoe hintergangen, aber schlussendlich das bekommen, was er wollte. Sie brauchten den ersten Datensatz, und natürlich hatten sie in Lis Labor nicht genehmigte Materialien benutzt, aber Brenna war nicht auf Hefe eingestellt, und Jack brauchte Hefe. Und natürlich war Li stinksauer gewesen und hatte Jack praktisch gefeuert (das wusste Zoe vermutlich immer noch nicht). Aber er hatte die Daten bekommen, und sie konnten anfangen.

Man kann kein Omelett machen, ohne ein paar Eier zu zerschlagen.

Er erzählte Zoe nicht, dass Carter ihn Dick Brenna vorgestellt hatte. Es war ihm peinlich.

Jack hatte Carter früh kennengelernt. Im Herbst des ersten Semesters. Es wurde allmählich kühl, man musste eine leichte

Jacke überziehen. Jack war zu einem Vortrag über Unternehmensgründung gegangen, und der Redner hatte einen Haufen Wörter benutzt, die er nicht kannte. Jack begriff, dass er nicht zu den Finanztypen passte und für ihn eine Unternehmensgründung anscheinend der schnellste Weg war, an Geld zu kommen – aber um nicht ausgenommen zu werden, musste er diese Sprache lernen.

In Harvard gab es keinen Masterstudiengang für Betriebswirtschaft, aber diese ganzen Finanztypen wollten Wirtschaftswissenschaften studieren. Jack hatte damals noch nicht im Labor gearbeitet und viel Zeit. So ging er zu Ec 10a – im Sanders, dem mit honigfarbenem Holz ausgekleideten, von Kronleuchtern erleuchteten Hörsaal, was ein lächerlicher Ort für einen Einführungskurs zu sein schien – und setzte sich ganz nach hinten. Nur um zuzuhören.

Ein paar Wochen nach Beginn des Projekts setzte sich ein cool aussehender Schwarzer in Kakis auf den Platz neben ihm.

»Ich bin Carter«, sagte er.

»Jack.« Er tippte nervös mit dem Stift. Er wusste nicht, ob es eigentlich erlaubt war, den Kurs eines anderen Fachbereichs zu besuchen. Es fühlte sich ein bisschen so an, als würde er klauen, und er hatte Angst, dass Carter ihn darauf ansprechen würde.

»Machst du dir keine Notizen?«, fragte Carter.

»Ach, ich bin …« Jack zögerte. Sollte er lügen? Er sah auf Carters abgewetzte Lederschuhe hinunter.

»Du musst ein unglaubliches Gedächtnis haben«, füllte Carter die Stille und lächelte. Jack lächelte zurück.

Und was dann? Carter setzte sich immer wieder neben ihn, und schließlich sagte Jack: »Ich hab diesen Kurs eigentlich gar nicht belegt«, woraufhin Carter laut lachte und sagte: »Du hältst das durch und bekommst nicht einmal den Schein?« Jack zuckte mit den Schultern. »Ich wollte nur etwas mehr von Wirtschaft verstehen«, und Carter fragte: »Warum?«, woraufhin Jack wieder mit den Schultern zuckte. »Ich weiß nicht, ich hab einfach das Gefühl, das ist ganz nützlich«, und Carter sah nachdenklich aus, nickte und sagte: »Ja, ich meine, ich werde auch nicht Wirtschaft studieren. Also tun wir wohl dasselbe.« Und dann hielt er inne und fügte hinzu: »Aber ich will einen Schein haben, für mein Ego«, und Jack wusste nicht, ob er darüber lachen sollte, bis Carter grinste. »Halte durch, Bruder.« Jack lächelte zurück.

Im Frühjahr saßen sie die ganze Zeit in Ec 10b zusammen. Diesmal wollte keiner von beiden einen Schein. »Du hast recht«, sagte Carter, »wir wollen lernen um des Wissens willen.« Und dann hatte er Jack etwas verlegen gefragt, ob er in seiner Blocking Group mitmachen wolle, einer Gruppe von Erstsemestern, die sich bemühten, im zweiten und dritten Studienjahr in dieselben Wohnhäuser eingeteilt zu werden. Und Jack, der keine anderen Freunde hatte und davon ausging, dass Carter viele hatte, war überglücklich gewesen.

Im Herbst des zweiten Studienjahrs bot Carter an, ihn Brenna vorzustellen. »Mein Vater hat während seines Grundstudiums unter ihm gearbeitet«, hatte Carter etwas verlegen gesagt. Jack zog sich ein anständiges Hemd an, um neben Carter, der immer tadellos gekleidet war, nicht schmuddelig zu wirken. Carter, der Brenna gegenübersaß, lobte ihn in den höchsten Tönen – »Das ist Jack, der Klügste in unserem Kurs« –, und Jack – wie erbärmlich! – musste unwillkürlich lächeln. Brenna war interessiert, so setzten sie das Gespräch bei einem zweiten Treffen ohne Carter fort, Brenna bot ihm einen Job an, und der Rest war Geschichte.

Aber dann, etwa einen Monat später, hörte Jack Carters Stimme in der Mensa. »Na, es wäre wohl kaum sehr *woke* von mir, nur mit euch zusammenzuwohnen, oder?« Typisch Carter, etwas besonders laut auszusprechen, was er lieber für sich behalten sollte.

Jack blieb stehen. Die Gruppe kicherte, alle sahen aus wie geleckt. Attraktiv, so wie man eben mit achtzehn mit Zahnspange und Aknebehandlung in maßgeschneiderter Kleidung und perfekt gepflegt aussehen kann, egal, wie man angefangen hat. Würde Carter die Geschichte erzählen, würde er erwähnen, dass er der einzige Schwarze in der Gruppe war, aber für Jack spielte die Hautfarbe keine Rolle. Für Jack war reich gleich reich.

Der Junge gegenüber von Carter wirkte skeptisch. »Ich meine«, sagte er, »ihr trefft sie wohl auch im Unterricht.«

Carter zuckte mit den Schultern. »Sie sind alle genial«, sagte er. »Ihr Jungs schließt alberne kleine Hundert-Dollar-Wetten auf den nächsten Zuckerberg in der Mensa ab – ich stimme sozusagen mit den Füßen ab.«

Jack schlug das Herz bis zum Hals.

»In-te-re-ssant«, sagte das Mädchen neben dem Typen gegenüber von Carter und beugte sich vor. »Also, wer wird es?« Jack fiel auf, dass das Mädchen auf Carters Lippen blickte, nicht in seine Augen, und an der Art, wie er sich zurücklehnte und die Schultern straffte, war klar, dass Carter es auch bemerkte.

»Ich weiß es nicht«, sagte Carter. »Muss ich auch nicht.«

»Ach, komm schon.«

»Einhorn?«

»Nein, sei nicht dumm.«

»Carter ist schlau.«

»Also, wer wird es, Peter Thiel?«, fragte der Junge ihm gegenüber.

Carter zuckte mit den Schultern. »Mitchell«, sagte er. »Aber nah dran.«

»Sollen wir Geld darauf wetten?«

»Das ist nur so, weil er der Einzige in Informatik ist, stimmt's? Das ist ein klarer Vorteil.«

»Du hast mich nach der Wahrscheinlichkeit gefragt, ich hab dir geantwortet und dabei berücksichtigt, dass Mitchell in dem Bereich tätig ist, in dem die meisten Neugründungen stattfinden. Was willst du noch?«

Jack hatte genug gehört. Er zog es gar nicht in Erwägung, sich bemerkbar zu machen, sondern drehte sich einfach um und ging. Er wusste nicht, was schlimmer war: dass Carter ihn in eine

Gruppe potenzieller Start-up-Gründer gepackt hatte; dass Carter ihn Brenna um seines eigenen Vorteils willen vorgestellt hatte – nein, das traf es nicht ganz –, dass Carter Jack seine Absichten verheimlicht hatte, als wäre Jack eine Marionette; oder dass Carter, obwohl er Jack mit Brenna bekannt gemacht hatte, nicht glaubte, dass Jack es am ehesten schaffen würde.

Außerdem hatte Jack gedacht, Carter und er seien Freunde.

Viel später, als Jack Harvard besser verstand, erkannte er rückblickend, dass Carters Mitbewohner ihre Außenseiterrolle verband. Rafael als Afro-Latino aus San Jose stammte zwar ganz aus der Nähe von San Francisco, war aber meilenweit von den näselnden, glatten San-Fran-Typen entfernt. Mitchell war fett und aus dem Mittleren Westen, was noch schlimmer war, als aus dem ländlichen Maine zu stammen. Bei James war es weniger offensichtlich, er war unsicher wegen seiner Privilegien und versuchte, ständig zu beweisen, dass er es verdient hatte, in Harvard zu sein. Dass er als weißer blonder, sommersprossiger BWL-Student aus einem Vorort im Nordosten nicht in diese heiligen Hallen gelassen worden war, weil er so aussah wie die einzigen Leute, denen sie seit Hunderten von Jahren offen standen.

Dass Zoe und Carter zusammenkamen, war so unvermeidlich, dass es schon lustig war. Raf, James und Mitchell machten grinsend und mit hochgezogenen Augenbrauen Witze darüber, dass Carter, der sich sonst nie in ihrem Zimmer aufhielt, zufällig immer dann vorbeikam, wenn Zoe da war. Wenn Jack ihr Herumalbern mitbekam, zuckten sie mit den Schultern. Sorry, Alter. Wir fühlen mit dir. Was willst du tun?

Jack wusste es also schon lange, bevor sie offiziell zusammenkamen, lange bevor sie für den TEDx-Vortrag nach New York flogen, als Carter beiläufig die Wohnung seiner Tante anbot (wer hat schon eine Tante mit einer leer stehenden Wohnung in Manhattan?). Natürlich nahm sie das Angebot an, Hotels waren teuer, und warum sollte er sie nicht begleiten, es wäre doch seltsam, wenn nicht. Jemand musste doch den Schlüssel besorgen, den Pförtner kennen und ihr zeigen, wo der Müllschlucker war.

Jack wusste es schon seit dem ersten Sommer, als er Carters Angebot, mit ihm zusammenzuziehen, angenommen hatte. Er hatte zu lange gewartet und eigentlich keine andere Option mehr. Als eine Art Strafe dafür, dass er Zoe anlog, hatte Jack versucht, sich die beiden im Bett vorzustellen. Doch das Bild entglitt ihm jedes Mal, und er sah die Szene mit Carters Augen, *er* war mit ihr zusammen, nicht Carter, seine Hände waren auf ihrem Bauch, sein Name kam aus ihrem Mund.

Als sie Carter einstellten, freute sich Jack. Dachte: *Wenn er schon hier herumhängt, kann er auch mein verdammter Angestellter sein.*

41

Es war ungefähr so gewesen.

Pre-Seed, das war Viraj, im Herbst ihres dritten Studienjahres. Sie entwickelten eine Theorie, also blieben sie in den Labors von Harvard. Sie nutzten das Geld von Harvard, bis sie vielleicht ein Patent hatten, dann wollten sie sich aus dem Staub machen. Eigentlich hatten sie Viraj nichts vorgemacht. Waren total ehrlich gewesen. Jack hatte Zoe gesagt, dass der Datensatz, den er ihr nach dem Abendessen bei ihren Eltern gezeigt hatte, als Stichprobe nicht genüge, oder so ähnlich. Damals hatte er sich geschworen, dass er es nie wieder tun würde. Dass es eine einmalige Sache gewesen sei, um sich den Sommer zu erkaufen.

Natürlich bleibt es nie bei einem Mal.

Zwischen den einzelnen Finanzierungsrunden braucht man etwas, was man in der Start-up-Branche als *Inflection Point* bezeichnet, einen Meilenstein. So hört es sich jedenfalls an. Ein großer Schritt nach vorn, auf dem die nächste Bewertung aufbaut. Bei jeder Kapitalerhöhung muss die Bewertung höher ausfallen, sonst schwächt man sich und die Investoren.

Das Problem war folgendes: Im Dezember waren sie, anders als er im Mai versprochen hatte, nicht groß vorangekommen, und so lief er erneut Gefahr, Zoe zu verlieren. Auch Viraj wurde langsam unruhig. Das Geld konnte er nicht mehr zurückziehen, aber seine Unterstützung. Und dann wäre es vorbei – sein Name hatte in der Biotech-Branche so viel Gewicht, dass niemand mehr einsteigen würde, wenn er einmal abgesprungen war.

Es folgte ein Wunder: Ein Experiment, das den Mechanismus veranschaulichte, sah ganz gut aus. Klar, es war nicht so perfekt, wie er Zoe glauben machen wollte. Aber nahe dran. Auf jeden Fall genügte es für die Industrie, auch wenn es einer Peer-Review nicht standhalten würde.

Sie stiegen aus. Starteten die Seed-Finanzierung. Und wurden richtig gehypt.

Sie hatten einen Plan für ein Medikament, das auf dem Mechanismus basierte, aber keinen *Proof of Concept.* Ungewöhnlich, aber die Verheißung von Unsterblichkeit war so neu, so aufregend, dass die Leute ihnen trotzdem das Geld hinterherwarfen.

Jack fand schnell heraus, wie sie ihn haben wollten. Das Drehbuch war bereits geschrieben, es folgte das Casting. Den verrückten Wissenschaftler trieb seine tragische Vergangenheit an, der klassische amerikanische Superheld – also abgefuckt. Aus dem Nichts aufgestiegen, was ihm diese *Mit-dem-Kopf-durch-die-Wand-*Mentalität verlieh (ein beliebter Ausdruck). Besessen, zerzaust. Ein Einzelgänger, abseits der Masse – bringt seine eigenen brillanten Gedanken hervor, während sich die Normalsterblichen mit dem Alltäglichen herumschlagen. Weicht Kameras aus, zögert aber lange genug, dass sie einen Blick auf ihn erhaschen können. Das heißt, naiv in Bezug auf sein wirtschaftliches Potenzial – ein *Gründer, dem nicht bewusst ist, dass er ein großartiger Gründer sein könnte.*

Er war draufgängerisch. So wollten sie ihn haben. Man muss *langfristig* denken. Man muss es *wollen.* Es muss ein *revolutionäres Projekt* sein. Einer von ihnen, er konnte sich nicht mehr erinnern, wer, sagte: »Tja, es gibt den CEO, und hinter dem steht ein Wissenschaftler, der sagt: ›Das kannst du nicht sagen!‹« Und sie hatten beide gelacht, denn er war der Wissenschaftler und der CEO war Zoe (ihre Rolle war auch schon klar definiert), aber bei ihnen war es andersherum. Er war derjenige, der die Jungs in den Konferenzräumen überbot, ihnen versicherte, dass sie das sagen *konnten*, dass sie es schaffen *konnten.* Er brauchte nur Zeit. Er brauchte nur Geld. Oder, um es freundlich auszudrücken: *Starthilfe.*

Zoe war so regeltreu, so akademisch, dass sie die Spielregeln der

Wirtschaft – den Hype, den positiven Spin, immer verkaufen, verkaufen, verkaufen – nicht verstand. Ihre Experimente liefen nicht so gut, wie von ihm vorhergesagt, sie war überfordert, in Panik, und er brauchte schlicht Zeit, um alles in Ordnung zu bringen. Und wenn er sich nicht mit ihr darüber streiten müsste, was sie den Investoren erzählten, hätte er viel mehr Zeit. Als ihr TEDx-Vortrag ein Megaerfolg wurde (natürlich, Jack hatte es gewusst), nutzte er die Gelegenheit zu sagen: »Du leitest das Unternehmen, ich erledige die Drecksarbeit.«

Aber es tat ihm so leid, sie aus der Sache hinauszudrängen, die sie liebte. In der sie so gut war. Zumal es alle anderen auch taten. Er sprach immer von Zoes Theorie, Zoes Arbeit, Zoes Idee, weil es stimmte, aber das interessierte niemanden. Die Rolle des Wissenschaftlers war männlich besetzt.

Als sie sich weigerte, brachte er es nicht über sich, sie weiter zu bedrängen. Doch Carter konnte es. Carter fand – aus persönlichen Gründen, wahrscheinlich denselben, aus denen er Jack mit Brenna bekannt gemacht hatte – ebenfalls, dass Zoe sich auf die PR konzentrieren sollte. Zu dem Zeitpunkt waren sie bereits zusammen. Und so stimmte sie zu.

In der Zwischenzeit mühte sich Jack im Labor ab, ohne Erfolg.

Sie stürzten sich in die Serie A, weil alle sagten, sie sollten ihren Erfolg nutzen.

Sie hatten unglaublich viel Geld. Aber man kann alles Geld der Welt haben und kein wirksames Medikament.

Ihre Prognosen sahen vor, in diesem Sommer ein minimal wirkungsvolles Produkt zu entwickeln und im darauffolgenden Herbst den *Proof of Concept* zu liefern. Das wäre dann ihr letztes Studienjahr gewesen.

Man darf am Ende der Timeline nicht mit leeren Händen dastehen. Es muss weiterhin Geld reinkommen, man muss weiter Geld einsammeln. Wofür will man Finanziers gewinnen, wenn man mit leeren Händen dasteht?

Das konnte er Zoe nicht antun. Nicht nachdem sie ihm so weit gefolgt war. Er konnte nicht zulassen, dass alles zusammenbrach. Nicht das, was sie zusammen aufgebaut hatten.

Also tat er es wieder.

Nicht so schlimm wie beim ersten Mal, nach dem Abendessen bei ihren Eltern. Nur ein bisschen Schönfärberei. Er gab keine gefälschten Zahlen in die Tabellenkalkulationen ein. Es ging nur ums Verkaufen. Darum, Geld einzutreiben. Manchmal konnte er sich sogar einreden, dass der Vorstand genau das von ihm wollte. Sie wollten eine weitere große Kapitalerhöhung, denn so verdienten sie Geld. Alle saßen im selben Boot.

Außerdem, wie sollte man es sonst machen? Sie wollten ein *revolutionäres Projekt*, aber zugleich sollte jedes avisierte Ziel erreicht werden. Sie wollten eine *Vision*, aber alles sollte so gemacht werden wie bei allen anderen. Das richtig Gute braucht Zeit. Vertrauen. Glauben.

Wieder dachte er, es wäre nur das eine Mal. Um sich mehr Spielraum zu verschaffen.

Er hörte nie auf zu glauben. Der Durchbruch stand immer kurz bevor. Immer.

Aber wenn man einmal angefangen hat. Wenn man einmal damit angefangen hat.

Am Ende des Sommers ahnte Carter etwas.

Vielleicht hätte Jack Carter erzählen sollen, was er damals im zweiten Studienjahr mit angehört hatte. Hätte Carter die Gelegenheit geben sollen, sich zu verteidigen, anstatt zu schweigen und Carter auszunutzen – im ersten Sommer wegen der Miete, und dann wegen seiner Programmierkenntnisse und seines Geschäftssinns. Denn vielleicht hätten sie sich dann wieder vertragen, wären wieder Freunde geworden oder zumindest echte Kollegen, und dann hätte Carters Eingreifen vielleicht geholfen. Vielleicht hätte Carter Jack im Sturzflug auffangen und ihm helfen können, das Flugzeug zu stabilisieren.

Nur ein Mal hatte Jack ansatzweise so ein Gespräch mit Carter geführt. Er hatte ihm vorgeworfen, nicht voll hinter Manna zu stehen – was er eigentlich nicht gemeint hatte, sondern, dass Carter Manna für seine eigenen Ziele nutzte. Carter sagte: »Ich kann es mir nicht leisten, das Studium abzubrechen«, woraufhin Jack entgegnete: »Wie bitte?«, und Carter sagte: »Ich brauche einen Abschluss, ich kann mein Studium in Harvard nicht abbrechen«, daraufhin Jack: »Ich bin mir nicht sicher, ob ich verstehe, was du meinst.« Carter erwiderte: »Genau«, und ging. So redete Carter gern. Mit einer Menge Subtext. Wenn man seine Hinweise nicht verstand, war man es nicht wert zu erfahren, was er sagen wollte.

Doch sobald Carter Zoe sah, und Jack sah, wie Carter Zoe ansah, und Carter sah, wie Zoe Jack ansah, gab es für sie sowieso keine echte Chance mehr.

Es war Anfang August, als Carter mit einem Stapel Papiere in Jacks Büro kam. Jack hasste Meetings, deshalb hatte er keinen zweiten Stuhl. Carter stand.

Jack fuhr herum und sah auf.

»Hast du einen Moment?«, fragte Carter.

»Klar«, sagte Jack. Sie sprachen nie unter vier Augen. »Sollen wir in einen Konferenzraum gehen?«

»Nein«, sagte Carter, »lass uns hierbleiben. Ich hole mir einen Stuhl.«

Er ließ die Papiere auf Jacks Schreibtisch liegen und verschwand. Jack starrte sie an, ohne sie zu sehen.

Carter kam mit einem Stuhl zurück und setzte sich.

Er sah Jack unverwandt an. »Was machen wir mit Serie B?«

»Was meinst du?«

Carter breitete die Papiere auf Jacks Schreibtisch aus, der bereits von einer dicken Papierschicht bedeckt war. Rohdaten. Es war unvermeidlich, dass Carter Zugang zu ihnen hatte: Er leitete das Analyseteam. Carter breitete einen Moment die Hände aus, verdeckte die Zahlen. Als ob er sie nicht ansehen wollte. Seine Fingernägel waren vollkommen gleichmäßig, glänzten leicht, der weiße Halbmond perfekt.

Jack räusperte sich.

»Du weißt, was ich meine«, sagte Carter schließlich.

»Weiß ich nicht.«

»Vor Zoe kannst du es vielleicht geheim halten, sie ist zu beschäftigt, um klar zu denken, aber ich habe Zeit, mir die Zahlen richtig anzusehen.«

»Und? Wir haben einige gute Daten. Bald werden wir mehr haben.« Woran er tatsächlich glaubte.

»Wir haben ein paar halbwegs brauchbare Daten. Wir haben nicht das ...« Er bewegte den Mund. Sah Jack nicht an. »... was wir Seed- und A-Investoren versprochen haben.«

»Wer ist dieses ›wir‹?«, fragte Jack.

»Dann eben ihr«, erwiderte Carter. »Für mich ist das keine Machtfrage, Jack. Ich mach mir Sorgen.«

»Das brauchst du nicht.«

Carter sah ihn an.

»Das ist nicht dein Job.«

»Ich ...« Carter befeuchtete seine Lippen und schüttelte den Kopf. »Hör zu, ich mische mich nicht in die Leitung deiner Firma ein. Aber das betrifft ...«

Er schien erwartet zu haben, dass Jack ihn unterbrechen würde, aber Jack lehnte sich zurück, die Hände im Schoß verschränkt. Sah ihn nur an.

»Ja?«, sagte er.

»Ich meine, das betrifft alle.«

»Tja«, sagte Jack, »wenn du nicht mit Risiken umgehen kannst, solltest du wahrscheinlich nicht in diesem Bereich arbeiten.« Er wandte sich wieder seinen Computern zu. »Du bist wohl besser im mittleren Management eines Fortune-500-Unternehmens aufgehoben. Oder bei einer Unternehmensberatung. Und es gibt immer noch das Jurastudium.«

Eine Pause. Dann sagte Carter: »Gott. Fick dich, Mann.«

Jack erlaubte sich ein Grinsen.

»Pass auf«, sagte Carter dann. »Meinetwegen. Ich bin raus. Aber wenn ich recht habe … Es ist nicht fair, was du Zoe antust. Sie hat es nicht verdient, mit dir unterzugehen. Wenn du …« Er zögerte. »Wenn du sie dafür den Kopf hinhalten lässt, werde ich …«

Jack verkrampfte sich, drehte sich nicht um, biss so fest die Zähne zusammen, dass es knackte.

Später würde er denken: *Ist mir der Geliebte meiner Geliebten verhasst? Oder wird der Geliebte meiner Geliebten auch von mir geliebt?*

Er hörte, wie Carter die Tür öffnete. Es wurde still – das eindeutige Gefühl, plötzlich allein in einem kleinen Raum zu sein.

Die Tür fiel zu.

Hätte Carter Zugang zu allen Rohdaten gehabt, wäre er ernsthaft beunruhigt gewesen. Doch das hatte er nicht. Jack warf das wirklich schlechte Material weg, lange bevor es das Analyseteam erreichte.

Dennoch. Solange Carter es Zoe nicht erzählt hatte, würde Jack nicht schlafen können.

Als Divya ging, nachdem sie ihren Vater ausbezahlt hatten, schrie sie ihm ins Gesicht, sie wisse, dass er sie loswerden wolle, weil sie klüger und attraktiver als Zoe sei und im Fernsehen viel besser rüberkäme. Aber Zoe habe ihn manipuliert, damit er sie durch ihren Rausschmiss beschütze. Es war ein bisschen erbärmlich, denn zu dem Zeitpunkt hatte sie nichts mehr mit irgendetwas zu tun. Sie hatte ihn so fest geohrfeigt, dass es wehtat, er schloss die Augen, drehte den Kopf weg und sah sie nicht mehr an.

Als Carter seinen Weggang ankündigte, stürmte Jack in Zoes Büro und verbarg seine Angst hinter Wut. Als er dann merkte, dass sich hinter Zoes Professionalität wirkliche Wut auf Carter verbarg, bekam er beim Verlassen des Büros vor Erleichterung weiche Knie. Er musste sich an der Glaswand abstützen und hinterließ Fingerabdrücke auf der Scheibe.

42

Sie baten sie, im Sanders Theatre in Harvard zu sprechen.

Er war bei ihr, als sie anriefen. Sie schloss die Lider und sah aus, als müsste sie sich übergeben, aber ihre Stimme war klar und fest. »Es wäre mir eine große Ehre«, sagte sie, denn selbstverständlich konnte sie nicht ablehnen.

An dem Nachmittag saß er im Parkett, sodass er den Kopf zurücklegen musste, um zur Bühne hochschauen zu können.

Jahre zuvor hatte er hier Marie Russo gesehen.

Er drehte sich um und musterte das Publikum. Dort auf dem Balkon saßen ihre Eltern und Alex.

Sofort rutschte er in seinen Sitz hinab, damit sie ihn nicht bemerkten, aber sie waren beschäftigt: Ihre Mutter unterhielt sich mit einem älteren Herrn im Anzug zu ihrer Linken, ihr Vater war in ein Gespräch mit Alex zu seiner Rechten vertieft. Ihre Mutter deutete mit strahlendem Gesicht zur Bühne.

Als der Vorsitzende des Fachbereichs Chemie das Mikrofon richtete und begann, Zoes Leistungen aufzuzählen, riskierte Jack noch einen Blick zu ihrer Familie. Alex beugte sich vor, die Ellbogen auf den Knien. Ihre Mutter lächelte. Und sogar ihr Vater nickte anerkennend. Als der Vorsitzende endete, war Zoes Vater der Erste, der applaudierte.

Jack ertrug es nicht, ihre Gesichter zu sehen, als sie die Bühne betrat. Die Traurigkeit war so tief und so heftig, dass er glaubte, sich auf die hundertfünfzig Jahre alten Holzbänke übergeben zu müssen.

Doch dann ging sie die Stufen hinauf, alle Augen waren auf sie gerichtet, und sie sagte: »Mein Name ist Zoe Kyriakidis. Und ich möchte Ihnen eine Geschichte erzählen.« Und sie schritt hin und her unter den gelblichen Lichtern der Bühne, und ihre Stimme, ihre Hände, ihre Augen – sie war faszinierend. Er legte den Kopf zurück, blickte in das Gesicht der Göttlichen und vergaß, für einen kurzen Moment, alles.

43

Die Mutter des Jungen wechselt oft die Wohnung, bleibt aber immer in der Stadt, in der Nähe der alten Gerberei. Die Urgroßeltern des Jungen wohnen so weit außerhalb, dass man eigentlich nicht zu Fuß hingehen kann, zumal nur eine Hauptstraße dorthin führt. Sie hoffen, ihm so Schwierigkeiten zu ersparen, und das funktioniert.

Ab der siebten Klasse arbeitet er in der Autowerkstatt, in der sein Urgroßvater angestellt ist (auf dem großen, abblätternden Schild, das sich bedrohlich über die Straße neigt, steht *»Buddy's Auto«* – Anführungszeichen inklusive).

Es gefällt ihm: der Geruch von Motoröl, das Geräusch von Elektrowerkzeugen, die ständig wechselnden Autos. Manchmal sind es schöne Wagen, Jeeps und lächerlich höher gelegte neue Pick-ups oder der Mercedes des Arztes. Am Anfang macht er Besorgungen, geht ans Telefon, holt Sachen für seinen Urgroßvater. Nach einer Weile überträgt ihm sein Urgroßvater kleine Aufgaben, dann auch größere. Wie sich herausstellt, hat er die ganze Zeit über aufgepasst. Er ist gut, und das ist befriedigend. Und dann fahren sie mit der klappernden Klimaanlage voll aufgedreht nach Hause, und seine Urgroßmutter serviert ihnen Abendessen, und sie essen schweigend. Sie versucht nicht, Jack zum Reden zu bringen, weil seine Lehrerin sagt, dass er sich gut macht, auch wenn sie nicht gerade begeistert von der Clique ist, mit der er sich abgibt.

Über die letzte Bemerkung ärgert sich Jack, sie zeigt, wie wenig die Lehrerin vom Überleben weiß. Es gibt nur diese oder gar keine Clique – die weiße Unterschicht hat begrenzte Möglichkeiten. Er hätte sich den Sportlern anschließen können, aber er treibt keinen Sport. Er mochte künstlerisch veranlagt sein, aber er ist nicht schwul. Sie deutet an, dass er sich mit den klugen Kindern anfreunden könnte, weil er klug ist, aber sie scheint zu vergessen, dass die einzigen Jungen in dieser Gruppe reich sind: der Sohn des Arztes und der des Bauunternehmers im Ort. So bleiben ihm bloß die Jugendlichen, die eher am Rand stehen. Sie bilden nur deshalb eine Gruppe, weil sie zu keiner anderen gehören. Die wütenden, die hungrigen, die Kiffer.

»Es ist mir egal, in welcher Gesellschaft du dich bewegst«, sagt sein Urgroßvater, »solange du dich aus Schwierigkeiten raushältst und gute Noten schreibst.«

Das tut er.

Zumindest, bis er im Sommer vor seinem ersten Studienjahr wieder bei Nicky einzieht. Ihr Zuhause wurde als sicher eingestuft, erklärt die Sozialarbeiterin. Ihr Drogendealer-Freund ist jetzt im Gefängnis, das stimmt. Jack sieht die Sozialarbeiterin aus leeren Augen an.

Als sie weg ist, sitzt er da, die Hände flach auf die Tischplatte gepresst. Bei der Vorstellung, in Nickys Wohnung ziehen zu müssen, ohne die Zusicherung, hierher zu seinen Urgroßeltern zurückkehren zu können, verkrampft sich sein Magen.

Nachdem er an dem Abend in seinem Zimmer das Licht ausgeschaltet hat, liegt er mit geschlossenen Augen und auf dem Bauch gefalteten Händen auf dem Bett und hört, wie seine Urgroßeltern im Wohnzimmer leise reden.

Die Stimme seines Urgroßvaters ist ein gereiztes Grollen, die seiner Urgroßmutter hoch und aufgeregt. Wenn er sich anstrengen würde, könnte er verstehen, was sie sagen.

Nach einiger Zeit hört er seine Urgroßmutter weinen.

Ein Märchen, so alt wie die Zeit. Dem Jungen wird alles genommen. Dann baut der Junge sich etwas Neues auf, ist glücklich, aber alles (ja, das muss sein!) wird ihm wieder genommen. *Grausam*!, denken die Damen im Publikum und tupfen sich die Tränen fort.

Seine Urgroßeltern versuchen, sich zu wehren, und das macht es noch schlimmer. Seine Mutter weint, schreit. *Wie könnt ihr es wagen, mir mein Kind wegzunehmen?* Am Ende darf er sie nicht einmal mehr besuchen. Es wäre besser gewesen, es einfach so zu lassen.

Also zieht er voller Groll um. In dem Sommer darf er nicht bei Buddy's arbeiten. Der Freund seiner Mutter erkennt sowohl die Wut als auch die Intelligenz in ihm und hackt auf ihm herum. Fängt klein an. Sagt gemeine Sachen, kommandiert ihn im Haus herum. Als Jack sich in sein Zimmer zurückzieht, hämmert der Freund an die Tür und rüttelt an der Klinke (»Warum schließt du dich eigentlich die ganze Zeit da ein?«). Als Jack eines Tages nach Hause kommt, hat er den Türknauf entfernt. Durch das entstandene Loch späht er in Jacks Zimmer, die Tür hängt lose im Rahmen.

Jack sieht keinen Grund, sich zurückzuhalten. Und er ist gewachsen. Er ist jetzt über eins achtzig. Klar, schlaksig und unterernährt, denn bei seiner Mutter gibt es immer nur Erdnussbutter, Zigaretten und gelegentlich eine verstaubte Dose von irgendwas. Aber er weiß, wie die Hebel funktionieren. Der Freund ist in den Vierzigern, kurz geraten und hat einen dicken Bierbauch.

Eines Nachts kneift der Freund ihn in die Wange, beschimpft ihn. Als Mädchen, Pussy, Bitch oder Schwuchtel. Egal. Jack steht auf und sagt: »Nimm deine Scheißfinger aus meinem Gesicht«, und der Freund sagt: »Setz dich auf deinen Arsch«, und Jack riecht das Bier in seinem Atem und sagt nichts, und der Typ schlägt ihn, und Jack schlägt zurück, und kurz darauf stehen sie Brust an Brust voreinander. Der Kerl ist stärker, als Jack erwartet hat, härter, mit den drahtigen Muskeln eines alten Mannes. Jack ist jung und lang, aber zu geschmeidig, und er weiß noch nicht, wie man jemandem Schmerzen zufügt. Trotzdem, ein ziemlich ausgeglichener Kampf. Nicky kreischt, schreit sie an, sie sollen aufhören, weint. Jack will irgendwie (wie beschämend) auch sie schlagen, will das Haus und sie dem Erdboden gleichmachen, einen Trümmerhaufen zurücklassen.

Sie ruft die Polizei, und beide Männer werden abgeführt, als ob der Fünfzehnjährige mitschuldig wäre. Jack erinnert sich, wie er auf dem Rücksitz des Wagens das Blut aus seiner aufgeplatzten Lippe saugte.

Die erste von vielen Schlägereien, das heißt: Handgreiflichkeiten mit ihrem Freund, lautstarke Auseinandersetzungen mit ihr (er wird sie nie schlagen, niemals, nicht einmal, als sie ihn schlägt, nicht einmal, als sie eine Bierflasche nach ihm wirft, nicht einmal, als sie ihn mit einer Zigarette verbrennt). Als die Schule beginnt, Schlägereien auf dem Parkplatz. Denn warum nicht. Die Hälfte der Zeit mit Jungs, mit denen er einmal befreundet war und es wieder sein wird. Alle sind jung und voller Wut.

Er wird wegen einer Prügelei suspendiert, was schade ist, denn er mag die Schule. Vor allem Mathe und Naturwissenschaften, die ihm leichtfallen und Spaß machen. Er verbringt die Woche in der Stadt mit einer Gruppe von Jungen, die die Schule schon abgebrochen haben.

Er kommt zurück in die Schule. Raucht Gras aus dem Fenster der Jungentoilette, geht high in den Unterricht. Wird wieder suspendiert. Streift herum. Das Schlimmste an der Suspendierung ist, dass er kein kostenloses Mittagessen bekommt. Seit er wieder bei Nicky wohnt, versucht er, in der Schule so viel zu essen, dass es auch fürs Abendessen reicht.

Irgendwann in der Zeit lässt er sich ein blödes Tattoo stechen, auf einem Klapptisch in irgendeiner Garage. Später, als er reich ist, macht er einen Termin, um es entfernen zu lassen, aber Zoe wird ihn anflehen, es nicht zu tun. »Es ist ein Teil von dir.« Er wird die Augen verdrehen, aber den Termin absagen.

Er geht zurück in die Schule. Als sie ihn das nächste Mal mit Gras erwischen, erhält er einen internen Schulverweis, was bedeutet, dass sie dich eigentlich suspendieren wollen, aber wissen, dass du außerhalb der Schule schlimmere Dinge anstellen würdest als innerhalb. Für Jack ist das in Ordnung. Er sitzt im Büro des Schulleiters, liest und löst die Aufgaben, die er während seiner Suspendierung verpasst hat, und das ist eigentlich ganz angenehm. Es ist befriedigend, etwas zu lösen, wenn die Informationen sich im Kopf wie Puzzleteile zusammenfügen.

Das Jahr ist ein Desaster, aber irgendwie sind seine Noten okay. Nicht gut, aber auch nicht schlecht. Er lernt nicht zu Hause, aber wenn die Lehrer Aufgaben verteilen, sitzt er da, während die anderen Kinder sich unterhalten, füllt sie aus und gibt sie zurück. Wenn er zu Tests erscheint, schneidet er gut ab.

Ms Brady schreitet ein, als sich das Schuljahr dem Ende zuneigt und der Juniorparkplatz nur aus Spurrillen und Pfützen besteht, durch die die Jungen rasen und die Mädchen bespritzen, die kreischend zur Seite springen.

Sie bittet ihn, nach dem Gong zu warten, und er will sie ignorieren, aber er mag sie, findet ihren Unterricht interessant. Sie sezieren Tiere, erst Frösche, dann welche von nahe gelegenen Bauernhöfen, ein Rehkitz, ein Kalb, das bei der Geburt gestorben ist. Weil er wegen einer der Suspendierungen den zweiten Tag der Kälbersektion verpasste, war er richtig genervt gewesen. Es fasziniert ihn, wie Ms Brady Chemie und Biologie miteinander verbindet, dass er verfolgen kann, wie Moleküle interagieren, die Funktionsweise der Kadaver auf dem Tisch.

Sie sagt: »Jack, du bist sehr begabt. Du könntest etwas aus dir machen.«

Klar, die Schule fällt ihm ziemlich leicht, wenn sie das mit *begabt* meint. Aber seiner Erfahrung nach ist das nicht das, was die klugen Schüler, die, *die etwas aus sich machen*, von den anderen unterscheidet. Also zuckt er mit den Schultern. Blickt zur Tür. Er könnte eine rauchen gehen.

»Hast du schon mal daran gedacht, Arzt zu werden?«

Er fängt an zu lachen, aber dann sieht er, dass sie es ernst meint. »Aber du musst dich konzentrieren«, fährt sie fort. »Du darfst dich nicht von diesem ganzen Mist ablenken lassen.« Sie deutet mit der Hand auf die Tür, zu der er gerade noch geschaut hat, und er fragt sich, ob sie seine Gedanken gelesen hat, und findet, dass eine fluchende Lehrerin eigentlich ziemlich cool ist. Sie hat diese aufgedonnerte Achtziger-Frisur, die sie, na ja, seit den Achtzigern haben muss.

»Ich weiß, dass du es besser kannst.« Sie zeigt auf die Klausur, die sie am Ende der Stunde zurückgegeben hat und die Jack nun zerknittert in der linken Hand hält. Er lockert den Griff, sie soll nicht wissen, dass er sie gerade in den Müll werfen wollte. Er hat ein paar Fragen ausgelassen und ist bei fünfundachtzig Punkten gelandet. Das fand er in Ordnung – sie ist bekannt für schwere Klausuren. Aber sie schüttelt den Kopf, als wäre sie enttäuscht, also nickt er.

»Du bist sehr klug und geschickt. Du musst dich nur anstrengen. Mein Unterricht gefällt dir, stimmt's? Du magst Naturwissenschaften.«

Jack lehnt sich gegen den Tisch, dann richtet er sich selbstbewusst auf. Er mag ihren Unterricht. Er stellt sich den einzigen Arzt vor, den er kennt, zu dem er gegangen ist, als er sich in der fünften Klasse den Arm gebrochen hat. Dessen Sohn hat blondes Haar, spielt Basketball, bekommt gute Noten und kann nichts falsch machen, parkt als Junior auf dem Parkplatz der Oberstufe, schwänzt den Unterricht, kommt mit Dunkin' Donuts zurück, bringt der Sekretärin aber einen Kaffee, woraufhin sie kichert und ihm eine Entschuldigung ausstellt. Es heißt, dass er nach *Harvard* gehen wird.

»Ich glaube nicht, dass meine Noten dafür gut genug sind«, sagt er.

»Im Moment nicht«, stimmt sie ihm zu. Er kommt sich vor wie einer der getrockneten Schmetterlinge, die sie an eine Korkwand hinter ihrem Schreibtisch gepinnt hat.

Dann überrascht er sich selbst. »Was müsste ich denn tun?«

»Setz dich«, sagt sie, »reden wir.«

Der erste Schritt ist ein Sommerpraktikum im Jackson Laboratory (JAX).

Da ist zunächst das Transportproblem. Er hat den Führerschein gleich mit sechzehn gemacht (als er noch nicht viel gesprochen hat, hat man ihn in der Grundschule eine Klasse wiederholen lassen), aber er hat kein Auto, und mit öffentlichen Verkehrsmitteln braucht er zum JAX zweieinhalb Stunden pro Strecke. Ms Bradys Mann hat einen alten Ford Ranger, der nicht mehr fährt, und Jack erzählt ihr von seiner Arbeit bei Buddy's. Sie sagt, wenn er ihn reparieren könne, dürfe er damit zum JAX und zurückfahren. Dann sieht sie ihn streng an, als wollte sie sagen: *Komm bloß nicht auf die Idee, damit woanders hinzufahren.* Aber sie reden schon über seine Collegebewerbungen, wie er auf eine gute Uni mit einem guten Stipendium kommen kann, so weit weg von Hartland wie möglich, das ist Jacks Bedingung. Er ist voll und ganz überzeugt und hat sowieso nicht vor, mit dem Auto irgendwo anders hinzufahren.

Er hat nicht das nötige Werkzeug, um den Truck zu reparieren, also lässt er sich von einem Mädchen, mit dem er halb zusammen ist, zu Buddy's fahren. (Er hatte das ganze Jahr über Dates, was eigentlich nicht überraschen sollte – er war der Ungefährlichste der Gefährlichen, das spürten die Mädchen. Sie mochten das Raue, ohne geschlagen oder angeschrien zu werden.) Er fragt Buddy persönlich (also Buddy junior – der Laden hat seinem Vater gehört), ob er sich ein paar Sachen leihen kann, und Buddy hat Mitleid mit ihm und sagt: »Klar.« Seinen Urgroßvater sieht er nicht, als er dort ist.

Er bringt den Truck zum Laufen. Muss sich beibringen, wie man mit einer Fünfgangschaltung und ohne Automatik fährt. Mit zusammengebissenen Zähnen knirscht und schlingert er durch Hartland.

Das JAX-Stipendium reicht nicht ganz aus, um das Benzin zu bezahlen. Aber Ms Brady bittet ihn, einige Gelegenheitsarbeiten zu erledigen – Büsche schneiden, Rasen mähen, Dachrinnen reinigen.

Ihre wöchentlichen Umschläge mit Bargeld, auf deren Vorderseite mit schwarzem Stift *Jack* geschrieben steht, reichen zufällig gerade aus, um über die Runden zu kommen.

Unter Anleitung von Ms Brady nimmt Jack an dem landesweiten Naturwissenschaftswettbewerb teil. Der Gewinner erhält ein Fünftausend-Dollar-Stipendium, das sich auf zehntausend Dollar erhöht, wenn er an der University of New England studiert. Jack will nicht an die University of New England gehen, weil sie in Maine und damit nicht weit genug weg ist, aber zehntausend klingt nach viel Geld.

Jacks Experimente sind nicht perfekt – er hat viele Versuche durchgeführt und widersprüchliche Ergebnisse erhalten –, aber Ms Brady versichert ihm, dass das in Ordnung sei. Sogar gut. So funktioniert Wissenschaft. Dass etwas komplizierter ist als gedacht, ist sogar noch interessanter, als eine einfache *richtige* Antwort zu finden.

Seine Experimente kriegt er nicht perfekter hin, aber sein Schaubild kann er perfekt gestalten. Die ganze Nacht arbeitet er daran, reißt es auseinander und setzt es wieder zusammen. Er achtet darauf, dass kein Papier zerknittert ist, jede Kante gerade, keine Tinte verschmiert, jedes Wort korrekt.

»Das ist fantastisch«, sagt Ms Brady, bevor sie in den Van steigen, um zur Wissenschaftsmesse zu fahren. »Du kannst sehr stolz sein.« Jack ist einfach nur aufgeregt. Es ist noch ein Mädchen mit im Wagen, das er nicht gut kennt. Sie tippt auf einem Mac, ihrem eigenen privaten Laptop. Er denkt: *Ich brauche einen und du nicht*, und ist wütend – nein, verbittert.

Auf der Messe baut er sein Schaubild auf und geht dann zur Toilette. Er versucht, sein Haar mit Wasser zu bändigen, wodurch es nur noch lockiger wird. Er ist so nervös, dass er saure Galle schmecken kann.

Er steht sehr aufrecht, als die Jury mit ihren Klemmbrettern zu ihm kommt. Nennt sie Ma'am und Sir. Reicht ihnen jeweils ein paar geheftete Blätter: seine Arbeit in Form einer wissenschaftlichen Abhandlung. Das war nicht vorgeschrieben. Er wollte aber, dass es echt ist, wie die Arbeit beim JAX. Dachte, sie wären beeindruckt.

»Was ist das?«, fragt eine Frau, und er erklärt es ihr, woraufhin sie: »Das war nicht gefragt«, antwortet, und es auf den Tisch legt, als wäre es kontaminiert.

Jack sagt kein Wort.

Sie mustern sein Schaubild.

»Ihre Schlussfolgerung?«, fragt der Mann.

»Nun«, sagt Jack, »ich komme zu dem Schluss, dass meine Ergebnisse momentan noch nicht schlüssig sind. Und dass weitere Experimente erforderlich sind.« Er fährt fort, listet die Variablen auf, die er getestet hat, die er nur mit Mühe isolieren konnte, erwähnt die Begrenztheit sowohl seiner Ausrüstung als auch der Messung im Allgemeinen, beschreibt die Änderungen, die er im Laufe der Arbeit an seiner ursprünglichen Hypothese vorgenommen hat, und stellt seine aktuelle überarbeitete Hypothese vor. Als er endet, sie »Mmh« sagen, stirnrunzelnd etwas auf ihre Klemmbretter schreiben, ihm höflich danken und weitergehen, weiß Jack, dass er verloren hat.

Steif steht er neben dem Schaubild, während die Leute – vermutlich Freunde und Verwandte anderer Schüler – herumlaufen und sich die Arbeit ansehen. Manchmal werfen sie einen Blick darauf, aber die enge Typo, die komplizierten Diagramme und das Fehlen von Farbe, Zeichnungen oder Ausrufezeichen scheinen sie abzuschrecken.

Dann kommen zwei ältere Menschen auf ihn zu. Sie wirken entschlossen. Und vertraut.

»Ich wusste nicht, dass ihr kommt!«

Seine Urgroßmutter umarmt ihn, und er beugt sich hinunter, um sie ebenfalls zu umarmen.

»Woher wusstet ihr überhaupt, wo ihr hinfahren müsst? Oder um wie viel Uhr? Es ist eine lange Fahrt.«

»Oh, wir haben unsere Methoden«, sagt seine Urgroßmutter. »Schau dir das an!« Sein Urgroßvater studiert bereits die Tafel und beugt sich vor, um den Text zu lesen.

»Wie ist es gelaufen?«, will seine Urgroßmutter wissen. »Wir haben die Jury gesehen, sie wirkten sehr … wie soll man sagen, streng.«

»Das waren sie«, sagt Jack. »Ich glaube, es hat ihnen nicht besonders gefallen.«

»Was? Warum nicht?«

Er zuckt mit den Schultern. Will nicht darüber reden. Aber weil sie da sind, geht es ihm schon besser.

Sein Urgroßvater studiert immer noch das Schaubild. Jack und seine Urgroßmutter beobachten, wie er alles liest, dann die gehefteten Blätter nimmt und auch die liest.

Dann hält er sie so, dass Jack es sehen kann, und zeigt auf den ersten Fachausdruck, den er nicht kennt.

»Okay, Jack. Was ist das?«

Jack wird nicht einmal platziert. Sein Ergebnisblatt zeigt, dass er ein Viertel der möglichen Punkte wegen *des Fehlens einer klaren Schlussfolgerung* verloren hat.

Ms Brady erklärt ihm, dass die Jury wissenschaftlich falschliegt. Dass keine Schlussfolgerung eine Schlussfolgerung ist. Reicht Beschwerde ein.

Bevor sie es verhindern kann, wirft er das Schaubild in den Müll.

Beim JAX läuft es besser. Er beginnt in der Mäusezucht – JAX ist ein bekannter Lieferant von Labormäusen –, erwirbt sich bei den Labortechnikern schnell den Ruf, hilfsbereit zu sein, und wird an allen möglichen Stellen eingesetzt. Sein Lieblingsprojekt hat mit

Nierenversagen zu tun, mit dem oxidativen Stress der Nieren. Er ist fasziniert. Es ist, wie einen Motor auseinanderzubauen, nur dass der Motor lebendig ist.

Er denkt sich eine mögliche Lösung für ein Problem aus, auf das sie bei der Verabreichung von Medikamenten stoßen, und schreibt Testreihe nach Testreihe in sein Notizbuch. Er bespricht das Ganze mit Ms Brady, bis es ausgefeilt und perfekt ist, und dann bringt er es mit schwitzenden Händen zum Forschungsleiter. Der ist beeindruckt. Die Idee war natürlich nicht so ausgefeilt, wie Jack dachte, aber sie trägt zur tatsächlichen Lösung bei, und der Forschungsleiter weiß jetzt, dass Jack existiert. Als der Sommer zu Ende geht, bittet der Forschungsleiter Jack, an den Wochenenden und in den Schulferien wiederzukommen. Jack sagt zu.

Er übernimmt alles, was sie ihn machen lassen. Klinische und Forschungsdienstleistungen – Bewertung von Antikörpern, Sicherheits- und Wirksamkeitsstudien, Validierung von Kandidaten für Studien mit Krebsmedikamenten. Hochmoderne 3D-Genomkartierung. Mit Maschinen kennt er sich besser aus als die anderen Forscher, und schon bald rufen sie ihn alle zu sich, wenn etwas nicht richtig funktioniert. Ms Brady sorgt dafür, dass die Schule ihm erlaubt, die Hälfte seiner Zeit dort zu verbringen. (Sie entwickeln für ihn eine Art duales Studium nach dem Vorbild der örtlichen Tech School.) Der Schulleiter ist überzeugt, dass nur ein kluger, wütender Unruhestifter noch schlimmer als ein wütender Unruhestifter ist und dass ihm das Schwierigkeiten erspart. Er ist der Schule dafür nicht übermäßig dankbar, aber das sollte er sein.

Nickys Freund ist stinksauer wegen seines Erfolgs, er hackt auf ihm herum, weil er ins Labor geht und den Truck von Ms Bradys Mann fährt. »Fickst du sie?«, fragt er. »Sie behält dich hier, um sie zu ficken?« Er bezeichnet Mr Brady als *den Fotzenknecht.* Prügelt willkürlich auf Jack ein. Aber Jack darf nicht verhaftet werden, sonst verliert er den Job und fällt von der Brücke, die Ms Brady für ihn über den Abgrund gespannt hat, deshalb wehrt er sich nicht.

Dass er sich nicht wehrt, macht Nickys Freund nur noch wütender. Also geht Jack mit blauen Flecken im Gesicht, am Rücken und an den Armen zur Schule und zur Arbeit. Erklärt sie niemandem.

Nicky spricht kaum mit ihm. Falls doch, nennt er sie in scharfem Ton Nicky. Er sorgt dafür, dass sie weiß, dass Ms Brady wie eine Mutter für ihn ist. Nicky schießt sich mehr denn je mit Drogen ab und liegt so oft bewusstlos auf dem Badezimmerboden, dass er nicht einmal mehr den Notruf wählt.

44

Etwas mehr als ein Jahr nachdem Zoe es herausgefunden hatte, war Jack sicher, dass sie Drogen nahm.

Große Pupillen, laufende Nase. Verschwand mitten in einem Meeting auf die Toilette. Wippte neuerdings unter dem Tisch mit dem Knie. Sie war schon immer dünn gewesen. In letzter Zeit sehr dünn – Zoe hielt sich selbst ein bisschen für einen Silicon-Valley-Mogul, wie Steve Jobs oder Elon Musk, und glaubte an deren seltsame Gesundheitsobsessionen. Perfekter Körper, perfekter Geist.

Aber sie wirkte abgemagert, als würde sie vergessen zu essen, sich übergeben. Drogen nehmen.

Er wollte überrascht sein, war es aber nicht. Was hatte er erwartet? Sie stand vor allen Leuten und log ihnen ins Gesicht, während er sich in seinem kleinen Labor verkroch. Was dachte er denn, wie sie sonst weitermachen konnte?

Er überlegte, es vielleicht Alex zu erzählen. Alex war in Kalifornien geblieben, war ihr Mann an der Westküste, darum war es verzeihlich, dass er es nicht mitbekam. Und überhaupt, woher sollte er sich mit Abhängigen auskennen? Aber es ihm zu sagen, wäre ihm wie Verrat vorgekommen.

Sie schrie, weinte, schrie wieder. Jedes Mal das Gleiche. *Und täglich grüßt das Murmeltier*. Kürzlich war sie in ihren neuen Porsche gestiegen (sie hatte sich passend zu ihrer neuen Wohnung einen 911 Carrera 4S gekauft – Jack musste widerwillig zugeben, dass er das Auto liebte) und war ihm mit quietschenden Reifen zu seiner Wohnung gefolgt. Das Haus hatte er verkauft.

»Du hast meine Karriere ruiniert! Du hast mein Leben ruiniert!«

Jack nickte nur.

»Ich weiß immer noch nicht, was ich glauben soll, aber falls ich nicht verrückt bin und falls das, was wir anfangs hatten, echt war und ich es veröffentlicht hätte, dann hätte ich wenigstens etwas! Zumindest könnte ich hier aussteigen und versuchen, an die Uni zurückzugehen als dumme – als naive Theoretikerin, die …«

Jack saß am Tisch, Zoe stand vor ihm.

»Wie viel davon? Wie viel davon hast du … deinetwegen hab ich nicht mal einen College-Abschluss …«

Er schwieg.

Sie machte einen Schritt rückwärts.

»Du bist ein verdammtes Monster. Und du hast mein Leben zerstört.« Sie nahm ein halb volles Wasserglas vom Couchtisch, drehte sich um und schleuderte es auf ihn. Das Wasser spritzte quer durch den Raum. Das Glas traf ihn mit einem dumpfen Schlag am Arm, prallte von der Tischkante ab, zerschellte auf dem Boden.

»Ich hasse dich«, flüsterte sie.

Sie sank auf seine Couch, schlug die Hände vors Gesicht und weinte. Er blieb, wo er war. Widerstand dem Drang, den Arm um sie zu legen und ihre Schulter zu streicheln. Fast konnte er die zarten Knochen unter ihrer Haut spüren. Wie ein Vogel.

Dann stand sie auf, ging ins Gästebad und wühlte eine Weile herum. Kam mit trockenen, geröteten Augen wieder heraus, schniefte.

»Was, wenn wir jetzt zu Merck zurückgehen?«, fragte sie. »Ich könnte Mr Framer anrufen.« Alle anderen sprachen sie mit Vornamen an, sogar Leute wie den CEO von Merck, aber Zoe konnte sich nie dazu durchringen.

»Was?« Das war neu. Ein Schritt, den sie bisher nicht zu gehen bereit gewesen war.

Sie wischte sich mit einem Taschentuch die Nase. »Du weißt genauso gut wie ich, dass alle hier nur zocken. VCs und Pharmaindustrie. Glaubst du, die haben uns vor einem Jahr für eine sichere

Nummer gehalten?« Sie hielt inne. »War das vor einem Jahr? Wann war das?«

»Vielleicht vor zwei«, brummte Jack. »Ich weiß es nicht mehr. Ich glaube, vor einem.«

»Egal. Sie wussten, dass die Wahrscheinlichkeit groß war, dass aus M nichts werden würde. Sie erwerben zehn Start-ups, eines funktioniert, damit verdienen sie Geld. Was sollte jetzt anders sein? Ich bin die Einzige, die es damals nicht wusste und es jetzt weiß. Wenn wir es morgen an sie verkaufen, ist das nicht unser Problem. Ich glaube, eigentlich machen es andere nicht viel anders. Je nachdem.«

Je nachdem, was genau Jack getan hatte, und wann. Er hörte sie laut und deutlich. Er rieb sich die empfindliche Haut unter dem rechten Auge. »Ich glaube, das können wir machen.«

»Was?«

Wie die meisten Gespräche, die sie jetzt führten, blieb auch dieses unvollendet. Jack fegte die Glasscherben zusammen. Dann gingen sie gemeinsam zu einem dieser Wohltätigkeitsessen.

45

Ein paar Wochen später kam Phoebe mit einem Ordner und einem Gesichtsausdruck ins Labor, bei dem Jack der Magen in die Kniekehlen rutschte.

»Zoe wartet im Konferenzraum«, sagte sie, und er stand auf und folgte ihr.

Zoe setzte sich in Meetings nicht mehr auf seine Seite des Tisches. Also suchte er sich einen Stuhl gegenüber von ihr. Phoebe schloss die Tür, und es wurde still im Raum.

Phoebe legte Jack einen Ausdruck vor die Nase. Er drehte ihn so, dass Zoe ihn auch lesen konnte, aber sie sagte: »Ich kenn das schon«, also drehte er ihn wieder zu sich.

The Wall Street Journal. EHEMALIGER ANGESTELLTER BEKLAGT UNTERNEHMENSKULTUR BEI ANGESAGTEM START-UP MANNA.

Jack las.

Der ehemalige Mitarbeiter war eigentlich ein ehemaliger Praktikant. Jack erinnerte sich an ihn. Ein weinerlicher reicher Junge mit einem Babyface, einem Vineyard-Vines-Polo und einer langen Familientradition in Harvard. Er hatte herumgeschnüffelt, eine Menge Fragen gestellt. Nicht einmal die richtigen – er schien Manna zu verdächtigen, irgendwelche schrecklichen Nebenwirkungen zu verheimlichen. Jack hatte ausweichend reagiert. Und so hatte sich der Typ offenbar an das *WSJ* gewandt.

Tja, damit war die Idee mit Merck wohl gestorben.

Nachdem er die Hälfte gelesen hatte, schob Jack den Artikel wieder zu Phoebe. »Das ist Blödsinn.«

»Du hast ihn nicht mal zu Ende gelesen«, sagte Zoe.

»Das brauche ich nicht. Das ist lächerlich. Er ist sauer, dass ich ihn nicht wie einen Gott behandelt habe, nur weil es alle anderen sein ganzes Leben lang getan haben.«

»Es spielt keine Rolle, warum er es getan hat, es spielt eine Rolle, dass die Leute jetzt denken, bei Manna sei man ›verschlossen‹, ›schotte sich ab‹ und ließe ›die Angestellten nicht untereinander über die Wissenschaft sprechen‹«, sagte Phoebe.

»Wir sind ein milliardenschweres Start-up – natürlich schotten wir uns ab.«

Phoebe öffnete ihre Mappe, nahm ein weiteres Papier heraus und schob es ihm zu.

Ebenfalls aus dem *Wall Street Journal*, eine Stellungnahme, unterzeichnet von den zehn größten Namen der Biowissenschaften.

»Das hatten wir schon mal«, sagte Jack und bezog sich auf den negativen Kommentar, der im Sommer vor ihrem Abschlussjahr erschienen war. »Das hat sich wieder gelegt.«

Er sah Phoebe an, nicht Zoe. Er konnte Zoe nicht ansehen.

»Ich hab diesen Reporter wochenlang abblitzen lassen«, Phoebe tippte auf den ersten Artikel, »aber jetzt müssen wir irgendwie Schadensbegrenzung betreiben.«

»Also betreiben wir Schadensbegrenzung.«

»Ich kann nicht fassen, dass du so verdammt gechillt bist«, sagte Zoe. Er sah sie an. Ihre Lippen waren so fest aufeinandergepresst, dass das Blut aus ihnen gewichen war und sie keine Farbe mehr im Gesicht hatte. »Wenn du eine Ahnung davon hättest, wie schwer es ist, in dem Shitstorm zu stehen, der auf mich zukommt, würdest du dich nicht so verdammt arrogant verhalten. Fuck, reiß dich zusammen.« Sie stand abrupt auf und verließ den Raum.

Jack schluckte.

»Da du nicht geneigt bist, es zu lesen«, sagte Phoebe, »solltest du wissen, was in der Stellungnahme steht: Dass keine anderen Wissenschaftler in der Lage waren, die Behauptungen von Manna zu reproduzieren, dass einige dieser Behauptungen wissenschaftlich unmöglich sind und eine Untersuchung der wissenschaftlichen Praktiken des Unternehmens eingeleitet werden sollte.« Sie räusperte sich. »Also. Bereite dein Labor für diese Untersuchung vor.« Dann ging auch sie.

Sie besprachen die Angelegenheit in einer Telefonkonferenz mit Alex. Alex sagte, die Investoren an der Westküste würden das verstehen und seien flexibel. Jack sah, wie Zoe die Fassung verlor, plötzlich schluchzte sie laut auf, Alex verstummte, und Jack zuckte zusammen. Als sie die Konferenz beendet hatten, sagte sie: »Ich weiß, ich weiß. Er ahnt nichts.«

Zoe bat Jack vor dem ersten großen Interview, zur Schadensbegrenzung mit ihr hinter die Bühne zu kommen. Darum dachte er, er könne ihr immer noch etwas geben, und sei es nur, dass er als Einziger sonst Bescheid wusste, und dieser Gedanke erfreute ihn, und dass es ihn erfreute, erfüllte ihn mit Abscheu.

Sie war so angespannt, dass sie flirrte.

Das Vorbereitungsteam versuchte, ihr eine rührselige Geschichte zu entlocken. »Wie wurde dein Interesse für die Anti-Aging-Forschung geweckt?«

»Eigentlich hat Jack zuerst in der Anti-Aging-Forschung gearbeitet. Er hat mich dazugeholt. Ich habe mich für Neurologie interessiert, für Bewusstsein.« Sie sah ihn nicht an, aber er konnte zwischen den Zeilen lesen: Ohne dich wäre ich vielleicht eine brillante Wissenschaftlerin geworden.

»Aber es muss doch etwas in deiner Familie geben … eine altersbedingte Krankheit oder gar den Tod eines geliebten Menschen? Dieses Thema geht uns alle an.«

»Ob ich selbst eine Sterbliche bin? Wie kannst du es wagen, so etwas zu behaupten?« Sie lächelte angespannt, und sie lachten im Chor. »Nein, aber ich bin sehr privilegiert. Alle meine Großeltern leben noch. Natürlich werden sie älter.«

»Aber keine Todesfälle ...« Ein Hauch von Enttäuschung. Jack knackte mit den Fingerknöcheln.

»Keine Todesfälle, nein.«

»Was ist mit dir?« Einer der Lakaien, ein weiterer Möchtegern-Journalist mit glattem, hübschem Gesicht, wandte sich an Jack, und plötzlich erinnerten sich alle, dass er auch da war.

»Hmm?«

»Wenn du dich zuerst für die Anti-Aging-Forschung interessiert hast, musst du einen Grund gehabt haben.«

»Ja«, sagte er.

Alle sahen ihn erwartungsvoll an. Er konnte Zoes Gesichtsausdruck nicht deuten.

»Was war es?«

»Ist das wichtig? Zoe gibt das Interview.«

»Etwas von deiner Geschichte könnte dem Ganzen etwas Farbe verleihen.«

»Ich bin verdammt bunt«, sagte Jack, und Zoe drehte sich um. Er konnte ihre Verärgerung spüren.

Sie drängte. »Und, Jack?«

Also.

Der Sommer nach der elften Klasse an der Highschool. Sein Urgroßvater war Mitte siebzig, seine Urgroßmutter etwas jünger. Er achtzehn.

In dem Sommer hatte er zwei Jobs. Einen beim JAX. Eigentlich wollte er nebenher bei Buddy's jobben, dort würde er gutes Geld verdienen und seinen Urgroßvater öfter sehen, aber der Freund seiner Mutter sagte, wenn er dort arbeiten würde, ließe er ihn nicht beim JAX arbeiten.

»Wie das?«, entgegnete Jack am Esstisch.

»Ich ruf in der Schule an und erzähl denen, dass ich in deinem Zimmer Drogen gefunden hab, Kokain, und dass wir dich dafür diesen Sommer bestrafen.«

Jack sagte nichts, sondern sah nur mit schweren Augenlidern auf.

»Oder noch besser. Ich erzähl denen, dass wir 'ne Waffe in deinem Zimmer gefunden haben. Dass du uns bedroht hast.« Wir gegen dich. Als ob Jack und seine Mutter nicht blutsverwandt wären.

Rückblickend betrachtet, wirkten die Grausamkeiten so willkürlich, so absurd. In dem Moment jedoch ergab alles absolut Sinn. Das erwachsene Männchen fühlt sich bedroht, verjagt den Heranwachsenden aus dem Rudel, bevor dieser groß genug ist, um den Erwachsenen zu töten. Und Jack ließ keine Gelegenheit für kleine Rebellionen aus. Benutzte Wörter, die der Typ nicht verstand, sprach am Esstisch über ihn hinweg, nannte ihn beim Vornamen, reagierte nicht, wenn er angesprochen wurde. In gewisser Weise war es also Jacks Schuld.

Wie auch immer, er bekam einen Job im Dollar Tree auf der anderen Straßenseite und erhielt den Mindestlohn. Wenn er vom JAX nach Hause kam, arbeitete er dort die Spätschicht, ging ein paar Stunden ins Bett, stand um halb sechs auf und stieg in den Truck, um zum JAX zu fahren, war dort immer von neun bis fünf. Ein paarmal war er am Ende des Arbeitstages im Labor so müde, dass er sich im Dollar Tree krank meldete und in seinem Truck auf dem JAX-Parkplatz schlief, auf dem Beifahrersitz, weil der Fahrersitz manchmal klemmte und er Angst hatte, dass er sich nicht mehr zurückstellen ließ und er dann nicht mehr fahren könnte.

Er brauchte zwei Jobs, damit er den Bradys die Raten für den Truck zahlen konnte.

Er konnte den Truck nun auch für andere Fahrten als zum JAX nutzen, manchmal besuchte er seine Urgroßeltern.

Zuerst war es etwas komisch. Besonders mit seinem Urgroßvater. Er schob es darauf, dass sie schon eine Weile keine Zeit mehr miteinander verbracht hatten und keiner von ihnen besonders gut im Reden war. Und darauf, dass Jack zu groß und unbeholfen war und zu viel Platz brauchte. Und weil sein Urgroßvater älter geworden war – die Diskrepanz zwischen dem Mann, der sechs Tage die Woche gearbeitet hatte, und dem Mann, der in der Couch versank, verwirrte Jack.

Aber in Wahrheit lag es daran, dass sein Urgroßvater im Sterben lag und sie ihm das nicht sagten.

Als Jack eines Sonntagnachmittags zu ihrem Haus kam, standen sowohl der Truck seines Urgroßvaters als auch der kleine Toyota seiner Urgroßmutter auf dem Hof, aber sie waren nicht da.

Natürlich war er schon mal allein in dem Haus gewesen, aber an dem Tag fühlte es sich seltsam an. Auf der Couch lagen ein Kissen und eine Decke halb auf dem Boden. Jemand hatte Dreck ins Haus getragen (es hatte die ganze Nacht geregnet) und ihn nicht beseitigt.

Seine Urgroßmutter war sehr ordentlich.

Eigentlich wusste er es sofort. Er ahnte, dass einer von ihnen mit dem Krankenwagen abtransportiert worden und der andere mitgefahren war. Und dass vermutlich sein Urgroßvater einen Krankenwagen brauchte, da er sein ganzes Leben lang körperlich gearbeitet hatte. Aber diesen Gedanken ließ er nicht zu. Er fluchte nur, dass keiner von ihnen ein Handy besaß, stieg wieder in seinen Wagen und fuhr zum nächstgelegenen Krankenhaus.

Er hatte Glück, dass er zum richtigen Zeitpunkt ankam, denn sein Urgroßvater sollte bald in ein anderes, größeres Krankenhaus verlegt werden. Und dass er denselben Nachnamen hatte und die Sekretärin bereit war, seine Urgroßmutter zu holen. Die Arme über dem Bauch verschränkt sah sie so klein, so zerbrechlich aus. Jack umarmte sie, dann überwand er sich, sie zu fragen, was geschehen war und was er tun konnte.

Sie erzählte ihm, dass das alles gar nicht so plötzlich gekommen war, dass sein Urgroßvater die Diagnose Anfang des Sommers erhalten hatte, und da stieg die Wut in ihm auf.

»Warum habt ihr mir das nicht gesagt?«, fragte er.

»Wir wollten nicht, dass du dir Sorgen machst.« Sie lächelte ihn sanft an. »Das hätte nichts gebracht.«

»Ich hätte dir bei der Pflege helfen können. Ich hätte – ich verstehe jetzt mehr von Therapien. Durch die Arbeit beim JAX.«

»Die Ärzte kümmern sich sehr gut um uns.«

Uns. Ein Uns, das Jack ausschloss. Er dachte: *Ihr habt es mir nicht erzählt, weil ich nicht zu eurer Familie gehöre.* Und er begann zu weinen.

An dem Abend erlaubte ihm seine Urgroßmutter, mit den Ärzten zu sprechen. Er fragte, wie der Behandlungsplan aussah.

»Wir machen es ihm so angenehm wie möglich«, sagten sie.

»Wie meinen Sie das?«

»Er hat sich gegen eine aggressive Behandlung entschieden.«

»Warum?«

»Ihr Großvater leidet an mehreren altersbedingten Krankheiten, und seine Lebensqualität nimmt ab. Ihm war klar, dass sie sich nur noch weiter verschlechtern würde, wenn wir mit der Behandlung fortfahren. Deshalb hat er sich für die Palliativversorgung entschieden.«

Das Hospiz stand unausgesprochen im Raum.

»Wie lange …«

»Das weiß ich nicht. Wir werden einige Zeit brauchen, um die akuten Symptome zu behandeln, die er in den letzten Tagen entwickelt hat, dann können wir mehr dazu sagen.«

Wie ein Wachhund stand Jack am Krankenbett seines Urgroßvaters, überragte die Krankenschwestern und stellte strenge Fragen. Die Krankenschwestern, an wütende, verzweifelte Verwandte gewöhnt, ignorierten ihn. Seine Urgroßmutter stand in der Tür und sah zu.

Man lieferte ihnen ein Krankenhausbett nach Hause. Sie stellten es in Jacks Zimmer.

Als Jack im Schlafzimmer die Sachen seines Urgroßvaters zusammensuchte, um sie ihm zu bringen, fand er eine Kopie seines

Aufsatzes von der Messe. Sauber aufbewahrt zwischen zwei leeren weißen Blättern. Der Ausdruck war weich vom vielen Durchblättern, und die obere geheftete Ecke fast eingerissen.

Die Schmerzen seines Urgroßvaters nahmen zu, und er bekam mehr Schmerzmittel. Das bedeutete, dass seine geistige Klarheit rapide nachließ.

Als sein Urgroßvater meistens bewusstlos war, sagte seine Urgroßmutter: »Jack, du solltest wieder zur Arbeit gehen. Was du da machst, ist so wichtig.«

Er sah sie mit all seiner Wut an, und sie wich zurück und floh in die Küche.

Zwei Wochen später starb sein Urgroßvater.

Er wusste, er hätte in der Nähe bleiben sollen, um seine Urgroßmutter zu unterstützen. Aber er gab ihr die Schuld daran, dass er achtzig Stunden pro Woche gearbeitet hatte, anstatt den Sommer mit seinem Urgroßvater zu verbringen.

Das sagte er ihr nicht. Wenn er es getan hätte, hätte sie gesagt, dass Jacks Zukunft wichtiger sei als der Tod eines alten Mannes. Und er hätte sie für dumm gehalten. Vielleicht hätte er ihr das gesagt. Aber ein achtzehnjähriger Junge kann sich nicht in die Perspektive einer siebzigjährigen Frau hineinversetzen.

Der Rest ergab sich von selbst. Hier hielt ihn nichts mehr. Alles schien zu schreien: Holt mich hier raus! Seine Besessenheit wuchs, denn er sah im JAX eine Möglichkeit, an dem zu arbeiten, was seiner Meinung nach den Tod seines Urgroßvaters verursacht hatte: das Versagen der Medizin bei der Behandlung des Alterns, die falsche Annahme, dass Alter ein Grund zum Aufgeben sei.

Er bewarb sich frühzeitig am MIT, war sicher, dass er genommen würde. Er hatte alles getan, er hatte seine Noten verbessert, er erhielt nur noch Einsen, hatte fast die volle Punktzahl im SAT-Test (hatte nur eine Frage überlesen), hatte einen vollen Stundenplan und war sogar während der Schulzeit fast Vollzeit im JAX. Sein Name stand auf dem jüngsten Paper seines PI, das gerade erschienen war. Ms Brady und sein PI hatten Empfehlungsschreiben für ihn verfasst.

Als er nicht genommen wurde, brach er unter Tränen in seinem Truck zusammen.

Er betäubte seinen Schmerz im Labor. Bestand nur noch aus Energydrinks und Wut. Wollte auf dem nächsten Paper als erster Autor genannt werden. Wollte ihnen zeigen, was sie verpasst hatten.

Bewarb sich termingerecht bei dreiundzwanzig anderen Unis. Überall dort, wo er Geld erhalten würde, wenn möglich, wollte er Maine verlassen.

Er wartete auf die Durchführung eines Experiments, als er den Anruf erhielt. Es war fünfzehn Uhr, ein Mittwoch. »Hier ist Kitty, ich rufe von der Zulassungsstelle in Harvard an. Spreche ich mit Jack?«

»Ja, hier ist Jack.« Er erstarrte, einen Stift in der Hand. Hatte er einen Fehler in der Bewerbung gemacht?

»Ich habe Ihre Bewerbung gelesen und wollte Ihnen nur als Erste sagen, dass wir Sie für unglaublich begabt halten und Sie gerne in Harvard haben möchten.«

Sein ganzer Körper vibrierte.

»In ein paar Tagen werden Sie ein sogenanntes Wahrscheinlichkeitsschreiben mit der Post erhalten, aber jetzt wollte ich Sie nur anrufen, um Ihnen persönlich zu gratulieren. Sie haben eine erstaunliche Entwicklung hinter sich – Ihre Lehrer und Mentoren berichten Fantastisches über Sie. Ich hoffe sehr, dass Sie zu uns nach Harvard kommen.«

Jack merkte, dass er schwieg. »Äh, ich … ich … danke.«

»Sehr, sehr gerne. Und auch wenn Sie nicht gleich einen Bescheid über die Finanzierung bekommen, unser Büro wird sich um alle finanziellen Belange kümmern – Sie brauchen sich wegen der Kosten keine Sorgen zu machen.«

»Ich … okay. Ja, danke, das ist …« Er war sprachlos. »Es tut mir leid, ich weiß nicht, was ich sagen soll«, brachte er schließlich hervor.

Die Frau lachte. Das helle Lachen einer Fee aus einem fernen Märchenland. »Das ist in Ordnung! Das sind bestimmt überwältigende Neuigkeiten. Ich wollte Ihnen nur sagen, dass es mir eine Freude war, Ihre Bewerbung zu lesen und mich vor dem Ausschuss für Sie einzusetzen.«

»Vielen Dank. Gibt es irgendetwas, das ich tun muss?«

»Nein, überhaupt nicht. Die harte Arbeit ist vorbei. Ich hoffe, Sie werden das ordentlich feiern.«

Als sie sich verabschiedete, legte er das Handy weg. Seine Hände zitterten.

Er schlug sie vors Gesicht, beugte sich vor und begann zu schluchzen. Er weinte lange, im Takt des Refrains, der ständig in seinem Hinterkopf dröhnte und der nie aufhören würde. Vermassle es nicht, vermassle es nicht, vermassle es nicht, vermassle es nicht.

»Das ist eine tolle Geschichte«, meldete sich jemand aus dem Team zu Wort. »Jack, warum schließt du dich ihr nicht heute an? Nimm es als Aufhänger – alle werden die Story lieben.«

Er hatte vergessen, dass sie nicht allein waren. »Oh«, sagte er. »Ich bin eigentlich nicht …«

»Jack ist kein Redner«, sagte Zoe. Sie sah erschöpft aus.

»Wie wäre es, wenn wir einfach … Zoe könnte es erzählen. Wir passen die Geschichte einfach etwas an, damit es zu ihrem Hintergrund passt.«

Jack lachte laut auf.

»Optimiert es«, sagte er und schüttelte den Kopf. »Haut rein.«

46

Alex ließ sich von seinem Posten beurlauben und ging zurück nach Stanford, um doch noch seinen Doktor zu machen.

Dadurch wurde es natürlich nicht leichter. Aber Jack konnte Zoe nicht verübeln, dass sie ihn schützen wollte oder dass er sich selbst schützen wollte.

Zoe und er sprachen nicht darüber.

47

Schließlich beschwerten sich die Investoren.

Die Venture-Capital-Jungs von der Westküste, die sonst so gechillt waren, Jacks beste Freunde, zeigten sich *besorgt*. Nach außen hin gaben sich natürlich alle positiv. Entschärfen, entschärfen, entschärfen. Aber es gab Gerüchte, die nur über ihre loyale, ultrareiche Gruppe zu Zoe gelangten, dass sie und Jack durch jemanden ersetzt werden sollten, der *ein strengeres Regiment führt* und *für Ordnung sorgt*. Der Mann mit der Ranch in Montana antwortete auf diese E-Mails mit unverblümten Absagen. *Ehrlich gesagt, empört es mich, dass Sie vorschlagen …*

Als Zoe Jack die E-Mails zeigte, versicherte er ihr, dass sie fast so weit seien. Er sei ganz kurz davor, den *Proof of Concept* für das neue Medikament Beta zu erbringen. Er brauche nur noch ein bisschen mehr Zeit.

Zoe atmete tief ein und nickte.

Sie beraumten für den nächsten Freitag eine Vorstandssitzung an.

Am Mittwoch läutete sie an seiner Tür. Er öffnete. Es war Mitternacht. Er war gerade erst aus dem Labor nach Hause gekommen. Sie war seit Montag nicht mehr im Büro gewesen. Sie war ein Wrack. Die Augen groß und wild, das Haar verknotet. Sie trug ein T-Shirt, obwohl es Dezember war und unter null Grad. Er konnte sie aus mehreren Metern Entfernung riechen. Es war nicht ihr Schweiß, der für ihn süß und erdig roch, sondern ein beißender, chemischer Geruch. Angst. Er erinnerte ihn an verendende Labormäuse.

»Ich kann nicht schlafen«, sagte sie mit brüchiger Stimme.

»Komm rein. Alles okay?«

Sie stolperte herein. Er wusste nicht, ob er sie berühren durfte. Doch sie beugte sich bedenklich weit vor, taumelte gegen ihn, und da fasste er sie an den Schultern und führte sie in die Wohnung. Seine Einrichtung war spärlich, aber es gab eine Couch, auf die er sie setzte. »Schöne Couch«, murmelte sie.

Er verschwand im Schlafzimmer, wo seine einzige Decke auf dem Bett lag, kehrte mit ihr zurück und reichte sie ihr. Sie legte sie sich um, ohne sich die Mühe zu machen, sie auseinanderzufalten, ein Bein und eine Schulter blieben frei. Jack zupfte behutsam daran, bis sie ihren ganzen Körper bedeckte, dann setzte er sich mit etwas Abstand neben sie.

»Ich kann nicht schlafen«, murmelte sie wieder.

»Ja? Warum nicht?«

»Sie wirken nicht mehr.«

»Was wirkt nicht mehr?«

»Meine roten Pillen.«

»Hm? Was sind das für rote Pillen?«

»Beruhigungsmittel. Damit ich schlafen kann.«

Er nickte. Es war ja nicht so, als wüsste er es nicht.

»Was hast du heute noch genommen?«

»Was meinst du?«

»Welche anderen Tabletten hast du heute genommen?«

»Gott, Jack, das weiß ich nicht.« Sie schloss die Augen. »Ich kann mich nicht … erinnern.« Zoe mit dem perfekten Gedächtnis. Zoe, die sich an jedes Element im Periodensystem erinnern konnte (und die wusste, dass das eine ziemlich nutzlose Fähigkeit war). Zoe, die keine Fehler machte. Es tat ihm weh.

»Hast du was zum Schlafen?«

Jack sah sie unverwandt an. Atmete tief ein.

»Nein, hab ich nicht. Ich habe Gras.«

»Is' nicht stark genug.«

»Ich weiß.«

Sie begann zu weinen. Ihr Atem ging schnell. Sie legte ihre Hände an die Kehle. Keuchte mit offenem Mund wie ein Fisch.

»Ich kann nicht …«

»Schh«, sagte Jack, »Schh. Du kannst.« Er rückte näher, um sie aufzufangen, falls sie ohnmächtig werden sollte, damit sie nicht nach vorn auf den Couchtisch kippte. Sie schlurfte mit den Füßen über den Boden, als würde sie versuchen aufzustehen.

»Ich kann nicht at…«

»Du hast eine Panikattacke, Zoe. Das wird wieder.« Er war sich da nicht so sicher, wusste nicht, ob sie nicht vielleicht eine Überdosis genommen hatte. Unwillkürlich schoss ihm in den Kopf: *Das ist das Letzte, was wir auf der Titelseite der* Times *brauchen. Manna-Gründerin nach Überdosis im Krankenhaus.* Ein Foto von Zoe in diesem Zustand, heimlich aus dem Gebüsch aufgenommen. Dann schalt er sich. Das ist deine *Partnerin.*

»Leg den Kopf zwischen die Knie, okay? Kannst du mit mir atmen?« Er gab den Rhythmus vor. »Ein …« Er atmete lange ein. »Aus …« Er atmete ebenso lange aus. Sie versuchte es, scheiterte beim Einatmen, hustete, würgte. Sie zitterte heftig.

Er stand auf, um das Handy zu holen. Merkte, dass seine eigenen Hände zitterten.

Und dann war es so schnell vorbei, wie es angefangen hatte. Ihre Atemzüge wurden länger, pfiffen beim Atmen. Sie drehte den Kopf zur Seite und erbrach sich, ein klarer Strahl platschte auf den Boden. Sie hustete. »O Gott, sorry«, sagte sie mit rauer Stimme.

»Schon okay«, sagte er in leisem, ruhigem Ton. »Schon okay, ich mach das schon. Du bist okay.« Er setzte sich wieder neben sie, dann hielt er inne, ging ins Bad, um ein Handtuch zu holen, warf es über die Galle auf dem Boden. »Alles gut.« Sie nickte zu schnell, atmete jetzt tief ein, als könne sie nicht genug Luft bekommen.

»Ich hab keine Luft mehr bekommen.«

»Ich weiß. Aber jetzt geht es.«

»Jetzt geht es.«

Ihre Augen waren groß und leer. Er versuchte, nicht an seine Mutter zu denken, die zusammengerollt auf dem Badezimmerboden lag.

Er saß bei ihr, bis sich ihre Atmung beruhigt hatte, bis etwas Lebendigkeit in ihre Augen zurückkehrte.

»Willst du duschen?«

»Ich glaube, das sollte ich nicht allein machen.«

Er wollte nicht auf die unausgesprochene Bitte reagieren und ihr seine Hilfe anbieten.

»Ich mach das eben weg.« Er deutete mit dem Kopf auf den Boden. Sie verzog das Gesicht.

»Ich mache das schon.«

»Sei nicht albern.«

Er ging in die Küche, holte Putzmittel und Papierhandtücher. Er kehrte zurück. Das Handtuch hatte den Großteil der Flüssigkeit aufgesaugt. Und es war nur Flüssigkeit. Er wusste nicht, wann sie zuletzt etwas gegessen hatte. Er besprühte den Boden, wischte ihn, besprühte ihn erneut. Warf das ganze Bündel in den Müll. Er konnte ein neues Handtuch kaufen. Er verknotete die Tüte und stellte sie neben die Tür. Kehrte zu Zoe zurück. Ihre Augen waren geschlossen.

»Hilfst du mir?«

»Natürlich.«

Er führte sie ins Bad, setzte sich auf den Toilettendeckel, während sie sich entkleidete. Wandte den Blick ab, als hätte er sie noch nie so gesehen. Sie stellte die Dusche an und stieg hinein. Er erhaschte einen flüchtigen Blick auf einen Hüftknochen, die Haut war eingefallen, geschwungen wie ein Blütenblatt. Er hielt ihr die Hand hin, falls sie sie brauchte.

»Du brauchst nicht die Augen zuzumachen, Jack. Als hättest du mich noch nie nackt gesehen.« Etwas von ihrer alten Schärfe kehrte zurück. Es half ihm, sich besser zu fühlen. Er schaute auf. Das Wasser rann über ihr verfilztes Haar, das nicht nass werden wollte. Er versuchte, keine Miene zu verziehen, als er sie ansah. Er konnte die Rippen auf ihrer Brust zählen.

Sie seifte ihren Körper ein und spülte ihn ab. Dann ihr Gesicht. Spuckte immer wieder in den Abfluss. Entwirrte mit den Fingern ihr Haar. Ließ ihre Hände nach einer Weile fallen. Er reichte ihr ein Handtuch, ein sauberes T-Shirt, eine Zahnbürste. Die Nacht schlief sie auf seiner Couch.

Am nächsten Morgen checkte er seine E-Mails, während Zoe im Bad war.

Deus ex machina. Eines ihrer Patente – das für M, das Medikament, das nie gewirkt hatte – war genehmigt worden.

Die FDA interessiert normalerweise nicht, ob etwas wirkt, sondern nur, ob es patentierbar ist. Und natürlich war das Medikament, das sie möglicherweise entwickelt hätten, nützlich, neu und nicht selbstverständlich.

»Sieh mal«, sagte er, als Zoe aus dem Bad kam. Als sie sich über seine Schulter beugte, spürte er, wie die Hitze vom Duschen noch von ihrem Körper abstrahlte, und sie lachte ihm fast ins Ohr, obwohl es eher wie ein Schnauben klang, und sagte: »Na also. Das wird sie für ein paar Monate ruhigstellen.«

Donnerstagnacht schlief sie wieder auf seiner Couch. Am Freitag vor der Vorstandssitzung schminkte sie sich in seinem Bad, kaschierte die dunklen Schatten unter ihren Augen, die Blässe ihres Gesichts. Nahm eine Handvoll Tabletten. Jack kommentierte es nicht.

Sie wollte allein hineingehen und den guten Cop spielen. Jack sollte draußen bleiben und den bösen Cop spielen.

Er konnte nicht hören, was sie sagte. Doch als alle herauskamen, nickten sie. Als die Sitzung sich auflöste, ging er hinein, sie saß am Kopfende. Sah erschöpft aus.

»Ich bleibe CEO«, sagte sie. »Und du CSO. Ich habe sie überzeugt, dass ich das kann.«

Er wusste nicht, was für einen Zauber sie angewandt hatte, aber er konnte sehen, dass es ihr einiges abverlangt hatte. Er nickte. Setzte sich neben sie, mit dem Rücken zur Glaswand. Das erinnerte ihn daran, wie er neben ihr in einem anderen gläsernen Konferenzraum gesessen hatte, nachdem sie Li überzeugt hatte, sie einzustellen. Das war Ewigkeiten her.

Sie räusperte sich. »Ich habe ihnen gesagt, dass es ein Führungsproblem ist, ein Managementproblem. Dass du ein Genie bist, dass es ohne dich kein Unternehmen gibt, aber dass du kein Labor leiten kannst und dass du gehen wirst, wenn sie dir jemanden vor die Nase setzen. Dass ich zu viel weg war, zu sehr mit der PR beschäftigt, aber dass ich hier sein werde und alles in Ordnung bringe.« Sie hielt kurz inne und fügte dann hinzu: »Ohne die Patentnachricht hätte das allerdings nicht funktioniert.«

»Ohne dich hätten wir kein Patent bekommen.«

Sie nickte.

Sie hatte ihm Zeit verschafft. Er würde ihr ihr Leben zurückkaufen.

Eine Weile saßen sie da, schauten aus dem Fenster auf Cambridge.

48

In der Nacht ging Jack nicht ins Labor. Blieb zu Hause und hoffte, dass sie wieder in seine Wohnung kommen würde.

Im ersten Winter, in dem sie zusammengewohnt hatten, war sie viel gereist. Ohne sie hatte sich das Haus so leer angefühlt. So dunkel. Im wahrsten Sinne des Wortes – sie schaltete gern alle Lampen ein. Wenn Jack allein war, kümmerte er sich nicht darum. Er kam spät nach Hause, ging im Dunkeln ins Schlafzimmer und knipste nur die Nachttischlampe an. Dann wartete er im Halbschlaf, dass sie ihn nach irgendeinem Ereignis anrief, bei dem sie von Leuten mit Geld oder Leuten, die über Geld bestimmten, verköstigt worden war, und sie sagte: »Du errätst nie, was passiert ist«, und er sagte: »Bernard hat Edward erzählt, dass er die persönliche Handynummer von so und so hat, der ein libanesischer Prinz ist«, und sie sagte: »Tja, es könnte die persönliche Handynummer seines Cousins sein«, und er sagte: »Hab ich das nicht gesagt? Und außerdem hat Edward *gerade* mit Elon gesprochen«, und sie sagte: »Musky, Baby – woher weißt du das?«, und er lachte und sagte: »Wie war's?«, und sie: »Wie immer. Wie war's im Labor?«, und er sagte: »Wie immer.« Er lauschte, als sie sich die Zähne putzte, das Gesicht wusch, bevor er fragte: »Hast du was gegessen?«, und sie sagte: »Auf der Veranstaltung gab es was zu essen.« »Das heißt also Nein«, und sie bestätigte: »Nein.« Er ging ins Internet, beauftragte den Zimmerservice, und sie tat überrascht, als er kam, obwohl er das jedes Mal machte. Und dann schliefen sie ein, ohne aufzulegen.

Damals, als sie gerade ausgezogen war, und jetzt wieder, versuchte er, sich einzureden, sie sei auf einer langen Geschäftsreise und könne aus irgendeinem Grund einfach nicht anrufen.

Auch am Samstag kam sie nicht.

Gegen Mitternacht gab er auf, legte sich wieder auf die Couch und schloss die Augen. Dann war er auf einmal im Labor, in Brennas Labor, und was er sah, konnten Erinnerungen oder einfach nur Träume sein: Zoes Hand, die seine Schulter schüttelte, wie er in einen Krankenwagen verladen wurde, Zoes Stimme, die darauf bestand, mitzufahren, ein Rettungssanitäter mit einem starken Akzent – ein Inder vielleicht?, und dann öffnete er die Augen in einem Krankenhauszimmer, drei Sommer zuvor. In seinem Arm steckte eine Infusion. Da war eine Krankenschwester. Er fragte sie, ob es einen indischen Rettungssanitäter gegeben habe, und sie fragte: »Wie bitte?« Sein Kopf brachte ihn um, er pochte so stark, dass seine Sicht violett pulsierte. Er hustete, und die Schwester bot ihm einen Pappbecher mit Wasser an.

»Ihre Freundin ist im Wartezimmer«, sagte sie. »Möchten Sie, dass ich sie hole?«

»Ja. Bitte.«

Am Sonntag dachte Jack: *Ich muss unbedingt ins Labor.*

Er musste mit Beta vorankommen. Aber machte er überhaupt Fortschritte? Es fiel ihm schwer, seiner eigenen Arbeit zu vertrauen.

Er schloss die Augen und sah Zoe.

Was bedeutet es, sich selbst zu verraten?

Trat zurück und betrachtete seine eigene Einsamkeit. Eine hässliche Sache, so allein zu sein. Er dachte an seine Urgroßmutter. Als sie ihm vergab. »Du warst jung, Wut ist eine Form der Trauer«, hatte sie gesagt. Sie glitt in den Wahnsinn ab. Noch am Leben, aber auch nicht mehr. Schlimmer, wenn überhaupt etwas schlimmer sein konnte. Das Haus war verkauft worden. Sie lebte in einem Heim. Er sollte sie besuchen.

Jemand klopfte. Jack schreckte auf. »Zoe?«

Er stand auf, ging zur Tür, öffnete und blinzelte hinaus in den mit Teppich ausgelegten Flur. Nichts. Vielleicht einer der Nachbarn oder ein Fernseher. Oder er war eingeschlafen, und sie hatte in seinem Traum geklopft.

Er setzte sich wieder auf die Couch und starrte in den dunklen Raum. Lachte ein bisschen über sich selbst.

»Gibt es … Balsam noch in Gilead? Sag es mir, sag es mir, ich flehe dich an!«

Seine Stimme klang seltsam in der Stille.

Er musste geschlafen haben, denn als er aufstand, um sich etwas zu essen zu machen, war es elf. Er holte ein Mikrowellenessen aus dem Gefrierschrank. Stand wie in Trance summend vor der Mikrowelle, als – da war er sich sicher – jemand klopfte. Das heißt, er war sich sicher, dass er ein Klopfen gehört hatte. Also hatte entweder jemand geklopft, oder er hatte eine akustische Halluzination.

Er erstarrte. Er wollte die Tür nicht öffnen, denn falls er sich das Klopfen eingebildet hatte …

Die Mikrowelle piepte.

Jack erschrak.

Die Person klopfte erneut.

Jack schüttelte den Kopf.

Machte ein paar Schritte, öffnete die Tür.

Sie hatte eine Reisetasche über der Schulter und den Kopf zur Seite gelegt.

(»Vogel,« rief ich, »oder Teufel! – Doch Prophet mir ohne Zweifel!«)

»Zoe?«

»Ja?«

»Bist du …«

»Nein …« »Du hast nicht …« »… musst nicht …«

Beide verstummten.

»Willst du reinkommen?« Plötzlich war ihm das Essen peinlich, das in der Mikrowelle auf ihn wartete. Zu heißes Kartoffelpüree, traurige Hähnchenstreifen, gummiartiger Brokkoli. Die

Wohnung roch bereits nach Brokkoli, und er fragte sich, ob sie sich davor ekelte.

Sie schritt über die Schwelle.

Er schloss die Augen, atmete ein und öffnete sie an dem seltsamen Morgen in seinem Zimmer im Wohnheim (war es Morgen gewesen? Nachmittag?), als er stundenlang geschlafen hatte, immer wieder in Träume abglitt, monströse Dinge um seinen Kopf schwebten und durch sein Zimmer tanzten, Teufel, Engel, Gleichungen. Dann sah er sie, sicher eine weitere Erscheinung, nur dass sie redete und immer weiterredete, obwohl er sich jetzt nicht mehr erinnerte, was sie gesagt hatte. Nur dass er versucht hatte, die Augen offen zu halten und zu rechnen, denn sie sprach von Daten und Tagen und Zeiten und wie lange er geschlafen hatte. Bevor er sich hingelegt hatte, war er über vierundzwanzig Stunden in Brennas Labor gewesen, und das Einzige, woran er sich in diesem seltsamen Morast aus Gedanken erinnern konnte, war, dass sie nicht wusste, dass er auch bei Brenna arbeitete. Und er nicht wollte, dass sie es erfuhr, noch nicht. Er beobachtete, wie sie ihn aus diesen großen dunklen Augen beobachtete, und kam mit seinen Berechnungen durcheinander, wie lange er geschlafen hatte. Kein Wunder, denn er war kaum bei Bewusstsein, der Schlaf zog ihn immer wieder unter Wasser, wo es kühl, ruhig und still war. Dann riss sie ihn wieder hoch, zurück in die raue, helle Wirklichkeit. Er blinzelte und sah, dass Carter auch da war, Carter, der Zoe ansah und ihn ansah, und er dachte *Fuck*, und dann reichte ihm jemand einen Saft, und er setzte sich auf und trank. Und dann war er tatsächlich wach, und die Ränder des Raumes bestanden nicht mehr aus seltsamer, pulsierender Dunkelheit, und er hatte höllische Kopfschmerzen.

Sie nahm ihn zum Abendessen mit.

Er war noch nicht so weit. Eigentlich hatte er ihr eine fertige Idee präsentieren wollen. Doch als er ihr in der Mensa gegenübersaß, begriff er, wie leicht sie ihn verlassen konnte, wie fertig er aussah, und er musste sie irgendwie an sich binden. Also sagte er: »Willst du nicht wissen, woran ich die ganze Nacht gearbeitet habe?«

Er wusste nicht, dass sie es einfach so herausfinden würden. Dass er nur einen flüchtigen Eindruck von ihrer Kreativität hatte, die reiner und wahrhaftiger war als seine eigene. Seine war ein stümperhaftes Ausprobieren, rohe Gewalt, Dinge auseinandernehmen und zusammenzusetzen. Arbeiterklasse, mehr Ausdauer als alles andere. So gewöhnlich angesichts der flackernden Energie hinter Zoes Augen, die bei seiner Herausforderung geradezu tanzte.

Er erwartete, dass seine Verehrung für sie in ihm den Wunsch wecken würde, Sex mit ihr zu haben. Doch in der Nacht war sein einziger Gedanke, dass er auf keinen Fall die zarten silbernen Fäden zerstören durfte, die aus dem Nichts entstanden waren und sich von ihr zu ihm und zurück gesponnen hatten. Er spürte, dass sie Zeit brauchten, um sich zu entwickeln: einen kühlen, dunklen Ort. Keine hitzige Leidenschaft. Keine plötzlichen Bewegungen.

Wenn er stärker gewesen wäre, hätte er sie vielleicht nicht wieder bei sich einziehen lassen. Wäre sich sicher gewesen, dass es für sie am besten war, sich so weit wie möglich von ihm fernzuhalten.

Aber er überschätzte sich. Dachte, dass vielleicht das Gegenteil der Fall wäre.

Als sie sich in seinem Schlafzimmer einrichtete, nahm er schnell die gestrige Ausgabe des *WSJ* vom Tisch. ZWEITER WHISTLEBLOWER BEI MANNA.

Er öffnete den Deckel des Mülleimers und starrte auf die Zeitung in seiner Hand.

Wahrscheinlich wusste sie es nicht. Er wollte nur …

»Jack?«, rief Zoe aus dem Schlafzimmer. »Hast du noch eine Zahnbürste für mich? Ich hab meine vergessen.«

»Ja«, sagte er. Natürlich. Und ein zweites Kissen, ein zusätzliches Handtuch und eine Wärmedecke, wenn er nachts im Labor war.

Sein Blick wurde von der Killerzeile angezogen: *Ein Mitarbeiter wurde dazu angehalten, einen Datensatz zu beseitigen, der ein negatives Licht auf das Medikament geworfen hätte.* Das Dumme war, dass das nicht einmal stimmte. Das Beseitigen übernahm er immer selbst. Aber wie kommt man da wieder raus?

Wie kommt man …

Ihm wurde etwas klar. Eine Erkenntnis, die zu einer Offenbarung, einer Erleuchtung werden könnte. Er stand da und starrte auf die Zeitung, während eine dicke, graue Masse Gestalt anzunehmen drohte.

»Jack?«

»Hm?«

»Ähm, die Zahnbürste?«

»Klar«, sagte er, ließ die Zeitung in den Mülleimer fallen, mit der Vorderseite nach oben, griff hinein, drehte sie um, schob sie unter einen leeren Imbisskarton, ließ den Deckel zufallen, drehte den Wasserhahn auf und wusch sich die Hände. »Ich komme.«

49

Als sie erfuhren, dass Harvard Klage wegen Vertragsbruch eingereicht hatte, lachten sie, bis ihnen die Tränen kamen.

Harvard behauptete, sie hätten während ihres Studiums an dem Medikament gearbeitet, damit greife die Harvard-Richtlinie zum Schutz geistigen Eigentums. Sie besagt, dass jedes Patent, das *mit direkter oder indirekter Unterstützung von Harvard* entwickelt wird, Eigentum von Harvard ist. Harvard habe somit ein Recht auf das Patent, und da sie dieses nicht auf Harvard übertragen hätten, hätten sie gegen den Vertrag verstoßen. Aber sie hatten in Harvard nicht an dem Medikament gearbeitet, sondern nur an der Theorie. Das hatten sie Viraj zu verdanken. Sobald sie anfingen, über die Entwicklung von Medikamenten nachzudenken, hatten seine Anwälte sie aus den Harvard-Labors vertrieben.

Damals war ihnen Harvards Politik unfair vorgekommen. Aber jetzt, wenn man bedachte, wie viel Geld sie in Brennas Labor verbrannt haben mussten, wie viel Zeit sie seit ihrem Weggang damit verbracht hatten, um die gleiche Summe zu betteln – tja, vielleicht hatten sie Harvard wirklich abgezockt. Oder hätten Harvard abgezockt. Vielleicht war Harvard selbst eine Art Risikokapitalgeber.

Li reichte ebenfalls Klage ein. Sein Name müsse auf dem Patent stehen.

»Keines der Experimente wurde in Lis Labor durchgeführt, oder?«, fragte Zoe.

»Na ja, die ursprüngliche Hefe«, sagte Jack.

»Stimmt«, sagte Zoe. Er schrak zurück, aber sie lachte. »Natürlich.

Brenna war damals nicht auf Hefe eingestellt. Wie konnte mir das nur entgehen. Was hast du gemacht, dich mitten in der Nacht reingeschlichen?«

Dankbar lachte er auch. Er verdiente keine Vergebung. Wahrscheinlich half es, dass das Ergebnis seines ersten richtigen Datensatzes von Beta wunderbar ausgefallen war. Keine Taschenspielertricks, und sie hatte ihm dabei zugesehen. Dass sie ihm kein Vertrauen entgegenbrachte, machte ihm nichts aus. »Ich meine …« Er schüttelte den Kopf. »Ja, hab ich.«

Sie lachte noch lauter. »Im Ernst?«

»Ja.«

»Du hast dich reingeschlichen – wie bist du überhaupt reingekommen?«

»Ich hatte eine Schlüsselkarte.«

»Sie haben dir eine Schlüsselkarte gegeben?«

»Ich war oft zu merkwürdigen Zeiten da.«

»O mein Gott, Jack.«

»Ich bin charmant, was soll ich sagen.«

Sie lehnte ihren Kopf an seinen Arm. »Allerdings«, sagte sie. Und dann: »Ich dachte, das wäre eine Tragödie, aber vielleicht ist es eine Komödie.«

»Das ist nur eine Frage der Sichtweise«, erwiderte er.

Die Ironie (Komödien und Tragödien sind beide voll davon) bestand darin, dass durch den Patentstreit noch mehr Investoren anklopften. Was den Vorstand zusätzlich beruhigte. Sie brauchten nur Leute, die weiter Geld investierten. Das war das Schöne an der Sache. Solange die Pyramide weiterwächst, ist es egal, was in ihr steckt. Wieder war ein Verkauf im Gespräch. Es wurden offizielle Verhandlungen mit Merck aufgenommen.

Als sie ihn das erste Mal wieder küsste, weinte er. Sie schüttelte nur den Kopf.

»Wir können das schaffen«, sagte sie.

»Wir schaffen es«, antwortete er.

Sie hatten nie das *L*-Wort gesagt. Aber wenn sie es schafften, würde er es aussprechen. Er hoffte, sie auch.

50

Fast auf den Tag genau vier Jahre nachdem er mit dem ganzen Schlamassel angefangen hatte, saß er an seinem Computer und stellte das Datenpaket fertig, das Beta als vielversprechendes neues Medikament präsentieren sollte.

Es war das erste Mal, dass die Yamanaka-Faktoren erfolgreich als Ganzkörpermedikament in Mausmodellen eingesetzt wurden, ohne gravierende Tumore auszulösen. Wenn es weiterhin so gut lief, wäre dies das erste Yamanaka-basierte Medikament, das seinen Weg in eine klinische Studie fand. Die Zulassung würde – wie bei allen Gentherapien – ein Albtraum sein. Aber seine Hochrechnungen zeigten – und zwar tatsächlich – eine bedeutsame potenzielle Verlängerung der menschlichen Lebensspanne um ein bis zwei Jahre. Mehr war nicht drin, denn höhere Konzentrationen wären schädlich. Und es war nur für den Einsatz im hohen Alter gedacht, denn vorher wogen die Vorteile die Risiken nicht auf.

Und natürlich war es nicht M. Es basierte nicht auf Zoes Theorie.

Jack biss sich von innen in die Wange, die bereits wund war.

Allein im Labor, in der Realität, ohne den Glauben anderer, an dem er sich berauschen konnte, wusste er, dass das nicht genügte. Das war die Erkenntnis (Offenbarung, Erleuchtung), die mit der Zeitung in seinem Küchenabfall auf ihn gewartet hatte: Beta allein genügte nicht. Nicht nachdem die Mitarbeiter zur Presse gegangen waren, nicht nachdem sie wegen des vielen Geldes so lange gelogen hatten, nicht nach den Anfeindungen anderer Forschender. Sobald sie einen Richtungswechsel verkündeten, würde die Welt sagen: Aha! Es wäre quasi ein Schuldeingeständnis. Und dann würde die Welt ein Urteil fordern, eine Strafe. Sühne.

Aber Beta, und dazu er. Das reichte aus, um Zoe einen Ausweg zu bieten. Die Erleichterung, die er verspürte, als er auf Speichern klickte und dann alles auf einer externen Festplatte sicherte, machte ihn schwindelig.

Ein bis zwei Jahre klingen nicht viel, aber wenn man selbst an dem Punkt ist, kommt es einem wie eine Ewigkeit vor.

Er saß eine ganze Weile da. Blickte auf die Uhr oben rechts auf seinem Bildschirm. 23:11 Uhr. Er schloss für einen Moment die Augen. Wünschte sich etwas.

Dann zog er die Dateien in eine E-Mail mit dem Betreff [INTERN] BETA.

Atmete ein.

Schickte es an zoe@manna.com.

Atmete aus.

Er konnte sich nicht erinnern, ob sie ihn gefragt hatte, ob sie ihn nach Maine begleiten sollte oder ob er sie darum gebeten hatte. Er erinnerte sich, dass mit Carter gerade endgültig Schluss war und Carter Manna verlassen hatte.

Es war sowieso egal, wer wen gefragt hatte. Was der eine dachte, sprach der andere aus.

Er dachte eigentlich nicht darüber nach, wie ein Treffen zwischen ihr und Nicky ablaufen würde. Er konnte sich die beiden nicht im selben Raum vorstellen. Als er es versuchte, errötete er vor Scham. Für wen schämte er sich? Für sich selbst? Stellvertretend für seine Mutter? Was, wenn sie blaue Flecken am Hals hätte? Was, wenn sie mit einem Arschloch auftauchte, das sich unweigerlich – o Gott – an Zoe ranmachen würde?

Als er sagte, er würde ein Hotelzimmer nehmen, hatte sie erwidert: »Es macht mir echt nichts aus, bei deiner Mutter zu wohnen.« Aber er bestand darauf, dass sie sich ein Zimmer nahmen. Erfand eine dumme Ausrede, dass nicht genug Platz sei. Befürchtete, sie würde denken, er wolle sie nicht vorstellen. Was natürlich stimmte. Aber er machte sich Sorgen wegen all der Gründe, die sie sich ausdenken könnte, warum das so war.

Als sie ihn fragte, ob sie mit zur Beerdigung kommen solle, sagte er, er kenne den Mann kaum und wolle nur seine Familie unterstützen. Was insofern stimmte, als ihn eigentlich niemand gut kannte, außer vielleicht seine Ex-Frau, die selbst schon lange tot war. Er war ein Säufer ohne soziale Kontakte gewesen, der mitten im Wald lebte. Aber Jack ging nicht ins Detail.

Als er von der Beerdigung zurückkam, die in der hässlichen kleinen weißen Baptistenkirche stattfand, die sein Onkel gelegentlich besucht hatte, lehnte Zoe mit geschlossenen Augen an der Motelzimmertür in der Sonne. Als würde sie für etwas posieren. Ihr Haar war lang geworden und fiel ihr ins Gesicht. Sie hielt die Hände mit den Handflächen nach außen. Es wirkte irgendwie apart. Vor dem grünen Hintergrund, die Schultern hochgezogen, sodass unter ihrem Shirt ein Streifen Haut von ihrem Bauch und die Hüftknochen über der tief sitzenden Jeans hervorlugten, sah sie wie ein Hippie-Rockstar aus den Siebzigerjahren aus. Vielleicht lag das auch nur daran, dass Fleetwood Mac im Radio lief.

Als er auf sie zukam, ließ sie die Augen geschlossen und hob die Arme.

»Willst du entführt werden?«, fragte er.

Sie versuchte, nicht zu lächeln. »Von wem?«

»Ich weiß es nicht«, sagte er. »*Bei dem Gedanken kriege ich Gänsehaut.*«

Es war das erste Mal, dass er Nicky gesehen hatte, seit dieser Freund ihm ein blaues Auge verpasst hatte. Fröhliche Weihnachten. Es seinem Postdoc zu erklären, war ein tolles Geschenk gewesen. Sie hatte jetzt einen neuen Freund. Er sah auch nicht viel anders aus, hatte einen kalten, verschwitzten Händedruck.

Nicky hatte erbärmlich ausgesehen, völlig ausgemergelt. Sie hatte sich an seine Schulter geklammert. »Jacky, es ist so schön, dich zu sehen.« Er fragte sich, ob sie getrunken hatte, glaubte es aber nicht. Was es nur noch schlimmer machte.

Sie musste Berichte über Manna im Fernsehen gesehen haben. Andererseits sah man dort nur Zoes Gesicht, sicher tauchte manchmal sein Name auf, aber seine Mutter achtete nie auf Details.

»Was macht die Uni, Schatz?«

Er hielt es nicht für nötig, ihr zu erzählen, dass er sein Studium abgebrochen hatte. Dass er eine halbe Milliarde Dollar wert war. Er hatte ihr mehr Geld geschickt, sehr viel mehr, aber sie fragte nicht, woher er es hatte. Ihretwegen hätte er den reichen Jungs in Harvard auch Koks verkaufen können. Gott, das würde sie wahrscheinlich eher verstehen als Manna.

Vielleicht fragte sie nie, weil es egal war, wie viel er schickte, sie rief immer an und verlangte mehr, mit belegter Stimme, als hätte sie geweint. Er ging immer raus, damit es niemand hörte. Sein Team im Labor, Zoe, die Frau, mit der er gerade schlief. Er fragte sich, ob ein Lover sie prügelte, bevor sie dann schließlich anrief. Die Wut war jetzt so weit weg oder so tief vergraben, dass er sie nicht spüren konnte. Warum ließ sie sich immer wieder mit gewalttätigen Männern ein? Hatte es etwas mit ihr zu tun? Weil sie ein hübsches Ding war und Männern bei hübschen Dingen nichts anderes einfällt, als sie zu zerstören? Oder reichte es tiefer? Wollte etwas in ihr zerstört werden? Flüsterte eine Stimme ihr zu, zu dem Mann zurückzugehen, der sie geschlagen hatte, und sich einen anderen zu suchen, wenn er weg war; den Schnaps zu trinken; das Koks zu schniefen, oder, besser, schneller, es vorsichtig zu erwärmen und in die Vene zu pumpen? Hatte Jack diese Seite auch in sich?

»Gut, gut.«

Er bemerkte, dass sie auf seine Stiefel blickte, das Einzige, was er an seinem Aussehen verändert hatte. Er hatte überlegt, sie auszuziehen. Die alten mit den Löchern an den Stahlspitzen hatte er noch, sie lagen hinten in seinem Schrank in Kendall. Auch wenn er es nur ungern zugab, er war sentimental.

»Schöne Stiefel«, sagte sie, »stehen dir gut. So ein attraktiver Junge.«

Und das war's.

Er wurde unruhig. Er wollte fahren. Er wollte zurück nach Kendall und so tun, als wäre die ganze Sache nie passiert, aber er wusste nicht, was Zoe davon halten würde, zumal sie das Zimmer im Motel noch für eine weitere Nacht gebucht hatten. Also fuhr er sie stattdessen herum und beobachtete ihre großen Augen. Hartland mit seiner verlassenen Gerberei und den Drogensüchtigen auf der Straße mied er weiträumig. Lieber das tragisch-schöne, von Armut geprägte Leben mitten in den Wäldern. Er fragte sich, was genau er ihr zeigen wollte. Begriff es erst, als die Sonne unterging. Er wollte, dass sie die Sterne sah.

Und dann wollte sie aufs Volksfest gehen.

Es war das Labor-Day-Wochenende, an dem die Harmony Free Fair stattfand. In Athens wiesen Schilder darauf hin. »Was ist die Harmony Free Fair?«, hatte Zoe gefragt, und Jack erklärte es ihr, woraufhin sie mit großen Augen fragte: »Können wir hingehen?«

»Es kostet keinen Eintritt«, sagte Jack.

Sie fuhren nachmittags hin, am Tag nach der Beerdigung. Die Nacht war kalt gewesen. Als Jack morgens im Motel aufwachte und zu Zoes Bett hinüberblickte, lag sie zusammengerollt unter der Decke, die Nasenspitze gerötet. Während sie noch schlief, war er leise zum Fenster gegangen und hatte beobachtet, wie die Sonne den Nebel auflöste. Die Kälte machte ihn melancholisch; der Übergang vom Sommer zum Herbst verursachte ein unangenehmes Kribbeln in seinen Fingerspitzen. Nichts Halbes und nichts Ganzes.

Heute war es wieder Sommer, heiß, sechsundzwanzig Grad, und anscheinend nutzten die Insekten das zu einem letzten Auftritt. Als sie ins Zentrum von Harmony fuhren (Jack konnte hören, wie Zoe dachte: *Das soll eine Stadt sein*?). Sie parkten auf dem Rasen vor der Grundschule, und als sie aus dem Wagen sprangen, wurden sie sofort von einer Wolke Kriebelmücken belagert. Jack schnitt eine Grimasse. »Willst du wirklich dahin?«, fragte er und wischte sich eine Mücke aus dem Augenwinkel.

»Auf jeden Fall«, sagte Zoe. Sie bewegte den Kopf hin und her und erschauerte leicht, als die Mücken auf ihren nackten Beinen landeten. Sie trug ausnahmsweise gelbe Shorts, die bis zur Mitte der Oberschenkel reichten, und weiße Socken, was sie jung und schlaksig aussehen ließ, ganz und gar nicht wie eine der *Time*100, Gründerin des Jahres, die in der *Vogue* abgebildet war. Sie war blasser als die meisten Landeier, obwohl sie halb Griechin war. Einmal hatte sie Jack gefragt, ob sie für ihn weiß sei, und er hatte Ja gesagt, ohne über die Bedeutung dieser Frage nachzudenken. Sie hatte gelacht und gesagt, Carter habe gesagt, sie sei *leukōlenos*, weißarmig, und er hatte die Augen verdreht. Sie erinnerte Jack an ein Fohlen, das zuckt, um sich die Bremsen vom Leib zu halten.

Sie gingen die Böschung hinunter auf den Festplatz, der eigentlich nur aus einem Feld bestand, das zu nass war, um darauf etwas anzubauen. Überall standen weiße Zelte, darum herum ein paar weiß gestrichene Holzbuden mit grünen Dächern, in denen Tiere, Essens- und Ausstellungsstände untergebracht waren, es spielte eine Band. Auf einer Holzbude stand in grüner Farbe *Harmony Free Fair*. Gleich am Eingang befand sich ein Stapel Heuballen, über den wie Ameisen etwa zwanzig Kinder krabbelten und darum wetteiferten, möglichst lange oben zu bleiben.

»Da wären wir«, sagte Jack. Es war ihm nicht peinlich, denn dies war nicht sein Heimatort. Als Kind war er vielleicht zweimal hier gewesen, einmal mit dem verstorbenen Onkel, einmal, so mutmaßte er, mit seiner Mutter, obwohl sie sich nicht oft aus Hartland hinauswagte.

Der Himmel zeigte sich in einem harten, tristen Blau.

Mit Zoe auf den Jahrmarkt in Bangor zu gehen, wäre schlimmer gewesen. Nachdem er sich den Eintritt leisten konnte, hatte er dort ab der sechsten Klasse jedes Jahr die letzten Sommertage verbracht. Es war die Zeit vor Ms Bady, als er mit der Jungs-Gang abgehangen hatte. Den hageren, berüchtigten Zwölfjährigen, die schon damals die Lehrer nervös machten. Zwei von ihnen hießen Brandon. An den Namen des dritten konnte er sich nicht erinnern.

Sie gingen auf den Jahrmarkt, weil sie dort unbeaufsichtigt mit anderen Jugendlichen zusammen sein konnten, gerade alt genug, um sich für Sex zu interessieren, aber zu jung, um es irgendwo ausleben zu können. Eine der Mütter fuhr sie hin, weil sie mit ihrem Freund, der schon leicht einen sitzen hatte, auf ein Pferderennen wetten wollte.

Kyle. So hieß der dritte Junge.

Bangor war nicht wie Harmony – es war eine richtige Kirmes mit blinkenden Neonlichtern und diesen klappernden Metallfahrgeschäften, die überall gleich sind. Twister. Riesenrad. Schiffsschaukeln. Zero Gravity.

Er, die Brandons und Kyle liefen an den Fahrgeschäften vorbei (die Musik dröhnte, Rihanna *S&M*, Pink *Raise Your Glass*, Jason Derulo *In My Head* – für ihn ewig mit Wehmut verbunden) und suchten die anderen Kinder unter der Tribüne. Plusterten sich auf und versuchten, für die dünnen Mädchen mit ihren tief sitzenden Jeans, Bauchnabelpiercings und stark geschminkten Augen älter auszusehen. Einige von ihnen bereits mit einem schlecht gemachten Arschgeweih, aufreizend halb zu sehen. Jack erinnerte sich an das Verlangen, das er verspürte, wenn er auf den schmalen Streifen mit dem flachen Bauch zwischen Jeans und kurzem T-Shirt starrte.

Mehrere Sommer lang musste er im Gravitron kotzen und sich den Mund mit Gatorade ausspülen, *nur für den Fall*, dass er tatsächlich eine abbekam. Zu dieser Zeit ging er in die achte Klasse (oder war es die neunte?) und war endlich gewachsen, sodass er die Mädchen überragte, zu seiner Überraschung und Freude plötzlich auffiel, ja sogar Blowjobs bekam. (Wie er später erfuhr, lag das zum Teil daran, dass sie ihn für groß genug hielten, um ihnen ein Bier auszugeben. Eigentlich sah er nicht wie einundzwanzig aus, aber den Fünfundzwanzigjährigen, die Alkohol in Plastikbecher kippten, war das egal, solange sie nicht offensichtlich einen Minderjährigen bedienten.) Den Rest des Abends und den nächsten Tag lief er mit diesem speziellen Mädchen herum (Sami, ihren Namen würde er nicht vergessen, sie ersetzte den Punkt auf dem i durch ein Herz, als sie ihn mit einem Stift wie ein Brandzeichen auf seinen Arm schrieb). Den Arm um ihre Taille gelegt, wunderte er sich, wie sich die straffe Haut an ihrem Bauch anfühlte, nachdem er sie jahrelang nur angesehen hatte. Brandon und Brandon starrten ihn wütend an. Kyle interessierte das nicht. Er hatte seit der sechsten Klasse sexuelle Eroberungen. Irgendetwas hatte er an sich, mit seinem lockigen blonden Haar, der schlanken Statur und der kaum unterdrückten Wut in all seinen Bewegungen. In seiner Brieftasche steckte immer ein Bündel Bargeld, und er sprach mit den Mädchen auf eine Art, als wären sie Dreck. Kyle grinste Jack nur an, als ob sie jetzt Komplizen wären, reichte ihm eine zerfledderte Packung mit einem Kondom, zwinkerte ihm zu. Was eine noch weiter zurückliegende Erinnerung in Jack wachrief. Er konnte nicht älter als zehn gewesen sein, als einer der Freunde seiner Mutter dicht vor seinem Gesicht gelallt hatte: »Schwängere ja kein Mädchen. Die erzählen dir, sie nehmen die Pille, aber die lügen dich an, dann werden sie schwanger, und du sitzt in der Falle.« Er hatte sich gefragt, welchen Mann seine Mutter, die mit fünfzehn schwanger geworden war, in die Falle gelockt hatte, und wie er ihr entkommen war.

Wie auch immer, Bangor war der Bodensatz: Schmutziger Beton, Sneaker mit heraushängenden Schuhlaschen, arme weiße Menschen, die entweder total dünn oder total fett waren und sich mit Drogen oder Essen betäubten. Harmony vermittelte wenigstens den neuartigen Kitsch der hyperländlichen Hinterwäldler-Typen.

O Zoe, dachte er.

Sie sahen sich alles an. Zoe hatte die Hände in die Taschen ihrer kleinen dunkelblauen Windjacke geschoben, wahrscheinlich um die Mücken fernzuhalten. Gelegentlich fasste sie sich mit einer Hand in den Nacken und kratzte sich. Jack stellte sich vor, wie die Mücken unter all dem Haar hochkrabbelten.

Gut fünf Minuten lang stand sie Auge in Auge mit einem Alpaka. »Ich glaube, es hasst mich«, sagte sie schließlich, und Jack sagte: »Sie hassen jeden«, woraufhin das Alpaka wie zur Antwort schnaubte und sich mit seltsam wackeligen Schritten halb hüpfend entfernte. Hinter ihnen hob ein Jugendlicher in einem orangefarbenen Shirt mit der Aufschrift *Ehrenamtlicher* an den Hinterbeinen ein Ferkel hoch, das sogleich zu schreien begann und Zoe zusammenzucken ließ.

»Schon gut«, sagte der Junge zu Zoe, während er versuchte, die Beine des Schweins besser in den Griff zu bekommen, und dabei abrutschte, »es tut ihm nicht weh.« Zoe nickte nachdenklich.

Es gab verschiedene Salsa-Saucen, miese Made-in-China-Kleidung mit aufgedruckten Slogans. Ein Holzschnitzer mit primitiv hergestellten Bären, ein Schild mit der Aufschrift: *Alle Einbrecher müssen einen Ausweis bei sich tragen, damit wir im Notfall die Angehörigen benachrichtigen können.* In einem Zelt wurden ultrarechte Fanartikel verkauft, was Zoe nicht weiter beachtete. Sicher hatte sie schon genug Leute damit gesehen und wusste, dass sie sie irgendwo kaufen mussten.

Eine Weile sahen sie einem Schmied zu, der einen fünfzackigen Stern anfertigte.

»Wenn ihr bleibt, kann ich euch beiden anschließend ein Herz machen«, sagte er mit einem Augenzwinkern. Zoe lachte, Jack schüttelte den Kopf. Zwei Kinder, barfuß, sprinteten vorbei. Sie schlenderten weiter.

Die Band hatte eine Pause eingelegt, und der Leadsänger sagte: »Ich bin heute fünfundvierzig geworden«, Applaus, Jubelrufe, »und ich habe das Beste getan, was ich tun konnte. Ich bin in die First Congressional United Church of Christ gegangen und habe mich heute Morgen taufen lassen.« Größerer Applaus, noch mehr Jubel, mindestens zwei laute A-MEN. Jack versuchte, nicht zu lachen. Er wusste nicht, was daran so lustig sein sollte. *Zoe, du bist nicht mehr in Cambridge*, dachte er.

»Ist das die Kirche, in der die Beerdigungsfeier stattgefunden hat?«, flüsterte Zoe ihm zu, leicht aufgeregt, weil sie etwas wiedererkannte.

»Nein, nein«, antwortete Jack, »das war die United Athens Christ Church.«

»Oh, mein Fehler.«

»Es gibt jede Menge«, sagte Jack und lachte jetzt beinahe tatsächlich über einen Witz, den er nicht in Worte fassen konnte, »die Auswahl ist groß.«

Sie kauften einen riesigen Krapfen, den sie sich teilten. Zoe bestellte, blickte aber hilflos zu Jack, als die Bedienung, eine fit aussehende Frau in den Sechzigern, nach den gewünschten Toppings fragte.

»Butter und Puderzucker«, sprang Jack ihr zur Seite.

»Der Mann kennt sich aus«, sagte die Frau zu Zoe, die lächelte und ihr einen Zwanziger reichte.

Sie standen an einem der Tische, alte, auf die Seite gekippte Kabeltrommeln, mit Blumen, Wolken und Bienen bemalt, und rissen abwechselnd Stücke vom heißen Teig ab, tauchten sie in Butter und Zucker und schoben sie sich in den Mund, leckten sich Lippen und Finger. »Das ist wirklich gut«, sagte Zoe überzeugt.

»Gourmet«, bemerkte Jack, und dann: »Ich gehe zur Toilette, bin gleich wieder da.«

Am Urinal schaltete er ab. Auf der Toilette hatte man angenehmerweise Ruhe vor den Kriebelmücken. Im Hintergrund konnte er gedämpft die Band hören.

Als er wieder herauskam, spielte die Band einen neuen Song. Ein vertrautes Gitarrenriff. *Well I'm a-runnin' down the road …* Die Sonne stand hinter den Bäumen, Zoe halb im Gegenlicht – lange Beine, zerzaustes, lockiges Haar. Eine Hüfte vorgeschoben, das Knie leicht angewinkelt. Während er sie beobachtete, riss sie ein Stück Schmalzgebäck ab. *Take it easy*. Grinste ihn an. *Take it*, führte es zu ihrem Mund, *easy*.

Als er zu ihr kam, merkte er, dass er lächelte, strahlte, mit all seinen schiefen Zähnen. Sie wiegte sich im Takt der Musik. *Come on baby*. Er war von einem warmen, vollkommenen Gefühl erfüllt und merkte, dass er gar nicht gehen wollte. Nie mehr. *I gotta know if your sweet love …*

»Bereit zum Abflug?«

An ihrer Unterlippe klebte etwas Puderzucker. »Klar«, antwortete sie mit einem süßen Lächeln.

51

Die Realität traf ihn ganz plötzlich. Die Wahrheit ist schlicht und einfach und kommt mit einem Paukenschlag.

Die Logistik dauerte etwas länger. Sie würde die Notizen brauchen, wenigstens zwei davon, die dritte war für ihn – er würde mindestens ein paar Minuten brauchen, um alles aufzuschreiben, höchstens den Rest seines Lebens.

Er war sowieso schon tot, also war es egal. Sind wir nicht alle tot?

Als ob er es nicht schon eine Weile gewusst hätte. Die Straße lag schnurgerade vor ihm, die letzte Ausfahrt hatte er längst verpasst. Doch erst jetzt begriff er, worauf es hinauslief.

Aber die Realität – der Akt an sich – die brutalen Details. Das langsame Absterben aller Zellen. Das wurde erst durch das eigene Handeln entschieden. Erst war es Theorie, dann Praxis.

Er tat es im Labor, weil er immer dort war.

Mit Effizienz, weil er wusste, wie es ging.

Er fährt auf einer Nebenstraße irgendwo in Central Maine. Es ist Sommer. Es muss Spätsommer sein, denn die grün glänzenden Blätter färben sich allmählich bräunlich, bald kommt der Herbst, danach der Winter.

Langsam einen langen Hügel hinunter. Die Straße ist uneben, lange nicht geteert, die Markierungen verblasst. Er begegnet einem Auto, hinter dem Steuer eine Frau. Er fühlt sich zu ihr hingezogen, glaubt sie vielleicht zu erkennen, aber sie sind beide zu schnell unterwegs. Sie winkt nicht.

Die Straße ist ihm vertraut. Er weiß, wohin er fährt, doch das Ziel ist nicht so wichtig. Auch die Musik, die aus dem Radio durch den Truck schallt, kennt er, aber nicht so gut, dass er mitsingen kann.

Er fährt auf einen massiven Baum zu, der in die Straße ragt. Sattelschlepper stutzen die Äste der dicken Krone, sodass ein Rechteck ausgespart ist. Er erinnert sich, dass er seine Mutter einmal gefragt hat, ob Bäume absichtlich so geschnitten werden, damit die Lastwagen darunter hindurchpassen. Sie wusste es nicht. Später fragte er seinen Urgroßvater, der ihm sagte, dass die Sattelschlepper den Baum mit der Zeit einfach stutzen. Dann nahm ihn sein Urgroßvater mit auf ein Alfalfa-Feld, sagte ihm, er solle sich ansehen, auf welcher Höhe die Äste ansetzen, und fragte ihn, was ihm daran auffalle. »Sie sind alle gleich hoch, ziemlich flach«, antwortete Jack, und sein Urgroßvater sagte: »Meinst du, Bäume treiben von Natur aus alle in der gleichen Höhe aus? Ungefähr zwei Meter über dem Boden?« Und Jack sagte: »Wahrscheinlich nicht«, und sein Urgroßvater sagte: »Nein, so hoch kommt das Wild.«

Trotzdem sieht es aus wie ein Papierbaum, von dem jemand etwas weggeschnitten hat. Eine quadratische Öffnung für einen quadratischen Klotz. Ein Kinderspielzeug, ein Puzzlestück. Er wundert sich, wie klar die Linien sind. Er fragt sich, ob es den Baum stört. Ob es wehgetan hat, als die Lastwagen die Äste so gestutzt haben. Ob einer abgebrochen ist. Ob es brutal war oder ob der Baum einfach so gewachsen ist, ob er dem Ansturm der vorbeifahrenden Laster auswich und seine Äste in sichere Gefilde wachsen ließ.

Zu seiner Rechten kann er ein Gewässer sehen. Links nur Bäume, keine Häuser. Auf der Gegenfahrbahn pickt ein Rabe an einem toten Stinktier. Er hebt den Kopf und sieht ihn an. Zuckt nicht einmal, als er vorbeifährt.

Die Form des Baumes ist wie das obere Drittel eines Bilderrahmens. Durch diesen Rahmen wirkt die Straße seltsam flach. Oder ist diese Seite flach und die dahinter tiefer? Der Blick durch den Baum verwirrt seine Augen.

Jack wird klar, dass er still sitzt und die vom Baum eingerahmte

Straße auf ihn zukommt. Es beginnt zu regnen, und ein paar Tropfen landen zitternd auf seiner Windschutzscheibe. Er ist so sehr auf das von dem Baum eingerahmte Bild konzentriert, dass alles vor ihm und um ihn herum verschwimmt. Die Straße hinter dem Baum sieht aus wie immer, aber irgendwie weiß er, dass es nicht genau dieselbe Straße ist wie die, auf der er gerade fährt.

Und dann erreicht er den Baum, oder der Baum erreicht ihn, und sobald er die Fläche berührt, die er sich eingebildet hat – das Glas im Rahmen, – in dem Moment, in dem er nahtlos hindurchgleiten, den Kopf schütteln und denken sollte: Hey, das war komisch, ist einfach alles zu Ende. Das heißt, da ist nichts.

FÜNF
DAS URTEIL

Ikarus, Ikarus, wo bist du?
In welcher Gegend soll ich dich suchen?

DIE METAMORPHOSEN DES OVID

Zoe,
zuerst möchte ich dir danken, du bist eine unglaubliche Partnerin und Wissenschaftlerin, und dann möchte ich mich entschuldigen.

Während du damit beschäftigt warst, das von uns aufgebaute Unternehmen zu führen, habe ich so getan, als würde ich Fortschritte machen, aber das stimmte nicht immer. Es ist schwer zu sagen, wo die Realität aufhört und die Fiktion beginnt. Ich habe jetzt keine Zeit, darüber nachzudenken. An deiner neuen Theorie über das Altern war nie etwas auszusetzen. Ich glaube immer noch an sie, und ich glaube immer noch an Mannas Mission, Menschen durch diese Theorie zu einem längeren und gesünderen Leben zu verhelfen.

In den letzten Monaten habe ich an einer anderen Reihe von Experimenten gearbeitet. Diese Versuchsreihe ist weniger ambitioniert und entspricht nicht dem, was wir unseren Investoren versprochen haben. Und sie ist auch nicht das, was ich dir versprochen habe, denn es handelt sich nicht um ein Medikament, das auf deiner Theorie basiert. Aber ich habe Erfolg gehabt. Ich hoffe, du setzt das Team auf dieses Projekt an. Ich glaube, meine Ergebnisse sind reproduzierbar.

Es tut mir leid. Es tut mir leid für die Investoren, für die Öffentlichkeit und für mich selbst. Aber vor allem tut es mir leid, dass ich dich belogen habe. Ich lege ein Addendum bei, eine Art Zeugenaussage von mir. Sie bestätigt, dass dein einziger Fehler war, mir zu vertrauen.

Ich hoffe, dass du es vorzeigst, wann immer es nötig ist.

Und bitte setze deine Arbeit fort. Du bist so brillant, alles andere wäre Verschwendung.

Ich werde dich vermissen.

Jack

Zoe,
ich liebe dich
Jack

The New York Times

10. Mai 2017, aktualisiert 07:23 Uhr.

LIVE: Manna-Mitbegründer und CSO Jack Leahy tot im Labor am Kendall Square aufgefunden. Er war 24.

The New York Times

23. Mai 2017, aktualisiert 02:35 Uhr.

Zoe Kyriakidis, Mitbegründerin und CEO von Manna, geht in Entzugsklinik in Utah.

The Wall Street Journal

29. Mai 2017, aktualisiert 06:34 Uhr.

WSJ EXKLUSIV: Abschiedsbrief von Manna CSO enthält Beweise für Datenmanipulation.

The New York Times

29. Mai 2017, aktualisiert 07:03 Uhr.

LIVE: Manna unter Beschuss wegen möglicher Datenmanipulation, Kyriakidis tritt zurück.

Biotech Today 06/01/17

War die Anti-Aging-Revolution eine Lüge?

The Wall Street Journal

01. Juni 2017, aktualisiert 00:23 Uhr.

Manna CSO Leahy hinterließ Kyriakidis Anteile.

The New York Times

03. Juni 2017, aktualisiert 07:03 Uhr.

Wer war Jack Leahy?

New York Post
05. Juni 2017, 10:42 Uhr.
Sie hat meine Aktien gestohlen. MUTTER VON MANNA-CSO MELDET SICH ZU WORT.

The New York Times
Meinung Gastkommentar
21. Juni 2017, 05:00 Uhr.
Kyriakidis: Vom neuen Musk zum neuen Madoff.

The Wall Street Journal
23. Juni 2017, aktualisiert 01:15 Uhr.
Umkämpftes Start-up Manna versucht, Vertrauen zurückzugewinnen.

The New York Times
26. Juni 2017, aktualisiert 10:00 Uhr.
Börsenaufsicht prüft Start-up Manna.

The Wall Street Journal
13. Dezember 2017, aktualisiert 02:52 Uhr.
WSJ NEWS EXKLUSIV: Zoe Kyriakidis wegen Betruges angeklagt.

Werbetafel, Route 1, nördlich von Boston
Falls Sie in das Biotech-Start-up Manna investiert haben, haben Sie möglicherweise Anspruch auf Entschädigung. Rufen Sie 1.800.429.2299 an.

The Wall Street Journal
3. Dezember 2018, aktualisiert um 04:14 Uhr.
Warum wir ihr glaubten: Der Wunsch nach Frauen in der Biotech-Branche.

SUBSTACK

THE AB-SHOW
Kyriakidis-Prozess Kurzfassung
23. Februar 2019
102 Likes 42 Kommentare 9 Shares

Im Kyriakidis-Prozess wird in Kürze ein Urteil erwartet. Für den Fall, dass Sie hinterm Mond gelebt haben, finden Sie hier eine kurze Zusammenfassung des vier Monate andauernden Prozesses.

Kyriakidis plädierte auf nicht schuldig.

Ihre Verteidigung stützte sich auf den Abschiedsbrief Jack Leahys und das von ihm selbst so betitelte Addendum. Darin heißt es, Kyriakidis habe nur den Fehler gemacht, ihm [Leahy] zu vertrauen. Weitere wichtige Zeugen waren Carter Gray, ehemaliger CBO, und Alexandros Kyriakidis, der Bruder von Zoe Kyriakidis und ehemaliger Manna-Mitarbeiter. Beide verließen das Unternehmen vor den Betrugsvorwürfen. Beide sagten überzeugend aus, dass Zoe Kyriakidis ihres Wissens nichts von dem Betrug wusste, der der Firma vorgeworfen wird.

Die Staatsanwaltschaft stützte sich auf die Liebesbeziehung von Gray und Kyriakidis, die vom Frühjahr bis zum Herbst 2014 dauerte, und auf Alexandros Kyriakidis' Weggang von Manna etwa sechs Monate vor Leahys Tod. Auf die Frage, ob er vor den Problemen der Firma gewarnt worden sei, sagte Alexandros Kyriakidis, er habe von der negativen Presse gewusst.

Zu den Hauptzeugen der Anklage gehörten eine ganze Reihe ehemaliger Mitarbeiter, die die fragwürdigen Laborpraktiken des Unternehmens bestätigten, sowie ein wahres Who's who der akademischen Wissenschaftler auf diesem Gebiet, die die Unhaltbarkeit der Behauptungen von Manna diskutierten. Die Verteidigung wartete mit ihren eigenen

Wissenschaftlern auf, hauptsächlich aus der Industrie. (Dies löste eine breite Diskussion über die wissenschaftliche Integrität in der Biotechnologie im weiteren Sinne aus. Wer entscheidet, was eine vernünftige Dateninterpretation ist, wenn es keine Peer Review gibt? Wie bringen wir wissenschaftliche Sorgfalt mit den Erwartungen der Investoren und dem Glauben an die Vision in Einklang?)

Die Tagebücher der ehemaligen Mitarbeiterin Mira Joshi haben sich für beide Seiten als Schlüsselelement erwiesen – sie machen deutlich, dass Kyriakidis vor dem Betrug gewarnt wurde, aber auch, dass Kyriakidis diese Warnung nicht ernst nahm.

Die letzte Zeugin war Kyriakidis selbst. Sie beschrieb offen ihren Weg zum Ruhm, sprach über ihre obsessiven Tendenzen, ihre Essstörung, Drogenkonsum und ihre Unsicherheit. »Letztendlich«, sagte sie, »wusste ich nicht, was im Labor vor sich ging. Im Grunde verhielt ich mich wie eine Investorin. Und ich weiß es auch heute noch nicht. Es war ein Fehler: Ich hätte niemals Behauptungen aufstellen dürfen, die ich nicht mit von mir persönlich geprüften Forschungsergebnissen untermauern konnte. Aber das habe ich getan.«

Im Kreuzverhör geriet Kyriakidis jedoch ins Straucheln. Als die Staatsanwaltschaft fragte: »Ist es möglich, dass Leahy in seiner Nachricht gelogen hat, um Sie zu schützen?«, schien sie von Gefühlen überwältigt zu werden, hatte Mühe zu sprechen und schüttelte den Kopf. Als sie um ein klares Ja oder Nein gebeten wurde, begann sie zu weinen. Die Verhandlung wurde daraufhin unterbrochen.

Der Vorstand von Manna ließ sich bei der Verhandlung nicht blicken. Das führte zu einer Debatte darüber, inwiefern erste Investoren die Pflicht haben, die Behauptungen, für die sie werben, zu überprüfen, wie erste Investoren dazu motiviert werden, lediglich Hype zu erzeugen, über den fehlenden wissenschaftlichem Hintergrund unter Risikokapitalgebern und, allgemeiner, die enormen Geldbeträge, die jedes Jahr in die Biotechnologie fließen. Weitere Informationen zum Prozess finden Sie in dieser Zeitleiste und im Liveblog zu den Beratungen hier.

KOMMENTARE

@BrianBrian: Dieser Prozess ist besser als Reality-TV.

@WSSK: Kyriakidis ist eine totale Hure. Könnt ihr euch vorstellen, euren CBO und dann euren CSO zu vögeln. Und einige der Investoren offensichtlich auch.

@phyllis_bb: loool wann finden wir heraus, dass Carter Gray und Leahy auch zusammen waren?

@ObieK: ob Carter Gray, Kyriakidis und Leahy eine Dreiecksbeziehung hatten?

@StantheMan: Ganz schön peinlich. VIRALES VIDEO: Zoe Kyriakidis über neues Anti-Aging-Start-up

@GlenSS02: Es kommt nur Blödsinn dabei heraus, wenn der CEO über Wissenschaft redet, aber seine ganze Erfahrung darauf beruht, dass er in der Schule einen Frosch seziert hat.

@DrRachelM: Wer meinte, es sei eine gute Idee, zwei 20-jährigen 9 Milliarden zu geben?

@JennyGoHome223: Ich bin froh, dass diese Schlampe endlich entlarvt wurde.

@blosh: Ich hoffe, sie stirbt.

@GiannisVal: Diese ganze Sache ist irgendwie traurig.

[weiterlesen]

CNN

Veröffentlicht Dienstag, 26. Februar 2019, 04:13 Uhr.
Freispruch für Manna-Mitbegründerin

Nach siebentägigen Beratungen befanden die Geschworenen Zoe Kyriakidis, Mitbegründerin und CEO von Manna, in allen Anklagepunkten für nicht schuldig.

Kyriakidis nahm das Urteil stoisch entgegen. Sie nickte den Geschworenen zu und verließ den Gerichtssaal.

SECHS
DER RABE

Betreff: Studentische Mitarbeiterin mit Interesse an der Theorie des Alterns

Sehr geehrte Ms Kyriakidis,

mein Name ist Lily Harmon, ich bin Doktorandin im zweiten Jahr am MIT.

Ich arbeite im Labor von Dr. Kapir an den epigenetischen Grundlagen des Alterns. Mir ist der Skandal in Zusammenhang mit Ihrem Start-up Manna bekannt, dennoch bin ich sehr an Ihrer Arbeit interessiert – an Ihren Ideen zur Umkehr des Alterungsprozesses und der physischen Lokalisierung der epigenetischen Daten.

Ich habe mich gefragt, ob Sie vielleicht bei einem Kaffee mit mir über Ihre Arbeit sprechen würden.

Mit freundlichen Grüßen
Lily

Danach war alles so ruhig.

Während des Gerichtsprozesses hatte sie sich die ganze Zeit über gewünscht, es wäre vorbei, damit die Wunde nicht ständig wieder aufgerissen würde, damit sie nicht mehr nach Hause humpeln und den Teppich vollbluten müsste, damit sie nicht mehr erschöpft und weinend ins Bett kriechen, nicht mehr aufstehen und die Maske wieder aufsetzen müsste.

Aber als das Ende kam – als sie freigesprochen, die Klage wegen Patentverletzung abgewiesen wurde und sie den Verkauf des Patents an Merck unterschrieben hatte (wie lustig: erstens, dass Merck das Patent immer noch haben wollte, und zweitens, dass sie es unterschrieb, obwohl sie abgesetzt worden war – sie war nicht mehr CEO, aber sie besaß immer noch einundfünfzig Prozent der Firma, was natürlich die entscheidende Stimme im Vorstand war). Nachdem das Geld direkt an die Investoren gegangen und alles in den Büros versiegelt und abtransportiert worden war (Zoe ging nie mehr hin, obwohl sie die ganze Zeit dachte, dass es vielleicht erleichternd wäre, den Ort zu sehen, an dem es passiert war), nachdem die Firma aufgelöst worden war – eine ganze juristische Person einfach so verschwunden, im Äther, als wäre sie nie real gewesen, nachdem die Berichterstattung in den Medien von einem Tsunami zu einem Strom zu einem Rinnsal geworden war und dann zu einem tröpfelnden undichten Wasserhahn, dem einzigen Geräusch in einem Haus mitten in der Nacht – erkannte sie, dass es falsch gewesen war, sich das zu wünschen.

Einige Gedanken, die sie in der Dunkelheit hatte:

Gibt es mich überhaupt, wenn nicht über mich geschrieben wird?

War ich jemals die Person, über die sie geschrieben haben?

Bin ich der Geist dieser Person? Bin ich der Geist einer anderen Person?

Bin ich im weiteren Sinn überhaupt real? Also lebendig? Also: in dieser Hölle?

Zoe joggte. Ohne besonderes Ziel. Sie trug Basecap und Sonnenbrille. Ihre Mutter trackte ihr Handy und wartete zu Hause auf sie. Es war viel los, der Beginn der abendlichen Rushhour. Die Sonne strahlte golden.

Langsam lief sie auf einen Platz, irgendwo in Somerville. Fünf Straßen trafen aufeinander. Aus zusammengekniffenen Augen betrachtete sie das Gebäude schräg gegenüber. Der Platz kam ihr sehr vertraut vor, doch auch irgendwie fremd, als wäre sie in einem Traum. Wie eine Eisdiele, an die man sich vage aus seiner Kindheit erinnert, obwohl man ganz woanders aufgewachsen ist.

Sie stellte erschrocken fest, dass sich in dem Gebäude tatsächlich eine Eisdiele befand, die Leuchtreklame im Fenster war ausgeschaltet. Sie musste schon einmal hier gewesen sein. Die Luft roch rauchig, nach fallenden Blättern. Ihre Hände kribbelten.

Sie war sich sicher, dass sie noch nie hier gewesen war.

Sie hatte erneut das *Gilgamesch-Epos* gelesen. Warum? Vermutlich aus demselben Grund, aus dem man sich nach einer Trennung Songs über Trennungen anhört. Wenn man Salz in die Wunde streut, kann man den Schmerz wenigstens kontrollieren. Und sie zog scharfen Schmerz einem dumpfen vor. Scharfer Schmerz gab ihr das Gefühl, ein Mensch zu sein. Dumpfer Schmerz gab ihr das Gefühl, zu sterben.

War sie mit Jack in dieser Eisdiele gewesen?

Ein Rabe landete auf dem Bürgersteig.

Unterschiede zwischen Uta-Napischtim in *Gilgamesch* und Noah in der Genesis. Noah schickte eine Taube aus, und die Taube kehrte mit einem Olivenblatt zurück. So wusste Noah, dass die Flut vorbei war. Uta-Napischtim sandte zuerst eine Taube aus, aber die Taube kam zurück, und so wusste er, dass die Flut noch nicht vorbei war. Dann einen Spatz, aber der Spatz kam zurück, und so wusste er, dass die Flut noch nicht vorbei war. Schließlich einen Raben, und als der Rabe nicht zurückkam, wusste er, dass die Flut vorbei war.

Sie war beim Joggen an dem Punkt angelangt, an dem sie ihre Beine nicht mehr spürte, es war, als würde sie schweben. Wenn sie aufhörte und ging, könnte der Zauber gebrochen werden, also tat sie es nicht.

Sie war sich sicher, dass sie nicht in dieser Eisdiele gewesen waren.

Gemeinsamkeiten. Mehr als Unterschiede. Als die Flut vorbei war, verbrannten alle Opfergaben. *Und der HERR roch den lieblichen Geruch und sprach in seinem Herzen: Ich will hinfort nicht mehr die Erde verfluchen um der Menschen willen; denn das Dichten des menschlichen Herzens ist böse von Jugend auf.*

Aber die Gilgamesch-Version war besser. *Die Götter rochen den Duft / die Götter rochen den wohlgefälligen Duft / die Götter scharten wie Fliegen sich um den Opferer.* Und einige waren zornig, und einige waren reumütig, und einige waren traurig, und einer segnete Uta-Napischtim und seine Frau mit Unsterblichkeit.

Der Rabe schlug mit den Flügeln und flog davon.

Sie joggte weiter.

Der Rabe kam nicht zurück.

Sie schluckte.

Scharten wie Fliegen sich um den Opferer.

Ein Schluchzen stieg in ihrer Kehle auf. Wenn es einen Gott gäbe, dann wäre er wie Alanis Morrisette. Wenn es Götter gäbe, wäre die Luft von ihnen erfüllt, und sie würden nach Schmerz gieren. Sie sah Jack ganz klar vor sich. Der Rabe kam nicht zurück. Das Schluchzen löste sich aus ihrer Kehle, und sie beugte sich für einen Moment vor, dann zwang sie sich, sich wieder aufzurichten und weiterzugehen. Ein Obdachloser saß auf einer Bank und beobachtete sie.

Die ganze Szene schwand, und sie hatte das Gefühl, wenn sie sich umdrehte, würde sie den Platz nicht wiederfinden.

Eines Morgens, nachdem sie von sechs bis elf Uhr im Pyjama herumgelaufen war und sich bückte, um ihre Jeans anzuziehen, sah sie zufällig in den Spiegel. In dieser Position verzerrte er ihre Proportionen, verlieh ihr einen riesigen Buckel, einen geschrumpften, blassen, faltigen Bauch. Sie richtete sich auf, und das Bild wurde wieder normal.

Sie hatte sich angewöhnt, den Schrank ihres Bruders zu plündern und seine alten Klamotten anzuziehen, sie umzukrempeln, hochzurollen und mit Gürteln zusammenzubinden, damit sie nicht rutschten. Sie zog eine Kakihose von ihm an, ganz weich und abgetragen, und eine seiner Unterhosen.

Er war den negativen Folgen irgendwie entkommen. Ihm ging es gut.

Unten hörte sie ihre Mutter hantieren. Wahrscheinlich kümmerte sie sich ums Mittagessen.

Wieder fragte sie sich – nein, nicht wieder, sondern unablässig fragte sie sich –, was sie eigentlich tun sollte.

Als ihre Mutter sie das erste Mal in der Entzugsklinik besuchte, war die Nachricht noch nicht raus, aber Zoe konnte ihr trotzdem nicht ins Gesicht sehen. Sie hatte sich neben das Bett gesetzt, und Zoe hatte zu weinen begonnen. Es war ihr zuwider, vor ihrer Mutter zu weinen, aber sie hatte gelernt, dass Tränen ebenso unweigerlich kamen wie das Wetter.

»Wir müssen nicht reden«, sagte ihre Mutter.

Zoe schloss die Augen, nickte.

Am nächsten Tag kam ihre Mutter mit ihrem Vater wieder, der unbeholfen in der Tür stehen blieb. Zoe hatte in der Nacht zuvor nicht geschlafen und war verwirrt, konnte ihren Blick nicht fokussieren, mal war er zwei Personen, dann eine, dann zwei. Sie schlief ein, und als sie aufwachte, war ihr Vater weg, aber ihre Mutter war noch da und las eine Zeitschrift.

Am nächsten Tag brachte ihre Mutter ein Puzzle mit. Zoe setzte sich im Bett auf, und sie puzzelten gemeinsam.

Am nächsten Tag rief Jimmy an, um ihr zu sagen, dass die Nachricht raus sei. Als sie auflegte, schüttelte sie den Kopf. Immer wieder.

Sie hatte nicht damit gerechnet, aber ihre Mutter kam trotzdem. Sie setzte sich neben Zoe, nahm ihre rechte Hand und hielt sie fest.

Seitdem hatte Zoe das Gefühl, sich mit den Augen anderer zu sehen. Denen der Krankenschwestern, für die sie nur ein weiterer abgefuckter Superstar war, bis sie es nicht mehr war, bis sie eine abgefuckte Superstar-Betrügerin war. Schrecklich, das nüchtern zu erleben. Sie wünschte sich nichts mehr als Beruhigungsmittel, Beruhigungsmittel, die sie schlafen ließen, schlafen und schlafen.

Mit den Augen ihres Vaters, für den sie schwach war und dann, nachdem die Nachricht bekannt war, noch schwächer. In seinem Blick lag Enttäuschung, Abscheu, aber hauptsächlich versuchte er sie nicht anzuschauen. Das nüchtern zu erleben, war noch schlimmer, aber sie hatten die Nummer ihres Dealers aus ihrem Telefon gelöscht. Sie überlegte, einem der jüngeren VC-Typen zu texten, um sie zurückzubekommen, aber dann fiel ihr ein, dass keiner von denen antworten würde, dass sie jetzt verbannt war. Ausgestoßen. Die Tore hinter ihr verschlossen.

Mit den Augen ihrer Mutter, für die sie nicht mehr und nicht weniger als eine Tochter war. Verwundet und pflegebedürftig, aber dasselbe Mädchen wie immer. War das besser? Oder schlimmer?

Die ganze Zeit über las sie die Nachrichten, und es tat ihr weh, und sie schwor sich, damit aufzuhören, aber am nächsten Tag nahm sie ihr Handy in die Hand und las sie wieder. Es kam ihr so vor, als hätte sie keine Wahl. Wenn sie sich nicht mit den Augen der anderen sah, konnte sie sich gar nicht sehen. Denn außer in den Augen der anderen existierte sie nicht.

Es war seltsam gewesen, Carter im Zeugenstand. Sie hatte ihn seit langer Zeit nicht mehr gesehen.

Er sah gut aus. Die Erleichterung darüber war stärker als erwartet.

Er hatte es gewusst. Natürlich hatte er es gewusst. Oder genug gewusst.

Er sagte: »Ich habe keinen Grund zu der Annahme, dass Zoe von Jacks Betrug wusste, solange ich bei Manna beschäftigt war«, und sie starrte auf ihre Hände.

Sie stellte sich vor, wie er sie gesehen hatte, als sie an dem Tag aus seiner Wohnung gestürmt war. Sie hatte so fest daran geglaubt, dass er der Unvernünftige war. Dass er eifersüchtig war. Dass sie unerreichbar war. Dass sie Götter waren.

Wenigstens hatte sie damals schön ausgesehen, entflammt. Jetzt war sie ausgebrannt. Eine Ruine.

Etwas verwundert bemerkte sie, dass ihre Hände zitterten.

Sie hätte gerne Danke gesagt. Sie wusste, dass sie das nicht konnte. Sie sollte ihm wenigstens in die Augen sehen, aber nicht einmal das konnte sie ihm anbieten. Wenn sie ihm in die Augen blickte, könnte sie sich selbst sehen, und das würde sie nicht ertragen.

Sie wünschte, sie könnte sagen: »Warum hast du mich nicht gerettet?« Aber sie wusste, dass er das versucht hatte.

Miras Tagebücher waren noch schlimmer – Mira, die sie eigentlich gar nicht kannte. Sie wurden vor Gericht vorgelesen, dann Wort für Wort in der *Times* abgedruckt und in Blogs, Videos, Kommentaren und Tweets und sonst wo zitiert. Zoe hatte sie oft genug gelesen (sie konnte nicht widerstehen, wie Schaulustige bei einem Unfall oder wie wenn man auf einen blauen Fleck drückt), sie konnte ganze Absätze wiedergeben. *Sie war überrascht/abweisend. Wie erwartet. Sie ist nie im Labor. Komisch, dass alle sie für eine Wissenschaftlerin halten. Womöglich war die Vorstellung, dass eine andere Person (eine Frau) ihr etwas über J erzählt, das sie nicht weiß, eine Zumutung für sie, oder vielleicht einfach nur lustig. Ist eigentlich nicht der Typ, der sich von jemandem wie mir bedroht fühlt. Muss sagen, mich interessiert, wie lange sie schon miteinander schlafen. Schon von Anfang an? Ich kann mir nicht vorstellen, eine Firma mit einem Freund aus dem zweiten Studienjahr zu gründen. Sie tut mir fast leid.*

Es war so ekelhaft einfach gewesen, den Geschworenen ihre Geschichte aufzutischen. Eigentlich nicht anders, als der Öffentlichkeit die Geschichte von Manna zu erzählen. Nur war es vorher ein Epos gewesen und jetzt eine Tragödie. Außerdem war sie vorher die Heldin gewesen und jetzt …

Komisch, dass alle sie für eine Wissenschaftlerin halten.

Sie brauchte im Zeugenstand nicht einmal zu lügen. Nicht wirklich. Dafür hatte Jack gesorgt.

Jack hatte …

Jack …

Sie tut mir fast leid.

Zu oft saß sie vor ihrem Laptop und googelte ihren Namen.

Der letzte Artikel war schon ein paar Wochen alt. Sie hatte ihn bereits gesehen. *Sehe ich in diesem Outfit schuldig aus?*

Sie klickte ihn trotzdem an. Ein Bild von ihr. Im Profil, den Blick auf den Boden gerichtet, wie sie in den Gerichtssaal ging. Es stimmte, sie hatte ihre Kleidung gewechselt. Graue Hosen und eine blassblaue Bluse, die sie schwach wirken ließ. Das stumpfe Haar zurückgebunden. Kein Make-up. Sie erkannte sich selbst kaum wieder.

In den letzten Monaten haben Zoe Kyriakidis, Mardi G. und Hillary Hall uns gezeigt, wie man Kleidung vor Gericht als Kommunikationsmittel einsetzen kann …

Sie sah so alt aus. So bedauernswert. Der wandelnde Tod.

Es besteht eine klare Verbindung zwischen hellen, neutralen Farben, einfacher, bescheidener Kleidung und dem Bild, das die Angeklagte von sich zeichnen möchte. Sie gibt sich vor Gericht respektvoll, unschuldig, jugendlich und fleißig. Ms Raston rät ihren Mandanten, sich im Gericht so zu kleiden wie in der Kirche.

Nach Westen zum Yard, die Mass. Ave. hinunter, wo sie geparkt hatte, vorbei an den Harvard Art Museums.

Durch die Tore. *Enter to Grow in Wisdom*. Dachte, der Campus ist so grün um diese Jahreszeit. Direkt zwischen Lamont und Widener. Es war September, darum war der Yard voller neuer Erstsemester. Widener war größer, als sie es in Erinnerung hatte. Sie blickte nur kurz auf, dann wurde ihr klar, dass sie wie eine Touristin aussah.

Sie konnte nicht aufhören, nach Jacks langer Gestalt Ausschau zu halten, seinem wippenden Haar, seinem lässigen Gang. (Sie hatte sich das eigene Haar kurz geschnitten wie ein Junge. Erstaunlich, dass sie jetzt niemand mehr erkannte. Als ob eine Frau nur ihr Haar wäre.) Sie erwartete ihn in jedem Studenten zu sehen.

Sie schlenderte zur Sever Hall (ganz gleich, wie masochistisch sie war, in die Nähe der Divinity Avenue konnte sie nicht gehen). Warum war sie gekommen? Sie war so alt. Sie war sich sicher, dass der Sicherheitsbeamte sie aufhalten würde. Ma'am, was machen Sie hier? Aber er nickte nur.

In jedem Gesicht suchte sie nach Jack. Ihr war übel.

Warum war sie gekommen, um deren Gesichter zu sehen, die ihr Gesicht waren? Rund, ängstlich, traurig, wild. Alle versuchten, etwas hinter etwas anderem zu verstecken.

Als sie in die andere Richtung zurückging, fragte ein freundlicher Student, ob sie Hilfe bei der Suche nach einem Seminarraum brauche. Wie konnte es sein, dass sie so aussah wie eine von ihnen, als bräuchte sie Hilfe bei der Suche nach einem Seminarraum? Ihr schwirrte der Kopf. Sie brauchte tatsächlich Hilfe. Sie ist achtzehn, sie sucht einen Grundlagenkurs. Sie ist neunzehn, sie sucht Phoebes Rhetorikkurs. Sie ist zwanzig, sie sucht Jack, muss ihm etwas erzählen. Sie ist nervös, die Luft riecht nach Herbst, die

Energie so vieler aufgeweckter Jugendlicher, so dicht beieinander. Sie sind so jung. Wir sind so jung. Der Typ fragte: »Alles okay?« Und sie sagte: »Oh, sorry, ich brauche keine Hilfe, aber danke.« Sie hörte ihre eigene Stimme, glatt und geschliffen. Er warf ihr einen seltsamen Blick zu. Ihre Stimme musste ihr Alter verraten haben. Sechsundzwanzig. So viele Jahre waren vergangen. Abgelaufen. Vielleicht spürte er aber auch nur, dass sie log.

Es war eine Lüge, oder?

Versuchsaufbau:

Reagenzien: Intelligenz, Jugend, Verlangen, unterentwickelte präfrontale Kortexe. Man füge Arroganz hinzu (du bist die Beste der Welt, auserlesen, hier zu sein). Verdampfe echtes Selbstvertrauen (plötzlich bist du nur noch eine von vielen). Destilliere. Wiederhole 1600-mal. Kombiniere zuerst in kleinen Chargen (Wohnheimgruppen). Dann in größeren (Erstsemesterwohnheim, große Vorlesungen). Zur Ruhe kommen lassen. Syntheseprodukte: Wettbewerb, Angst, Unsicherheit. Sekundärprodukte: Liebe, Lust oder beides, je nach Ausgangsbedingungen (zu berücksichtigende Varianten: Kultur, Reichtum, Armut, körperliche Schönheit, Trauma, Vorbildung, Charisma, psychische Krankheit, Beziehung zu den Eltern, körperliche Krankheit usw.). Unter Druck setzen. Man füge hinzu: Erwartungen, Glaube, Versprechen. Du kannst … sein. Du könntest … werden. Sieh, was … tut. Einer von uns wird eines Tages … (impliziert: warum nicht du?). Du wirst die Welt verändern. Wir werden die Welt verändern. Du wirst die Welt verändern.

Man füge hinzu: Geld, Macht, Ruhm.

Alles mischen und schütteln.

Vorsicht: Gase können explosiv sein.

Mögliche Produkte: Weltverändernde Innovation, Wut, sagenhafter Reichtum, jämmerliches Versagen, Nervenzusammenbrüche, brillante Kunst, Verbitterung, Geld, Depression, Burn-out, Ruhm, Flucht, weltverändernde Politik, Betrug, Lüge, Diebstahl.

Feuer, Glasscherben.

Tod.

Vorsicht: Die Reaktion ist in allen Stufen volatil, entflammbar, explosiv. Übermäßige Reibung, Druck, Schall und Licht vermeiden. Die Reaktion entwickelt bei allen Schritten einen hochgiftigen, farb- und geruchlosen Dampf. Unter Abzugshaube durchführen. Stets persönliche Schutzausrüstung tragen.

Alex besuchte sie einmal in der Entzugsklinik, als sie von den Ersatzdrogen so zugedröhnt war – so läuft das, man wird unter Drogen gesetzt, um von den Drogen loszukommen –, dass sie nicht einmal mit ihm sprechen konnte, nur aufs Kissen sabberte und etwas murmelte, das »Hab dich vermisst« hätte heißen können. Er hatte etwas erwidert und ihr das Haar aus der Stirn gestrichen – das war die andere Sache, als sie aufgehört hatte zu essen, waren ihr viele Haare ausgefallen, und als sie dann Infusionen erhielt, wuchsen sie nach, was bedeutete, dass sie überall seltsame kurze Haare hatte – dann war er gegangen, und zum Glück hatte sie nicht in sein Gesicht geblickt und darum sein Mitleid nicht gesehen.

Während des Gerichtsprozesses durfte sie ihn dann nicht sehen, weil er als Zeuge geladen war.

Aber nun, da der Prozess vorbei war, durfte er nach Hause kommen. Zoe hörte oben in ihrem Schlafzimmer, wie ihre Mutter ihn begrüßte, wie er mit leiser Stimme antwortete. Zoe lag im Bett (sie lag meist im Bett), hatte aber seine Sachen ausgezogen. Sie scrollte durch Facebook und sah sich Fotos von der Hochzeit von Hanna und Gabe an. Gabby und Sophia, rechts und links der Braut, lächelten in die Kamera. Auf ihrem Profilbild trug Sophia ein Harvard/MIT-MD-PhD-Sweatshirt.

Alle drei hatten abgelehnt, sich für das große Porträt interviewen zu lassen, das am Tag der Urteilsverkündung erschienen war. So viel Freundlichkeit hatte sie nicht verdient.

Du musst aufstehen, dachte sie, aber ihre Glieder weigerten sich. Und dann hörte sie seine Schritte auf der Treppe und schaffte es, sich aufzusetzen und die Beine herumzuschwingen, sodass sie auf der Bettkante saß. Nicht viel, aber besser, als auf dem Bauch zu liegen.

Er klopfte. »Komm rein«, sagte sie.

»Hey, Zoe«, sagte er.

Sie begegnete seinem Blick und sah sich selbst. Wurde von seinem Mitleid überflutet. Es war unerträglich.

»Hey, Alex.«

Er setzte sich neben sie. Sie zitterte.

»Wie geht es dir?«, fragte sie. »Herzlichen Glückwunsch, Doktor.« Er hatte seine Dissertation erfolgreich verteidigt und eine Stelle als Assistenzprofessor in Berkeley angenommen.

»Danke«, sagte er. »Dich frage ich lieber nicht.«

»Besser nicht.«

Wie war es möglich, dass sie seitdem eigentlich nicht mehr miteinander gesprochen hatten? Jetzt mit ihm zu sprechen, bedeutete, das frühere Ich wiederaufleben zu lassen. Es war ein fast hoffnungsvolles Gefühl.

»Ich, äh …«, begann er. Sie wusste, dass er etwas einstudiert hatte und dass das, was er sagen würde, nicht das sein würde, was er einstudiert hatte. »Ach, scheiß drauf«, sagte er. Sie nickte. Es war befriedigend, jemanden so gut zu kennen. Und umgekehrt.

Aus den Augenwinkeln bemerkte sie eine dunkle Welle, die Sehnsucht nach Jack. Sie hielt den Atem an. Sie zog vorüber.

»Ich möchte nur, dass du weißt, dass ich es verstehe … auf jeden Fall, bemühe ich mich. Und ich … Es tut mir leid.«

Sie sah ihn an.

»Wie konnte er nur?«, flüsterte sie.

Alex atmete tief durch, und als sie ihn anblickte, weinte er. Sie hatte ihn seit ihrer Kindheit nicht mehr weinen gesehen. Es sah merkwürdig aus.

»Ist das nicht offensichtlich?«

»Ich wäre lieber in den Knast gegangen«, sagte sie. »Lieber wäre ich für den Rest meines verdammten Lebens eingesperrt gewesen, wenn er dafür gelebt hätte, als …« Sie schrie, kreischte, und ihr

Gesicht war verzerrt, monströs, sie konnte es in Alex' Augen sehen, rot und feucht und schrecklich.

»Ich hasse ihn«, sagte sie.

»Das tust du nicht«, widersprach er. »Ich tue es nicht. Aber ich wünschte, er … er hat keinen anderen Weg gesehen. Das war seine Schwäche. Aber er hat dir ein neues Leben gegeben. Also, das wollte ich dir sagen. Na ja, ich hatte etwas Besseres vorbereitet, eine ganze Rede, viel indirekter, aber das war es, was ich dir sagen wollte. Dass er dir das hier gegeben hat. Also solltest du es nutzen.«

»Ich will es nicht.«

»Schade«, sagte Alex. »Du kannst es nicht mehr zurückgeben.«

»Ich bin …« Sie unterbrach sich. Sie konnte nicht, wollte nicht. Alex hatte recht. Das wäre der ultimative Verrat.

Sie dachte über Jacks Nachricht nach. Natürlich kannte sie sie auswendig.

Und bitte setze deine Arbeit fort. Du bist so brillant, alles andere wäre Verschwendung.

»Ich kann nicht«, sagte sie. »Ich kann nicht wieder arbeiten. Ich bin leer.«

Komisch, dass alle sie für eine Wissenschaftlerin halten.

»Du bist leer, weil du nicht wieder arbeitest. Nicht andersherum.«

»Keiner würde mich einstellen.«

Komisch, dass alle sie für eine Wissenschaftlerin halten.

»Lass dir von mir helfen.«

»Du musst dir selbst helfen.«

»Mir geht es gut. Ich würde nichts tun, ohne dich vorher zu fragen. Und genau das tue ich jetzt. Ich frage dich. Darf ich dir helfen?«

Zoe schloss die Augen. Sie war wieder in dem Konferenzraum in diesem blöden gemieteten Büro mit Jack und sagte: »Mein Bruder hat seine Hilfe angeboten«, und er sah sie an, und sie griff zum Telefon.

»Okay«, sagte Zoe. Sie schluckte. »Okay. Aber nicht auf Kosten von …«

»Vertrau mir.«

»Okay.« Sie konnte ihn nicht ansehen. All die Vergebung, die sie nicht verdiente. »Danke.«

Zoe öffnete ihr E-Mail-Programm.

Sechs ungelesene Mails von derselben Absenderin. Diesem Dummchen. Lily.

Hallo, lautete die letzte: *Ich möchte nur an das oben Gesagte anknüpfen. Ich bin fasziniert von Ihrer Arbeit und würde mich freuen, mit Ihnen darüber sprechen zu können. Ich danke Ihnen vielmals …*

Hartnäckig. Doch wie viele E-Mails hatte sie Stephanie, der Assistentin von David Li, geschickt, ohne dass sie eine Antwort erhalten hatte? Mindestens sechs, vielleicht auch mehr.

Sie starrte auf den Bildschirm, bis er schwarz wurde und sie nur noch sich selbst anstarrte. Vorbei an dem rasierten Kopf, der großen Nase, den dunklen Augenbrauen und den dunklen Augen.

Nun ja.

Zu brillant, das wäre Verschwendung.

Gern auf einen Kaffee, tippte sie, *Bei Tatte?* Überall, nur nicht im Darwin's. *Wie sieht dein Terminplan aus?* Sie drückte zu schnell auf Senden, als dass ihre Gedanken sie einholen und zurückhalten konnten.

Die junge Frau antwortete innerhalb von fünf Minuten. *Ich bin ganz flexibel, Sie sind bestimmt sehr beschäftigt.* Zoe hätte fast gelacht.

Wie wäre es mit heute Nachmittag? 16:00 Uhr?

Perfekt. Vielen Dank. Bis dann!

Sie musste duschen. Sie klappte ihren Laptop zu, entschlossen, aufzustehen, ins Bad zu gehen, die Dusche anzustellen und sich darunterzustellen. Und sie stellte sich all das derart genau vor, dass sie tatsächlich überrascht war, als sie eine halbe Stunde später immer noch im Pyjama im Bett lag.

Sie leckte sich über die Lippen, zupfte eine Hautflocke ab. Klappte ihren Laptop auf, um abzusagen.

Und dann sah sie die sechs E-Mails, und sie sah sich selbst.

Und stieg aus dem Bett.

Sie setzten sich an einen Zweiertisch, Lily auf die Bank, Zoe auf den Stuhl. Lily hatte Zoe erst erkannt, als sie ihre Stimme hörte, wofür sie sich ausgiebig entschuldigte.

»Also«, sagte Zoe. »Was kann ich für dich tun?«

»Ich bin Doktorandin im zweiten Jahr in der Gruppe von Kapir«, sagte sie, »und ich durfte bei ihm an einem Projekt über die epigenetischen Grundlagen des Alterns mitarbeiten.« Sie war nervös, verschränkte die Hände, löste sie wieder, spielte mit dem Schal um ihrem Hals. Sie musste um die dreiundzwanzig sein, aber als sie anfing, ihr Projekt zu erklären, strahlte sie und sah aus wie fünfzehn.

»Hast du Zahlen, die wir uns ansehen könnten?«, fragte Zoe, als sie fertig war.

Lilys Augen weiteten sich. »Ja!« Sie zog eine Mappe aus der Tasche und breitete einige Blätter auf dem Tisch aus. Zoe studierte sie.

Sofort kamen ihr Gedanken. Und Fragen. Und irgendwo bildete sich eine Idee – sie spürte, dass sie direkt hinter ihrem rechten Ohr schwebte. Wenn sie sich umdrehte, würde sie verschwinden. Sie musste geduldig sein, sich bemühen, der Idee würdig zu sein und sie zur rechten Zeit in ihren Geist gleiten lassen.

So eine Idee hatte sie nicht mehr gehabt seit … sie ließ den Gedanken nicht zu.

»Weiß Dr. Kapir, dass du hier bist?«

»Er … äh …« Lily zögerte, und Zoe merkte, dass die Antwort Nein lautete.

»Hör zu.« Sie runzelte die Stirn. »Ich finde, du leistest großartige Arbeit. Das solltest du nicht gefährden.«

»Nein, aber …« Lily sah so verzweifelt aus. Und die Idee schwirrte jetzt in ihrem Kopf von einer Seite zur anderen. »Ich bin nur … es wäre so dumm, dein Fachwissen zu verschwenden!« Sie errötete. »Ich meine …«

Zu brillant, das wäre Verschwendung. Zoe schluckte die Übelkeit hinunter. Fragte sich, ob sie weinen würde, jetzt, hier, vor Lily.

Sie stand auf. Lily machte ein langes Gesicht. Und dann schob sie sich neben sie und zog die Zahlen näher heran.

»Hast du einen Bleistift?«, fragte sie. Lily kramte in ihrer Tasche, reichte ihr einen und zog dann einen zweiten für sich heraus. Sie war Linkshänderin. »Okay«, sagte Zoe und erstellte eine nummerierte Liste. »Fangen wir mit deinen grundlegenden Fragen an.«

Sie fuhren auf einem Highway nördlich von Boston, die Straße war auf zwei Spuren zusammengeschrumpft, und auf beiden Seiten standen Bäume wie an einem Flussufer, als wäre der graue Asphalt ruhiges Wasser. Nicht in Maine, denn das war früher, lange bevor er sie zur Beerdigung mitgenommen hatte. Sie konnte sich nicht erinnern, wohin sie gefahren waren. Vielleicht nirgendwohin.

Strahlender frühsommerlicher Sonnenschein, tiefblauer Himmel, der sich langsam verdunkelte. Die Regenwolken zogen neben ihnen herauf, und so bemerkten sie die fast schwarze Wand nicht, die sich im Himmel auftürmte. Bei den ersten Tropfen (sie fuhr, er saß auf dem Beifahrersitz) riss er den Kopf nach hinten und sagte: »Sieh dir das an.«

Sie spähte hinaus. »Wow.« Sie öffnete das Fenster und atmete den sauberen Geruch des Sommerregens ein. »Oh«, sagte sie und atmete aus, »das riecht so gut.«

Der Regen wurde heftiger und prasselte aufs Dach. Ein leises, sanftes Donnern bildete und entlud sich. Der Highway machte eine Kurve und führte in die Wolkenbank, vor ihnen tauchten Bremslichter auf, verschwanden in der Wand aus Wasser. Auch Zoe trat auf die Bremse, und das Wasser ergoss sich über sie. Wie der Ozean. Nicht zornig, nur gleichgültig.

»Meine Güte«, sagte sie, bremste stärker, die Windschutzscheibe bestand nur aus Wasser. Das Auto vor ihr schlingerte nach links und wich nur knapp einem anderen Wagen aus, der am Straßenhalt gehalten hatte. »Fuck. Was soll ich tun?«

Sie sah Jack an, der mit großen Augen und blöde grinsend aus dem Seitenfenster blickte. »Sieh nur«, sagte er, »es hagelt.«

»Soll ich anhalten?«, fragte sie gereizt. Direkt vor ihnen hätte es fast einen Unfall gegeben, und es regnete jetzt noch stärker, das

Wasser stand zentimeterhoch auf der Straße, das Auto schlingerte hindurch. »Ich kann nichts sehen.«

»Klar«, sagte er, also hielt sie an, kurbelte wie wild am Lenkrad und parkte schief auf dem Seitenstreifen hinter drei oder vier anderen Autos. Sie schaltete den Warnblinker ein. Winzige Hagelkörner prallten von der Motorhaube ab. Ein achtzehnrädriger Sattelschlepper schoss vorbei, ließ das Auto erbeben, und sie zuckte zusammen.

Ein Blitz, ein Knall. Noch mehr Adrenalin strömte durch ihren Körper. Sie dachte an die Stromshow im Bostoner Wissenschaftsmuseum. Der Typ in dem Käfig, der die Innenseite der Gitterstäbe berührte, während der Strom außen gelb knisterte.

Ein deutlicherer Blitz, ein Riss im Himmel, durch den das Licht zuckte.

Sie sah zu Jack hinüber, und er blickte sie an, und sie grinsten, und dann lachten sie, und Jack kurbelte sein Fenster herunter, sodass die Innenseite seiner Tür und sein Bein nass wurden, lehnte immer noch lachend den Kopf hinaus, mit offenem Mund, um etwas vom Regen aufzufangen. Die Bäume waren dunkel, vollkommen grün, das Gras vom Regen platt gedrückt, der graue Himmel spiegelte sich in der Straße, die ganze Welt grau-schwarz und grün. Dazu rote Bremslichter. Zoe lachte so sehr, dass sie ihm nicht sagen konnte: »Zieh den Kopf ein, du Spinner, du wirst noch vom Blitz getroffen.« Und es regnete so stark, dass die Tropfen bis zu ihrer Seite spritzten, auf ihrem rechten Arm landeten, kühle Stellen hinterließen, und sie streckte eine Hand aus, um etwas davon aufzufangen. Er zog den Kopf zurück, und seine dunklen Locken klebten an seiner Stirn, die Wimpern hafteten zusammen und umrahmten seine blassblauen Augen. Es war, als wäre er der Sturm und der klare Himmel zugleich, er grinste, schüttelte den Kopf wie ein Hund und bespritzte sie mit Wasser, und sie lehnte den Kopf gegen die Nackenstütze und lächelte.

»Ich steh total auf Blitze«, sagte sie und drehte sich zu ihm um.

»Ich auch«, sagte er und lehnte seine nasse Stirn an ihre, und sie konnte den Regen schmecken, der aus seinem Haar tropfte, und aus ihrer beider Blicke sprach Verwunderung.

In ihrer Fantasie (sie wusste, dass es nicht so gewesen war, aber warum nicht) lief dieser Tom-Petty-Song im Radio, als der Regen nachließ und sie wieder auf die Straße zurückfuhr. Der Song, den sie hörte, seit er – sie konnte es nicht einmal denken. Und sie dachte: *Ich hoffe, du bist irgendwo, wo du dich frei fühlst.*

Stellt es euch vor.

Er begleitet sie zu Fuß nach Hause. Das zwischen ihnen fängt gerade erst an.

Er bleibt stehen. Sie geht einen Schritt weiter, dann merkt sie, dass er nicht mehr neben ihr ist, bleibt ebenfalls stehen, dreht sich um. Er ist von Ziegeln umrahmt. Sie sieht zu ihm hoch. Sie ist groß, aber er ist größer.

»Willst du ewig leben?«

Vielleicht ist es nicht so gewesen. Vielleicht hat sie es sich nur eingebildet.

Sie erinnert sich, dass sie verblüfft war. Darüber nachdachte. Nicht sicher war.

Er erinnert sich, dass sie ihm in die Augen gesehen hat. (Wenn es eine falsche Erinnerung ist, dann ist es eine gemeinsame.)

»Ja.«

Jack,
ich liebe dich
Zoe

MEIN DANK GILT

Katie Greenstreet, Melissa Pimentel und dem gesamten Paper-Literary-Team, Deb Futter und dem Celadon-Team, Lily Cooper und dem Penguin-Michael-Joseph-Team, AH, DH, Ski Krieger, Maryam Hiradfar, Noel Austin und Jonathan Taylor: danke, danke, danke.

Carole Gopsill: Ich wünschte, du wärst hier.

Und allen anderen, die mich unterstützt, mir zugehört, mich abgelenkt, gefüttert, untergebracht oder mir anderweitig durch diesen Prozess geholfen haben: Danke. Ihr seid so viele, und ich bin so dankbar.

Wie bereits erwähnt, handelt es sich um ein fiktives Werk, und *alles* darin – alle Personen, wissenschaftlichen Entwicklungen, Organisationen usw. – ist entweder meiner Fantasie entsprungen oder wurde fiktionalisiert. Ich möchte jedoch einigen Wissenschaftlern Anerkennung zollen, deren *tatsächliche* Entdeckungen ein paar Leser wiedererkennen werden.

Die Yamanaka-Faktoren stammen aus einer echten Arbeit, die fiktiv verwendet wurde:

Kazutoshi Takahashi und Shinya Yamanaka: »Induction of Pluripotent Stem Cells from Mouse Embryonic and Adult Fibroblast Cultures by Defined Factors«, *Cell* 126, Nr. 4 (2006): S. 663–676, doi:10.1016/j.cell.2006.07.024. Shinya Yamanaka und John B. Gurdon erhielten 2012 den Nobelpreis für Physiologie oder Medizin, für die Entdeckung, dass reife Zellen umprogrammiert werden können, um pluripotent zu werden.

Brenna ist ein fiktiver Wissenschaftler – Meselson und Stahl hatten keinen dritten Partner. Meselsons und Stahls echte Arbeit, die fiktiv verwendet wird, heißt:

Matthew Meselson und Franklin W. Stahl, »The Replication of DNA in Escherichia Coli«, *PNAS* 44, Nr. 7 (1958): S. 671–682, doi: 10.1073/pnas.44.7.671.

Das Byrne-Paper (Byrne ist ein fiktiver Wissenschaftler), auf das sich Zoe und Jack auf den Seiten 72-73 beziehen, ist ein echtes Paper, das fiktiv verwendet wird:

Alejandro Ocampo et al., »In Vivo Amelioration of Age-Associated Hallmarks by Partial Reprogramming«, *Cell* 167, Nr. 7 (2016): S. 1719–1733.e12. doi:10.1016/j.cell.2022.12.027.

Mark Fraser ist ein fiktiver Wissenschaftler, aber die Informationstheorie des Alterns (Seite 74, 102) ist eine reale Theorie, die fiktiv verwendet wird:

Jae-Hyun Yang et al., »Loss of Epigenetic Information as a Cause of Mammalian Aging«, *Cell* 186, Nr. 2 (2023): S. 305–326.e27. doi:10.1016/j.cell.2022.12.027.

Die Paper, auf die sich Zoe in ihrem (fiktiven) TED-Vortrag auf den Seiten 163–166 bezieht, sind die folgenden realen Forschungsarbeiten, die fiktiv verwendet wurden:

Ryan Doonan et al., »Against the Oxidative Damage Theory of Aging: Superoxide Dismutases Protect Against Oxidative Stress but Have Little or No Effect on Life Span in Caenorhabditis Elegans,« *Genes & Development* 22, Nr. 23 (2008): S. 3236–3241, doi:10.1101/gad.504808. (John Garcia, dem sie diese Arbeit zuschreibt, ist ein fiktiver Wissenschaftler.)

Carlos López-Otín et al., »The Hallmarks of Aging,« *Cell*, 153, Nr. 6 (2013): S. 1194–1217, doi:10.1016/j.cell.2013.05.039. (Torres und Eric Oneto, denen sie diese Arbeit zuschreibt, sind fiktive Wissenschaftler.)

Dabbu Kumar Jaijyan et al., »New Intranasal and Injectable Gene Therapy for Healthy Life Extension«, *PNAS* 119,

Nr. 20: e2121499119. doi:10.1073/pnas.2121499119. (David Li, dem sie diese Arbeit zuschreibt, ist ein fiktiver Wissenschaftler.)

Ming Xu, et al., »Senolytics Improve Physical Function and Increase Lifespan in Old Age«, *Nature Medicine* 24, Nr. 8 (2018): S. 1246- 1256, doi:10.1038/s41591-018-0092-9. (Anthony Dunster, dem sie diese Arbeit zuschreibt, ist ein fiktiver Wissenschaftler.)

Die Beschreibung von Poesie, an die sich Zoe auf Seite 73 erinnert, stammt tatsächlich von Emily Dickinson in einem Brief an Thomas Wentworth Higginson vom 16. August 1870. *Wenn ich mich körperlich so fühle, als würde man mir die Schädeldecke öffnen, weiß ich, dass das Poesie ist.*

Das studentische Kunstwerk in den Adams-Tunneln, das den auf Seite 89 erwähnten *Abgrund* darstellt, gibt es wirklich – zumindest war es so, als ich das letzte Mal unten war.

Auf Seite 164 führt Zoe das Klonen als Beweis gegen die Theorie der freien Radikale des Alterns an. Es gibt zwei Sichtweisen dieses Arguments. Das National Human Genome Research Institute sieht im frühen Tod Dollys, des ersten Klonschafs, einen möglichen Beweis für einen altersbedingten Verfall, insbesondere durch verkürzte Telomere, bei jungen Klonen an (siehe *Cloning Fact Sheet*, National Human Genome Research Institute, NIH). Allerdings finden Wakayama und andere keine Anzeichen für verkürzte Telomere über sechs Generationen geklonter Mäuse (siehe Teruhiko Wakayama et al., »Cloning of Mice to Six Generations«, *Nature* 407, Nr. 6802 (2000): S. 318–319, doi:10.1038/35030301).

Auf Seite 234 hört Zoe, wie Professor Arthur C. Brooks in der *The Tim Ferriss Show* interviewt wird.

Auf Seite 333 zitiert Jack aus *Der Rabe* von Edgar Allan Poe.

Take It Easy von Jackson Browne und Glenn Frey wird auf den Seiten 225 und 349-350 zitiert. *Only the Good Die Young* von Billy

Joel auf Seite 231. Auf Seite 274 erinnert sich Jack an den Song *Ladies of Cambridge* von Ezra Koenig, Chris Baio, Chris Thomson und Rostam Batmanglij.

Auf Seite 24 betritt Zoe den Harvard Yard durch ein Tor mit der Aufschrift *Enter to Grow in Wisdom*. Es gibt ein solches Tor, das Dexter Gate, aber es befindet sich auf der Südseite des Yard. Zoe kommt von Norden. Das Tor, durch das sie gehen würde, ist das Meyer-Gate, über dem ein wesentlich längerer, weniger aussagekräftiger Spruch steht.

Das Sanders-Theater gibt es wirklich, und ich glaube, der Garderobenraum ist eine dazu passende Erfindung.